suhrkamp taschenbuch 5188

Los Angeles. Dayly, die Tochter der unverbesserlichen Diebin Sneak Lawlor, ist verschwunden. Sneak bittet ihre ehemalige Zellengenossin, die wegen Mordes verurteilte und gerade entlassene Ärztin Blair Harbour, um Hilfe. In ihrer Not wenden sich die beiden Frauen auch an die Polizistin Jessica Sanchez, die gerade ein 7-Millionen-Haus geerbt hat und von ihren Kollegen deswegen gehasst wird. Und weil die Spur der wie vom Erdboden verschluckten Dayly ins kriminelle Milieu führt, stößt auch noch die ultraharte Gangsterin Ada Maverick zu der Truppe. Denn es geht um Geld, um sehr viel Geld. In der Todeszelle sitzt derweil der Bankräuber und Mörder Fishback und zieht die Fäden …

»Fox ist die kommende große Queen in der Kriminalliteratur. Und *Dark* ist eine prima Einstiegsdroge … Man kommt aus dem Staunen nicht mehr raus.« *Elmar Krekeler, Welt am Sonntag*

»So zum Beispiel könnte also eine Zukunft der Kriminalliteratur aussehen, jede Seite ein Genuss, Genreliteratur allererster Sahne.« *Ulrich Noller, WDR*

Candice Fox stammt aus einer eher exzentrischen Familie, die sie zu manchen ihrer literarischen Figuren inspirierte. Für den ersten und zweiten Teil ihrer *Hades*-Trilogie, *Hades* und *Eden*, wurde sie 2014 und 2015 mit dem renommierten Ned Kelly Award ausgezeichnet. Zuletzt ist nach *Crimson Lake* (st 4958) und *Redemption Point* (st 4898) der dritte Teil der Crimson-Lake-Reihe, *Missing Boy* (st 5011), erschienen sowie der Stand-alone *606* (st 5182).

Andrea O'Brien übersetzt zeitgenössische Literatur aus dem Englischen. Ihre Übersetzungen wurden bereits mehrfach ausgezeichnet, u. a. mit dem Arbeitsstipendium des Freistaats Bayern und dem Literaturstipendium der Stadt München. O'Brien lebt und arbeitet in München.

Candice Fox

DARK

Thriller

Aus dem australischen Englisch von
Andrea O'Brien

Herausgegeben von
Thomas Wörtche

Suhrkamp

Die Originalausgabe erschien 2020 unter dem Titel
Gathering Dark
bei Bantam.
Published by Random House Australia Pty Ltd

Erste Auflage 2021
suhrkamp taschenbuch 5188

Umschlagfoto: Paul Meneshian / EyeEm / Getty Images
Umschlaggestaltung nach Entwürfen von
Alex Ross / Penguin Random House Australia
Druck und Bindung: CPI books GmbH, Leck
Printed in Germany
ISBN 978-3-518-47188-3

www.suhrkamp.de

DARK

Für Violet

BLAIR

Ich blickte direkt in die Mündung einer Waffe. Auf leisen Sohlen war sie hereingeschlichen. Flink wie ein Wiesel. Aus dem Augenwinkel hatte ich eine Gestalt vor dem Schaufenster der Pump-'n'-Jump-Tankstelle vorbeihuschen sehen, ein verwischter Schatten vor einem roten Sonnenuntergang mit Palmen. Sekundenschnell. Die Türglocke, die sie vom Schatten zur echten Person werden ließ, war noch nicht verklungen, da fuchtelte sie schon mit dem Teil vor meinem Gesicht herum. Dass sie dabei zitterte, machte meine unheilvolle Lage noch bedrohlicher. Vorsichtig legte ich den Stift hin, den ich gerade noch fürs Kreuzworträtsel benutzt hatte.

Tiefes Bedauern: Reue. Vielleicht das letzte Wort, das ich je schreiben würde. Wenigstens passte es zu mir.

Ich legte die Hände flach auf den Tresen, zwischen die braun gesprenkelten Bananen zum Stückpreis von einem Dollar und dem Doppelpack Clark-Schokoriegel zum Sonderpreis.

»Halt bloß die Schnauze!«, sagte das Mädchen.

Mein Blick wanderte von der Waffe zu ihr, und was ich sah, erfüllte mich mit Furcht: Ihre Hand war nass vor Schweiß und Blut, der glitschige Zeigefinger rutschte am Abzug herum. Die Sicherung war gelöst. Ihr Arm, mager und sehnig, würde sicher bald müde werden, denn die Waffe, die ihr eindeutig nicht gehörte, war zu groß und schwer für sie. Dahinter ihr Gesicht, ein sieches Lilagrau, wie eine frische Leiche. Auf der Stirn klaffte eine fiese Wunde, die so tief war, dass ich bis zum Knochen sehen konnte. Fingerabdrücke prangten im Blut an ihrer Kehle, zu groß, um von ihr selbst zu stammen.

In dieser Situation rumzuschreien war nicht ratsam. Vor Schreck könnte ihr verschmierter Finger abdrücken und mein Hirn über die hinter mir aufgereihten Zigarettenschachteln verteilen. Ich wollte mein Leben auf keinen Fall in dieser bekloppten Uniform aushauchen, die Mütze mit dem großen rosa Känguru und dem Schild mit der Aufschrift »Blair«, darunter das Versprechen: »Ich bediene Sie gern.« Ersteres stimmte, Letzteres war glatt gelogen. In meinem verwirrten Geisteszustand dachte ich ernsthaft darüber nach, was mein kleiner Sohn Jamie wohl bei meiner Beerdigung tragen würde. Er besaß einen Anzug, das wusste ich zufällig, denn den hatte er bei meiner Bewährungsanhörung getragen.

»Moment!«, entfuhr es mir, Ausdruck meiner Überraschung und verzweifelte Bitte zugleich.

»Mach die Kasse leer!« Das Mädchen streckte die Hand aus, blickte hektisch aus dem Fenster. An den Zapfsäulen herrschte gähnende Leere, genau wie auf dem Parkplatz dahinter. »Und die Schlüssel zu deinem Auto.«

»Mein Auto?« Meine Hand flog an die Brust, was sie ruckartig zurückweichen ließ. Sie umklammerte die Waffe umso fester. Wie blöd kann man sein? Keine raschen Bewegungen mehr! Keine dämlichen Fragen! Mein verbeulter Honda, das einzige Fahrzeug weit und breit, stand unter einer großen Reklametafel. Idris Elba mit einer Armbanduhr, mit der man zwei Universitätsausbildungen finanzieren könnte.

»Kiste, Kohle!«, stieß das Mädchen hervor. Sie biss die Zähne zusammen. »Los, Bitch!«, knurrte sie.

»Hören Sie«, sagte ich langsam. Einen Augenblick lang hatte ich ihre volle Aufmerksamkeit. Der Kühlschrank mit den Burritos summte sanft. Die Lampen hinter der Plastikfratze des Slushie-Automaten blinkten. »Ich kann Ihnen helfen.«

Kaum hatte ich diese Worte ausgesprochen, verstand ich, wie blödsinnig sie klangen. Es gab mal eine Zeit, da konnte ich Menschen tatsächlich helfen. Kranken Kindern und deren panischen Eltern. Ich trug Chirurgenkittel oder Businesskleidung, keine Kängurus, keine Schildchen mit hirnrissigen Slogans. Aber zwischen damals und heute gab es eine Zeit, in der man mir Gefängniskleidung anlegte und mir mein Helfersyndrom sukzessive austrieb. Die Kleine verlagerte ihr Gewicht von einem Bein aufs andere und fuchtelte dazu mit der Waffe herum, damit ich sie ernst nahm. »Ich scheiß auf dich und deine Hilfe! Die brauch ich nicht. Ich muss hier weg!«

»Wenn Sie einfach ...«

Auf einmal erleuchtete ein Blitz den Verkaufsraum, erst danach ertönte das zugehörige Geräusch, eine Explosion in meinem Trommelfell, massiver Druck in meinem Schädel, als die Kugel viel zu nah an mir vorbeisauste. Schrillen. Sie hatte ein Loch in den Marlboro-Automaten geschossen, direkt über meiner rechten Schulter. Der Gestank von verbranntem Tabak und geschmolzenem Plastik lag in der Luft. Die Waffe wurde erneut auf mich gerichtet.

»Okay«, sagte ich, »okay!«

Auf dem Weg zur Kasse warf ich einen raschen Blick auf ihr Spiegelbild in der Scheibe. Goldblonde Locken. Stupsnäschen. Irgendwie kam sie mir bekannt vor, aber während meiner Zeit hinter Gittern waren mir vermutlich tausende problembeladene, aggressive Jugendliche begegnet, die, ohne mit der Wimper zu zucken, herumballern würden. Rasch nahm ich den Schlüssel aus dem Becher neben der Kasse.

»Diese Tankstelle gehört dem Kartell«, erklärte ich. Meine Hände zitterten. Bald würde ich schweißgebadet sein, hyperventilieren, mit den Zähnen klappern. Bei mir steigerte sich die Furcht immer nur langsam bis zur Panikattacke. So hatte ich es mir antrainiert. »Das sollten Sie wissen. Wenn Sie sich an deren Geld vergreifen, müssen Sie und Ihre Familie dafür büßen. Sie können den Wagen nehmen, aber ...«

»Halt die Fresse!«

»Sie werden so lange suchen, bis sie Sie gefunden haben«, sagte ich, als ich die Kasse aufschloss. Das Mädchen lachte. Während ich die Geldstapel aus den Fächern zog, riskierte ich einen Seitenblick. Das war kein amüsiertes Kichern gewesen, sondern ein ironisches Schnauben. Es durchfuhr mich eiskalt, als ich begriff, was das bedeutete. Unser Spiegelbild im Schaufenster. Wie ich hatte sie den Blick nach draußen gerichtet, wo es langsam dämmerte. Keine Menschenseele. Wir waren schrecklich allein, sie und ich, und doch nicht. Ich drückte ihr die Scheine in die Hand.

»Es ist schon jemand hinter dir her«, sagte ich. Das Mädchen nickte angespannt. Vorsichtig zog ich meinen Autoschlüssel aus der Tasche und ließ ihn in ihre ausgetreckte Hand fallen. Als die Mündung endlich aus meinem Sichtfeld verschwand, war mir, als würde jemand den Klammergriff von meiner Kehle lösen.

Das Mädchen rannte zu meinem Wagen und brauste davon.

Korea Town, dessen Lichter ich nun durchs Schaufenster blinken sah, schien einen kollektiven Seufzer der Erleichterung auszustoßen. Als hätte jemand die Pausetaste gelöst. Langhaarige Jugendliche balgten sich an Straßenecken. Ein Mann, von der Arbeit heimgekehrt, ließ den Deckel seines Briefkastens zuknallen und schlenderte mit der Zeitung unterm Arm auf seine Haustür zu. Die bösartige Bedrohung, die ich gespürt hatte, als das Mädchen vor mir stand, war vorüber.

Ich hätte die Polizei rufen können. Um einen Überfall zu melden oder ihnen von dem verzweifelten Mädchen zu erzählen, das wie ein gejagtes Tier vor jemandem oder irgendwas auf der Flucht war, gnadenlos verfolgt, und schon wer weiß wie lange ums Überleben kämpfte. Doch in Los Angeles wimmelte es von solchen Menschen. Das war schon immer so gewesen. Ein Dschungel mit Gejagten und Jägern. Ich beschloss, dem Mädchen einen kleinen Vorsprung zu geben, bevor ich mein Auto als gestohlen meldete, wischte mir mit dem Saum meiner Bluse den Schweiß vom Gesicht und versuchte, meine Atmung unter Kontrolle zu bringen.

Meine Sucht pochte dumpf, ein kurzes, aber heftiges Verlangen trieb mich dazu, den Hörer neben der Kasse in die Hand zu nehmen. Mein Finger zögerte über den Tasten. Mit aller Macht zwang ich mich zum Auflegen. Die Wanduhr ließ mich wissen, dass das Ende meiner Schicht noch eine Stunde entfernt war. Kurz überlegte ich, Jamie anzurufen, doch ich wusste, dass er bereits schlief.

Stattdessen ging ich an den Bankomaten in der Ecke des Ladens. Ich schob meine Karte in den Schlitz und hob vierhundert ab, ungefähr die Summe, die das Mädchen gestohlen hatte. Die Scheine legte ich in die Kasse. Obwohl ich die wahren Besitzer der Tankstelle noch nie gesehen hatte, wusste ich, was das Kartell mit ihr anstellen würde, denn im Knast war ich einigen Kartellfrauen begegnet, hatte genug Spanisch aufgeschnappt, um ihre Geschichten zu belauschen. Die Kleine, wer auch immer sie sein mochte, brauchte nicht auch noch die Marino 13 im Nacken. Genauso wenig wie ich.

Die Quittung aus dem Bankomaten zerknüllte ich unbesehen und warf sie in den Mülleimer. Ich hatte einen langen Heimweg vor mir.

JESSICA

»Ich kapier's nicht«, sagte Wallert. Den ganzen Tag hatte er nichts anderes von sich gegeben. Dazu hatte er immer wieder neue Dinge aufgelistet. Und darauf gewartet, dass ihn jemand aufklärte. Jessica vermutete, die Liste umfasste mittlerweile eine dreistellige Anzahl von Dingen, die Wallert nicht kapierte. »Was hast du im Silver-Lake-Fall gemacht, und ich nicht, verdammt?«

Statt zu antworten, besah sie ihn im Rückspiegel, ihren Kollegen Detective Wallert mit seinen blutunterlaufenen Augen. Jessica verabscheute es, im Streifenwagen hinten zu sitzen, denn da gehörte sie nicht hin. Sie war es gewohnt, Wallerts hässliche Visage von der Seite zu sehen, nicht von hinten. Obwohl eine spezielle Reinigungsfirma die Rücksitze ungefähr einmal im Monat von Pisse, Scheiße, Sperma und Kotze befreite, war allen bekannt, dass immer was hängenblieb. Das Leder fühlte sich falsch an. An manchen Stellen kratzig. Statt auf die Straße zu achten, glotzte Wallert ständig nach hinten zu ihr. Zwischendrin trank er seinen mit Bourbon versetzten Coffee To Go, nur alle paar Sekunden schaute er mal kurz nach vorn. Sie saß zwar im schmuddeligsten Bereich des Wagens, aber in diesem Fall war es wohl auch der sicherste. Detective Vizchen, der ausnahmsweise vorn mitfahren durfte, zog pikiert die Nase hoch, weil sie nicht antwortete, als wäre ihr Schweigen ein persönlicher Affront.

»Ich war da«, setzte Wallert seine Litanei fort. Sie fuhren langsam an einigen Kindern vorbei, die vor einem Haus standen und ihre Musik durch die Nacht wummern ließen. »Ich war mittendrin. Der Typ konnte mich jederzeit anrufen, wenn er mich brauchte. Tag und Nacht. Das wusste er auch. Ich hab die Spur mit dem Truckfahrer aufgetan.«

»Eine Spur, die in die Irre geführt hat«, sagte Jessica schließlich. »Und das hab ich dir auch klipp und klar gesagt, bevor du dich halbherzig darangemacht hast, sie zu verfolgen. Die paar Male, die Stan Beauvoir dich angerufen hat, warst du ihm keine große Hilfe.«

»Du. Laberst. Doch. Scheiße!«, zischte Wallert. Dazu schlug er bei jedem Wort aufs Lenkrad. Jessica schwieg wieder. Das, was Wallert im Silver-Lake-Fall getan hatte, als »keine große Hilfe« zu beschreiben, war noch milde ausgedrückt. Der seit dreizehn Jahren ungelöste Fall war ihr und Wallert als kleine Nebenbeschäftigung hingeworfen worden, ein Lückenfüller, den Wallert von Anfang an nicht ernst genommen hatte. Die Serie von Entführungen und Morden an jungen Frauen, denen der Täter auf Parkplätzen auflauerte, um sie in der Gegend um Silver Lake umzubringen, war auf ebenso mysteriöse Weise zu Ende gegangen, wie sie begonnen hatte. Im Jahre 2007 waren innerhalb von drei Monaten vier Frauen ermordet worden. Wallert hatte sich damals auf einen Trucker als Täter eingeschossen und behauptet, der Mann setze seine Serie sicher in einem anderen Staat fort, womit die Sache zur Angelegenheit einer anderen Dienststelle wurde. Die Fotos der Opfer, die Jessica ihm in die Hand drückte, betrachtete er mit einem Gähnen. Bei Bernice Beauvoir machte er eine anzügliche Bemerkung über ihre »prallen Lippen«. »Solche Prachtexemplare kriegst du nicht vom Bonbonslutschen«, sagte er. Das Bild zeigte Bernices Kopf, der wie eine Trophäe auf einem Baumstamm stand. Ihre Leiche hatte man in einem Wald gefunden.

»So ’n Haus«, unterbrach Vizchen die Stille im Wagen. »kostet bestimmt so ... fünf Millionen Mäuse?«

»Kein Mensch vermacht einer Polizistin so eine Hütte, nur weil sie einen Fall für ihn gelöst hat.« Wallerts Blicke im

Rückspiegel schossen Pfeile auf Jessica ab. »Gib einfach zu, dass du ihm den Schwanz gelutscht hast, Jess. Dann würd's mir besser gehen.«

Jessica biss die Zähne zusammen.

»Für fünf Millionen würde ich jeden Schwanz lutschen«, bemerkte Vizchen.

»Vizchen, halt die Fresse oder ich schieb dir meine Wumme rein! Mal sehen, wie die sich lutscht«, zischte Jessica.

Sie bogen in die Linscott Place ein. Verdunkelte Fenster, totale Stille. Wallert löschte das Licht, drückte das Gas durch, bretterte zur Nummer 4652, wo Zeugen verdächtige Bewegungen gesehen hatten. Er wollte die Sache so schnell wie möglich hinter sich bringen, damit er sich wieder seinem Klagelied widmen konnte.

Jessica stieg aus, kontrollierte ihre Waffe, meldete sich bei der Zentrale, um den Verdacht auf Einbruch und ihr Eintreffen zu bestätigen. Der Mond bestrahlte die stuckverzierten Häuser der Nachbarschaft und brachte die Drahtzäune vor den kahlen Vorgärten zum Funkeln. Nicht mal Hundegebell ertönte. Wallerts ließ seine Pranke auf ihre linke Schulter fallen. Wie einen Hammer.

»Du willst die Hütte echt annehmen?« Er zerrte sie zu sich herum. »Einfach so? Sie geben dir einfach die Schlüssel?«

»Nimm deine verdammten Wichsgriffel von meiner Schulter, Wallert!« Jessica stieß ihn weg. »Ich hatte erst einen Anruf wegen dieser Scheiße, einen einzigen. Also weiß ich genauso viel wie du. Erst muss ich mich mit dem Nachlassverwalter treffen, danach weiß ich mehr. Es könnte also alles ein blödes Missverständnis sein, ist dir das klar? Und du behandelst mich hier, als hätte ich das Erbe angenommen und wäre schon nach Brentwood gezogen, obwohl ich keine Ahnung habe …«

»In Brentwood hat jedes Haus einen Pool«, bemerkte Vizchen. Er lehnte sich ans Auto, die Arme verschränkt. »Deine neue Villa auch, oder?«

»Wenn es mit rechten Dingen zugehen würde«, sagte Wallert und stupste ihr den Finger in die Brust, »würdest du mir die Hälfte abgeben. Das wäre nur fair. Ich hab auch an dem Fall gearbeitet.«

»Keinen Finger hast du krumm gemacht! Du ...«

»Ich seh hier keinen beschissenen Einbrecher.« Wallert schlenderte zurück zum Wagen und machte eine ausschweifende Handbewegung, die die gesamte Nachbarschaft einschloss. »Falscher Alarm. Lasst uns abhauen. Ich brauch einen richtigen Drink.« Statt einzusteigen, lehnte er sich an den Wagen, die Riesenpranken auf dem Dach, den Bierbauch ans Fenster gepresst. Er wandte sich Vizchen zu. »Selbst wenn sie mir nur ein Viertel abgibt, hab ich meine Schäfchen im Trockenen.«

»Schäfchen im Trockenen«, wiederholte Vizchen zur Bestätigung, nickte und grinste im Dunkeln wie ein Arschloch.

Da hörte Jessica plötzlich ein Wimmern.

Zuerst dachte sie, Wallert würde zu allem Überfluss heulen und wollte ihn gerade anmotzen, weil er den ganzen Tag gesoffen hatte und jetzt wie ein Häufchen Elend hier rumwinselte, aber irgendwas hielt sie zurück. Bei genauem Hinhören hatte sie nämlich den Eindruck, im Wind einen fernen Laut zu vernehmen, doch sie konnte ihn nicht genauer bestimmen. In den ärmeren Vororten klang alles lauter. Zu viel Beton. Sie sah nach rechts, betrachtete die Silhouette der Berge.

»Wohnt Harrison Ford nicht da drüben?«, fragte Vizchen. »Arnie übrigens auch, das weiß ich zufällig.«

»Habt ihr das gehört?«

»Sie hat sich verdammt gut mit dem Typen verstanden.

Dem Vater. Beauvoir«, grummelte Wallert, als wäre Jessica gar nicht da. »Du hättest die beiden mal zusammen sehen sollen. Stundenlang war sie bei ihm. Angeblich, um ›über den Fall zu sprechen‹, über die tote Tochter. Wer's glaubt ... jetzt wissen wir ja Bescheid.«

»Klappe, alle beide!« Jessica knipste ihre Taschenlampe an. »Ich hab was gehört. Von da hinten. Wir müssen nachsehen.«

»Nur zu.« Vizchen schob das Kinn vor und nickte ihr zu. »Du bist doch die große Heldin.«

Wieder ertönte das Geräusch, schwächer, nur ein Flüstern im Wind. Vizchen grinste böse, als Wallert seinen Becher aus dem Wagen fischte.

Jessica ging ein paar Schritte die Straße entlang, bis zur Biegung, dort blieb sie stehen und lauschte. Zwischen zwei Häusern entdeckte sie einen Lichtstrahl. Bewegung. Statt auf der Straße weiterzugehen, schlich sie sich seitlich an einem unbeleuchteten Haus entlang, schob sich an nassen Palmwedeln vorbei, bis sie vor dem Tor zum Garten stand. Sie kletterte drüber, rannte so schnell sie konnte bis zum Nachbarzaun, um einem möglichen Hundeangriff zu entkommen, und erklomm auch diesen. Die Villa und Wallerts Wut waren vergessen. Sie spürte die Hitze. Die Gefahr. Die Luft war wie aufgeladen. Auf dem Boden aufgekommen, zog sie ihr Funkgerät hervor und meldete noch im Laufen ihren Einsatz. Vor der Garage des großen Hauses blieb sie stehen.

Eine Leiche. Das wusste sie sofort, als sie sie in der Einfahrt mit dem Stiefel berührte. Das weiche, schwere Gewicht, das durch den Aufprall erst vor-, dann schlaff auf ihren Fuß zurückflappte. Sie war noch warm. Feucht. Im Schatten des üppigen, den niedrigen Zaun vor der Garage dominierenden Aloebusches ging sie in die Hocke und betastete den leblosen Körper. Bauch, Brust. Rasselndes Keuchen. Kein Puls. Ihr Herz raste, als sie erneut zum Funkgerät griff.

»Wally, ich habe hier einen Code zwei«, sagte sie. »Wiederhole: Code zwei an der Linscott Place vier, sechs, neun, neun.«

Aus der Garage, ein paar Meter entfernt, drang ein Laut. Das Rolltor war einen Spalt breit geöffnet, und aus dem grell erleuchteten Inneren meinte sie wieder dieses Wimmern zu hören. Ein dumpfer Schlag. Ein Knurren.

»Wallert, kommen! Vizchen?«, flüsterte sie ins Funkgerät.

Nichts.

»Wallert, Vizchen, kommen!« Sie drückte das Gerät so fest, dass es knarzte, knisterte. Statik. »Verdammte Pisskacke!«

Jessica zog ihre Waffe und bewegte sich auf die Garage zu. An der Hausecke hielt sie noch einmal an, rief die Zentrale.

»Detective Jessica Sanchez, Nummer zwei, sechs, null, sieben, eins, neun. Ich habe einen zehn vierundfünfzig und Code zwei in der Linscott Place vier, sechs, neun, neun, Baldwin Village, wiederhole: Code zwei!«

Vor ihrem geistigen Auge sah sie Wallert und Vizchen, die sich kaputtlachten. Eine andere Polizistin würde sich vermutlich fragen, warum die beiden nicht reagierten. Ob sie sich in Gefahr befanden. Aber Jessica wusste es besser. Sie hatte Vizchens Worte noch im Ohr, und ihr war klar, dass sie sie die nächsten Wochen über immer wieder hören würde, nachgeplappert von ihren Brüdern auf der Dienststelle. *Du bist doch die große Heldin.* Niemand würde kommen, um ihr zu helfen. Mit dem Erbe des Hauses in Brentwood hatte sie alle betrogen. Sich als Verräterin entpuppt.

Sie rollte sich unter dem Tor durch, sprang dann rasch

wieder auf und richtete die Waffe auf den Täter. Der Mann war groß, selbst in gebückter Haltung, ein bebender Fleischberg, der gebeugte Rücken angespannt unter seiner großen Last. Zuerst dachte sie, die alte Frau und der junge Mann würden sich am Boden küssen. Intim. Seine Lippen an ihrer Kehle. Doch dann sah sie das Blut an seinen Händen, auch sein Gesicht war voll davon, genau wie der Hals des Opfers. Jessica musste an Vampire denken, Zombies, Hexerei, unvorstellbare Dinge, und sie tastete nach dem nächstbesten Gegenstand, ein Pooltisch, um sich daran festzuhalten. In ihrem Verstand herrschte Krieg, zwei Impulse kämpften gegeneinander, wie immer, wenn sie der Schrecken mit voller Wucht erwischte. Eigentlich wollte sie sofort die Flucht ergreifen. Doch sie wollte auch begreifen, was hier geschah. Ein brutaler Angriff. Täter vermutlich unter Drogeneinfluss. Badesalz – die Droge mit dem harmlosen Namen verbreitete seit Wochen auf der Straße Angst und Schrecken, machte die Kids ganz wirr und unberechenbar. Einige hatten sich tatsächlich die Augen rausgerissen. Tiere abgeschlachtet. Sich mit dem Fahrrad geradewegs in den Abgrund gestürzt. Sie hatte es hier mit einem Mann zu tun, der eine Frau bei lebendigem Leib verspeiste.

»Aus! Loslassen!«, rief sie. Irgendwo in ihrem Hinterstübchen registrierte sie, dass sie mit dem Täter wie mit einem Hund sprach. Einem Wolf. Einem Werwolf! »Loslassen! Zurück!«

Der Mann hob das blutverschmierte Gesicht. Die alte Frau zuckte unter seinen Händen, versuchte, ihm zu entkommen. Zu schwach. Fast tot. Die Adern am Körper des Mannes standen unter seiner schweißnassen Haut hervor wie feuchte blaue Seile. Er nahm Jessica gar nicht wahr. War in seiner Fantasie gefangen.

»Zurücktreten oder ich schieße!«

Der Mann hob die Frau an seine Lippen. Jessica feuerte über seinen Kopf. Traf eine Dartsscheibe an der Wand, die mit einem Scheppern auf dem Boden landete. Das Geräusch erregte seine Aufmerksamkeit, er richtete sich auf. Sie schoss ein zweites Mal, traf ihn in die linke Schulter. Der Einschlag verfärbte sein Hemd, die Kugel bohrte sich in seinen Muskel. Er zuckte nicht mal mit der Wimper. Der Mann stürzte auf sie zu, blitzschnell. Wieder drückte sie ab, zwei Kugeln in die Brust. Ein tödlicher Treffer. Der Mann ließ sich nicht aufhalten. Eine Riesenpranke packte sie am Kopf und stieß sie erst gegen die Wand, dann zerrte er sie mit übermenschlicher Kraft zu sich heran.

Sie dachte an Wallert, als der Mann die Zähne in ihren Bizeps schlug. Ihr Kollege, irgendwo da draußen, über sie lachend.

Da packte Jessica ihren Angreifer an den betonharten Schultern und trieb ihm ihr Knie zwischen die Beine. Sie landeten auf dem Boden, rollten herum. Er legte sich auf ihren Rücken, sein Gürtel drückte sich in ihre Hüfte. Wieder biss er zu, erwischte sie am linken Schulterblatt, ihre Bluse riss unter seinen Zähnen. Jessica stemmte sich mit aller Macht am Boden ab und schlug ihm mit dem Ellbogen ins Gesicht. Sein Nasenbein brach mit einem Krachen. Er trieb die Zähne in ihre linke Schulter, biss fest zu, versuchte, ihr das Fleisch vom Knochen zu reißen, eine herzhafte Portion zu erwischen. Als sie in die toten Augen der mittlerweile gestorbenen Frau blickte, musste sie wieder daran denken, dass ihr niemand zu Hilfe kam.

Während der Angreifer versuchte, sich auf sie zu setzen, sah sie ihre Pistole, die sie vor Schreck fallen gelassen hatte. Jessica schnappte sich die Waffe, wand sich unter ihm, und hielt ihm den Lauf an die Stirn, als er erneut zubeißen wollte.

Sie schoss.

BLAIR

Am meisten vermisste ich die Kinder. Sie hatten mir schon gefehlt, als man mir in jener verhängnisvollen Nacht die Handschellen angelegt hatte. In meinen elf Jahren als Kinderchirurgin hatte ich sie zu tausenden behandelt, missgelaunte, kranke Teenager und wimmernde Neugeborene und überdrehte Achtjährige, die mit aufgerissenen Augen und laut schreiend über die Flure gerollt wurden, ihre vor Panik bleichen Eltern hinterdrein. Nach meiner Festnahme war mein Alltag schlagartig kinderfrei geworden, stattdessen hatte ich nur noch mit wütenden Erwachsenen zu tun. Neun Jahre lang bekam ich Kinder nur noch hinter zerkratzten milchigen Plexiglasscheiben im Besucherraum des Gefängnisses zu sehen oder auf den Fotos, die meine Zellengefährtinnen sich an die Wand neben ihre Pritsche geheftet hatten.

Bei der Besichtigung meiner jetzigen Wohnung in Crenshaw hatte es zig Gründe gegeben, die gegen einen Einzug sprachen. Auf der Straße vor dem Wohnblock cruisten gefährliche Typen in langen weißen Hemden auf BMX-Rädern herum, immer auf der Hut, immer auf Kundensuche. An der Badezimmerdecke blühte schwarzer Schimmel. Die Innenwände waren unverputzt, der blanke rote Backstein entblößt, sogar in der Duschecke. Eine Kakerlake trieb erschöpft in einer Lache in der Küchenspüle, darüber tropfte der Hahn. Als ich die elende Kreatur wegspülen wollte, versicherte mir der Makler, das sei zwecklos, das Tier werde umgehend zurückkehren, gehöre sozusagen zum Inventar. Ich wollte ihm gerade die Hand geben und mich vom Acker machen, als eine Horde Kinder aus der Nachbarwohnung stürmte, alle mit Gitarrenkästen bewaffnet, die so lang waren wie sie selbst Als sie die Fliegengittertür hinter sich zukrachen ließen, schimpfte jemand hinter ihnen her, ein alter Herr, wie ich später herausfand, der den Kleinen Musikunterricht gab. Als der Makler gegangen war, blieb ich auf dem Rasen stehen und beobachtete, wie die jungen Besucher nach und nach abgeholt wurden, kurz darauf kam eine Jugendliche mit knallroter Gitarre über der Schulter zum Unterricht. Da rief ich den Makler an und sagte sofort zu.

Am Tag nach dem Überfall der Pump-'n'-Jump-Tankstelle stand ich mit einem Becher Kaffee an der Küchenspüle und sah mir die Morgennachrichten an, als ein mittlerweile vertrautes, zaghaftes Klopfen ertönte. Mit fünf Schritten war ich an der Tür und kam in den Genuss meines Samstagvormittagsrituals: Ein kleiner asiatischer Junge namens Quincy stand auf dem Absatz, seine Ukulele fest umklammert.

»Sind Sie bereit?«, fragte er. Ich lehnte mich an den Türrahmen, hörte aber nur mit halbem Ohr zu, denn meine Aufmerksamkeit galt den Nachrichten. Es ging um ein älteres Ehepaar und eine Polizistin, die von einem durchgeknallten Junkie gebissen worden waren. Alltag in Los Angeles.

»Für dich immer, Quincy!«, sagte ich.

Quincy hielt sich die Ukulele an die schmale Brust und legte los. *Somewhere Over The Rainbow* spielte er, etwas ungelenk, die Strophe mit den blauen Vögeln ließ er aus. Am Ende schenkte er mir ein strahlendes Lächeln und verbeugte sich vor mir. Ich stellte meinen Kaffeebecher auf ein Regal neben der Tür und applaudierte ihm.

»Junge, Junge! Wenn du später mal als supercooler Solokünstler irgendwo Downtown auftrittst, spendiere ich dir einen Martini«, sagte ich, als ich die Dose vom Regal holte. »Aber bis dahin musst du dich mit Schokolade begnügen.«

»Was ist Martini?«

»Ein spezielles Getränk für Erwachsene.«

»Mein Dad trinkt Bier und meine Mom Wein. Viel Wein.« Er zog eine Grimasse.

»Gefällt mir, deine Mom.«

»Ich nehm lieber Schokolade, danke.«

»Geht klar, Kumpel.« Er wühlte in der Naschdose herum, suchte sich seine Belohnung mit Sorgfalt aus und ließ dabei die Verpackungen knistern. »Was hast du diese Woche auf?«

»It's a Wonderful World«, sagte er und schnappte sich einen Twix-Riegel.

»Schönes Stück. Musst du mir dann unbedingt vorspielen.«

Quincy winkte zum Abschied und verschwand um die Ecke, wo seine Mutter sicher schon auf ihn wartete. Ich blieb noch eine Weile in der Sonne stehen, wandte mich aber wieder den Nachrichten zu. Mir war klar, dass mein Verhalten riskant war. Dass ich Kinder mit Süßigkeiten bestach, damit sie mir etwas vorspielten, war nicht nur schrullig, sondern konnte schlimme Konsequenzen für mich haben. Wenn irgendwelche Eltern erfuhren, dass ich, eine vorbestrafte Gewaltverbrecherin, ihre Kinder fürs Vorspielen mit Süßigkeiten bezahlte, käme ich in Teufels Küche. Paul, der alte Musiklehrer von nebenan, würde vermutlich seine Schüler verlieren. Mein Bewährungshelfer würde einen Anruf erhalten. Doch wenn ich mich mit Kindern umgab, erinnerte ich mich daran, dass ich einst ein guter Mensch gewesen war. Ich könnte meinem Sohn doch noch eine gute Mutter sein, auch wenn ich ihn nur einmal die Woche für ein paar Stunden sah. Im Grunde meines Herzens war ich immer noch die Leitende Chirurgin, die mit vollem Einsatz im OP um das Leben der Kleinsten gerungen, krebskranken Kleinkindern nächtelang Geschichten vorgelesen und mit Eltern in Wartezimmern geweint hatte. Diese Person lebte noch, doch sie lag unter einer dicken Schicht begraben. Obwohl ich einen

Menschen »auf erschreckend grausame Weise« getötet hatte, wie die Zeitungen behauptet hatten, war ich nicht völlig verloren, solange die Kinder mich noch mochten.

Die Nachrichten rissen mich aus diesen Gedanken.

Neue Erkenntnisse zum Geldfund von Pasadena erregen die Gemüter. Insgesamt drei Millionen Dollar wurden letzten September auf einer Baustelle gefunden, wo jemand das Geld offenbar vergraben hatte, sagte der Nachrichtensprecher. Ich holte mir den Kaffeebecher. Auf dem Bildschirm waren mehrere Polizisten in einem überfüllten Konferenzzimmer zu sehen, drei schmutzige Koffer am Boden vor ihren Füßen. Die Bilder waren ein paar Monate alt, sie stammten vom ursprünglichen Beitrag, den sie direkt nach dem Fund ausgestrahlt hatten.

Die zuständige Behörde hat bisher keine Beweise dafür gefunden, dass das vergrabene Geld aus der Beute des berüchtigten Bankräubers John James Fishwick stammen könnte. Fishwick sitzt gegenwärtig eine Haftstrafe in San Quentin ab und hat bisher keine Angaben zum Fund gemacht.

Das Bild eines Mannes um die sechzig mit länglichem Unterkiefer wurde gezeigt. Er blickte mit demselben leeren Ausdruck in die Kamera, den man auch von anderen Polizeibildern kannte. Jeanshemd, Gefängniskleidung.

Der Anwalt der Hinterbliebenen von Fishwicks Opfern äußerte sein Bedauern darüber, dass die Regierung das Geld bis auf Weiteres konfisziert habe und nicht als Entschädigung für seine Mandanten freigebe.

Wieder klopfte es, diesmal lauter, garantiert nicht Quincy. Als ich die Tür aufmachte und kapierte, wer da vor mir stand, hätte ich sie meiner Besucherin am liebsten vor der Nase zugeknallt.

»Ach du Scheiße!«, sagte ich stattdessen.

»Ich muss dich enttäuschen, aber so lass ich mich nicht

abwimmeln«, sagte Sneak. »Am besten lässt du mich rein, Nachbarin.«

Bei diesem Namen zuckte ich zusammen. Das letzte Mal hatte ich ihn vor einem Jahr gehört, damals, als ich im Frauengefängnis Happy Valley meine Strafe absaß. Ich versuchte, die Tür zuzuschieben.

»Du kannst mich nicht besuchen«, rief ich.

»Mach ich aber trotzdem, also find dich damit ab.« Sneak versetzte der Tür einen so heftigen Tritt, dass sie mir voll gegen die Stirn krachte. Mit wogenden Brüsten marschierte sie an mir vorbei in die Wohnung.

Ich vergewisserte mich mit einem raschen Blick über die Straße, dass sie keiner gesehen hatte, dann folgte ich ihr. »Meine Güte!«, sagte ich. »Wieso schneist du hier einfach rein?«

Sneak roch genauso wie damals im Gefängnis. Nach Bonbons und Frittiertem. In einem knarzenden Lederminirock wälzte sie sich in die Küche, dank ihres üppigen Unterkörpers platzte das Teil förmlich aus allen Nähten.

»Ich brauch deine Hilfe. Aber vorher muss ich was trinken, kapiert? War die ganze Nacht unterwegs. Wie spät ist es? Haste irgendwo Eis?« Sie wühlte in meinem Kühlschrank herum. Sneak quasselte ohne Punkt und Komma, selbst wenn sie nicht high war. Sie wirbelte wie ein Tornado in mein Leben, machte Lärm und verwüstete mir die Wohnung.

»Mo-ment!« Ich knallte so schnell die Kühlschranktür zu, dass ich ihr fast die Finger eingeklemmt hätte. »Das hier geht gar nicht. Du musst sofort gehen. Ich bin auf Bewährung draußen. *Du* bist auf Bewährung draußen. Ist echt nett, dass du mich besuchst, aber jetzt haust du wieder ab. Wenn wir uns vorsätzlich mit verurteilten Straftätern treffen, landen wir postwendend im Gefängnis.«

»Komm mal wieder runter«, lallte Sneak und stieß mich

weg. »Wenn du nicht gerade einen Bewährungshelfer im Kühlschrank versteckt hast, müssen wir's einfach riskieren. Ich brauche nämlich Hilfe.« Sie zog meine große Flasche Wodka aus dem Gefrierfach und schenkte sich ein Glas ein, dann schnappte sie sich noch zwei Miniflaschen Jack Daniels und stopfte sie sich in die Taschen. Das alles geschah blitzschnell, doch ich hatte es trotzdem gesehen, denn ich kannte Sneak genau. »Gestern Nacht ist deine Tankstelle überfallen worden, stimmt's? Dein Auto und ein bisschen Bares sind weg?«

Ich trat einen Schritt zurück. »Ja. Woher …?«

»Das war meine Kleine. Dayly.« Sneak exte ihren Wodka. »Sie hat mich angerufen und mir erzählt, dass sie die Pump-'n'-Jump überfallen hat. Ich wusste schon lange, dass du da arbeitest. Jetzt ist sie verschwunden. Du warst die Letzte, die sie gesehen hat. Und deshalb brauche ich deine Hilfe. Wir müssen sie finden.«

Ich massierte mir die Schläfen, spähte nervös aus dem Fenster und malte mir aus, wie schön es wäre, wenn ich einfach abhauen könnte. Draußen dämmerte ein neuer Tag, er steckte noch voller Potenzial. Wie gerne würde ich allem entkommen. Wieder musste ich an Jamie denken. Etwas Dummes wie diese Sache könnte uns wieder auseinanderreißen.

Kurzerhand zog ich die Vorhänge zu. Nebenan spielte jemand fast fehlerfrei *Hotel California*. Sneak goss sich Wodka nach, das meiste landete auf dem Tisch, und mit der anderen Hand, unter der Arbeitsplatte verborgen, klaute sie vermutlich weitere Gegenstände aus meinen Schubladen. Ich griff mir Jamies Foto, im edlen Silberrahmen, vom Regal neben der Tür und stopfte es unter ein Couchkissen. Danach stand ich dumm in meiner kahlen Wohnung herum, wie bestellt und nicht abgeholt.

Sneak wandte sich zu mir um. »Sie steckt in der Scheiße. So richtig in der Kacke.«

»Sie hat durchblicken lassen, dass jemand hinter ihr her ist«, bestätigte ich. »Und sie war verletzt. Sah völlig verängstigt aus. Aber mehr weiß ich nicht, okay? Egal, was hier läuft, ich kann da nicht mitmachen, Sneak. Sonst verliere ich alles. Wenn ich wieder ins Gefängnis muss, drohen mir noch mal fünf Jahre.« Mein Flehen stieß auf taube Ohren. Ich holte meine Geldbörse von der Anrichte. Probleme löste ich instinktiv mit Geld, sogar jetzt noch, obwohl mein Leben als reiche Starchirurgin mit Villa in Brentwood schon Jahre zurücklag. Vor dem Gefängnis war ich sehr wohlhabend gewesen. Ich hatte die Kinder der Stars in Behandlung, fuhr einen Mercedes, machte Urlaub in Nantucket. Einmal machte ich mitten in der Nacht einen Hausbesuch bei Oprah Winfrey, denn ihre kleine Cousine hatte Fieber bekommen. So war mein Leben, bevor ich kaltblütig auf meinen Nachbarn geschossen und tatenlos zugesehen hatte, wie er auf seinem Esszimmerboden verblutete, während seine Freundin mich anbrüllte.

»Ich kann dir nicht mal Geld geben …«

In meiner Geldbörse herrschte gähnende Leere. Nach dem Raubüberfall hatte ich noch einen Zwanzigdollarschein übriggehabt, aber auch der war irgendwie verschwunden. Wahrscheinlich von Sneak eingesackt, als ich die Vorhänge zugezogen hatte. Ich warf die Geldbörse zurück auf die Anrichte.

Sneak exte ihren dritten Wodka, zog scharf die Luft ein und seufzte. »Okay, jetzt geht's wieder. Lass uns reinhaun.«

»Ich kann nicht …«

»Jaja, das besprechen wir unterwegs.«

Im Taxi lehnte ich mich ans Seitenfenster und fragte mich, warum ich mich widerstandslos mitschleppen und in die Probleme eines Exhäftlings reinziehen ließ. Wie kam ich da wieder raus? Sneak quasselte händeringend neben mir vor sich hin. Das selbstbewusste, entschlossene Auftreten, das sie in meiner Wohnung an den Tag gelegt hatte, war verschwunden. Jetzt, wo sie mich am Haken hatte, musste sie sich auf die nächste Herausforderung einstimmen. Das lernt man im Gefängnis: Man baut eine Mordsfassade auf, um das zu bekommen, was man braucht, doch danach bricht sie rasch wieder zusammen. Jetzt hatte ich das angsterfüllte Gesicht einer besorgten Mutter vor mir, ein Bild, das ich nur zu gut aus dem Spiegel kannte. Sneak war betrunken und high, aber sie stand kurz vor einer handfesten Panikattacke.

»Du hast mir gar nicht erzählt, dass du ein Kind hast.«

»Ich lüg nicht. Ausnahmsweise.«

»Die ganze Zeit, die wir in Happy Valley waren. Die vielen Stunden, die ich dir von Jamie erzählt habe – und nicht ein Sterbenswörtchen über deine Tochter?«

»Wir haben gerade erst wieder Kontakt aufgenommen.« Sneak rutschte auf dem Sitz herum. »Ich hab sie weggegeben, als ich ein Teenager war. Es war mir irgendwie peinlich, okay?«

Sneak war mir im Knast eine gute Freundin gewesen. So gut, dass ich über ihre ständigen Diebstähle hinweggesehen und ihre vollmundigen Lügengeschichten ertragen hatte, oft sogar mitten in der Nacht, wenn sie mir mit ihrer eiskalten Hand so lange ins Gesicht geschlagen hatte, bis ich wach war. Noch heute schrecke ich nachts aus dem Schlaf, weil ich sie zu spüren glaube, und sehe Sneak mit ihren großen blauen Augen über den Rand ihrer Pritsche zu mir herunterspähen. *Hey, hey, Nachbarin! Aufwachen! Mir ist langwei-*

lig. Der süße Wärter von der sieben ist gerade hier aufgetaucht. Spielst du für uns den Amor?

»Sie hat von einem öffentlichen Telefon aus angerufen«, sagte Sneak. »Heute Nacht, so gegen eins. Hat mir erzählt, sie hätte auf eine Frau geschossen, an einer Tankstelle. Ich hab mir gleich gedacht, dass du das warst. Es gibt nicht viele Frauen, die blöd genug sind, in so einer Gegend in der Tankstelle die Nachtschicht abzureißen.«

»Schon mal was von Notlage gehört? Woanders hätten sie mich wohl kaum …«

»Hat geplappert wie angestochen, meine Tochter.«

Ich seufzte. »Kommt mir bekannt vor.«

»Sie meinte, ich soll gut auf mich aufpassen, jemand hat es auf sie abgesehen, was richtig Schlimmes würde sich zusammenbrauen.« Sneak kaute an den Nägeln herum. »Dann war die Leitung auf einmal tot. So, zack. Sie wurde still, und Schluss.«

»Warum kommst du jetzt erst damit?«

»Wollte erst abchecken, was man auf der Straße so munkelt. Rauskriegen, ob echt jemand hinter Dayly her ist. Aber keiner hat was gehört. Normalerweise wissen die Leute Bescheid, wenn jemand auf der Abschussliste steht.«

»Wo fahren wir eigentlich hin?«

»Zu Daylys Wohnung.« Sneak hielt sich ein Nasenloch zu und zog laut hoch. Geschwollene Nebenhöhlen von zu viel schlechtem Koks. »Ich war ein paarmal dort. Wie gesagt, wir wollten uns versöhnen. Sie hat mich gefunden. Ist wahrscheinlich noch immer ziemlich sauer auf mich, aber das war nicht meine Schuld, ihre Kindheit. Meine Eltern haben mich gezwungen, sie wegzugeben.«

Ich wusste einiges über Sneaks Leben vor dem Drogensumpf und der Prostitution. Einmal hatte ich in Happy Valley neben ihrer Pritsche einen ausgeschnittenen Zeitungsartikel gefunden. Ein vergilbtes Foto eines mageren kleinen Mädchens im Gymnastikanzug. Sneak hatte kaum Ähnlichkeit mit der Kleinen auf dem Bild mit ihren Apfelbäckchen, dem breiten Grinsen, den blonden zu einem komplizierten Knoten hochgebundenen Löckchen und dem durchtrainierten Körper in glänzendem Lycra. Die Schlagzeile lautete: »Ende eines Traums: Vierzehnjährige Emily Lawlor erleidet Halswirbelbruch – Teilnahme an der Olympiade 2000 in Sydney abgesagt« Im Artikel stand, dass Emily beim Rückwärtssalto am Barren so ungünstig gestürzt sei, dass sie sich den Halswirbel gebrochen hatte. Ich stopfte den Ausschnitt rasch unter ihr Kissen, wo er vermutlich vorher gelegen hatte. Eine Mitgefangene erzählte mir, Sneak sei nach ihrem Sturz von den starken Schmerzmitteln abhängig geworden und später, als ihre Versicherungssumme aufgebraucht war, auf Heroin umgestiegen.

»Keine Ahnung, wer der Vater ist«, sagte sie jetzt. »Hab mit vielen schlimmen Typen rumgemacht. Manche sind im Knast. Einige für immer.«

Ich sah meine frühere Zellengenossin von der Seite an. Sie sah älter aus, als sie war, ihre Mundwinkel hingen vor Sorge herunter. Zum ersten Mal wurde mir klar, dass man uns beide gezwungen hatte, unsere Kinder wegzugeben, sie als Jugendliche von ihren Eltern, ich von den Behörden, die dafür sorgten, dass Jamie bereits eine Stunde nach der Geburt auf der Krankenstation von Happy Valley an seine Pflegeeltern übergeben wurde. Weil weder Sneak noch ich in der Lage gewesen waren, uns selbst um unsere Kinder zu kümmern, lebten wir in ständiger Angst, dass ihnen was passieren könnte. Diese Erfahrung war wie eine Wunde, die nie verheilte. Man hatte sie aus unserer Obhut gerissen und in die Welt entlassen, wo das Böse lauerte. Und wie es aussah, war Dayly in die Fänge ebenjenes Bösen geraten.

»In was ist deine Tochter da verwickelt? Was glaubst du?«

Sneak zog die Lippen kraus und wandte sich ab. »Weiß ich doch nicht. Drogen können es nicht sein. Ich und mein Lebensstil haben sie so angewidert, so was würde sie nie machen.«

»Jetzt mach dich doch nicht so schlecht, Sneak. Das hilft uns nicht weiter.«

»Sie ist ein guter Mensch.« Sneak dachte kurz nach und zuckte dann verwundert die Achseln. »Keine Ahnung, wie sie das hingekriegt hat. Sie hat ständig über Entzug geredet. Die Kleine ist so schlau. Steht auf Tiere. Will irgendwas in die Richtung machen, sie studieren oder so was. Das, was hier passiert, ist völlig untypisch für sie. Ich war nicht lange genug in ihrem Leben, um einen schlechten Einfluss auf sie auszuüben.«

Daylys Wohnung befand sich in einem Haus im spanischen Stil mit Stuck und Terrakottaziegeln in der Nähe des Warner-Geländes. Auf der Fahrt waren wir an mehreren großen Werbetafeln für Fernsehshows vorbeigekommen, die mir während der Haft komplett entgangen waren: Ellen DeGeneres spitzte mit großen Kulleraugen über einen aus Schaumstoff geformten Buchstaben E hinweg. Sneak war bereits die Treppe hochgesaust, blieb dann aber abrupt stehen. Auf dem Absatz hatte sich eine Gruppe Schaulustiger versammelt. Vier oder fünf Nachbarn, wie es schien, lungerten amüsiert vor einer Wohnung herum. Ein Mann steckte noch in seinem blauen Bademantel. Sneak wandte sich sofort an eine junge Frau, die vor der offenen Tür der Wohnung stand, eine magere Rothaarige in einem T-Shirt mit der Aufschrift *Be Kind to Bees*.

»Was ist passiert? Was ist hier los?«, rief sie. Ihre Stimme klang höher, fast schrill. Sie wartete nicht auf die Antwort, sondern drängelte sich an ihr vorbei. Die Frau sah mich fragend an. »Sollten wir nicht besser die Polizei rufen?«

»Was ist hier los?«

»Wie ich schon den anderen hier erzählt habe«, setzte die Bienenfrau an, »ich war bei einem Casting und hab danach bei meinem Freund übernachtet. Heute Morgen komm ich zurück, da steht die Wohnungstür sperrangelweit offen ... Da drinnen ist Blut. Hey! Sie sollte nicht da reingehen! Das ist Daylys Mom, nicht? Besser, sie kommt wieder raus. Ich glaube ... das da drinnen könnte ein Tatort sein. Was, wenn was passiert ist? Rufen wir die Polizei?«

Dann brach sie in Tränen aus. Niemand hatte Lust, sie zu trösten. Ich folgte Sneak in die Wohnung. Auf dem Teppich direkt im Eingang fand ich ein paar kleine Blutstropfen. Auf dem Weg in die winzige Küche kam ich an einem umgestürzten Stuhl vorbei, der Esstisch war ebenfalls umgekippt. Auf dem Boden lagen Scherben, Notizzettel waren unter den sorgsam aufgereihten, bunten Magneten weg von der Kühlschranktür gerissen worden. Als mir klarwurde, dass alle Lampen in der Wohnung angeschaltet waren, wurde mir ganz flau im Magen. Was sich auch immer hier abgespielt haben mochte, es war mitten in der Nacht geschehen.

Sneak hatte recht. Ihre Tochter hatte ihr Leben im Griff gehabt. Die Wohnung war zwar vollgestellt und klein, doch offensichtlich von zwei jungen Frauen bewohnt, die ihre Ziele verfolgten und viel um die Ohren hatten. Die welke Blattfahne auf der Küchenfensterbank war ein klarer Beweis dafür, dass die beiden selten zu Hause waren. Neben dem Sofa lag eine staubbedeckte Zeitschrift. Hier fand ich einen verschmierten Blutfleck, im Flur lag ein Bild, das wohl an einem Haken an der Wand gehangen hatte. Sneak stand am Schreibtisch in Daylys Zimmer.

Sie zeigte auf den Boden neben dem halbherzig gemachten Bett. »Ihre Tasche ist noch da.« Der Lederbeutel war geöffnet, darin sah man die üblichen Dinge, die Frauen so mit sich tragen: Taschentücher, ein Notizbuch, ein paar Schminkutensilien. Ich ging in die Hocke und inspizierte den Inhalt genauer.

»Kein Handy. Hat sie ein Auto?«

»Nein.«

Ansonsten sprang mir auf den ersten Blick nichts Auffälliges entgegen. Kein Blut, keine Kampfspuren. Hinter dem Schreibtisch entdeckte ich allerdings ein Ladekabel für den Laptop, an dem kein Gerät hing. Zwischen Papieren, zwei Kaffeebechern und verschiedenen Zetteln klaffte ein vielsagender leerer Fleck, wo sicher einst ein Laptop gestanden hatte.

»Computer ist weg«, sagte ich. »Also ist sie irgendwo, hat ihr Handy und den Laptop mitgenommen. Aber keine Tasche. Oder eine andere als die, die sie sonst benutzt.«

»Hatte sie beim Überfall eine dabei?«, fragte Sneak.

»Nee, stimmt.«

»Also, wie soll das abgegangen sein? Hat sie den Laptop draußen auf den Boden gestellt, bevor sie dich überfallen hat?«

»Ich weiß es nicht, Sneak.«

»Ihr Angreifer hat ihren Laptop mitgenommen, wahrscheinlich auch das Handy.«

»Wir wissen doch gar nicht, ob sie jemand angegriffen hat.«

Sneak antwortete nicht. Wir standen schweigend da, ahnten Schlimmes. Ich griff nach Sneaks Hand, doch sie zog sie weg, trat an den kleinen Schreibtisch und griff nach dem Werbezettel, der dort lag.

»Fallschirmspringen?«, fragte sie und zeigte ihn mir. Eine Flugschule in einem Ort namens San Chinto bot Tandemsprünge für zweihundert Dollar an. Ein windzerzaustes Paar grinste glücklich aus einem Flugzeug, offenbar kurz vor dem Absprung. Sneak stopfte sich den Zettel in die Tasche und kehrte in den Flur zurück, wo auf einem Tisch ein Aquarium stand. Ich nahm einen seltsamen Plastikgegenstand vom Schreibtisch. Mehrere Lagen Klebeband, zu einem Röhrchen zusammengerollt und abgeschnitten. Sie blätterten ab wie Schlangenhaut. Ich legte es wieder zurück und zog stattdessen den gelben Notizzettel ab, den jemand an die Rückseite des Schreibtischs geklebt hatte.

Nur Vögel.

Als ich neben Sneak ans Aquarium trat, fiel mir auf, dass das Ding kein Wasser enthielt, sondern Sand und ein kleines blaues Plastikrad.

Ein kleines, rattenartiges Wesen hockte in der Ecke, schleckte sich die rosa Pfötchen ab und strich sich damit immer wieder über die winzigen Ohren.

»Oh! Was ist das?«, flüsterte ich, um das Tierchen nicht zu erschrecken. »Ein Hamster?«

»Wühlmaus.« Sneak hob sie aus dem Gefäß. »Sie hat das arme Vieh vergiftet in der Einfahrt gefunden.«

»Und in ihre Wohnung gebracht?« In Brentwood hat mein Gartenpfleger Dutzende dieser Viecher vergiftet, weil sie überall ihre Löcher gegraben hatten. Die Tiere selbst hatte ich nie zu Gesicht bekommen, aber ihre kleinen runden Tunnel, die meinen Landschaftsgarten zerstörten. Dieses Exemplar lief Sneak über die Handflächen, die sie abwechselnd vor die andere legte, sodass eine endlose Rennstrecke entstand.

»Sie hat echt ein Herz für Tiere«, sagte Sneak. »Verwundet, ausgesetzt – sie nimmt sie auf. In ihrem Alter war ich auch so. Hab ein paar verletzte Vögel gepflegt. Sind aber alle krepiert.« Ich dachte an den Notizzettel am Schreibtisch. *Nur Vögel.* Ob da eine Verbindung bestand?

»Sneak, wir sollten gehen«, sagte ich, als ich Stimmen im

Wohnzimmer hörte. »Das hier könnte ein ... vielleicht sollten wir nichts anfassen, bevor die Polizei kommt.«

»Da war dieser Typ«, setzte Sneak an, den Blick starr auf die Maus gerichtet, »dem hatte man in Mexiko die Tochter entführt. Noch ganz jung war die, so sieben. Sie haben sie aus dem Toilettenhäuschen gezerrt, direkt vom Spielplatz weg, und von der Familie Lösegeld erpresst. Die Kartelle haben so eine Regel ... manchmal kann man tauschen, ein Familienmitglied gegen ein anderes, wenn das Opfer zu schwach ist oder so was. Der Typ, den ich kannte, hat dem Kartell seine Frau und seine Schwester zum Tausch angeboten, nur bis er das Geld zusammenhätte.«

Im Gefängnis kannte jeder Sneaks Geschichten, die immer mit »da war dieser Typ« oder »da war diese Chica« anfingen. Entweder handelte es sich dabei um hochkomplexe Lügenmärchen oder ihr waren tatsächlich sämtliche schrägen Pechvögel dieser Welt begegnet. Doch die meisten Diebe, die ich in der Haft kennengelernt hatte, waren auch begnadete Lügner. Sneaks Geschichten von Typen oder Chicas hatten fast immer ein tragisches Ende.

»Und dann?«, fragte ich trotzdem. »Hat er die Kleine heil zurückgekriegt?«

»Nein. Das Kartell hat die Frau und die Schwester mitgenommen und das Lösegeld verdreifacht.«

»Mit so was können wir uns jetzt nicht aufhalten, Sneak«, sagte ich. »Wir müssen hier abhauen. Die dürfen uns nicht zusammen sehen.«

Sneak nickte, setzte die Maus zurück ins Aquarium und griff nach Daylys Tasche. »Wir können gehen.« An der Tür geriet sie kurz ins Straucheln, offenbar entfalteten der Wodka und das, was sie vorher eingeworfen hatte, erst jetzt die volle Wirkung. »Ich weiß nicht, wo mein Baby ist, aber hier ist es nicht.«

JESSICA

Am Haus an der Bluestone Lane war alles ruhig, unnatürlich still und in gelbliches Morgenlicht getaucht. Vor jedem anderen Haus arbeiteten Gärtner mit breitkrempigen Hüten, schleppten abgeschnittene Äste und Gestrüpp zu ihren verbeulten Pick-ups oder sprengten die bunten Blumenbeete. Das Haus, das Jessica betrachtete, war leer. Wie für eine Maklerbroschüre hingestellt. *Empfangen Sie hier Ihre reichen, berühmten Gäste.* Cocktails am Pool. Intime Dinner auf der Terrasse. Bentleys in der riesigen, mit weißen Kieseln aufgeschütteten Auffahrt (Landschaftsgarten *designed by Exotiq Impressions*). Jessica wartete, ließ die tiefgebräunten Frauen vorbeiwalken. French Nails, teure Wangenknochen. Ein kleiner Hund, der sicher mehr wert war als ihr Suzuki, kläffte wie angestochen hinter einem mit Efeu überwachsenen Zaun.

Samstagvormittag in Brentwood.

Rachel Beauvoirs Ankunft unterbrach die dritte Patrouille des privaten mobilen Sicherheitsdiensts, dem die wartende Latina in ihrer Schrottkiste extrem spanisch vorkam. Als Jessica ausstieg, schlug ihr der Duft von Wüstenpflanzen entgegen. Die Ader in ihrer Schläfe zuckte wie ein winziges Tier, das langsam in der Hitze verendete. Rachel blieb vor der großen Flügeltür zum Hauseingang stehen, die Schlüssel bereits gezückt.

Als sie Jessica erblickte, flog ihre rechte Hand an die Brust. »Du lieber Gott«, rief sie, »was ist denn mit Ihnen passiert?«

Sie waren sich schon einmal begegnet, damals zu Beginn der Ermittlungen im Fall um Rachels Nichte Bernice Beauvoir. Rachel war Jessica überheblich und skeptisch vorgekommen, doch das ging ihr bei allen reichen Weißen so. Die ältere Dame hatte Jessica bei Stans Beerdigung vor einem Monat nur kurz zugenickt, doch jetzt beäugte sie entsetzt die Verbände an Jessicas Nacken und Armen, die blauen Flecken in ihrem Gesicht.

»Habe mit einem Zombie gekämpft«, antwortete Jessica.

»*Sie* waren das?« Wie eine Anklägerin hatte Rachel den Zeigefinger auf sie gerichtet. Ihr Mund stand offen vor Staunen. »Ich hab's in den Nachrichten gehört. Der Mann hat Sie tatsächlich gebissen?«

»Es ist vorbei«, sagte Jessica. »Mir geht es gut.« Doch ob das stimmte, wusste sie tatsächlich erst in achtundvierzig Stunden, wenn Jessica die Ergebnisse der Tests auf HIV und Hepatitis erhalten hatte. »Bringen wir's hinter uns.«

Die magere Frau, die etwas von einem Vogel hatte, öffnete die Tür und gab den Blick auf die riesige Villa frei.

»So, da wären wir«, sagte Rachel, als hätte Jessica das Haus noch nie zuvor betreten, obwohl sie genau wusste, dass die Polizistin tagelang bei Stan Beauvoir gesessen, sich Fotos von seiner ermordeten Tochter angesehen, seinen Erzählungen gelauscht und das Zimmer des Mädchens zigmal durchsucht hatte. Es war nicht der erste Mord gewesen, in dem Jessica in dieser Gegend ermittelt hatte. Sie erinnerte sich an den Fall, der sich nur ein paar Straßen weiter ereignet hatte, eine Schießerei als Folge eines Streits über zu laute Musik, der auf schreckliche Weise außer Kontrolle geraten war. Wenn Nachbarn zu Feinden werden, und dazu noch reiche, überspannte Nachbarn mit Waffen. Jetzt standen die beiden ungleichen Frauen im riesigen Flur vor der Treppe. Das Haus war leer, frisch gereinigt, der Teppich makellos und flauschig, Zitrusduft hing in der Luft.

Jessica schob sich die Hände in die Hosentaschen. »Hören Sie«, setzte sie an, »ich bin nicht gekommen, um das Haus zu besichtigen. Ich wollte Ihnen sagen, dass das hier Zeitverschwendung ist. Es wird nicht passieren.«

»Das haben Sie mir bereits am Telefon erzählt.« Rachel ging durch den Flur ins saalgroße Wohnzimmer. »*Es wird nicht passieren*. Nun, Detective, ich muss Ihnen mitteilen, dass es bereits passiert ist. Sie sind als Begünstigte eingetragen. Schwarz auf weiß. Das können Sie nicht mehr rückgängig machen. Stan ist tot, er kann es nicht mehr ändern, und ich werde nicht dagegen vorgehen. Das Letzte, was ich gebrauchen kann, ist noch ein Anwesen an der Backe.«

Jessica blieb keine Wahl, als der Frau durchs Wohnzimmer auf die Terrasse zu folgen.

»Jetzt können Sie entscheiden, was Sie mit dem Haus machen wollen. Es verkaufen. Es sich mit Ihrem ...«, Rachel machte eine abfällige Handbewegung, »... Kollegen teilen. Die Schlüssel in die Gosse werfen und gehen. Das Anwesen verrotten lassen. Mir ist es egal. Aber bis Sie eine Entscheidung getroffen haben, sind Sie in diesen Prozess involviert, Jessica. Das wird sich nicht von alleine lösen.«

Sie standen auf der übergroßen Terrasse mit Blick auf den glitzernden Pool. Über ihnen ragten zwei weitere Stockwerke in den Himmel. Blitzblanker Betonboden und Holzlamellen, riesige Glasscheiben. Jessica entfuhr ein unfreiwilliger Seufzer. Sie ging ans Ende der Terrasse, setzte sich, ließ die Beine über dem pikobello gemähten Rasen baumeln und rieb sich die zuckende Schläfe.

»Donnerstag hatte ich einen Gutachter hier.« Rachel ließ sich mühsam neben Jessica nieder, zog sich den Rock über die Knie, eine Dame, die sich auf ein ungewohnt niedriges Niveau herablässt. »Er schätzt den Wert auf knapp sieben Millionen.«

»So genau muss ich das nicht wissen.«

»Also ich muss sagen, Detective Sanchez, ich bin ein bisschen erstaunt über Ihre Reaktion auf diesen Glücksfall. Sie sind beim LAPD. Wie viel haben Sie in den letzten zwanzig

Jahren verdient? Achtzigtausend? Der lächerliche Schrotthaufen da draußen lässt mich vermuten, dass dieser Geldregen ihre kühnste Fantasie bei Weitem übersteigt.«

Dieser Geldregen bringt die gesamte Polizei von Los Angeles gegen mich auf, dachte Jessica. *Er wird meine Beziehung zu meiner Familie in Blau zerstören.*

»Wie lange fahren Sie schon mit dieser Rostlaube herum? Das ist doch peinlich.« Rachel seufzte.

»Hacken Sie nicht auf meinem Wagen herum! Er hat schon hundertsiebzigtausend Meilen auf dem Buckel und läuft immer noch wie geschmiert.«

»Ich will damit nur sagen, dass das Geld Ihr Leben verändern könnte.«

»Hat es bereits.« Jessica zeigte auf die verbundene Bisswunde an ihrer Schulter. »Sehen Sie das? Das ist nur wegen dem Haus passiert.«

»Verstehe ich nicht.«

»Mein Kollege hat mich gestern Nacht im Stich gelassen, weil er stocksauer auf mein Erbe ist. Er war auch der Ermittlung zugeteilt und ist der Meinung, ihm steht die Hälfte zu.«

»Interessante Wortwahl. Sie sagen, ›er war der Ermittlung zugeteilt‹ und nicht ›er hat bei der Lösung des Falles mitgeholfen‹.« Rachel lächelte trocken. »Wenn er Sie in einem Notfall im Stich gelassen hat, klingt er für mich nicht nach einem Mann, der seiner Arbeit besonders eifrig nachgeht.«

»Sie waren nicht dabei. Sie haben keine Ahnung.«

Rachel zuckte die Achseln. »Ich habe Stan immer nur von Ihnen reden hören. *Jessica* kommt vorbei, um mir Videoaufnahmen zu zeigen. *Jessica* hat wieder angerufen. *Jessica* hat eine neue Theorie.«

Jessica schwieg.

»Es war Stanleys Wunsch.« Rachel wandte sich ihr zu. »Am Ende hatte er nur noch diesen einen Wunsch.«

Jessica betrachtete den Pool, wo jetzt die Morgensonne glitzerte.

»Wenn der Killer von Silver Lake ...« Rachel räusperte sich. Schluckte schwer. »Ich weigere mich, seinen Namen auszusprechen. Er ist ein Mörder, mehr nicht. Nachdem ihm seine Tochter genommen wurde, hat Stan aufgehört, sich als Mann zu fühlen. Er war der Vater, der sein Kind nicht schützen konnte. Bernice war nicht mehr bei uns, und Stan, nun, er war ohnmächtig. Es gab keine Vergeltung, keinen Abschluss. Er war hilflos. Dann sind Sie in unser Leben gekommen und Sie haben geschuftet, unablässig, Tag und Nacht. Bis Stanley fast das Gefühl hatte, Sie würden ihm nie mehr von der Seite weichen.«

Jessica grinste.

»Sie sind hier mitten in der Nacht aufgetaucht, um nach einem bestimmten Kleidungsstück zu suchen. Haben die Dielenbretter rausgerissen. Sind auf dem Dachboden herumgekrochen. Haben zigmal ihr Zimmer durchsucht. Er hat mir alles erzählt. Ich hielt Sie für besessen.«

»Von nichts kommt nichts«, sagte Jessica.

»Offenbar vertritt nicht jeder diese Ansicht«, sagte Rachel. »Zumindest nicht die Kollegen, die den Fall vor Ihnen bearbeitet haben. Dreizehn Jahre hatten die die Sache auf dem Schreibtisch liegen.«

»Ich hab nur meine Arbeit gemacht.«

»Stanley hat das anders erlebt«, sagte Rachel. »Er war überzeugt, dass Sie weit mehr geleistet haben als Dienst nach Vorschrift. Und obwohl er nichts mehr für Bernie tun konnte, hatte er das Gefühl, einen wichtigen Beitrag zu leisten, als er Ihnen zum Dank sein Haus vermachte.«

Jessica schwieg.

»Wenn Sie dieses Haus nicht annehmen, schlagen Sie meinem Bruder diese ...«

Jessica hob die Hand. »Aufhören! Den Scheiß will ich nicht hören.«

Rachel verzog pikiert den Mund. Kurzerhand zog sie ein Schlüsselbund aus der Rocktasche und zählte einzeln die Schlüssel ab.

»Eingang vorn, hinten, Terrasse, Tür zum Pool, Poolhaus.« Sie zeigte nach hinten. »Garage.«

Jessica spürte einen scharfen Schmerz in der Brust. Sie wollte nie wieder im Leben eine Garage betreten. Allein beim Gedanken daran bekam sie Schweißausbrüche.

»Sie haben meine Nummer«, sagte Rachel. Sie legte die Schlüssel auf den Boden, erhob sich und verließ das Haus ohne ein weiteres Wort. Lange betrachtete Jessica die Schlüssel, rührte sie aber nicht an.

Ein Junge beobachtete sie.

Jessica hatte es im Garten hinter dem Haus an der Bluestone Lane bemerkt, als sie sich eine Zigarette angesteckt und sich dabei gefragt hatte, ob das in Brentwood vielleicht verboten war und womöglich gleich ein privater Sicherheitsmann hier antanzen würde, um das Feuer mit einem Schlauch zu löschen. Am Gartentor in der rückwärtigen, mit wildem Wein überwachsenen Mauer war eine Gestalt vorbeigehuscht. Sie ignorierte ihn. Als sie aufgeraucht hatte, war der Kleine immer noch auf seinem Spähposten, also umrundete Jessica kurzerhand den riesigen, summenden Pool hinter der Glaswand und ging aufs Tor zu.

»Bist du die neue Nachbarin?«, fragte der Junge, bevor sie etwas sagen konnte. Jessica blieb abrupt stehen.

»Nein.«

»Ach so.« Enttäuschung.

»Ich … kümmere mich nur ein bisschen um das Anwesen. Vorübergehend.« Aus unerfindlichen Gründen fühlte sie sich genötigt, das Kind zu trösten, obwohl sie es durch die Weinranken kaum erkennen konnte. Sie sah nur seinen blonden Schopf und ein aufgerissenes blaues Auge.

»Mister Beauvoir war echt nett«, sagte der Junge und schob die Finger wie neugierige Würmer durch die Latten des Gartentors. »Ich bin ein bisschen traurig, dass er nicht mehr da ist. Er ist nämlich gestorben.«

»Ich weiß.«

»Manchmal durfte ich ihm bei der Gartenarbeit helfen. Siehst du die lila Blumen da hinten? Die großen? Die haben Dornen. Man muss Handschuhe und lange Ärmel anhaben, sonst tust du dir weh.«

»Gut zu wissen.« Jessica zündete sich eine neue Zigarette an.

»Wenn du jemanden brauchst, der dir im Garten hilft, frag mich.«

»So weit wird es wohl nicht kommen.«

»Mister Beauvoir hat mir jedes Mal fünf Dollar gegeben.«

»Ha, jetzt verstehe ich, warum du ihn vermisst.«

»Du hast da lange rumgesessen. Hast du über was nachgedacht?«

Detective Sanchez wandte sich zum Haus um, die riesigen Fenster, die großzügige Terrasse. »Die Leute denken meistens über Sachen nach, Kleiner«, sagte sie. »Spionierst du öfter Erwachsene aus?«

»Manchmal.«

»Und löcherst sie mit Fragen, obwohl du sie gerade erst kennengelernt hast?«

»Jep.«

Die Frau und der Junge beäugten einander durch die Weinranken. In der Nähe sauste ein Eichhörnchen den Baum hinauf.

»Ist die Tochter von Mister Beauvoir umgebracht worden?« Der Junge umklammerte die Latten fester. Jessica entfuhr ein verlegenes Kichern, die Frage traf sie direkt ins Mark. Unmöglich waren dem kleinen Kerl die Ausmaße seiner Frage klar. Die vielen Jahre, die sie damit verbracht hatte, eine Antwort darauf zu finden.

»Ja«, sagte sie schließlich und reckte den Hals, um zu erkennen, in welches Haus der Junge gehörte und wo die Eltern waren, die dieses nachbarschaftliche Verhör unterbrechen könnten. »Sie wurde umgebracht.«

»Ermordet?«

»Ja.«

»Er hat mir erzählt, dass sie gestorben ist, aber nicht wie.«

»Mach dir darüber keine Sorgen.«

»Ich mach mir keine Sorgen.«

»Dann ist ja gut.« Wieder musste Jessica lachen.

»Manchmal bringen Menschen andere Menschen um. Das ist wie ein Unfall, weißt du?«, sagte der Junge. »Das passiert manchmal. Nicht mit Absicht, und danach tut es ihnen furchtbar leid.«

In diesem Fall nicht, dachte Jessica, doch sie sagte: »Klar.«

»Meine Mom hat jemanden umgebracht.«

Jessica zuckte zusammen. Sie hob die Hand, um sich vor der Sonne zu schützen, und sah, dass der Junge ihre Reaktion genau beobachtete.

»Du liebe Sch... ähm ... das ist aber traurig«, stammelte sie. »Erzählst du das jedem, der dir über den Weg läuft?«

»Manchmal.«

»Soso.«

»Es war ein Unfall, aber sie musste trotzdem ins Gefängnis.«

»Was soll das heißen?«

»Eigentlich sollte sie nicht ins Gefängnis. Es war ein Fehler. Die Polizei hat einen Fehler gemacht.«

Jessica kam sich vor, als hätte ihr jemand in die Magenkuhle getreten. Ihre Zigarette schmeckte plötzlich gallenbitter. Sie ließ sie ins Gras fallen und trat sie vorsichtig aus. Die Schießerei drei Straßen weiter fiel ihr wieder ein. Die schwangere Frau mit dem langen Gesicht und dem traurigen, wirren Blick, das blaue Licht der Streifenwagen, das sich in ihren Augen spiegelte. Jessica hatte ihr persönlich die Handschellen angelegt. So was vergisst man nicht, Täterinnen, die man aus ihrem Alltag direkt in die Hölle führt. Sie hatte Angst, die nächste Frage zu stellen, tat es aber dennoch.

»Wie heißt du eigentlich?«

»Jamie Harbour.« Der Junge lächelte.

»Typisch. Mein verkacktes Scheißleben!«, sagte Jessica.

BLAIR

Im *Denny's* am Crenshaw Boulevard wählte ich einen Platz in der hintersten Ecke, so weit wie möglich vom Eingang und den Schaufenstern entfernt und nah an der Toilette, damit ich mich sofort verziehen konnte, falls Polizisten auftauchten oder solche, die danach aussahen. Ich trug eine Sonnenbrille und hatte mich hinter der Speisekarte verschanzt, um so unbemerkt die anderen Gäste abzuchecken. Sneak, die die Nase ebenfalls in die Speisekarte gesteckt hatte, erregte in ihrem knappen Hemdchen und Minirock ziemliche Aufmerksamkeit.

»Das ist mir zu viel«, sagte sie schließlich und knallte die Karte auf den Tisch. »So viel Auswahl bin ich nicht gewohnt. Fünfzehn Sorten Pfannkuchen? Geht gar nicht.«

»Nimm einfach den Grand Slam und einen Kaffee.«

»Mit deinem Affentheater machst du dich übrigens verdächtiger, als wenn du dich ganz normal benehmen würdest.« Sneak popelte sich mit einem zerknickten Strohhalm zwischen den Zähnen herum. »Wenn uns ein Bewährungshelfer zusammen sieht, bietest du ihm einfach was an.«

»Was soll ich dem denn anbieten?«

»Geld, du Blitzbirne!«

»Hab ich nicht.«

»Na, dann bläst du ihm eben einen.«

»Meine Güte, Sneak!« Ich schüttelte den Kopf. »Wir sollten uns jetzt mal aufs Wichtige konzentrieren. Gestern Nacht: Du kriegst einen Anruf von Dayly. Mittendrin werdet ihr unterbrochen. Du fragst ein paar Leute, was sie wissen. Danach hast du eine Vermisstenanzeige aufgegeben, oder?«

Sneak fummelte mit einer Serviette herum und schwieg.

»Willst du mir erzählen, du hast noch nicht mal die Polizei eingeschaltet?« Ich rutschte auf meiner Bank herum. »Okay, das müssen wir sofort nachholen. Das ist der erste logische Schritt.«

»Müssen wir nicht. Die Mitbewohnerin macht das bestimmt. Du hast sie doch gehört. Sie wollte die Polizei rufen.«

»Aber du musst ihnen sagen, was du weißt! Sie müssen wissen, dass Dayly dich angerufen hat.«

»Geht nicht.«

»Wieso nicht?«

»Ich kannte mal einen Typen, der hat ein *Denny's* ausgeraubt«, sagte sie, den Blick auf die Speisekarte gerichtet. »Das ist abgelaufen wie in *Pulp Fiction*. Er hat mit der Wumme rumgefuchtelt und gebrüllt und alle bedroht, die Leute mussten ihre Geldbörsen in eine Mülltüte tun.«

»Sneak!«

»Er ist sogar nach hinten und hat dem Küchenpersonal Geld und Schmuck abgenommen.« Sneak zog die Nase hoch. »Aber dieser eine Koch hat so viel Schiss gekriegt, dass ihm sein Eimer Käsesoße aus der Hand gefallen ist. Der Typ ist voll drauf ausgerutscht und glatt auf dem Arsch gelandet. Die Tüte und alles hat er fallen lassen. Da haben sie sich auf ihn gestürzt. Er hat dauernd versucht, aufzustehen, ist aber ständig auf dem Arsch gelandet. Es war so lustig, dass die Leute Tränen gelacht und ihn schließlich gehen lassen haben. Er ist zur Hintertür raus, von oben bis unten mit Käsesoße bedeckt. Die Waffe und die Beute hat er glatt liegenlassen.«

»Sneak? Willst du wegen Dayly nicht zur Polizei gehen, weil sie hinter dir her sind?«, fragte ich vorsichtig.

Sie lachte, schob sich die strähnigen Locken aus dem Gesicht. »*Hinter dir her*, haha. Bei dir klingt das, als wäre ich Jesse James.«

»Sie können uns helfen. Hier geht es um deine Tochter!«

»Kann sein, dass sie *hinter mir her* sind.« Sneak seufzte. »Keine Ahnung. Ich hab gehört, sie haben mich wegen ein paar gestohlener Sachen in einem möglicherweise unter meinem Namen gemieteten Lagercontainer auf der Fahndungsliste.«

Ich vergrub den Kopf zwischen den Händen. »Du kannst es einfach nicht lassen.«

Die Bedienung kam, wir bestellten. Sneak rang die Hände auf dem Tisch.

»Ich kann da nicht hin. Wenn die mich jetzt einbuchten, kann ich nicht nach meinem Kind suchen. Die Bullen haben mich im Visier. Die hängen mir alles Mögliche an. Und dann musst du allein weitermachen.«

Ich schnaubte. »Ich? Wieso ich?«

»Weil du die Einzige bist, die mir hilft.« Sneak beäugte mich aufmerksam. »Tust du doch, oder?«

»Hör zu«, sagte ich vorsichtig, »ich weiß noch nicht mal, was hier los ist. Ich kann gern mit dir überlegen, was mit Dayly passiert sein könnte. Aber ich hab selbst ein Kind und kann nicht riskieren, dass sie mich ihm wieder wegnehmen.«

Sneak schwieg, den Blick unverwandt auf mich gerichtet.

»Du hast was gut bei mir«, räumte ich ein.

»Aber so was von«, sagte sie. »Ich hab schon gedacht, du hättest das vergessen.«

»Ja, ich weiß, in Happy Valley hast du mich aus einem ziemlich tiefen Loch geholt.«

»Ich bin nicht nur gekommen, weil ich bei dir was guthab«, sagte Sneak. »Du bist taff. Wenn's eng wird, behältst du die Nerven. Früher warst du eine reiche, angesehene Chirurgin, und damit bist du der schlauste Mensch, den ich kenne. Also will ich jetzt von dir wissen, ob du mitmachst oder nicht, weil wenn nicht, muss ich mir eine andere Kampfkameradin suchen.«

Ich dachte an Jamie. Stellte mir vor, wie es wäre, ihm zu erklären, warum ich mich für weitere fünf Jahre bei ihm verabschieden musste: Weil ich einer Freundin helfen wollte, habe ich unsere Beziehung für weitere fünf Jahre geopfert. Es war schwer genug gewesen, ihm nach meiner Entlassung kindgerecht zu erklären, weswegen ich im Gefängnis gelandet war, dass ich unbeabsichtigt etwas Schlimmes getan hatte und die Polizei mich wegsperrte, obwohl ich in bester Absicht handelte. Aber das konnte ein Kind unmöglich begreifen. Umso unbegreiflicher wäre es für meinen Sohn zu begreifen, warum ich meine Freiheit jetzt wiederum riskieren sollte, um Sneak und ihrer Tochter zu helfen, eine junge Frau, die mich ausgeraubt hatte.

Aber wenn Sneak nicht gewesen wäre, hätte ich die Haft nicht überlebt. Sie hat mich aufgerüttelt und ist mir danach nicht von der Seite gewichen – auf traurige Weise institutionalisiert, aber genau deswegen mit der Routine, den Regeln und Ritualen des Justizvollzugs vertraut. Wie eine Reiseleiterin hatte sie mich sicher durch meine Haftstrafe geführt. Natürlich war Sneak eigentlich keine gute Zellengenossin, sie war ständig high, und wenn sie sich nicht gerade mit anderen Insassinnen zoffte, baggerte sie die Wärter an. Außerdem hatte sie dermaßen lange Finger, dass ich mir alles, was ich nicht entbehren konnte, in den BH stopfen musste – Slipeinlagen für den Notfall, Bilder von Jamie, die Tabletten, die ich nach der Entbindung nehmen musste. Jedes Mal, wenn sie ihre Zeit in Happy Valley abgesessen hatte und entlassen wurde, tat sich unter mir der Boden auf. Doch es dauerte nie lange, bis man sie wieder einsperrte, und ich hieß sie jedes Mal willkommen, als wäre sie meine lang verschollene Schwester. Sneak ließ sich einfach nicht unterkriegen, egal, wie hoch ihre Strafe ausfiel, egal, wie oft sie draußen scheiterte. Wenn sie am Gefängnis zerbrach, würden alle anderen auch zerbrechen – das glaubte sie, und deshalb riss sie sich zusammen. Dafür bewunderte ich sie.

Doch der dringende Wunsch, Sneak bei der Suche nach ihrer Tochter zu helfen, kam aus mir selbst heraus, speiste sich aus denselben Motiven, die mich früher im Operationssaal angetrieben hatten. Ich wollte die Beziehung zwischen Sneak und ihrer Tochter heilen. Sie mit sauberen Verbänden verarzten. Einer Mutter zur Seite stehen. Eine Heldin sein. Genau wie früher, vor meiner Zeit im Gefängnis. Diese Sache war ein Zeichen, eine Prüfung, und wenn ich sie bestand, wäre ich wieder die Frau, die ich gewesen war, bevor man mich in eine Zelle gesperrt hatte. Dann wäre ich noch immer ein guter Mensch.

»Bin dabei!«, sagte ich.

Sneak lächelte.

»Erzähl mir genau, was du über Dayly gehört hast. Was munkelt man auf der Straße.«

»Sie ist abgerutscht.« Sneak zog ihr Handy hervor, rief eine Datei auf und schob es mir über den Tisch. »Ne Freundin von mir arbeitet als Webcam Girl, die hat mir das hier geschickt. Kannst es dir angucken. Ich brauch 'ne Fluppe.«

Sneak ging nach draußen. Sie hatte eine Website namens Rareshare-Hx.com aufgerufen. Im oberen Bereich sah man eine coole Cartoonfrau, die einem Cartoonmann in einem abgedunkelten Raum einen blies. Ihr Kopf wippte auf und ab, in einer Endlosschleife, sie blickte ihr Gegenüber mit großen Augen an, während ein Banner verkündete: »Wer zuerst kommt, hat verloren.« Eine Liste verschiedener, nach Kategorien geordneter Videos zeigte echte »Mädels«, die ähnliche Akte vollführten. Auf einem der Videobildchen erkannte ich meine junge Tankstellenräuberin, die es sich mit einem Glas Wein auf einem blauen Sofa gemütlich gemacht hatte. Als ich draufklickte, ging der Film los: Dayly machte eine abweisende Handbewegung in Richtung Kamera.

»Hör auf«, sagte sie belustigt, »das ist doch blöd.«

Ich sah mir das Ganze eine Weile lang an. Jemand hatte die Kamera offenbar irgendwo abgestellt, danach schlenderte ihr Besitzer, ein schlanker Mann mit kurzgeschorenem schwarzem Haar und einer blauen, nicht genauer identifizierbaren Tätowierung am Hals, ins Bild. Dayly und der Mann machten auf der Couch herum. Ich drehte das Handy, um den Titel des Videos besser lesen zu können.

Vollbusige, blutjunge, unerfahrene Blondine kriegt's richtig besorgt! Der Mann im Video zog Dayly die Bluse aus, als über mir eine Stimme ertönte.

»Darf's noch mehr sein?«

Der Mann mit der Kaffeekanne war muskulös und braungebrannt, das Polohemd von *Denny's* schmiegte sich hauteng an seinen Körper. Rasch schaltete ich das Handy stumm und legte es mit dem Display nach unten auf den Tisch.

»Ja, bitte«, stieß ich hervor.

Als er gegangen war, griff ich mir den Salz- und Pfefferstreuer und betastete beides gedankenverloren. Seit zehn Jahren hatte mich kein Mann mehr intim berührt. Damit meinte ich alles, vom wohlwollenden Schulterklopfen über die herzliche Umarmung bis zum Sex. Am nächsten war ich einer solchen Berührung gekommen, als Henry, Sashas Mann, mich nach der Entlassung in die Arme geschlossen hatte – das geschah allerdings nur in meiner Fantasie. Wochenlang hatte ich mir ausgemalt, wie es sich anfühlen würde, immer wieder hatte ich das Kopfkino laufenlassen: seine Arme auf meinen Schultern, sein Atem auf meiner Wange, seine Hüfte an meiner. Als der Tag meiner Entlassung dann endlich kam, geschah natürlich nichts dergleichen. Sasha und Henry waren gekommen, um mich abzuholen, aber Henry blieb im Wagen sitzen, drehte sich nur kurz mit einem Lächeln zu mir um, als ich auf die Rückbank glitt. Jetzt beugte sich der Kellner erneut über mich, um Sneaks Becher nachzufüllen, und ich roch sein Deo, sah die Sehnen an seinem kräftigen Hals hervortreten. Große Hände, starke Arme.

»Danke. Könnten wir vielleicht noch etwas Wasser haben?«, fragte ich.

Der Kellner nickte lächelnd und ging davon. Sneak rutschte wieder auf die Bank.

»Hast du etwa gerade den Kellner angegraben?«

»Ich ... was? Nein! Nein, natürlich nicht!«

»Du hast ihn angeglotzt, als würdest du ihn am liebsten in deinen Sexkeller schleppen und ihn dort festketten.«

»Ich bitte dich!«, rief ich lachend. »Ich hab ihn nur um Wasser gebeten.«

»Musst du das Feuer in deinem Höschen löschen?«

»Sneak!«

Sie schüttelte den Kopf. »Hast du den Fluch etwa noch nicht gebrochen?« Offenbar war sie froh, sich von ihrer verschwundenen Tochter ablenken zu können. »Du bist schon ein Jahr auf freiem Fuß und dich hat noch keiner geknallt?«

»Könntest du einfach ... nicht ›geknallt‹ sagen?« Als der Kellner unser Essen und das Wasser brachte, ignorierte ich ihn komplett. »Und stell den Salzstreuer wieder hin.«

Sneak zog eine Grimasse, holte ihn aus der Tasche und schob ihn zurück auf den Tisch.

»Das Video von Dayly«, sagte ich, »das ist ein Amateurporno.«

Sneak nickte. »Von einer Bezahlseite. Um es ganz zu sehen, musst du bezahlen. Derjenige, der es hochgeladen hat, kriegt einen Anteil. Vielleicht brauchte sie Geld. Oder ihr Freund hat sie gefilmt und es heimlich auf die Site gestellt.«

»Dieser Typ ist ihr Freund? Oder nur irgendein Drecksack?«

»Nein, offenbar ihr Freund. Ich hab seinen Namen und die Adresse. Dimitri Lincoln. Kein guter Mann. Wir müssen ihn uns vorknöpfen, rauskriegen, was er weiß. Aber er wohnt in Temple City. Wenn Dayly freiwillig Amateurpornos gedreht hat, war sie schon ziemlich nah an der Gosse. So hab ich auch mal angefangen. Hab mich für Geld fotografieren lassen, damit ich mir Vicodin kaufen konnte. Dann hab ich Schwänze gelutscht. Und am Ende bin ich aufn Strich gegangen. Wenn sie sich die falschen Freunde gesucht hat, will ich wissen, wer die sind.«

»Okay, klingt nach einem guten Anfang.«

»Aber Temple City ist für ein Taxi zu teuer. Wir brauchen Geld und ein Auto.«

»Stimmt.«

»Gestern Nacht hab ich versucht, an einen Wagen zu kommen, aber das hat nicht geklappt. Und Kohle hab ich auch keine. Wie sieht's bei dir aus? Was ist mit der Frau, die dein Kind hat? Kann sie dir nicht ein paar Wochen ihren Wagen leihen?«

»Ja, vielleicht, aber das will ich nicht. Die hält mich sowieso schon für eine Totalversagerin. Sie und ihr Mann sollen nicht denken, dass ich mein Leben nicht in den Griff kriege, weil sie mir sonst kein zusätzliches Besuchsrecht einräumen.« Ich tippte mit der Gabel auf die Tischfläche. Mir war eine Idee gekommen, und je länger ich darüber nachdachte, desto besser erschien sie mir. Sneak schien es ebenfalls zu sehen, sie beobachtete mich genau.

»Ich muss mein Kind besuchen«, sagte ich. »Danach können wir uns wieder treffen.«

»Weißt du, an wen wir uns wenden können?«

Ich seufzte. »Ja. Aber ich tue das extrem ungern.«

LIEBER JOHN,

ich heiße Dayly Lawlor. Du kennst mich nicht, aber wenn du ein gutes Gedächtnis hast, kommt dir mein Nachname vielleicht irgendwie bekannt vor. Vor einer Woche saß ich mit meiner Mutter in ihrer Wohnung, da kam in den Nachrichten eine Meldung: Man hat rund drei Millionen Dollar gefunden, in mehreren Koffern, in der Wüste in Pasadena vergraben. Ein paar Bauarbeiter sind darauf gestoßen, glaube ich. Keine Ahnung, warum die die Polizei alarmiert haben und nicht einfach damit abgehauen sind. Jedenfalls hieß es in der Meldung, dass das Geld vermutlich einem Häftling in einer der Todeszellen von San Quentin gehört, ein Bankräuber namens John Fishwick. Er hat es wohl vor seiner Verhaftung zur Sicherheit in der Wüste vergraben. Sie haben irgendeinen Experten befragt, der diese Vermutung bestätigt hat. Vor dieser Meldung hatte ich deinen Namen noch nie gehört, aber meine Mom hat gelacht und mir erzählt, dass sie vor langer Zeit mal mit dir geschlafen hat. Sie wusste tatsächlich noch genau, wie lange das her war. Zwanzig Jahre. Ich werde im Februar einundzwanzig.

Wahrscheinlich kriegst du eine Menge solcher Briefe. Spinner und Freaks, die alles über deine Verbrechen wissen wollen. Ich habe schon ein paar Typen geschrieben, mit denen meine Mutter zur kritischen Zeit herumgehangen hat, und zwei von ihnen sitzen wie du hinter Gittern. Sie war schon immer ein bisschen unsolide. Hat sich, glaube ich, in jungen Jahren mit den falschen Leuten rumgetrieben. Sie ist drogensüchtig, hat mich mit sechzehn bekommen und weggegeben. Ich weiß nicht genau, was ich von ihr halten soll, aber damit will ich dich nicht langweilen. Eigentlich wollte ich dich nur fragen, ob du dich an sie erinnerst. Du hast dich zu der Zeit sicher mit ziemlich üblen Gestalten herumgetrieben, damals warst du so richtig aktiv. Das war kurz vor der Inglewood-Sache. Meine Mom hat gemeint, du hast auf Partys und in Clubs mit Geld um dich geworfen, bist immer abgehauen, bevor dich die Polizei erwischt hat. So ein bisschen kann ich mir vorstellen, warum Mom dich attraktiv fand. Wahrscheinlich haben sie dich für eine Art Robin Hood gehalten. Aber ich muss dir sagen, dass ich das, was du am 11.5.1998 in der Inglewood Chase Bank verbrochen hast, richtig entsetzlich finde. Ich habe alles gelesen, was ich über dich und das Massaker finden konnte, und das Internet ist ja ziemlich großzügig bei so was, ich bin aus Versehen sogar auf richtig schlimme Bilder gestoßen.

Aber ich schreibe dir nicht, um dich wegen deiner Taten auszufragen. Das passiert dir sicher oft genug. Ich wollte dich lediglich fragen, ob du dich an Emily Lawlor erinnerst, auch unter dem Spitznamen »Sneak« bekannt. Stimmt es, dass ihr beide vor zwanzig Jahren was miteinander hattet? Hat sie sich jemals bei dir gemeldet, um dir zu sagen, dass du mein Vater sein könntest? Hast du überhaupt in den ganzen Jahren Kontakt zu ihr gehabt?

Ich weiß, dass ich in diesem Brief nicht viel über mich geschrieben habe, falls du überhaupt Interesse hast. Ist irgendwie schräg, sich vorzustellen, dass du dich nicht für mich interessieren könntest, obwohl ich doch alles über dich wissen will. Ich wohne in Toluca Lake, in der Nähe der Filmstudios, weil meine Mitbewohnerin eine Rolle als Schauspielerin sucht, und davon gibt es hier eine Menge, deswegen ist die Miete ziemlich niedrig. Ich bin am Community College und lerne alles über Tierpflege, weil ich gern Tiere rette und gesundpflege. Gerade päpple ich eine Wühlmaus bei mir auf, falls dir das was sagt. Jemand hat sie vergiftet. Ein süßer Kerl (ich nehme an, es ist ein Männchen, das kann man schlecht feststellen). Vor ein paar Monaten habe ich eine Taube mitgenommen, die hab ich auf dem Ventura Freeway gefunden, war von einem Auto angefahren worden. Sie hat sich schnell erholt, was gut war, denn meine Mitbewohnerin war ziemlich angeekelt davon. Sie war überzeugt, dass sie sich Milben einfängt. Es gibt auch traurigere Aspekte in meinem Leben. Ich bin keine Heilige. Aber darüber mehr, wenn du mir zurückgeschrieben hast – falls das überhaupt passiert.

Ich habe ein Foto von mir und meiner Wühlmaus Pockets angehängt. Im Internet habe ich nichts Genaues über Einschränkungen bei Fotos für Gefangene in den Todeszellen von San Quentin gefunden, aber ich hoffe, sie nehmen es dir nicht weg.

Viele Grüße und hoffentlich bis bald,
Dayly

JESSICA

Die Straße war mit Streifenwagen zugeparkt, die Polizisten nutzten jede Ausrede, um sich so lange wie möglich im klimatisierten Dienstgebäude der Polizei von West LA aufhalten zu können, während die Temperaturen vor der Tür auf einen neuen Höhepunkt zusteuerten. Jessica hatte den vergangenen Abend in ihrer beengten Wohnung an der Alameda Street damit verbracht, über das Haus und den Harbour-Jungen nachzudenken. Unter der Dusche hatte sie die wildesten Verrenkungen angestellt, um ihre Verbände nicht zu durchnässen, und danach, im Bett, von Zombies geträumt, die sie durch die dunklen Straßen jagten. Um Mitternacht war sie schließlich aufgestanden, hatte sich die Schlüssel zum Anwesen an der Bluestone Lane vom Couchtisch geschnappt und in den Müll geworfen. Heute Morgen hatte sie sie wieder rausgefischt.

Am Empfang rissen zwei ihr unbekannte Kollegen unter den gerahmten Porträts aller ehemaligen Chiefs ihre Schicht ab. Ohne sie weiter zu beachten, hielt Jessica ihre Karte vor das Lesegerät an der Pforte, die sich mit einem Summen öffnete und den Zugang zu den Büros freigab. Wenn sie es schaffte, von allen ignoriert zu werden, wäre dies ein großes Glück.

Doch im Großraumbüro im ersten Stock flog sie gnadenlos auf. Der vertraute Geruch schlug ihr entgegen, ungewaschene, verschwitzte Körper, Kaffee, Zigaretten. Sie hatte das Gefühl, dass sich sämtliche Blicke auf sie richteten. Manche hatten einen Hörer am Ohr, andere hatten sich über chaotische Schreibtische gebeugt, wo sie sich zuvor Fotos oder Kameraaufzeichnungen oder ihre Notizen angesehen hatten. Wie eine leise Alarmsirene hatte Jessicas Auftritt die Aufmerksamkeit der Kollegen erregt, alle Augen ruhten auf ihr. Mit einem Räuspern setzte sie ihren Spießrutenlauf in Richtung Lift fort.

Sie stand schon an den Türen, hatte den Knopf zigmal traktiert, da hörte sie das Flüstern, das sich verbreitete wie ein Lauffeuer. *Brentwood. Villa. Millionen.*

Kein Sterbenswörtchen über ihre Verletzungen. Nichts über Wallert und Vizchen. Im dritten Stock machte sie sich nicht mal mehr die Mühe, die Reaktionen der anderen zu beobachten. Sie steuerte direkt auf Wallert zu, der an der Kaffeemaschine stand und sich Zucker in den Pappbecher schüttete. Sie wartete geduldig, bis er sich vom Tresen abgewandt hatte, dann schlug sie ihm punktgenau unter den vollen Becher, sodass ihm der heiße Kaffee direkt ins Gesicht, über die Kaffeemaschine, den Tresen und die Wand spritzte. Bevor sich ihr Kollege noch die Augen abwischen konnte, hatte sie ihm mit voller Wucht aufs Maul gehauen.

»Du verdammtes Stück Scheiße!«, zischte sie.

»Hilfe! Was soll …«

»Du fettes, mieses Stück Scheiße!«

Diese Beleidigungen hatte sie sich nicht vorher überlegt, sich keine Gedanken gemacht, wie sie ihn auf besonders geistreiche Art treffen könnte, doch was da aus ihr hervorquoll, war so heftig, dass sich ihre Kollegen noch Jahre später daran erinnern sollten. Sie schleuderte ihm einfach entgegen, was gerade kam. Bevor sie erneut zuschlagen konnte, hatte man sie schon im Schwitzkasten. Romley vom Drogendezernat und irgendeine Tussi, die sie nicht kannte, packten sie von hinten und zerrten sie von Wallert weg. Mittlerweile hatte sich eine Menschenmenge gebildet, scheinbar, um die Schlägerei einzudämmen, doch in Wahrheit hätten sie Tickets für die erste Reihe bezahlt, wenn sie jemand angeboten hätte. Das hier war der Showdown des Monats.

»Ich hätte hopsgehen können, du elender Fickwicht!«, brüllte sie Wallert an. »Der Typ hat mich einfach hochgehoben und festgehalten, als wäre ich ein verdammtes Kind. Wenn du mitgekommen wärst, hätte ich ihn nicht umlegen müssen. Wegen dir hab ich jemanden erschossen!«

»Da wirst du schon drüber wegkommen.« Wallerts Hemd, vollkommen durchtränkt, klebte ihm am Oberkörper, ließ die schwarze Behaarung auf seiner schlaffen Brust durchscheinen. Er wischte sich das Blut vom Kinn. »Schließlich hast du ja jetzt genug Geld für den Psychologen.«

»Hab ihr das gehört?« Jessica wand sich aus dem Griff ihrer Kollegen und blickte ungläubig in die Runde. »Habt ihr das alle gehört? Dieser Kerl hier hat seine Kollegin hängenlassen!«

Sie musterte die Mienen der Umstehenden, erwartete, dort denselben Zorn zu entdecken, der sie erfasst hatte. Doch die meisten blickten betreten zu Boden oder sahen einander peinlich berührt an, kommunizierten ohne Worte, verurteilten, wägten ab. Mitten unter ihren Leuten stand sie, doch das Wort »wir« schien sie nicht mehr einzubeziehen. Wallert hingegen war noch immer ein fester Teil vom großen Wir. Jessica fragte sich, was in den vergangenen vierundzwanzig Stunden in ihrer Abwesenheit geschehen war, welche Gespräche man hinter ihrem Rücken geführt hatte, welche Entscheidungen getroffen wurden, um zwischen ihnen und ihr eine Grenze zu errichten.

»Ich fasse es nicht!« Plötzlich war sie außer Atem. »Das ist …«

»Jetzt krieg dich erst mal wieder ein, Sanchez.« Irgendein Typ aus der Personalabteilung kumpelte ihr auf die Schulter. Ihre Bisswunde meldete sich mit voller Wucht. »Es ist nicht hilfreich für deinen Fall, wenn du hier so hysterisch wirst.«

Sie stieß ihn weg. »Meinen *Fall*?«

»Wallert hat sich nicht korrekt verhalten.« Romley, der Drogenfahnder, zuckte die Achseln. »Aber ich und ein paar von den Jungs, wir haben uns darüber unterhalten. Alle haben darüber gesprochen. Der Bericht besagt, dass du allein vorgeprescht bist. Klar, Wally und Vizchen hätten dir Deckung geben sollen, aber du trägst die Verantwortung für deine Entscheidung, Sanchez. Und die Sache mit dem Haus in Brentwood? Das ist echt große Kacke, wenn ich ehrlich bin.«

»Also ich wär auch stinksauer«, warf ein anderer ein.

»Du nimmst das Haus nicht an, oder?«, fragte Veronica von South Homicide. »Irgendwer meinte, du hättest schon akzeptiert. Aber das kannst du nicht machen.«

»Ich hab gehört, es ist neun Millionen wert.«

»Ha! Wer hat hier seinen Kollegen hängenlassen?«

Romley reichte Wallert ein paar Servietten, und der tupfte sich mit verstohlenem Grinsen das Blut von den Lippen. Als Jessica sich umwandte, sah sie Vizchen in der Ecke, der die Szene ausdruckslos verfolgte. Plötzlich kam es ihr vor, als würden die Leute um sie herum Hitze abgeben und ihre Bisswunden zum Brennen bringen. Jessica dachte an Fieber, Infektion, HIV. Sie hielt sich den Kopf, redete sich ein, es wäre alles nur Show, ein dummer Scherz. Gleich würde jemand aus der Menge auf sie zukommen, sie in die Arme schließen und ihr versichern, dass alles in Ordnung, sie immer noch Teil des Teams und nicht ihre Feindin sei. Doch derjenige, der sich schließlich einen Weg durch die Menge bahnte, war niemand anderes als Captain Whitton, und in seiner Miene lag nichts Tröstliches.

»Sanchez!«, rief er. »In mein Büro! Sofort!«

Jessica Sanchez saß im Büro des Captains. Andrew Whitton, dachte sie, ist die perfekte Führungsperson für die Polizei von Los Angeles. Groß, seriös, ernst. Regungslose, schiefergraue Augen und Schultern, die so breit waren, als wären sie nur dafür gemacht, die Last der Verantwortung zu tragen, Schultern, die sich auf verregneten Polizeibegräbnissen taktvoll beugten und neben seinen Kollegen im Fitnessstudio zwar betagt, aber immer noch kräftig aussahen. Auf seinem Schreibtisch standen Fotos von seiner Frau Karen, mit Locken und aufrichtigem Blick hinter der bunten Brille, und den drei Söhnen, allesamt Polizisten. Dazu mehrere Bilder von Segeltörns.

»Es ist Zeit, eine Entscheidung zu treffen«, sagte ihr Chef, als er sich hinter dem Schreibtisch niederließ. In seinem Leben musste er das vermutlich ständig tun. Entscheidungen treffen. Eine Beförderung. Ein Befehl. Ein Beschluss. Lauter Entscheidungen, in Akten abgelegt, mit Briefmarken besiegelt. »Nehmen Sie das Haus oder nicht?«

»Von diesem verdammten Haus habe ich erst vor achtundvierzig Stunden erfahren«, erwiderte Jessica tonlos. »In dieser Zeit wurde ich bei einem Einsatz verletzt und habe einen Mann erschossen.«

»Klar. Und Sie sollen nicht denken, dass mir das egal wäre.« Whitton hob die Hand. »Soweit ich weiß, haben Sie gleich nach der Einlieferung ins Krankenhaus Besuch von unserem Gewerkschaftsvertreter und dem Gesundheitsmanagement bekommen. Die Arbeitsunfähigkeitsbescheinigung ist ausgestellt worden?«

»Ja, und auch schon eingereicht.«

»Gut. Dann wird Ihnen die Polizeiaufsicht bald einen Termin vorschlagen, um sie wegen Ihres Schusswaffengebrauchs zu befragen. Es ist also alles unter Dach und Fach, Sie sind freigestellt, um ihre Verletzungen auszukurieren, und werden zur Klärung der Umstände Ihres Einsatzes beitragen, wenn man Sie darum bittet. Bleibt nur noch, Ihnen mein Mitgefühl auszudrücken und meine vollste Unterstützung als Ihr Vorgesetzter, Mentor und Freund. Nicht unter Dach und Fach ist allerdings der Shitstorm, der hier wegen des Hauses in Brentwood losbrechen wird.«

Jessica zwickte sich ins Nasenbein. Ihr ganzes Gesicht tat weh, der Schmerz zog bis in ihren Nacken und hoch bis zur Schädeldecke. Wieder musste sie an Infektionen denken. Hätte sie doch damals nur die Klappe gehalten. Aber Rachel Beauvoirs Anruf vor zwei Tagen hatte sie frühmorgens in der Umkleide erreicht und sie so geschockt, dass sie alles brühwarm einer Kollegin erzählt hatte, die zufällig in ein Handtuch gewickelt neben ihr gestanden hatte. Fiona Hardy vom Waffentraining. Die hatte es sofort weitergetratscht, und so hatte sich die Neuigkeit in Windeseile verbreitet.

»Ein paar Jungs, die gestern Streife gefahren sind, haben behauptet, du wärst im Haus gewesen«, sagte der Captain.

»Ja, ich hab's mir angesehen.« Jessica rutschte auf ihrem Stuhl herum. »Bin direkt vom Krankenhaus hingefahren. Läuft das jetzt immer so? Die Jungs von der Streife machen Meldung, ob ich im Haus bin oder nicht?«

»Sie sind eben neugierig«, sagte er. »Wären Sie das nicht?«

»Nein. Es war Stanley Beauvoirs letzter Wille. Da ist es doch wohl das Mindeste, dass ich mir das Haus persönlich ansehe.«

»Aber das haben Sie doch zigmal gesehen, als Sie ...«

»Haben Sie mich hierherbestellt, um mir die Leviten zu lesen?«

Der Captain lehnte sich zurück und musterte Jessica schweigend. Sicher versuchte er, sich daran zu erinnern, dass sie keine Schuld hatte an diesem Schlamassel, dass sie hier das Opfer war, zumindest der Folgen dieser Erbschaft.

»Sie sind sicher versucht, das Erbe anzunehmen«, sagte er schließlich. »Zwölf Millionen Dollar sind ein Menge Geld.«

»Jedes Mal, wenn jemand das Haus erwähnt, ist es im Wert gestiegen. Da muss eine Ölquelle auf dem Grundstück sein, von der mir niemand erzählt hat.«

»Legen wir die Karten auf den Tisch, Sanchez. Die Wahrheit.« Der Captain blickte zur Tür, als wollte er sichergehen, dass sie auch wirklich geschlossen war. »Für Ihren Einsatz im Silver-Lake-Fall verdienen Sie Anerkennung. Ich weiß, dass Wallert da geschlampt hat.«

Jessica schwieg.

»Wallerts Beförderung zum Detective war eine Fehlentscheidung, man hat seinen Charakter überschätzt. Aber ich habe sie nicht getroffen, das war vor meiner Zeit«, sagte Whitton vorsichtig. »Und ich möchte Sie bitten, das, was wir hier besprechen, nicht nach außen zu tragen.«

Jessica schwieg immer noch.

»Ich fühle mich gezwungen, Ihnen genau zu erklären, was hier auf dem Spiel steht.« Der Captain zog eine Schublade auf.

»Ich weiß genau, was auf dem Spiel steht«, sagte Jessica.

»Als Ihr Vorgesetzter möchte ich das offiziell bestätigen.«

Jessica fiel in sich zusammen. Unter seiner Leitung hatte sie schon diverse Male in seinem Büro gesessen und ertragen, wie er den genauen Wortlaut des polizeilichen Regelkatalogs vorgelesen hatte, den Finger immer unter der korrekten Zeile.

»Würden Sie das Haus in Brentwood von Mr Beauvoir als Belohnung und Gegenleistung für Ihre Arbeit im Fall seiner ermordeten Tochter akzeptieren ...« Whitton hatte die passende Stelle gefunden, »... könnte man Sie nach Paragraph 33, Absatz 2 mit einer Disziplinarstrafe belegen.«

»Aha«, sagte Jessica.

»Man könnte auch den Folgeabsatz anwenden: *Bestechung, Täuschung, Diebstahl, Urkundenfälschung*.«

»Als man mir den Fall übertrug, hat Mr Beauvoir zu keinem Zeitpunkt erwähnt, dass er mir sein Haus als Gegenleistung für die Aufklärung des Mordes an seiner Tochter vermachen würde«, erklärte Jessica. »Das war keine Bestechung. Erst als seine Schwester mich angerufen hat, habe ich von dem Erbe erfahren.«

»Sie waren besessen von dem Fall. Ihre Kollegen haben sich Sorgen gemacht.«

Jessica warf die Hände in die Luft. »Das kann doch wohl nicht wahr sein! Ich gebe hier mein Bestes, und die Kollegen machen sich *Sorgen*?«

»Sie haben abgenommen. Nicht geschlafen. Haben nie Feierabend gemacht. Sie wären fast von der Umkleide zu einem Meeting gegangen, ohne sich vorher eine Bluse anzuziehen.«

»Ich war müde.«

»Nur müde?«

»Ich hab's gespürt.« Jessica suchte nach den passenden Worten. »Ich habe die ... die Hitze gespürt.«

»Hitze?«

»Kennen Sie das nicht? Man steht im Dunkeln und weiß, dass jemand in der Nähe ist. Man sieht nichts und hört nichts, aber man spürt … eine Art Hitze. Die vom Körper ausgeht?«

Der Captain starrte sie an.

»Ich habe ihn gespürt und wusste, dass ich kurz davorstand, ihn zu erwischen.«

»Tun Sie mir einen Gefallen«, sagte der Captain, »erzählen Sie da draußen niemandem, dass Sie den Killer von Silver Lake wegen seiner Körperwärme geschnappt haben. Das klingt völlig verrückt.«

»Tja«, sagte Jessica, »aber der Kerl sitzt jetzt hinter Gittern. Wollen wir über Verrücktes sprechen? Wie wäre es, wenn wir uns darüber unterhalten, dass ich mich hier verteidigen muss, weil ich meine Arbeit erfolgreich erledigt habe?«

»Okay, jetzt mal ehrlich: Ich glaube nicht, dass die Polizeiaufsicht unter den gegebenen Umständen glauben wird, Sie hätten das Haus nur wegen ihrer eifrigen Ermittlungen geerbt. Es wird bereits behauptet, zwischen Ihnen und Mr Beauvoir habe es eine spezielle Beziehung gegeben. Eine, die gegen andere polizeiliche Vorschriften verstößt.«

»Ich habe nicht mit dem fünfundsiebzigjährigen Vater des Opfers gevögelt, Captain.«

»Es geht hier lediglich darum, welche Gerüchte im Umlauf sind und was die Behörde daraus machen könnte.«

Jessica zuckte die Achseln. »Ich habe schon lange aufgehört, mir darüber den Kopf zu zerbrechen, was die Aufsichtsbehörde von mir hält.«

»Das mag sein, aber wenn Sie das Haus annehmen, Jessica, sind Sie draußen. Man wird Ihnen die Tür zeigen, auf die eine oder andere Weise. Und ich finde, das wäre eine Schande. Sie gehören hierher, Detective. Wir sind Ihre Familie.«

Jessica trollte sich kleinlaut aus Whittons Büro. Ihr Zorn war etwas verraucht. Mitglieder ihrer Polizeifamilie sahen ihr hinterher, als sie zum Aufzug lief. Sie wartete, wusste genau, dass man sie beobachtete. In der ohrenbetäubenden Stille des Büros wanderte Jessicas Blick zum rechts vom Aufzug gelegenen Archiv.

Plötzlich spürte sie ein inneres Aufbegehren. Eine große Welle der Wut. Während sich hinter ihrem Rücken Druck aufbaute, sich die Männer und Frauen, denen sie einst vertraut hatte, gegen sie verbündeten, suchte sie verzweifelt nach einem Strohhalm, alles, um ihren Platz zu behalten in der Familie, zu der sie einst gehört und bei der sie sich sicher gefühlt hatte.

Die Polizei hat einen Fehler gemacht, hatte der Junge gesagt.

Ich mache keine Fehler, dachte Jessica. *Ich hatte recht. Damals hatte ich recht, und heute habe ich es auch.*

Abrupt wandte sie sich vom Aufzug ab und marschierte ins Archiv. Dort fand sie die Ermittlungsakte zum Mordfall Harbour, eine dicke blaue, mit Dokumenten und Notizen vollgestopfte Mappe. Mit der unterm Arm stieg sie schließlich über die Feuertreppe nach unten.

BLAIR

Bei Jamies Geburt auf der Krankenstation des Gefängnisses Happy Valley hatte man mich mit Handschellen ans Bett gefesselt. Unter den Schmerzen der Wehen zerrte ich an meinen Fesseln wie ein Schwein auf dem Weg ins Schlachthaus. Eine Stunde lang durfte ich mein Kind danach im Arm halten, danach kam jemand vom Jugendamt. In jenem Moment, als ich meinen Sohn einer Fremden übergeben musste, fühlte ich nichts.

Doch davor, im Geburtszimmer der Krankenstation, war der kleine Junge an meiner Brust für mich das schönste Wesen auf der Welt gewesen. Da war es doch nur passend, dass etwas so Perfektes, so Makelloses, umgehend aus dieser hässlichen Institution entfernt wurde. Für ihn empfand ich Trauer. Für mich Erleichterung.

Als mein Schicksal besiegelt wurde, kehrte ich mich absichtlich von der Wirklichkeit ab. Die folgenden Monate lebte ich in einer Fantasiewelt. Die anderen Häftlinge ließen mich weitestgehend links liegen. Ich galt als »weggetreten«, es lohnte sich nicht, mit mir zu reden. Die meiste Zeit lag ich apathisch auf meiner Pritsche und bildete mir ein, meine eingesperrten Schwestern und ich seien von Aliens entführt worden, und das Gefängnis sei nur ein Lager, wo Menschen unter Beobachtung der außerirdischen Machthaber standen. Ich hatte meinen Sohn abgegeben, um ihn aus dieser Hölle zu retten. Damit er zur sicheren Erde zurückkehren durfte.

Die ersten neun Jahre seines Lebens bekam Jamie mich nicht zu Gesicht, und ich ihn auch nicht. Diese Entscheidung war für mich überlebenswichtig gewesen, denn ich hätte es nicht ertragen, ihn durchs Sicherheitsglas hindurch aufwachsen zu sehen. So konnte ich mir vorstellen, dass er über die grünen Wiesen meiner Fantasieerde tollte, froh und frei unter dem endlosen blauen Himmel. Wenn ich freikäme, wäre er unberührt von meiner Inhaftierung, ein perfekter Junge, der seine Mom mit offenen Armen empfängt, seine einzige lebende Verwandte. Wir würden einfach an unser Leben anknüpfen, so, wie ich es vor dem Mord für uns geplant hatte.

Vor der Tat hatte ich mein Leben voll im Griff gehabt.

Meine Lebensplanung wurde von mir systematisch durchdacht und mit nahezu klinischer Akribie in die Tat umgesetzt. Die konsequente Verfolgung meiner Karriere nach dem Medizinstudium hatte zur Folge, dass ich mich immer nur flüchtig auf Männer eingelassen hatte – überwiegend Kollegen, ähnlich karrieregeil wie ich. Ich hatte nie die Absicht, mir einen Mann zu suchen, auch nicht, als mir klarwurde, dass ich Mutter werden wollte. Mich deshalb an eine Samenbank zu wenden, war mir nicht seltsam vorgekommen. Ich hatte eine genaue Vorstellung von der Zukunft: Jamie und ich, der Sohn, dem nichts fehlen würde, und die Mutter, auf die er stolz sein könnte. Bis zu meiner Entlassung musste ich also nur überleben. Wenn ich zu meinem Sohn zurückkehren würde, ginge unser Leben weiter, wie nach einer Pause in einem Theaterstück.

Doch ich war bereits seit einem Jahr auf freiem Fuß, und unser Leben hatte nicht die geringste Ähnlichkeit mit dem lächerlichen Ideal, dass ich mir da zusammenfantasiert hatte. Jamie liebte seine Pflegeeltern, Freunde aus meinem früheren Leben, in meiner Gesellschaft war er eher schüchtern oder sogar verängstigt. Ich war ferngeblieben, um ihn zu schützen, doch dadurch war ich ihm fremd geworden. Jetzt war da auf einmal eine Unbekannte in seinem Leben, die sich seine Mutter nannte und von ihm verlangte, dass er in seinem unberechenbaren und aufregenden Alltag einen Platz für sie freiräumte.

Als ich die Hand hob, um an die Tür zu Jamies Haus zu klopfen, hörte ich eine quengelnde Kinderstimme. »... will aber zu Benny! Das ist nicht fair! Alle dürfen gehen, nur ich nicht!«

»Da kommen sicher noch andere Geburtstagsfeiern, Jamie. Das hier ist wichtiger.«

»Gar nicht wichtig! Blöd!«

Ich klopfte, aber mein Herz war schwer. Sasha öffnete die Tür, sie trug eine Küchenschürze mit Paisleymuster. Schnurgerade geschnittener Pony. Sie war die perfekte moderne Hausfrau, die einen eigenen Blog hatte, auf dem sie ihren Internetfans erklärte, wie man Kekse in Form von Actionhelden und Comicfiguren backt. Auch jetzt waberte der Duft von Gebackenem durchs Haus, Zimt und Vanille. Jamie stand mit finsterer Miene im Flur.

Ich lächelte. »Hallo, Kumpel!«

»Hey.« Mit theatralischem Seufzen dackelte er ab.

»Heute Morgen hat er einen ziemlichen Trotzkopf.« Sasha umarmte mich einhändig und drückte mir einen geräuschvollen Kuss auf die Wange. »Aber das vergeht gleich wieder. Ein Freund aus der Nachbarschaft feiert heute Geburtstag und da will er unbedingt hin, aber der Junge braucht Zeit mit seiner Mutter.«

Ich war die »Mutter«, Sasha seine »Mom«. Das gefiel mir gar nicht, aber ich hatte weder das Recht noch die Handhabe, das zu ändern, und Sasha war mir bereits entgegengekommen, weil sie auf meinen Wunsch hin Jamies Nachnamen übernommen hatte. Jamie war seit seiner Geburt in Sashas Obhut. Sie und ihr Mann hatten sich ohne Wenn und Aber bereiterklärt, meinen kleinen Sohn bei sich aufzunehmen, damit er nicht bei fremden Pflegeeltern landete, die ihn womöglich adoptierten und mich komplett aus seinem Leben verbannten. Zu akzeptieren, dass er mich »Blair« nannte, war nur eine von unzähligen Stichen, die ich nun mal ertragen musste, weil ich geschossen und einem anderen Menschen das Leben genommen hatte. Der »Mutter« sagt man nicht, dass man sie liebhat, dieser Frau vertraut man keine Geheimnisse an und man bittet sie auch nicht um Rat. Dafür gibt es ja Mom. Schweren Herzens folgte ich Sasha in ihr geräumiges Haus, um meinen Sohn zu suchen, doch die Vorstellung, ihn gleich in die Arme schließen zu können, erfüllte mich mit großer Vorfreude.

»Jamie, wenn du willst, können wir bei der Party vorbeischauen«, sagte ich, als ich ihn zusammengerollt auf dem Ledersofa entdeckte. »Wir gehen erst Eis essen und auf dem Rückweg gehen wir bei deinem Freund vorbei.«

»Egal«, sagte er. »Die guten Süßigkeiten sind dann sowieso schon weg.«

»Das ist dein letztes Egal für heute!« Sasha hatte den Zeigefinger erhoben. »Du hast eins pro Tag, das ist jetzt aufgebraucht, Bürschlein! Jetzt steh auf, begrüße Blair vernünftig und hol deine Siebensachen. Wenn ich danach den Nintendo in deiner Tasche finde, wird er konfisziert.«

»Konfisziert« bedeutete, dass er in Sashas Unterwäscheschublade wanderte, wo sie übermäßig genutztes Elektronikspielzeug und verbotene Heftchen aufbewahrte. Jamie umarmte mich steif und stand dann mit knallrotem Gesicht vor mir, während Sasha sich in ihrer Riesenküche um die Iron-Man-Kekse kümmerte.

»Ach ja, ich wollte dir ja noch was zeigen!«, rief sie plötzlich vom Herd. »Beim Kelleraufräumen sind mir ein paar alte Fotos von uns in die Hände gefallen! Unglaublich, wie wir damals ausgesehen haben.« Sie zeigte mit dem Ofenhandschuh auf einen Stapel.

Ich sah sie mir durch. Schnappschüsse von Poolpartys. Irgendein extravagantes Besäufnis. Die Damen der High Society von Brentwood mochten es, bei Wein und tiefsinnigen Unterhaltungen am Pool zu entspannen, während die Sprösslinge im Garten spielten, und wir fanden immer wieder neue Anlässe dazu. Eine Beförderung. Bestandene Prüfung der Kinder. Hochzeiten, Scheidungen. Wir hatten sogar mal einen Hundegeburtstag gefeiert. Ich entdeckte mich an Sashas Seite in der Umkleidekabine in ihrem Garten, breit lachend, mein Schwangerschaftsbäuchlein noch kaum zu erkennen, ein Glas Mineralwasser mit Zitronenscheibe in der Hand. Wie viele Tage lagen zwischen dieser Aufnahme und der Nacht, in der ich einen Mann erschossen hatte? Vielleicht zwei Monate. Ich legte die Bilder wieder weg.

Sasha kam zu mir und zog ein Foto aus dem Stapel. »Diese Frisur! Wahnsinn, oder?«

»Ich muss mit dir reden«, sagte ich.

»Was?«

»Vorgestern Nacht bin ich überfallen worden«, flüsterte ich und spähte in den Flur. Jamie sollte nichts davon mitbekommen. »Sie haben das Auto und mein Bargeld mitgenommen. Jeden Cent. Ich bin mit dem Bus gekommen. Schwarzgefahren.«

»Um Himmels willen!« Sasha wich vor mir zurück, als würde ich stinken. »Wie kann dir so was passieren?«

»Das ist eine lange Geschichte.«

Sie seufzte. »Blair. Ehrlich. Dein Verhalten erfüllt mich nicht gerade mit dem Vertrauen, dass ich brauche, um dir mehr Zeit mit Jamie einzuräumen.«

»Vielleicht hast du mich nicht richtig verstanden«, sagte ich vorsichtig. »Ich bin überfallen worden. Mein Verhalten steht hier nicht zur Debatte.«

»Du bist diejenige, die unbedingt in einer schlechten Gegend wohnen will.« Sasha machte eine ausschweifende Geste, die wohl die Gegend im Südosten einschließen sollte. »Ich hab dir gesagt, ich finde sicher jemanden hier, der dich in sein Gästehaus ziehen lässt, wo es sicher ist. Wenn du willst, hänge ich mich gleich ans Telefon.«

»Eine gute Wohnung ist toll, aber ich muss auch was essen. Niemand in dieser Nachbarschaft würde mich für sich arbeiten lassen.«

»In ihrem Haus schon, Blair.« Sasha zog eine Grimasse. »Das müsste zwar jemand sein, den ich kenne, aber ich würde das schon hinbiegen.«

»Das klingt ziemlich entsetzlich für mich. Und für dich. Was würdest du denn sagen? *Es geht um meine Killer-Freundin und Mutter meines Kindes, die hat man gerade aus der Haft entlassen. Könntest du sie bei dir als Hausperle einstellen? Sie ist vielleicht gefährlich, aber stell dir vor, wie witzig es wäre, sie anzustarren, wenn sie deinen Gästen Drinks serviert, und hinter ihrem Rücken über sie zu lästern.*«

Sie musterte mich von oben bis unten. »Was willst du von mir?«, fragte sie dann. »Geld und mein Auto, damit du mit Jamie an die Pier fahren kannst. Richtig?«

»Ich kann es dir in ein paar Wochen zurückzahlen.«

»Schon gut. Ich muss Henry irgendwas erzählen. Vielleicht sollte ich den Überfall nicht erwähnen. Wir müssen demnächst mal einen Termin finden, um über dein Besuchsrecht zu sprechen, und ich weiß nicht, wie so was bei ihm ankommt«, sagte sie, als sie ihre Handtasche vom Stuhl holte. Sie zog ein paar Scheine aus ihrem Notizbuch. »Im Moment ist er kaum zu Hause. Ackert wie blöd.«

Eine vage Angst durchzuckte mich. Die »Unterhaltung« mit Henry über meine Zeit mit Jamie war bereits dreimal Thema gewesen, hatte aber immer noch nicht stattgefunden. Hoffentlich waren meine Chancen jetzt nicht komplett versaut. Es ging mir ja gar nicht um ein gemeinsames Sorgerecht, sondern darum, meinen Sohn länger als nur stundenweise zu sehen, vielleicht mal einen Tag die Woche, oder zwei. Schließlich erfüllte ich alle Bewährungsauflagen. Einmal im Monat bekam ich Besuch vom Jugendamt, zwei adrette Jungfern, die steif nebeneinander auf dem Rand des Sofas saßen und hochnäsig meinen gebrauchten Couchtisch und den fadenscheinigen Teppich in meiner Wohnung beäugten. Ich gab mein Bestes.

Als mein Junge aus seinem Zimmer scharwenzelte, riss ich mich zusammen und rang mir ein Lächeln ab. Sasha kontrollierte ihn auf Nintendo-Zubehör und drückte ihm zum Abschied einen Kuss auf.

»Schiff ahoi!«, rief ich wie eine Zeichentrickfigur und drückte ihm auf dem Weg zur Haustür die Schulter, vielleicht etwas zu fest.

Bei jedem Halt gerieten die Gondeln des Riesenrads am Santa Monica Pier in sanftes Schaukeln. Bei einer dieser Pausen rutschte Jamie unfreiwillig näher an mich heran, ging aber umgehend wieder auf Abstand, offensichtlich war ihm die Berührung peinlich. Es dauerte immer eine Weile, bis das Eis gebrochen war.

»Und was ist jetzt so toll an diesem Benny und seiner Party?«, fragte ich.

»Jemand hat erzählt, dass da ein Zauberer kommt«, erklärte Jamie. »Oder ein Akrobat. Weiß nicht genau. Ich und meine Kumpel versuchen immer Rückwärtssalto, da hab ich gedacht, der Mann könnte uns zeigen, wie es geht.«

»Das hört sich gut an, wenn du ›ich und meine Kumpel‹ sagst, als wärt ihr zwanzig.«

»Hm, ja. Wir sind die Hälfte von zwanzig«, sagte er nachdenklich.

»Im Gefängnis war eine, die konnte Rückwärtssalto. Und auf einer Hand stehen.«

»Wieso war sie im Gefängnis, wenn sie so cool war?«

»Drogen. Diebstahl. Hab sie übrigens gestern getroffen, ganz zufällig.« Die plötzlich aufsteigende Sorge um Sneak und ihre Tochter unterdrückte ich rasch. »Hey, weißt du was?«

»Was?«

»Ich hab dich ganz doll lieb. Mit Haut und Haaren.«

»Ach nee!« Er schlug sich die Hand vor die Augen. »Nicht schon wieeeder. Das hast du schon tausendmal gesagt.«

Jamies Haar glitzerte im Sonnenlicht. Ich musste mich abwenden, um ihm nicht über den Kopf zu streichen.

»Wieso hat dich deine Gefängnisfreundin besucht? Wollte sie nur mal vorbeikommen? Triffst du dich öfter mit diesen Leuten?«

»Nein, eigentlich nicht. Wir dürfen keinen Kontakt zueinander haben.«

»Wie blöd ist das denn?«

»Tja, so sind die Gesetze«, sagte ich. »Es ist kompliziert.«

»Waren im Gefängnis auch andere Mörder oder nur du?«

Ich zuckte innerlich zusammen.

»Klar«, sagte ich schließlich. »Es gab eine Menge.«

»Bevor Mom mir von dir erzählt hat, wusste ich gar nicht, dass Mädchen auch Mörder sein können.«

»Ja, das kommt vor.«

»Kriegt man bei denen Angst? Bei den Mörderfrauen im Gefängnis?«

»Bei manchen schon. Andere waren so wie ich. Vor mir muss man keine Angst haben, nicht wahr?« Ich wartete auf eine Antwort, die nicht kam. »Oder?«, setzte ich nach.

Er dachte nach. »Nö«, sagte er nach einer Weile. Ich traute mich, ihm leicht den Hinterkopf zu tätscheln.

»Überhaupt«, sagte er unvermittelt. »Wir haben eine neue Nachbarin.«

»Echt?«

»Hinter uns. Hab gestern Abend mit ihr geredet.«

»Nett?«

»Wirkt schon cool.« Er dachte kurz nach. »Aber raucht echt viel. Rauchen ist ungesund. Davon kriegt man Krebs. Das ist Mister Beauvoir passiert. Der hat das gekriegt. Vielleicht ziehen in das Haus nur Leute ein, die viel rauchen und Krebs kriegen und sterben.«

Ich betrachtete mein Kind besorgt. Wie konnte es sein, dass er so etwas Aufregendes wie den Einzug einer neuen Nachbarin mit so einem düsteren Thema in Verbindung brachte? Für Jamie war die Welt wohl voller Mord und plötzlicher Todesfälle, diese Dinge waren in der Vergangenheit passiert, und obwohl er damit nichts zu tun gehabt hatte, beeinflussten sie seine Gegenwart. Egal, was ich tat, ich könnte Jamie nicht vor dem schützen, was geschehen war, als ich ihn noch in mir getragen hatte. Ich spielte an meinem Handy herum, kämpfte mit aller Macht gegen meine Sucht. Vor meinem geistigen Auge sah ich Daylys Blut an den Wänden ihrer Wohnung, den umgeworfenen Stuhl. Ich sah die verzweifelte junge Frau hinter der Waffe in der Tankstelle, ihren zitternden Arm, als hätte sich ihr innerer Terror im ganzen Körper ausgebreitet. Sneaks Kind, irgendwo da draußen, tot oder lebendig.

»Können wir jetzt Eis essen gehen?«, fragte Jamie.

»Dein Wunsch ist mir Befehl«, erwiderte ich.

Ungefähr drei Wochen nach Jamies Geburt auf der Krankenstation des Gefängnisses war ich komplett in meine dichte Fantasiewelt abgetaucht, mit allem Drum und Dran, von Aliens bis Krieg der Welten. Ich lag auf meiner Pritsche und stierte ins Leere, als sie hereinschneite.

»Bitch«, sagte sie, den Ellbogen auf meine Matratze gestützt, das Gesicht dicht an meinem. »Frage: Wie lang willst du hier noch die Leiche spielen?«

Ich zwinkerte, bis ich wieder in der Wirklichkeit war, und sah sie an.

»Lass mich in Ruhe!«, sagte ich.

»Nee, is nich. Weißte warum?« Sie wandte sich um und zeigte auf die gegenüberliegende Zellenwand. »Weil da drüben meine Koje steht. Die da in der Ecke. Ich schlaf auf der linken Seite, und seit einem Monat hab ich abends und morgens deine weggetretene, sabbernde Visage im Blick. Das nervt. Geht mir auf den Sack. So richtig. Wenn ich wüsste, dass ich dich aus deiner Show rausprügeln könnte, würde ich dir sofort die Fresse polieren.«

»Tu dir keinen Zwang an.«

Sie kam näher. »Ich erklär dir jetzt mal was«, sagte sie, »wir sind alle traurig hier. Und wütend. Glaubst du, du bist die Einzige, der das Kind weggenommen wurde? Letzten Sommer hatten wir hier so 'ne Irre, die musste mit einer Puppe pennen. Hat das Teil die ganze Zeit mit sich rumgeschleppt und sogar so getan, als würde sie es stillen, hat mit der Puppe gebabbelt und ihr die Windeln gewechselt. Meinst du, du bist die Einzige, die seit zehn Jahren oder länger Tag für Tag in den beschissenen Abgrund dieser Scheißgrube starren muss? Da haste dich aber geschnitten. Wir sitzen alle in einem Boot, und wenn du hier rumvegetierst, fragen sich die anderen, warum sie es nicht genauso machen sollten. Wir beißen uns gemeinsam durch, sonst sind wir alle am Arsch, kapiert? Warst du nicht mal Ärztin? Hab ich nicht so was Ähnliches gehört?«

»Ja«, murmelte ich.

»Das heißt, du musst anderen helfen«, sagte sie. »Also. Krieg dich wieder ein, und mach dein Ding, Bitch!«

Als ich mit meinem Sohn das Polizeigebäude betrat, musste ich an Sneaks Worte denken.

»Wieso gehen wir hier rein?«, fragte Jamie, als wir den düsteren Betonklotz betraten. »Hast du hier in der Zelle gesessen?«

Ich sagte ihm, er solle das mal kurz für sich behalten. Tatsächlich befanden wir uns in der Dienststelle, in die man mich in der Mordnacht gebracht hatte. Es war die einzige Polizeidienststelle, die ich kannte.

Der Junge betrachtete aufgeregt die gerahmten Polizistenporträts und Abzeichen, die glänzenden Trophäen, bei polizeilichen Sportveranstaltungen errungen und hinter Glas im Foyer ausgestellt. Es roch genau wie damals bei meiner Festnahme: nach Leder, Waffenöl, Angst, Stolz.

Der magere Polizist am Empfang klickte gelangweilt auf seiner Computermaus herum. »Nächster«, sagte er, ohne aufzusehen.

Ich legte meine schweißfeuchten Hände auf den Tresen. »Hi! Ich möchte meinen Wagen als gestohlen melden.«

Der Polizist seufzte und fummelte unterm Tisch mit Formularen herum. Schließlich schob er mir eines unter die Nase.

»Ausfüllen«, sagte er.

Das tat ich. Der Mann unterschrieb das Formular und legte es hinter sich ab, wo genau, konnte ich nicht sehen.

»Und außerdem ...« Ich betrachtete meine Hände und überlegte krampfhaft, ob und wie ich weitermachen sollte. »Ja. Und ich will wissen, ob Ihnen eine bestimmte Vermisstenanzeige vorliegt.«

Der Polizist runzelte die Stirn. »Sie wollen eine Person als vermisst melden?«

Ich schluckte. »Nein, ich will wissen, ob schon eine Anzeige vorliegt. Weil, wenn nicht ... also wenn noch keine vorliegt, dann würde ich nämlich eine erstatten. Oder jemand anderes. Wenn das möglich wäre. Das Mädchen ... hoffentlich hat ihre Mitbewohnerin ... ich dachte, vielleicht ... ähm ...«

Der Polizist musterte mich eingehend. Auf seinem Schild stand McAuley.

»Könnten Sie bitte einfach nachsehen, ob jemand Dayly Lawlor als vermisst gemeldet hat?«, fragte ich. Schweiß rann mir kalt über den Bauch. Ich zupfte mir die Bluse vom

Oberkörper. »L-A-W-L-O-R. Keine Ahnung, wie der Vorname buchstabiert wird.«

McAuleys Blick wanderte über meine Schulter hinweg zu Jamie und dann zurück zu mir. In seinen Augen war eine Leere, die sich auch nicht mit Leben füllte, als er sich zur Tastatur wandte und zu tippen begann. Sein Finger wanderte über eine Liste mit den Namen, die auf einem laminierten Schild an seinem Schreibtisch klebte, dann hob er den Hörer und wählte. »Empfang«, sagte er, dann legte er wieder auf.

Während ich wartete, flehte ich inständig, dass niemand am Empfang erscheinen würde, der mit meinem Fall zu tun gehabt hatte. Dass McAuley sich wieder seinem Computer zuwenden, nach Dayly suchen und mir mitteilen würde, dass ich mich nicht weiter um sie zu kümmern brauchte. Doch stattdessen kam ein Mann in Zivil durch die Tür zum Empfang und nahm mich scharf ins Visier.

Er betrachtete Jamie, dann winkte er mich abrupt zu sich. »Den Jungen können Sie hierlassen.«

Flure, Nischen, Großraumbüros mit unzähligen Arbeitsabteilen, neugierige Blicke, Plakate, auf Ablagen in Reih und Glied platzierte Uniformmützen. Ich beschritt dieselben Gänge wie vor zehn Jahren, und je tiefer ich ins Gebäude vordrang, desto weiter entfernte ich mich von meinem Kind. Ich war drinnen. Die Tür des Vernehmungszimmers schloss sich hinter mir. Es klang, als würde dem Raum die Luft herausgesaugt.

Da erst fiel mir auf, dass ich mir meinen Begleiter noch gar nicht genauer angesehen hatte. Man hatte mich gut abgerichtet, damals, im Gefängnis, und selbst jetzt noch war mein Blick unbeirrt auf seine Schuhe gerichtet, abgetragen blitzten sie unter seiner Jeans hervor. Als ich aufsah, bemerkte ich zuerst sein kurzgeschorenes blondes Haar und den nachdenklichen Ausdruck auf seinem von mir abgewandten Gesicht. Markantes, unrasiertes Kinn.

Er zeigte auf einen Stuhl. »Setzen.« Hier gab es keinen Tisch, hinter dem man sich verstecken könnte. Ich gehorchte und faltete die Hände im Schoß.

»Was stimmt mit Ihnen nicht?«, fragte er.

»Wie? Nichts!«

Er sah mich an.

»Nichts«, wiederholte ich und richtete mich etwas auf. »Ich wollte nur wissen, ob bei Ihnen eine Vermisstenanzeige eingegangen ist.«

»Sie sind nervös.«

»Ja, passiert mir immer, wenn ich mit der Polizei zu tun habe.«

»Ihr Name«, sagte er, als verkünde er eine Tatsache.

»Blair Harbour.«

Der Mann zog sein Handy hervor und tippte darauf herum. Ich bekam langsam die Krise. Stand kurz vor der Schnappatmung. Schweigend kämpfte ich mit der aufsteigenden Panik.

»Und Ihrer?«, fragte ich schließlich zurück, um mich abzulenken.

»Detective Al Tasik.«

Ein Detective! Ich klammerte mich an meinen Stuhl. »In welcher Abteilung arbeiten Sie?«

Schweigen. Er saß am längeren Hebel, sein Arm ruhte lässig auf der Stuhllehne, und er kaute nachdenklich auf einem Nagel herum, während er im Internet surfte oder seine Nachrichten abrief oder was auch immer er hier abzog. Geduldig wie ein Patient im Wartezimmer. Cool.

»Sie lügen«, sagte er nach einer Weile.

Ich lachte ungläubig. »Was? Nein, ich ...«

»Sie sind Blair Harbour. Mörderin. Vorbestraft. Auf Bewährung draußen.« Er zeigte mir sein Display, auf dem mein Gesicht prangte. »Aber Sie sitzen hier vor mir und erzählen mir allen Ernstes, Sie wären wie jeder normale Mensch wegen der Polizei nervös. Das ist nur die halbe Wahrheit. Wann wollten Sie mir denn mitteilen, dass Sie eine verurteilte Straftäterin sind?«

Ich atmete tief ein und strich mir das Haar aus dem Gesicht, damit es nicht an meinen verschwitzten Schläfen festklebte. »Jetzt mal langsam. Ich bin nur gekommen, um mich zu erkundigen, ob meine Freundin ... ob eine Person, von der ich glaube, dass sie als vermisst gelten sollte, bei Ihnen als solche gemeldet wurde. Mehr nicht.«

»Dayly Lawlor ist Ihre Freundin?«

Mein Herz raste. Ich fragte mich, ob er meine Schlagader pochen sah. »Nein, ich kenne sie nicht.«

»Gerade haben Sie behauptet, sie wäre Ihre Freundin. Rudern Sie jetzt zurück, weil sie auch eine Kriminelle ist? Sie haben besonders strenge Bewährungsvorschriften, Ms Harbour. Das hat man Ihnen sicher auch erklärt. Vor allem besagen diese Regeln, dass Sie keinen Umgang mit vorbestraften ...«

»Ich weiß«, fuhr ich dazwischen. Das hier lief völlig aus dem Ruder, ich musste die Unterhaltung wieder unter Kontrolle bekommen. Die Unterbrechung gefiel ihm überhaupt nicht. Seine Kiefermuskeln arbeiteten.

»Wann haben Sie Ms Lawlor das letzte Mal gesehen?«

An der Tankstelle. Mit einer Waffe in der Hand. Blut an den Fingern.

»Ich hab sie noch nie gesehen. Wie oft muss ich Ihnen noch sagen, dass Dayly Lawlor nicht meine Freundin ist. Ich bin ihr noch nie begegnet. Sie ist mit einer Bekannten verwandt.«

»Einer Bekannten? Wer denn?«

»Eine Frau eben.«

»Name?«

»Dazu bin ich nicht verpflichtet.«

»Aha. Sie sind also hier, um sich nach einer Vermisstenanzeige für eine Person zu erkundigen, die Sie nicht kennen und noch nie getroffen haben?« Er nickte bedächtig, grinste eine Ecke des Zimmers an, als würde er sich so regelmäßig mit seinem Kollegen über einen Insiderwitz amüsieren, dass das Ganze auch ohne ihn funktionierte. »Ms Harbour, haben Sie Alkohol getrunken? Drogen genommen?«

Vor meinem geistigen Auge liefen bizarre, entsetzliche Bilder ab. Ein Drogentest. Ein offizielles Verhör, während ich auf die Ergebnisse wartete. Ein Anruf bei meinem Bewährungshelfer. Ein weiterer Anruf bei Sasha und Henry von McAuley am Empfang, der sie bat, Jamie abzuholen, weil seine Mutter wegen plötzlich eingetretener Umstände, über die er momentan keine weiteren Informationen preisgeben dürfe, auf unbestimmte Zeit festgehalten wurde. Da kam mir ein Gedanke: Die einzige Person, die mich aus diesem Zimmer holen konnte, war ich selbst. Und zwar auf dieselbe Weise, wie ich vor zwei Tagen der Bedrohung durch Dayly und im Gefängnis sämtlichen Vergewaltigungen, Schlägen, Messerstichen oder anderen Gefahren entkommen war: Ich würde um mein Leben reden, tricksen und lügen, bis sich die Balken bogen.

Nimm das Ruder in die Hand.

Ich erhob mich. »Verzeihen Sie, aber ich muss jetzt gehen.«

»Das lassen Sie schön bleiben.«

Ehe ich mich versah, hatte der Mann mich bereits gepackt. Er war aufgesprungen und hatte mir den Arm auf den Rücken gedreht. Ich knallte gegen die kalte Betonwand, mit Kopf, Rippen und Hüfte. So standen wir da. Seine Hände umklammerten mein Handgelenk und meine Schulter. Wir keuchten beide. Darauf richtete ich meine Aufmerksamkeit. Das war ein Hinweis. Heißer Atem. Nervös. Warum war er nervös? Eigentlich hätte er mir meine Rechte vorlesen müssen, doch das tat er nicht.

Weil er nachdachte.

Das war meine Chance! »Ich will einen Anwalt«, sagte ich.

»Wollen Sie nicht.«

»Anwalt, Anwalt, Anwalt!«, rief ich. »Jetzt sofort!«

»Sie brauchen keinen verdammten Anwalt.« Er zog mein Handgelenk zu sich und stieß mich erneut gegen die Wand, dann zerrte er meinen anderen Arm in die Luft. »Ich werde Sie einer routinemäßigen Leibesvisitation unterziehen.«

Ich kniff die Augen zu, suchte an der Wand Halt und bereitete mich darauf vor, anzüglich betatscht zu werden. Die Kamera lief, aber er würde trotzdem genau das tun, was die Wärter im Gefängnis so oft abgezogen hatten, dass ich irgendwann mit dem Zählen aufgehört hatte. Zu hoch gegriffen, zu weit rein, zu lange. Doch das passierte nicht. Der Mann tastete meine Kleidung ab, zog mich von der Wand weg, boxte mich gegen die Schulter, um mich zur Tür zu bugsieren.

»Verpiss dich!«, sagte er.

Wie unter Schock lief ich über dieselben Flure. Als ich mich irgendwann traute zurückzublicken, stellte ich fest, dass er mir nicht gefolgt war. Da erst beschleunigte ich meine Schritte, bis ich schließlich durch die Tür ins Foyer rannte. Jamie saß immer noch auf demselben Stuhl, in sich zusammengesunken in ein Nintendo-Spiel vertieft. Ich zerrte ihn auf die Beine und rauschte mit ihm aus dem Gebäude aufs Auto zu.

»Was ist los? Was ist passiert?«

»Nichts«, sagte ich und lachte zu laut. »Wo hast du den Nintendo her? Du kleines Schlitzohr!«

»Geht es dir gut?«, fragte er. »Du bist ganz rot!«

»Mir ist heiß. Wir sind einfach spät dran. Wir müssen schnell nach Hause, sonst gibt's Ärger.«

Ärger. Das Wort glitt mir fast tonlos über die Lippen. Mir pochte der Schädel, mit zitternden Händen öffnete ich die Wagentür. Feuchte Hände auf dem Lenkrad. Es dauerte auffällig lang, bis mir wieder einfiel, was ich mit dem Zündschlüssel machen musste, ja, woher das Ding überhaupt kam. Jamie beobachtete mich neugierig, sein Nintendo plärrte im Hintergrund. Schweigend saßen wir da, während ich krampfhaft überlegte, wie man den Rückwärtsgang einlegte.

»Hey!«, rief er irgendwann. Ich wandte mich zu ihm um. Er grinste, zeigte auf die Windschutzscheibe. Detective Jessica Sanchez war auf dem Weg zu ihrem Wagen, die volle Aufmerksamkeit aufs Handy gerichtet, eine dicke Mappe unterm Arm. Beim Anblick der Frau, die mich wegen Mordes verhaftet hatte, durchfuhr mich ein scharfer Schmerz.

»Das ist sie! Unsere neue Nachbarin!«, rief Jamie.

Mein Blick wanderte zwischen ihm und Sanchez hin und her, die an der Tür ihres Suzuki zerrte, das schwarze Haar vom heißen Nachmittagswind zerzaust. Ich ließ die Hände sinken.

»Verdammte *Kack*scheiße!«, sagte ich.

Jamie lachte schallend.

Nachdem ich ihn bei Sasha abgeliefert hatte, hielt ich in einer ruhigen Seitenstraße und zog die Handbremse. Mit zitternden Fingern kramte ich das Handy hervor und wählte. Die Nummer war mir egal. Nach dem dritten Klingeln ging jemand ran. Ich versuchte, meine Schnappatmung unter Kontrolle zu bringen.

»Hallo?«

»Hi!« Ich schluckte. Mein Mund war staubtrocken. »Hier ist Blair. Ich muss mit jemandem reden.«

Wie immer herrschte erst mal Schweigen am anderen Ende. »Ähm, wer spricht da?«

»Ich will nur kurz mit Ihnen sprechen«, sagte ich, während ich mich am Türgriff festklammerte. »Wie heißen Sie? Wo sind Sie? Was machen Sie gerade?«

Ein paar Dinge waren mir schon jetzt aufgefallen, obwohl wir erst ein paar Worte gewechselt hatten. Es handelte sich um einen Mann, nicht alt, aber manchmal kann man das nicht heraushören, viel hatte er ja noch nicht gesagt. Ich schloss die Augen und stellte mir ein Gegenüber vor. In meiner Fantasie war der Mann schwarz. Es klang, als befände er sich in einem abgeschlossenen Raum ohne störende Hintergrundgeräusche. Ein Autor? Sein Haus? Ein Lift? Endlose Möglichkeiten. Wahrscheinlich schaute er gerade verwirrt aufs Display. Unbekannte Nummer.

»Wer sind Sie?«, fragte er.

»Wer sind *Sie*?«

»Ich bin Steve.«

»Steve. Ich bin Blair. Sind Sie gerade zu Hause?«

»Gute Frau, es ist mir egal, was Sie mir hier andrehn wolln, ich kaufe nichts.«

»Ich will Ihnen nichts andrehen«, sagte ich. Mein Atem ging bereits ruhiger. Ich hatte jetzt eine klare Vorstellung von Steve. Gütiges Gesicht. Große Hände. Ich setzte ihm eine Basecap auf. Blau. Dodgers. »Ich möchte nur wissen, was Sie gerade machen.«

»Ich?«, fragte er. »Warten.«

»Auf wen?«

»Ich bin Uber-Fahrer. Warte auf einen Typen. Bist du das, Rebecca?« Misstrauisch. Sicher hatte er die Augen verengt.

»Nein, ich heiße Blair.« Ich ließ den Griff los und wischte mir die schweißfeuchte Hand an der Jeans ab. »In welcher Gegend warten Sie gerade? Arbeiten Sie schon lange als Uber-Fahrer?«

»Seit einem Jahr. Herrje, was wollen Sie von mir, Lady?«

»Nur ein bisschen reden.«

»Das ist doch crazy!« Ein Lächeln in seiner Stimme.

»Ich weiß.«

»Du rufst irgendwen an, um dich auszuquatschen? Einfach so?«

»Ja«, gab ich zu. »Das mache ich immer so.«

»Aber warum?«

»Weil es mir danach besser geht.«

»Es geht dir besser, weil du mit Steve quatschst, der seinen Hintern hier im Auto geparkt hat und vor einem beschissenen Haus auf den nächsten Idioten wartet, der irgendwohin gefahren werde will?« Seine Stimme war lauter geworden und jetzt lachte er schallend. »Du bist crazy, Girl!«

»Ich weiß. Aber manchmal brauche ich das. Es passiert automatisch. Und ich bin echt froh, dass Sie mit mir geredet haben.«

Steve lachte noch einmal herzhaft, dann legte er auf. Ich schloss die Augen, lehnte mich zurück und konzentrierte mich auf mein Kopfkino, sah, wie er, ebenfalls zurückgelehnt, auf seinen Fahrgast wartete. Wie immer schmückte ich alles mit Details aus, die mich tiefer in meine Fantasiewelt hineinführen würden: der Koffer des Fahrgasts, der über die Auffahrt seines bescheidenen Häuschens rumpelte. Der Geruch von Steves Wagen, Zigarettenrauch, der trotz der starken Hibiskusnote des Raumdufts durchschlug. Eine tanzende Plastik-Sonnenblume auf dem Armaturenbrett. Eine alte Narbe auf der Innenseite von Steves Handgelenk, vor Jahren von einem aus einem Zaun ragenden Nagel verursacht. Es dauerte nicht lang, bis meine Fantasie so echt und lebendig wirkte, dass ich mir vorkam, als würde ich direkt neben Steve in seinem Uber sitzen. Auf diese Weise vergaß ich Jamie, Dayly, Sneak, Detective Al Tasik und seine tastenden Hände auf meinen Oberschenkeln und Schultern. Ich saß da und sah, wie Steve seinen Fahrgast begrüßte, den Gang einlegte, die Klimaanlage einstellte, sein Handy in die Halterung schob und auf der App eingab, das er seine Fahrt nun antrat.

Seit sechs Jahren tat ich das nun schon, wählte in Stresssituationen willkürlich irgendwelche Telefonnummern und redete mit Fremden. Im Gefängnis hatte sie angefangen, diese Sucht, damals hatte Sasha vergessen, mich zu informieren, dass sie und Henry mit Jamie Zelten gehen würden. Hundertmal hatte ich bei ihnen angerufen, weil ich wissen wollte, wie es meinem Kind ging. Das ganze Wochenende über hatte ich es versucht, immer wieder, doch jedes Mal ging der Anrufbeantworter ran, Sashas ruhige, souveräne Stimme, während um mich herum im Aufenthaltsraum das übliche Chaos tobte. Ich stellte mir alles Mögliche vor: Feuer. Einbruch. Tödlicher Unfall. Krankheit. Sasha und Henry hatten mein Kind nach Australien entführt. Irgendwann wählte ich aus Versehen die falsche Nummer. Ein älterer Herr krächzte in den Hörer. Seine gebrechliche Stimme unterbrach meine Panik. Er habe noch nie einen Anruf aus dem Gefängnis erhalten, sagte er. Und wollte mehr über mich wissen. Unser Gespräch dauerte eine Viertelstunde, danach war ich süchtig.

JESSICA

Noch nie war sie ohne Vorankündigung hier aufgetaucht. Und am helllichten Tag schon mal gar nicht. Doch jetzt stand Jessica im Schatten einer baumbestandenen Straße vor einem Haus in Beverly Hills und drückte auf den diskreten, goldenen Knopf neben der mit dekorativem Buntglas verzierten Eingangstür. Sie war fuchsteufelswild. Als die Tür sich mit einem Klicken geöffnet hatte, stapfte sie wütend durch das kleine Foyer und stieg die Treppe hinauf.

Im Haus herrschte bleierne Müdigkeit, im Gegensatz zu ihrem tobenden Verstand war es hier ruhig und völlig still. Im Kopf brüllte sie wie eine Irre auf ihre Kollegen ein, doch wenn sie ehrlich war, musste sie einsehen, dass die anderen Polizisten sie schon öfter im Stich gelassen hatten.

Bei Familie Sanchez drehte sich alles um Autos. Schon seit Jahrzehnten. Es sei keine gute Idee, sich von der Familientradition abzukehren, hatte ihre Abuela Jessica und ihren Brüdern warnend eingeschärft. Wie ein Schuster bei seinen Leisten blieb ihre Familie bei ihren Autos. Die Männer kümmerten sich um Reparaturen, Instandsetzung und Polster, entweder in ihren eigenen ölverschmierten Werkstätten oder in denen ihrer Verwandten und Freunde. Die Frauen kümmerten sich um die Büroarbeit, stöckelten mit Klemmheftern bewaffnet über den rissigen Betonboden und verhandelten mit Kunden. Von Kindsbeinen an, seit sie im Schatten verbeulter Transporter auf dem familieneigenen Werkstattgelände in Vernon zugehört hatte, wie ihre Mutter mit Kerlen in dicken, schmutzigen Stiefeln über die Ergebnisse der Abgasuntersuchung diskutiert hatte, war Jessica mit einschlägigen Verhandlungsstrategien vertraut.

Auf ebenjenem Gelände war sie mit fünf Jahren das erste Mal Polizisten begegnet, als diese wegen einer Reifenpanne mit ihrem weißen Streifenwagen vorgefahren waren. Voller Ehrfurcht hatte sie, hinter ihrer Mutter versteckt, beobachtet, wie die Männer ausgestiegen waren. Nach einer Weile hatte sie die Neugier nicht mehr ausgehalten und hinter ihrem Rücken hervorgespitzt. Sie wollte wissen, wie es im Wagen aussah, vor allem interessierte sie das Gewehr, das zwischen den Vordersitzen lag. Während ihre Mutter hinterm Tresen alles Nötige veranlasste, belauschte Jessica die beiden Männer. Der Größere murmelte seinem Kollegen etwas zu.

»Wir müssen uns beeilen, Bruder«, schnappte sie auf.

»Die beiden sind Brüder«, sagte die kleine Jessica aufgeregt zu ihrem Cousin Hernan, der im Türrahmen des Aufenthaltsraums stand und zusah, allerdings mit dem vorgetäuschten Desinteresse eines Zwölfjährigen.

»Gar nicht«, erwiderte Hernan.

»Doch, wohl! Ich hab's selbst gehört.«

»Ja, klar.« Hernan schnitt eine Grimasse. »Sie sind alle Brüder. Alle Polizisten sind Brüder. Sie gehören zu einer großen glücklichen Familie.«

Damals hatte Jessica diese Aussage wortwörtlich verstanden, hatte geglaubt, alle Polizisten wären miteinander verwandt, Teil einer riesigen Familie mit tausenden Mitgliedern, die allesamt bei der uniformierten Polizei der Stadt arbeiteten. Erst mit zwölf Jahren erfuhr sie die Wahrheit, als sie in der Zeitung von einem Picknick las, das für die Mütter der städtischen Polizisten und Polizistinnen anlässlich des Muttertags veranstaltet wurde. Obwohl sie sich damals ziemlich bescheuert vorgekommen war, weil sie so lange geglaubt hatte, bei der Polizei wären alle Brüder und Schwestern, löste diese Erkenntnis auch eine freudige Erregung in ihr aus, denn jetzt war eine zuvor stets geschlossene Tür auf unerwartete Weise aufgestoßen worden: Ihr Schicksal lag nicht zwingend zwischen Zündkerzen und Achsvermessungssystemen, sondern womöglich bei Uniformen, Waffen und Blaulicht, all das, was sie bei den Polizisten, die sie aus der Werkstatt und dem Fernsehen kannte, schon immer so fasziniert hatte. Jessica musste nicht als Polizistin auf die Welt kommen, sie konnte Polizistin werden!

Mit neunzehn unterschrieb sie ihren Ausbildungsvertrag im Recruiting Center unter den Plakaten von stolzen Anwärtern, die in feierlichen Uniformen strammstanden. Die Männer und Frauen auf den Plakaten sahen alle gleich aus. Glänzende Gürtelschnallen. Blitzsaubere Mützen. Ernste Mienen. Jessica glaubte, dass sie sich dank ihrer Uniform nahtlos in die Reihen ihrer Brüder und Schwestern einfügen würde. Sie sehnte sich danach, von dieser Organisation herzlich aufgenommen zu werden. Hier wartete ihr Platz, perfekt auf sie zugeschnitten.

Doch schon auf der Akademie wurde ihr klar, dass sie sich diesen Platz erst verdienen musste. Nachdem sie ihr Zimmer im schlichten Wohnheim bezogen hatte, bemerkte sie, dass auf der gesamten Etage nur Anwärter hispanischer Abstammung untergebracht waren. Man hatte sie fein säuberlich von den anderen getrennt. Schließlich floss kein reines Polizistenblut in ihren Adern, denn das war nur bei Weißen der Fall. Es gab amerikanische Polizisten und *hispano*amerikanische Polizisten. Über die Tür zum Waschraum hatte dann auch jemand einen Sombrero gehängt, und bisher hatte noch niemand die Cojones gehabt, ihn herunterzureißen.

Erst als sie zum Detective aufgestiegen war, verstummten die Witze über *Wetbacks,* Tacofresser und Zaunkletterer, genau wie die bösartigen Anspielungen über ethnische Quoten und Fragen über ihre Quinceañera. Hatte sie ein Riesenkleid mit Ballonärmeln getragen? Gab es Fotos? Erst als sie den Rang des Detective erreicht hatte, gehörte sie dazu, und der rassistische Mist war in den Hintergrund getreten.

Doch jetzt war sie wieder draußen, einfach so, wegen eines blöden Hauses. Wallert und Vizchen waren weiß. Sie waren Männer. Sie waren älter als sie. Mitglieder im Club der harten Kerle. Brüder. Natürlich hielten ihre Kollegen zu ihnen. Selbstverständlich stand ihnen ein Anteil am Bluestone-Erbe zu. Sie hätte es kommen sehen sollen. Wissen sollen, dass sie nur das Pflegekind war und kein vollständiges Familienmitglied.

Goren begrüßte sie in der Tür des Schlafzimmers im zweiten Stock, die er mit seinem muskulösen Körper fast komplett ausfüllte. Er trug ein schwarzes T-Shirt und Jeans. So hatte sie ihn noch nie gesehen. Normalerweise empfing er sie im maßgeschneiderten Anzug von Hugo Boss oder auch schon mal mit nacktem Oberkörper, wenn er besonders viel zu tun hatte. Kurz überlegte Jessica, ob sie ihn an einem seiner freien Tage erwischt hatte.

»Jessica.« Er lächelte herzlich. Seine Mundwinkel zuckten allerdings ein wenig, vermutlich, weil er ihre Verbände und die blauen Flecken entdeckt hatte. Doch dieser Mann stellte keine Fragen. Das war Teil seiner Jobbeschreibung. Man offenbarte ihm das, was man preisgeben wollte, und er bohrte nicht nach. »Du weißt doch, dass du einen Termin vereinbaren musst …«

Sie seufzte tief. »Ich hatte gehofft, dass du eine Ausnahme machen könntest, nur dieses eine Mal. Alles ist so … so völlig …«

»Komm rein.« Er führte sie ins Schlafzimmer. Sie setzte sich auf die weiche Lederbank am Bettende, und er stellte sich hinter sie. Üppige Grünpflanzen vor den Fenstern versperrten die Sicht, sanftes Nachmittagslicht fiel auf einen Teil seiner Arbeitsausstattung. Eine Massageliege in der Zimmerecke mit Kerzen, Ölen und Duftfläschchen für Aromatherapie. An der Wand neben der Tür das Zubehör für Kundinnen mit anderen Vorlieben: ein Ständer mit Ketten, Riemen, Gürteln und Schnallen. Ein weiterer Ständer mit Peitschen, Paddeln, Messern. Ein Glaskasten mit verschiedenen Masken aus Stoff und Leder, Ballknebel, Augenbinden.

Unter einem Spiegel stand eine Truhe voller Accessoires, die sie schon oft mit ihm durchprobiert hatte, Spielzeuge der Lust in jeder erdenklichen Form und Farbe. Goren legte ihr die große Hand in den Nacken, und sie ließ den Kopf zurückfallen, während er sanft ihr Haar löste. Mit geschickten Fingern massierte er die verhärteten Stellen zwischen den Sehnen und Knochen.

Jessica hatte Goren vor fünfzehn Jahren kennengelernt. Damals hatte sie als Streifenpolizistin an einer ergebnislosen Drogenrazzia in seinem Haus teilgenommen. Als sie aus den oberen Stockwerken die Treppe hinunterkam, hatten sie und der Mann, der dort unten von ihren Kollegen vernommen wurde, Blicke getauscht, nur sekundenlang, doch als sie Monate später zu einem Termin bei ihm erschienen war, hatte er sich nicht weiter überrascht gezeigt.

»Du bist verletzt«, sagte er jetzt. Sie erklärte, was geschehen war, ging aber nicht weiter ins Detail.

»Hast du schon einen Test gemacht?«, fragte er.

»Das Ergebnis kam heute per SMS. Alles im grünen Bereich. Wir können loslegen.«

»SMS«, er lachte, »so läuft das mittlerweile? Na, das spart mir Zeit.«

»Hmm.«

»Wie hättest du's denn heute gern, Jessica?«

»Sanft. Mir tut alles weh.«

Er zog ihr vorsichtig das T-Shirt aus, legte es ordentlich zusammen und auf die Bank neben sie.

»Bei mir steht alles kopf«, sagte sie.

»Dann wollen wir das mal wieder geraderücken.« Goren arbeitete sich langsam bis nach unten vor, immer an ihrer Wirbelsäule entlang, machte einen großen Bogen um die Bisswunde an ihrer Schulter. »Wir fangen auf der Massageliege an, danach werde ich dich baden. Gemeinsam waschen wir dir den Schmerz und die Anspannung vom Körper. Dann kuscheln wir ein bisschen im Bett, ich halte dich fest, und dann kannst du entscheiden, ob du dir eine intimere Erfahrung wünschst. Wenn ja, werde ich dir diesen Wunsch gerne erfüllen.«

»Wie lange hast du Zeit?«

»Ich kann dir drei Stunden anbieten«, sagte er.

Jessica seufzte erneut, und alles fiel von ihr ab. Erst jetzt merkte sie, wie erschöpft sie war. »Klingt paradiesisch!«

Er nahm sie in die Arme, küsste sie lang und leidenschaftlich, so wie sie es mochte. Jessica spürte, wie sein Schwanz hart wurde.

»Aber in umgekehrter Reihenfolge«, sagte sie.

Lächelnd hob er sie aufs Bett.

BLAIR

The Viper Pit, Ada Mavericks Stripclub, öffnete seine Tore bereits am Nachmittag, damit die Leute direkt nach Feierabend hereinspazieren konnten. Sneak und ich hatten in einem nach Pisse stinkenden Bushäuschen am Olympia Boulevard vor der Hitze Schutz gesucht und versuchten, im grellen Sonnenlicht die schwere Metalltür im Blick zu behalten. Vier Männer standen schon davor, sahen immer wieder auf die Armbanduhr oder ihr Handy, ließen die Schultern kreisen und wischten sich den Schweiß von der Stirn. Nach einer Weile gesellte sich ein Priester in schwarzem Hemd und Hose dazu und wandte sich mit ausgebreiteten Händen nacheinander an die Männer, offenbar, um ihnen eine Gardinenpredigt zu halten. Es dauerte nicht lange, als ein weißer Koloss im Anzug aus der Metalltür trat, den

Priester am Schlafittchen packte und ihn ein paar Meter weiter auf der Straße fallen ließ. Er verpasste ihm einen so heftigen Stoß, dass sein Kopf wie an einer Feder zurückschnellte.

»Das ist dein toller Plan, hm?«, fragte Sneak. »Jetzt verstehe ich, warum du es nicht allein durchziehen wolltest.«

»Ich weiß nicht.« Ich trat unschlüssig von einem Fuß auf den anderen, behielt den Club aber im Auge. »Ist vielleicht doch kein guter Plan.«

»Ein Hund, der kackt, fängt keinen Hasen. Oder so.«

»Hm.«

»Erzähl mir noch mal von der Sache mit dem Detective.« Sneak versuchte, sich in der warmen Brise eine Zigarette anzuzünden.

»Kaum hatte ich dem Typen am Empfang Daylys Namen genannt, ist dieser Detective Al Tasik aufgetaucht und hat mich in ein Hinterzimmer geschleppt.« Ich schilderte ihr, wie der Mann mich eingeschüchtert hatte und unbedingt wissen wollte, in welcher Verbindung ich zu Dayly stand.

»Irgendwas hat ihn sofort alarmiert. Es kam mir nicht so vor, als wollte er uns helfen. Er war irgendwie … wütend.«

»Meinst du, er sucht auch nach Dayly?«

»Kann sein.«

Sneak seufzte besorgt. »Vielleicht wollte er sie in ihrer Wohnung festnehmen, und die Sache ist aus dem Ruder gelaufen. Er wollte sie einbuchten. Sie hat sich gewehrt und ist abgehauen. Hat sich aus dem Staub gemacht. Womöglich hat sie diesem Kerl Tasik in die Klöten getreten und jetzt hat er es auf sie abgesehen.«

»Aber du hast mir erzählt, Dayly wäre nicht so eine, die vor der Polizei abhaut.«

»Das werden wir bald rauskriegen. Aber das hier …«, Sneak wies mit der Zigarette auf den Club, »… ist eine beschissene Idee. Maverick ist eine durchgeknallte Psychopathin. Echt jetzt, so lautet die offizielle Diagnose.«

»Kann man mit einem Namen wie Ada Maverick normal sein?«

»Ich hab gehört, sie heißt gar nicht Ada.« Sneak blies Rauch in den Wind. Ihre Gesichtszüge waren hart. Sie sah aus, als würde sie trotz der Hitze frieren. »Sie nennt sich so, weil ihre Mutter sie im Gerichtssaal auf die Welt gebracht und Judy genannt hat. Nach *Judge Judy*.«

»Das klingt mir aber sehr nach Knastmärchen.«

»Das habe ich gehört, als eine arme Sau sie nach ihrem Vornamen gefragt hat. Danach hat Ada sie im B-Block übers Geländer geworfen. Hat ihr fast das Genick gebrochen.«

Ada kannte ich aus Happy Valley. Die wunderschöne Schwarze mit dem kahlrasierten Schädel hatte stets ihre Kohorte dabei, wie die meisten Gefängnisbosse. Gefährliche Frauen mit fiesen Tätowierungen und eng geflochtenen Cornrows, die vor Adas Ankunft die Flure von Neugierigen und potenziellen Feinden säuberten. Zu meiner Zeit saß Ada wegen Waffenhandels, und die ganze Zeit über machten Gerüchte über sie die Runde, sie handelten von extremer Gewalt, überschrittenen Grenzen und gebrochenen Knochen, übertriebenen Verwarnungen wegen kleinster Vergehen wie die, von denen Sneak mir gerade erzählt hatte. Auch ich hatte zig Anekdoten über Ada gehört. Sie habe eine Zelle mit zwei Insassinnen abgefackelt, einen Aufstand angezettelt und einen Wärter umgebracht, der sie erpresst hatte. Mir war klar, dass nicht alle stimmen konnten, doch es waren so viele Gerüchte über sie im Umlauf, dass sie sicher eine gefährliche Person war, erheblich stärker und mächtiger als ich. Allein bei ihrem Anblick schnürte sich mir der Brustkorb zu.

Doch dann, eines Tages, hatte ich im Besuchsraum auf

meinen Anwalt gewartet und Ada ließ sich vor der Glaswand in der Kabine neben mir nieder, um, so erfuhr ich später, sich mit ihrer Cousine zu unterhalten. Mein Anwalt kam immer zu spät, doch ich versuchte krampfhaft, die anderen nicht zu belauschen, deshalb war ich auf meinem Stuhl etwas abgerückt. So hatte ich einen guten Überblick über das Kommen und Gehen im Besuchsraum. Irgendwann hörte ich ein Kind schreien und sah Adas Cousine, die sich über einen Buggy beugte und das brüllende Bündel herauszog. Sie drückte sich das Baby fest an die Brust und wiegte es nervös, um es zu beruhigen, was ihr gründlich misslang. Das Kind wand sich in ihren Armen, und ich sah das verschwitzte Gesichtchen, die roten Wangen und die nasse Stirn. Vor allem aber beobachtete ich, wie es verzweifelt versuchte, dem grellen Neonlicht auszuweichen. Die Cousine erklärte Ada offenbar die Symptome, zeigte ihr eine Schwellung mit Ausschlag auf seinem Beinchen.

»O nein!«, rief ich. Ehe ich wusste, was ich tat, in welche Gefahr ich mich begab, hatte ich Ada Maverick an der Schulter gepackt. »Sag ihr, sie soll …«

Ada schnappte sich meine Hand wie eine Klapperschlange eine Maus, blitzschnell. Sie verdrehte sie nach hinten und stand auf einmal ganz dicht vor mir, größer und schrecklicher, als ich sie je zuvor gesehen hatte. Mein Handgelenkt knackste bedenklich, Schmerzen schossen mir in die Finger. Ich ging in die Knie.

»Flossen weg, Bitch!«, zischte sie.

»Ich bin Ärztin«, japste ich. »O Gott, autsch. Bitte lass mich los. Das Kind ist krank …«

»Was du nicht sagst.« Ada zwang mich tiefer zu Boden. »Das geht dich einen Scheißdreck an.«

»Sie sollte nicht hier sein«, stieß ich hervor. Die Schmerzen schossen mir durch den Arm. Ich stellte mir vor, wie mir die Adern platzten, Knochen zersplitterten. Ein Wärter beäugte uns vom Ende der Reihe, die Arme verschränkt. Er griff nicht ein. »Der Ausschlag! Der lilafarbene Ausschlag! Das ist …«

»Ist was?«

»Ich bin nicht sicher, aber wenn …«

»Spuck's aus, Bitch, oder ich brech dir den verdammten Arm!«

»Vielleicht hat sie Meningitis. Das ist tödlich. Sie muss sofort ins Krankenhaus.«

»Was sagt sie?« Adas Cousine schlug mit der Faust ans Glas, die Stimme drang nur gedämpft zu uns. Wir sahen sie beide an. Ada war so abgelenkt, dass sie die Kontrolle verlor. Ich spürte, wie zwei Finger brachen, dumpfe Hitze. *Fraktur des Phalanx proximalis*, schoss es mir durch den Kopf. Zögernd gab Ada dem Wunsch ihrer Cousine nach und ließ mich los. Ich fiel in mich zusammen, ein Häufchen Elend. Mit letzter Kraft rappelte ich mich auf, um das Kind genauer anzusehen, nahm den von Ada fallengelassenen Hörer und hielt ihn zitternd an mein Ohr. Während ich die Mutter nach weiteren Symptomen fragte, Appetit und steife Glieder, spürte ich Adas heißen Atem in meinem Nacken, bedrohlich wie das Flüstern des Teufels.

»Erzähl mir ja nicht, dass meine Cousine eine schlechte Mutter ist, du kleines Miststück«, knurrte Ada.

»Die Kleine muss ins Krankenhaus«, sagte ich zu Adas Cousine. »Sofort. Zeigen Sie ihnen den Ausschlag und die blauen Flecken und sagen Sie, dass sie Fieber hat und empfindlich auf Licht reagiert. Sie haben nicht mehr viel Zeit!«

Adas Cousine verschwand mit dem Kind. Ich wollte mich abwenden, doch Ada knallte meinen Kopf mit voller Wucht auf den Tisch und hielt mich dort fest, mit eisernem Griff. Ihre Oberschenkel pressten gegen meine und zwangen mich zu schmerzhaften, demütigenden Verrenkungen.

»Wenn das nicht stimmt, bist du tot«, sagte Ada. »Niemand unterbricht meine Besuchszeit.«

Ada Maverick hat mir nie gesagt, ob ich mit meiner Diagnose recht gehabt hatte. Ich wartete auf eine brutale Strafe, Tag für Tag, entweder von Ada persönlich ausgeführt oder von einer ihrer Mitläuferinnen. Aber es geschah nichts. Ich machte mich rar, schlief mit einer selbstgeschnitzten Klinge und würgte sämtliche Gerüchte ab, um die Sache nicht weiter anzuheizen. Nach einigen Wochen atmete ich langsam durch und erlaubte mir zu glauben, dass Ada mich vergessen hatte. Sie und ihre Crew glitten auf den Fluren an mir vorbei, ohne mich eines Blickes zu würdigen.

Jetzt stand ich auf der gegenüberliegenden Straßenseite vor Adas Club und wartete auf eine Lücke im Verkehr, damit Sneak und ich den Männern in die Dunkelheit folgen konnten.

»Komm einfach hinter mir her«, sagte ich auf dem Weg zum Eingang.

Das erwies sich allerdings als unmöglich, denn kaum hatten wir den kleinen Vorraum betreten und meine Augen sich weit genug an die Dunkelheit gewöhnt, dass ich die glänzenden schwarzen Wandfliesen und den roten Samtvorhang vor dem Zugang erkennen konnte, hatte mich auch schon jemand im Nacken gepackt. Ich spürte Anzugknöpfe an meinem Rücken. Bevor der Mann mich in den Schwitzkasten nahm, sah ich, dass es Sneak ähnlich erging. Ein weiterer Koloss hatte sie im Griff.

»Hier lang, Ladys«, sagte mein Widersacher. Er stieß mich durch eine kleine, mit Leder und dekorativen Goldknöpfen kapitonierte Seitentür. Im engen Flur war es stockdunkel. Mein Bewacher bugsierte mich durch eine Tür.

Wir betraten einen prachtvollen, fensterlosen Raum, der nur von einem riesigen goldenen Kristalllüster beleuchtet wurde. Ada thronte hinter einem massiven Eichenschreibtisch, die Ellbogen gespreizt, eine Flasche, vermutlich Whiskey, vor der einen und ein großes rotes Notizbuch vor der anderen Hand. Sie trug schwarze Spitze und klappte bei meinem Eintreten ein goldenes Notebook zu. Vermutlich hatte sie darauf genau beobachtet, wie wir über die Straße in ihren Club gekommen waren. Die Anzugträger zwangen Sneak und mich auf Stühle, auf denen wir der Königin zu huldigen hatten.

Sneak funkelte mich böse an. »*Komm einfach hinter mir her*?« Ich funkelte zurück.

»Es gibt nur eine Erklärung für diese Unverschämtheit«, sagte Ada und versetzte mich umgehend zurück nach Happy Valley. Meine Finger brannten. »Ihr beide seid high wie Kometen.«

Sneak nickte eifrig. »Ja, so 'n bisschen high bin ich schon.« Der Mann hinter ihr klatschte ihr mit der feisten Pranke auf den Hinterkopf.

»Ihr seid hier nicht bei McDonald's, Bitches!«, zischte Ada. »Hier kommt man nicht reingeschlendert, weil einem danach ist. Das hier ist meine Hütte! Der Letzte, der hier einfach ohne Einladung reingeplatzt ist, hat die Hälfte seiner Beißerchen hiergelassen, bevor Fred ihm die Tür gezeigt hat.«

Ich wandte mich zu Fred um, dem Gorilla hinter mir. Seitlich an seinem Hals prangte die Tätowierung einer Frau, die vom Teufel vergewaltigt wird. Als mich sein Blick traf, straffte ich den Rücken.

»Tut mir echt leid, Ada. Ich kannte die Regeln nicht«, sagte ich.

»War klar, ganz die reiche Brentwood-Else.« Ada zog die Nase kraus. »Aber diese fette Schweinswurst hier weiß genau, was abgeht. Unglaublich, dass du nach deinem Stunt in Happy Valley hier aufschlägst.«

Sneak kroch die Schamesröte den Hals hoch, ihre Hände klammerten sich an die Stuhllehne. »Stunt?«, fragte ich.

»Ja«, sagte Sneak kleinlaut. »Hab an meinem letzten Tag ein Paar Ohrringe mitgehen lassen.«

»Sneak! Warum hast du mir das nicht gesagt?«, rief ich entsetzt.

»Hab's vergessen.«

»*Vergessen*?«

»Waren echt schön, die Ohrringe«, murmelte sie. »Dieser süße Typ, der mir ständig geschrieben hat, ist mich abholen gekommen. Da wollte ich gut aussehen.«

Der Mann hinter Sneak trat einen Schritt vor. Ich war sicher, er würde sie noch mal schlagen, doch dann sah ich etwas Metallenes aufblitzen. Blitzschnell ergriff er Sneaks Ohrläppchen und schnitt es mit einer eleganten Handbewegung ab. Ich kreischte auf.

»Ogottogott!« Meine Versuche aufzustehen, wurden von Fred brutal unterbunden, seine Arme ruhten wie Stahlgewichte auf meinen Schultern.

»Steht dir gut«, sagte Ada mit zufriedenem Blick auf Sneak, die stumm vor sich hin blutete. »Rot passt zu dir. Du solltest dich bedanken. Ich habe dir einen Gefallen getan. Von jetzt an kriegst du deine Ohrringe zum halben Preis.«

Ada stützte den Kopf auf ihre Faust.

»Mike war bei der Spezialtruppe im Irak«, sagte sie zu mir, während ihr Gorilla das abgeschnittene Ohrläppchen diskret in den Abfalleimer entsorgte. »Ihn hört ihr beim Zusammenstecken seiner Werkzeuge, während ihr mit einem Sack über dem Kopf gefesselt auf euren Stühlen sitzt.«

Ich rutschte nervös auf dem Sitz herum. »Ada, bitte hör uns an. Ich weiß, dass wir nicht hier sein sollten. Es war falsch, einfach so aufzutauchen. Ich verspreche dir, Ada, wir wollten dich nicht beleidigen.«

»Was macht ihr dann hier? Raus mit der Sprache! Und mir wird schnell langweilig, also mach's kurz.«

Ich erzählte ihr von Dayly, dem Überfall der Tankstelle, dem Blut in ihrer Wohnung und dem nächtlichen Anruf bei Sneak. Hastig fügte ich die Information über Daylys Freund und Al Tasiks Übergriffe hinzu. Sneak war mucksmäuschenstill. Blut lief ihr über den Hals, doch sie saß kerzengerade auf dem Stuhl und starrte zu Boden.

»Wir brauchen Hilfe«, schloss ich.

Ada schob ihr Kinn vor. »Wieso machst du da mit? Die fette Braut hier hat dich doch auch beklaut. Diebe sind die schlimmsten. Bei den Nutten wimmelt's nur so davon. Als ich den Laden hier aufgezogen hab, hat jede Dritte lange Finger gemacht. Hat ein bisschen gedauert, aber irgendwann haben sie verstanden, dass man mich nicht beklaut. Damals war der Boden hier ständig voller Blut, da habe ich ein Wochenabo beim Teppichhändler abgeschlossen.«

»Du hast recht. Sneak hat mich auch bestohlen. Sie klaut von jedem. Aber ich habe ihrer Tochter ins Gesicht geschaut, die Kleine hatte eine Mordsangst. Ich habe auch ein Kind, und deswegen will ich ihr helfen.«

»Gehst ein ganz schönes Risiko ein«, sagte Ada. »Und handelst dir womöglich noch mehr Zeit im Bau ein, nur um dieser wandelnden Mülltonne und ihrer Drecksgöre hier zu helfen. Wieso?«

»Sneak ist meine Freundin. Sie war immer gut zu mir. Und ich ... ich versuche, was aus meinem Leben zu machen. Früher war ich ein guter Mensch. Und glücklich. Man hat mich respektiert. Jetzt arbeite ich an einer Tankstelle und mein Sohn hat Angst vor mir. Ich hause in einer beschissenen Bude und kann mir oft nicht mal das Wichtigste leisten. Aber ich will was Gutes tun.«

Zum ersten Mal hatte ich meine Gründe laut formuliert.

Es klang wenig überzeugend, doch in meinem schwachsinnigen Gestammel lagen meine wahren Beweggründe. Wenn ich mit Sneak und Ada zusammen war, fühlte ich mich an gemeinsame Gespräche im Gefängnis erinnert. Wir hatten Pläne für die Zukunft geschmiedet. Unsere Taten bereut. Wir drei hatten den Alltag in Haft durchlebt, die nackte Angst und die entsetzliche Mutlosigkeit. Obwohl ich noch immer über Adas Gewalt gegen meine Freundin schockiert war, war mir die Gesellschaft dieser beiden Frauen vertraut, und darin fand ich Trost.

Ein gefährliches Gefühl.

Es war zuerst in mir aufgestiegen, als Sneak sich in meine Wohnung gedrängelt hatte. Jetzt hatte es mich mit voller Wucht erwischt. Ich fühlte mich bei diesen hinterfotzigen, brandgefährlichen Frauen geborgen. Hier hatte ich seit meiner Entlassung endlich wieder festen Boden unter den Füßen. Diese Spielregeln kannte ich. Zumindest die wichtigsten. Und ich war nicht besser oder schlechter als die anderen beiden. Beim Gedanken an diese Erkenntnis klammerte ich mich fester an den Stuhl. Nur weil ich mich im Gefängnis geborgen und sicher gefühlt hatte, ließ ich mich jetzt immer tiefer in etwas Illegales und Gefährliches hineinziehen und riskierte damit alles, was ich mir das letzte Jahr über aufgebaut hatte.

»Erzähl mir von dem Freund«, sagte Ada. »Dem Video.«

Ich hielt ihr mein Handy hin. Das Video hatte ich mir auf den Homescreen kopiert. Ada lehnte sich zurück, die Beine mit den schwarzen Schlangenlederstiefeln auf dem Schreibtisch abgelegt. Als sie das Bild von Dayly sah, grinste sie wissend. Der Film entlockte ihr ein kleines, zynisches Lachen.

»Na, wen haben wir denn da?« Sie holte Fred herbei. Der blickte aufs Handy und grinste ebenfalls.

»Kennst du Dayly?«, fragte ich, als er wieder seinen Wachposten hinter mir bezogen hatte.

Ada nickte. »Jaja, die Bitch kenn ich.«

»Woher? Wie?«

»Egal.« Ada winkte ab. Sie tippte auf Wiedergabe und sah sich den Rest an. Während Ada Maverick zusah, wie Dayly und ihr Freund zwölf Minuten und vierzehn Sekunden lang vor laufender Kamera Sex hatten, verharrten Mike, Fred und ich schweigend auf unseren Plätzen.

Am Ende legte Ada das Handy auf den Schreibtisch. Ich wagte mich vorsichtig aus der Deckung und steckte es wieder ein.

»Das gefällt mir nicht«, sagte Ada.

Endlich blickte Sneak auf.

»Hat dieser Fickwicht den Film ohne ihre Zustimmung gepostet?«, fragte Ada sie.

»Wissen wir nicht«, sagte ich.

»Dann solltet ihr seinen Kopf mal in die Schüssel tunken, um es aus ihm rauszukitzeln«, schloss Ada.

»So was Ähnliches hatten wir auch geplant ...« Ich sah Sneak hilfesuchend an. »Vielleicht ohne die Toilette. Zumindest nicht gleich.«

Ada gähnte und warf ihren Gorillas vielsagende Blicke zu, als wollte sie ihnen bedeuten, dass sie kein Interesse mehr hatte und sie uns rauswerfen könnten. Ich atmete tief ein und zählte innerlich bis drei.

»Du schuldest mir was, Ada«, stieß ich hervor.

Ada richtete sich auf, nahm mich fest ins Visier.

»Tu bloß nicht so, als wüsstest du nicht, wovon ich rede«, purzelte es aus mir heraus. Mir war schleierhaft, woher ich den Mut nahm, so mit ihr zu reden. »Ich habe einem Mitglied deiner Familie das Leben gerettet. Die Leute wissen das. Sicher wissen sie auch, dass du dich nie dafür bedankt hast.«

»Du hast Eier, Nachbarin«, sagte Ada leise.

»Ich weiß, dass du neugierig bist. Du schuldest mir was, und du willst mehr über diesen Fall wissen. Dayly ist keine Unbekannte. Was mit ihr passiert ist, lässt dich sicher nicht kalt. Das sehe ich dir an. Aber du hast Schiss, dass man dir ein weiches Herz nachsagen könnte, schließlich hast du einen Ruf zu verlieren. Na, ich kann dir versprechen, dass Sneak und ich schweigen wie ein …«

»Glaubst du allen Ernstes, ich reiß mir Tag für Tag meinen hübschen Arsch auf, weil es mir wichtig ist, was andere über mich denken?« Adas Stimme klang sehr bedrohlich. »Bin ich ein Opfer?«

Jeder Muskel meines Körpers war bis zum Zerreißen gespannt. »Nein, Ada.«

Sie schwieg. Ich mobilisierte meine ganz Willenskraft, um ihrem Blick standzuhalten. Eine Minute verstrich, vielleicht die längste meines Lebens. Während ich die Sekunden zählte, fragte ich mich, welche Gliedmaßen Adas Gorillas mir als Erstes absäbeln würden.

»Ich geb euch fünftausend und einen akzeptablen Schlitten«, sagte Ada schließlich.

Sneak gab einen seltsamen Laut von sich. Statt Erleichterung überkam mich ein mulmiges Gefühl.

Ich hob abwehrend die Hand. »Das ist zu viel. Wir können das unmöglich zurückzahlen …«

»Wir brauchen Waffen«, sagte Sneak.

»Brauchen wir nicht!«, rief ich rasch. »Wir wollen keine Waffen. Wir wollen nicht mal …«

Ada machte eine abwertende Handbewegung. »Schmeißt diese Pissbirnen raus«, sagte sie zu ihren Männern. Ich wurde gepackt und hochgezogen, Freds Finger bohrten sich in den empfindlichen Teil meines Oberarms. Immer wieder rief ich Adas Namen, doch sie ignorierte mich, genehmigte sich stattdessen einen Schluck Whiskey aus der Flasche, die sie aus der Schreibtischschublade gezogen hatte.

Fred und Mike komplimentierten uns durch die Hintertür des Clubs. Ich drückte Sneak den Saum ihres T-Shirts ans Ohr und legte ihre Hand darauf, um so die Blutung zu stillen.

»Wieso hat sie das gemacht?«, fragte Sneak.

»Die ist verrückt«, nuschelte ich leise, falls sich auf dem Parkplatz Kameras mit Tonaufzeichnung befanden. »Wir hätten nicht herkommen sollen, das war dumm von mir. Tut mir leid. Lass uns zu mir gehen, ich verbinde dir das Ohr.«

»Ich meine, warum will sie uns helfen?«

»Sie steht nicht gern bei anderen in der Schuld. Und ich habe sie bei ihrem Stolz gepackt«, sagte ich. »Was sollte das Gerede von Waffen?«

»Wir könnten welche gebrauchen. Wer weiß, womit wir's hier zu tun haben?«

»Wenn du mit einer Waffe rumhantierst, werde ich mich schön von dir fernhalten. Du bist doch nur drogenfrei, wenn du vor Gericht musst.«

»Dann solltest du die wohl besser nehmen«, sagte Sneak und zog ein überdimensioniertes schwarzes Schießeisen aus dem Rockbund.

»Heiland! Wo hast du die denn her?«

»Hab ich Mike abgenommen. Und das hier auch.« Sie holte eine Geldbörse aus ihrem Dekolletee.

»Gib das her.«

Fred und Mike kamen gerade wieder aus dem Club. Als ich dem Gorilla seinen Besitz zurückgab, schnaubte er überrascht und tastete mit einem Stirnrunzeln seine Manteltaschen ab, als müsste er sich vergewissern, dass ich ihm keine

Attrappe unterjubelte. Fred drückte mir ein sandwichdickes Geldbündel in die Hand und gab Sneak einen Autoschlüssel, der zusammen mit einer kleinen Billardkugel mit der Nummer acht an einem Anhänger baumelte. Ohne die fiesen Schweinsäuglein von mir abzuwenden, zeigte er auf den hintersten Winkel des Parkplatzes.

»Da hinten«, sagte er, »der Schwarze.«

»Und jetzt verpisst euch!«, fügte Mike hinzu.

Sneak und ich stakten wie ferngesteuert auf den Wagen zu. Er war mit der breiten Rückseite vor einem Stacheldrahtzaun geparkt, ein Chrysler Fifth Avenue aus dem Jahre 1988, auf der schwarzen Hochglanzlackierung spiegelte sich die rote Leuchtreklame des *Viper Pit*. Die Karosse war mit riesigen Chromfelgen aufgemotzt, auf der Motorhaube räkelte sich eine aufgerichtete Kobra. Ich öffnete die Tür, um mir das Innere anzusehen, das aus Kroko- oder Kaimanleder bestand. Schwarze Schuppen bedeckten jede Oberfläche, sogar das Armaturenbrett und das Lenkrad. Das Gefährt schrie förmlich »Drogendealer«, »Waffenhändler«, »Auftragskiller«. Es schrie »Ada Maverick«. Ein echtes Gangstamobil.

Sneak fiel die Kinnlade herunter, sie wollte gerade etwas sagen, doch ich kam ihr zuvor.

»Steig einfach ein!«, sagte ich.

JESSICA

Am Donnerstag, den ersten Januar 2008, verließ Blair Gabrielle Harbour gegen zwei Uhr fünfundzwanzig ihr Haus an der Tualitan Road Nummer eins, eins, null, neun in Brentwood und lief nach rechts die steile Auffahrt hinunter. Auf der gegenüberliegenden Straßenseite kehrten Derek McCoy, 51, und seine Frau Teresa, 49, in einem Taxi von einer Silvesterparty zurück. Derek McCoy erkannte Harbour im Schein des am Ende der Auffahrt aktivierten Bewegungsmelders. Sie war auf dem Weg zum Nachbarhaus, Nummer 1107. In seiner Zeugenaussage hatte McCoy Harbours Bewegungen als »zielstrebig« beschrieben. »Ich würde es jetzt nicht aggressiv nennen, aber sie hatte es eilig und wirkte verärgert. Wir wussten, dass sie der Lärm von nebenan nervte.«

Harbour hatte wegen des ständigen Lärms Ärger mit dem Paar in Nummer 1107, und das schon seit einem Jahr. Während dieser Zeit hatte Harbour insgesamt drei Mal die Polizei angerufen und sich wegen zu lauter Musik beschwert, Techno mit tiefen Bässen, zwischen zweiundzwanzig und sieben Uhr auf über vierzig Dezibel aufgedreht, was eindeutig gegen die städtischen Verordnungen verstieß. Das dort wohnhafte Paar, Adrian Orlov, Hausbesitzer, und seine Freundin Kristi Zea, war nach jeder Beschwerde von Polizisten der LAPD wegen des Verstoßes mündlich verwarnt worden. Harbour hatte auch vor zwei weiteren Zeugen über den Lärm geklagt. Sie sei schwanger und leide unter Schlafstörungen, die sich durch die Vorgänge im Nachbarhaus noch verschlimmert hätten.

Kristi Zea hatte ausgesagt, in jener Nacht drei bis vier alkoholische Getränke konsumiert zu haben (zwischen einhundertsiebenundzwanzig und einhundertsiebzig Gramm Alkohol), Orlov fünf bis sieben (zwischen zweihundertzwölf und zweihundertsiebenundneunzig Gramm Alkohol). Laut Zea hatten die beiden außerdem »eine geringe Menge Kokain« genommen. Sie hätten im Zwischengeschoss des Hauses getanzt, als Harbour zur unverschlossenen Haustür hereingekommen sei, die man vom Zwischengeschoss aus direkt im Blick hatte. Zea gab an, Harbour habe sie und ihren Partner angebrüllt, sie sollten sofort runterkommen und die Musik abstellen. Harbours Aggressivität habe Zea deutlich an ihrer Körperhaltung erkannt. Außerdem habe die Nachbarin mit der Polizei gedroht. Zea sei vor lauter Hektik die Treppe hinuntergefallen. Dabei zog sie sich kleinere Verletzungen am Bein und Oberarm zu. Orlov sei angesichts dieser Entwicklung sehr wütend geworden und habe Harbour angebrüllt. Die Beschuldigte habe Zea daraufhin zweimal mit der Faust ins Gesicht geschlagen, woraufhin Orlov heruntergekommen sei und Harbour körperlich angegriffen habe.

Auf dem Esstisch im Nebenzimmer, ungefähr vier Meter entfernt, lag Orlovs (angemeldete) Waffe, ein Colt 45, den Orlov offenbar am Nachmittag gereinigt und noch nicht in die Sicherheitsbox im oberen Schlafzimmer zurückgelegt hatte. Zea sagte aus, Harbour sei während des Streits aus dem Flur ins Esszimmer gelaufen, habe die Pistole ergriffen und sie auf das Paar gerichtet. Zum weiteren Tathergang sagte Zea Folgendes aus:

»Sie (Harbour) war durchgedreht. Völlig irre, das hat man an ihren Augen gesehen. Sie hat gebrüllt, dass sie seit Tagen nicht geschlafen hätte, und lauter Blödsinn erzählt, Sachen, die wir angeblich gemacht hätten, Sachen geklaut und ihr Auto zerkratzt und so. Ich hab mich echt gefragt, ob sie high war. Wir hätten sie vergiftet und wollten sie in den Wahnsinn treiben. Ich glaube, sie war voll überzeugt, dass wir uns in ihr Haus geschlichen und ihr was ins Essen gemischt haben. Adrian hat versucht, sich die Waffe zu schnappen, aber die Frau hat den Abzug gespannt und ist ein paar Schritte zurückgetreten. Wir sind auf die Knie gegangen und haben uns die ganze Zeit entschuldigt, haben ihr versprochen, dass wir's nie wieder tun, Sie wissen schon, das mit der Musik. Aber sie hat nicht zugehört.«

Laut Zea hat Harbour ihrem Partner aus ungefähr anderthalb Metern Entfernung in die Brust geschossen. Zea suchte unter dem Esstisch Schutz, und während sie dort kauerte, stand Harbour für eine unbestimmte Zeit stumm über dem Toten. Irgendwann ging sie mit der Waffe in die Küche, um in der Spüle ihre Hände und die Waffe zu waschen. Die Beschuldigte habe zu keinem Zeitpunkt den Notruf gewählt oder Zea dazu angewiesen. Zea war ziemlich sicher, dass Orlov auf der Stelle tot war. Harbour habe sich in Seelenruhe mit Zutaten aus dem Kühlschrank des Paares ein Sandwich zubereitet, das sie teilweise verzehrt habe, als sie durch die Haustür verschwunden sei.

Jessica kratzte die fettigen, roten Reisreste vom Boden ihrer Poquito-Mas-Imbissbox, während sie sich die auf ihrem Schoß ausgebreiteten Ermittlungsakten im Fall Harbour/Orlov zu Gemüte führte. Der tiefrote Sonnenuntergang flackerte purpurn auf der Wasseroberfläche, der Filter brummte neben ihr. Sie saß an Stan Beauvoirs Pool, die Füße ins angenehm kühle Wasser getaucht.

Nach ihrem Besuch bei Goren war sie aus lauter Trotz zum Haus in Brentwood zurückgekehrt. Noch bockiger wäre es natürlich gewesen, wenn sie es sich direkt auf der riesigen Veranda auf der Vorderseite des Anwesens bequem gemacht hätte, um vor aller Augen die Akte zu lesen, die sie sich aus der Dienststelle mitgenommen hatte, damit die eigens dazu angestachelten Kollegen bei ihren regelmäßigen Patrouillen nicht nur sie leicht sehen konnten, sondern vor allem ihren ausgestreckten Mittelfinger. Was sie am meisten ärgerte war die Tatsache, dass ihre »Familie« beim LAPD wie selbstverständlich davon ausging, dass sie das Erbe annehmen würde. Es handelte sich um sieben Millionen Dollar. So viel Geld würde sie niemals verdienen, nicht mal als Polizeichefin, selbst dann nicht, wenn sie die korrupteste Person wäre, die diesen Posten je bekleidet hatte. Wally war ja gleich sicher gewesen, dass sie ihm nichts abgeben und ihn wegen seiner schlampigen Arbeit im Silver-Lake-Fall vorführen würde. Nur Captain Whitton hatte sie gefragt, ob sie das Erbe annehmen wolle.

Jessica hatte nicht vor, hier einzuziehen. Ganz sicher nicht. Ja, es war mehr wert, als sie sich vorstellen konnte. Ja, sie verstand das: Stan Beauvoirs Ohnmacht, seinen Wunsch, aus dem Tod seiner Tochter möge etwas Gutes erwachsen. Aber Jessica war Polizistin. Sie hatte ihre Arbeit getan, und das auf eine Weise, die weder obsessiv noch ungesund gewesen war. Sie erwartete denselben Einsatz bei ihren Kollegen. Okay, sie hatte damals viel abgenommen und wenig geschlafen. War manchmal etwas wirr gewesen. War Zeugen und der Familie auf den Wecker gegangen, hatte viele unbezahlte Stunden abgerissen. Aber wie sollte man sonst Fälle lösen? Wie bekamen andere das hin?

Dieses außergewöhnliche Geschenk anzunehmen hieße, sich für einen außergewöhnlichen Einsatz belohnen zu lassen, aber was war bitte so außergewöhnlich daran, als Polizistin einen verdammten Mord aufzuklären? Das war ihr Job!

Sie schob die aus der Akte gefallenen Unterlagen zusammen und konzentrierte sich wieder auf den Fall. An Derek McCoy, den Nachbarn von gegenüber, konnte sie sich noch sehr gut erinnern. Jessica war gerade erst zum Detective befördert worden und hatte die Art, wie Harbour sich an diesem Abend angeblich bewegt hatte, viel zu ausführlich dokumentiert. Blair Harbour saß mit Handschellen gefesselt auf dem Rücksitz und starrte reglos aus der Windschutzscheibe. Von Anfang an war ihr klar gewesen, dass sie es bei Harbour mit einer Frau zu tun hatte, die einfach ausgerastet war. So etwas kam öfter vor. Die Psychologen an der Akademie nannten es Realitätsverlust, ein Bruch zwischen Wirklichkeit und Fantasie, der immer weiter auseinanderklaffte und sich wie ein rissiges Fundament mit allerlei skurrilen Vorstellungen füllte, bis es brüchig wurde und schließlich einstürzte. Die »Psychowoche« an der Akademie hatte Jessica immer besonders viel Freude bereitet. Am interessantesten fand sie die mit Schizophrenie einhergehenden Wahnvorstellungen. Paranoia und Vergiftungsangst gehörten dazu. Harbour hatte sich offenbar eine Fantasiewelt zusammengesponnen, in der Orlov und Zea Tag und Nacht im Nachbarhaus Pläne ausheckten, um sie in den Wahnsinn zu treiben: immer extremere Streiche, Kratzer an ihrem BMW und die seltsame Farbe ihres Orangensafts waren für sie klare Anzeichen dafür, dass die beiden es auf sie abgesehen hatten.

Jessica zog das Foto von Orlovs Leiche aus dem Stapel und hielt es ins rote Licht der mittlerweile fast untergegangenen Sonne. Zea hatte recht, der Tod war schmerzhaft gewesen, aber fast sofort eingetreten. Der Mann war seitlich auf dem Marmorboden zusammengesackt, ein Arm über der Wunde, der Mund vor Schreck aufgerissen. Blut rann ihm über die Lippe, es sah aus wie ein roter Finger. Jessica besah sich das Bild von der nassen Pistole neben der Küchenspüle, ein in der Rechtsmedizin aufgenommenes Foto von Blair Harbour, das, auf dunklen Kanälen an die Presse weitergegeben, am nächsten Morgen in der Zeitung erschienen war: Es zeigte gefesselte, zur Untersuchung aufgefächerte Hände und den leicht gewölbten Schwangerschaftsbauch, der sich dahinter abzeichnete. Eine weitere Aufnahme rutschte aus dem Stapel und wäre fast zu Boden gesegelt, wenn Jessica sie nicht noch aufgefangen hätte. Das berühmte Käsesandwich mit den Bissspuren, in der chaotischen Küche des Mordhauses aufgenommen.

Erst als sie ein Schmerz durchfuhr, merkte Jessica, dass sie ihren eingerissenen Nagel zu weit heruntergeknabbert hatte. Sie schüttelte sich. Etwas nagte an ihr, setzte sie unter Strom, und sie wusste genau, was es war: der Fall Blair Harbour und die Fragen, die ihr dazu gekommen waren. *Ihr* Fall, *ihre* Ermittlung. Sie hatte den Nachbarsjungen auf Anhieb ins Herz geschlossen, so viel stand fest. Er war blitzgescheit, witzig, etwas Besonderes. Wenn sich jetzt herausstellen sollte, dass sie Blair Harbour damals zu Unrecht beschuldigt haben sollte, hatte sie dem Jungen von Geburt an seine Mutter vorenthalten. Hatte sie auch nur das kleinste Detail übersehen, hätte sie dadurch eine Unschuldige hinter Gitter gebracht. Aber vielleicht hinterfragte sie ihr Urteil und ihre Handlungen gerade jetzt so akribisch, weil ihr Verstand erschöpft war, noch unter Schock stand und sich nicht mit diesem überraschenden Erbe und seinen Folgen auseinandersetzen wollte. Das tat sie öfter, wenn sie deprimiert war: sich noch einen zusätzlichen Tritt versetzen. Sie erinnerte sich daran, dass ihre Wut völlig berechtigt war. Schließlich hatte sie nichts verbrochen, ihre Kollegen waren also extrem unfair, und es stank zum Himmel, dass Wallert und Vizchen sie in Linscott Place im Stich gelassen hatten. Sie war eine gute Polizistin und hatte ihren Rang als Detective verdient. Ähnlich berechtigt war ihr damaliges Vorgehen gegen Blair Harbour gewesen. Sie hatte nichts außer Acht gelassen, war allen Indizien, Spuren und Hinweisen nachgegangen. Denn so war sie einfach. Gründlich. Souverän.

»Was ist das?«

Jessica fuhr herum. Der Junge stand schon wieder am Tor. Sie musste lächeln, nicht, weil sie den Kleinen witzig fand, sondern weil ihr seine freche, neugierige Art gefiel. Jessica kannte einige Kollegen, die wegen eines Mordes in der eigenen Familie zur Polizei gegangen waren. Dieser kleine Naseweis hätte eine glänzende Zukunft bei ihrer Truppe.

»Arbeit«, sagte sie.

»Was für welche?«

»Das geht dich nichts an, kleiner Mann.«

»Hast du dir schon überlegt, ob ich in deinem Garten arbeiten darf?«, rief der Junge. »Oder brauchst du mehr Zeit?«

Jessica schob die Unterlagen zurück in die Akte und legte sie seufzend umgedreht neben sich auf den Boden.

»Komm her!«, sagte sie.

Statt den Riegel am Tor zu öffnen, kletterte der Junge über das hohe, von Weinranken überwucherte Spalier, das zwischen den beiden Grundstücken einen blickdichten Sichtschutz bildete. Mit einem eindrucksvollen »Umpf« landete er auf dem Rasen und stapfte auf den Pool zu, blieb aber vor der Glaswand stehen und ließ die Hände betont lässig darüberhängen.

»Bist du Bulle?«

»Warum nennst du mich so?« Jessica runzelte die Stirn. »Komm zu mir an den Pool, dann müssen wir nicht so schreien.«

»Darf ich nicht.«

»Wieso das denn nicht?«

»Weil ich nicht schwimmen kann.«

Jessica sah ihn ungläubig an. Er starrte zurück.

»Du wohnst in Kalifornien und kannst nicht schwimmen?«, fragte sie, bedauerte ihren spöttischen Ton aber sofort. Der Junge zuckte die Achseln, bemühte sich sichtlich, cool zu wirken.

»Meine Mom steht nicht auf Strand. Der Sand geht ihr auf die Nerven. Und wir haben keinen Pool.«

Jessica trat an die Glaswand.

»Komm her. Wenn du reinfällst, lass ich dich nur kurz zappeln, bevor ich dich raushole«, sagte sie, als sie den Riegel an der Sicherheitstür zurückschob. Der Junge kam herein, machte aber einen großen Bogen um den Beckenrand. Jessica tauchte einen Fuß ins Wasser. Die Akte über seine Mutter schob sie sich rasch unter das andere Bein. »Wieso glaubst du, ich wäre ein Bulle?«

»Weil ich dich heute vor der Polizei gesehen hab.«

Jessica nickte. »Ach. Na, super!« Sie streckte ihm die Hand hin. »Ich bin Jessica. Schön, dich kennenzulernen.«

Als der Junge ihr die Hand schüttelte, ergriff Jessica die Gelegenheit, ihn zu sich an den Beckenrand zu ziehen, damit er sich neben sie setzte. Er klammerte sich an ihrem T-Shirt fest, tauchte aber vorsichtig beide Füße ins Wasser.

»Ich muss was Wichtiges mit dir besprechen.«

»Okay.« Jamie rückte näher an sie heran und ließ mutig ihr T-Shirt los. »Klar.«

»Du hast bestimmt schon öfter gehört, dass man vor seinen Eltern keine Geheimnisse haben sollte. Und dass du ihnen sofort Bescheid sagen musst, auch wenn ein Erwachsener sagt, du darfst ihnen nichts verraten.«

»Ja, das haben sie uns in der Schule beigebracht.«

»Also, du hast das richtig erkannt, ich bin tatsächlich Polizistin. Also ist es in diesem Fall ausnahmsweise okay, wenn du ein Geheimnis für dich behältst. Aber nur dieses eine Mal. Es handelt sich um … ähm … besondere Umstände.«

Der Junge nickte. »Besondere Umstände, verstanden.« Er wackelte mit den Zehen.

»Redest du eigentlich mit deiner Mutter?« Jessica betrachtete den Jungen ganz genau. »Die Frau, von der du mir vor ein paar Tagen erzählt hast. Die mit dem Unfall.«

Er zuckte die Achseln. »Klar, dauernd. Wir gehen immer Eis essen.«

»Wie meinst du das? Im Gefängnis?«

»Nein, am Pier.«

Jessica drehte sich so abrupt zu ihm um, dass die Akte fast in den Pool gerutscht wäre. »Sie ist frei?«

»Ja, sie ist vor einem Jahr entlassen worden.«

»Oha. Das wird ja immer besser.« Jessica massierte sich die Schläfen. »Okay. Hör mir genau zu: unter diesen Umständen, diesen *besonderen* Umständen ist es wichtig, dass du deiner Mom nichts von mir verrätst. Sie soll nicht wissen, dass ich hier wohne.«

»Meine Mom oder meine Mutter?«

»Blair.«

»Ach.« Jamie spitzte die Lippen.

»Eigentlich wohne ich ja auch gar nicht hier ...« Jessica warf einen Blick aufs Haus. »Ich hänge nur manchmal hier rum. Und bald hört auch das auf. Aber du darfst ihr nichts von mir erzählen. Weder meinen Namen noch wie ich aussehe und schon gar nicht, dass ich Polizistin bin. Nichts. Okay?«

Der Junge schwieg.

»Du hast ihr doch noch nichts gesagt?«

»Nö.« Er wandte sich ab. »Wieso darf ich das eigentlich nicht?«

»Es wäre einfach besser für alle Beteiligten.«

»Wieso?«

»Wäre es einfach.«

»Aber wieso?«

»Junge, du musst nicht alles wissen«, sagte Jessica. »Wahrscheinlich siehst du das anders, aber das kannst du dir gleich mal fürs Leben merken: Manchmal läuft alles etwas runder, wenn die Leute die Klappe halten und tun, was man ihnen sagt.«

»Na gut.« Der Junge tauchte den Finger ins Wasser. »Ich sag nichts.«

»Braver Junge!«

Er beugte sich vor. »Und das da? Sind das Polizeiakten?«, fragte er. »Mit gruseligen Fotos und Leichen und Waffen und so?«

»Jep.«

»Kann ich mal sehen?«

»Ich könnt sie dir schon zeigen«, sagte Jessica. »Aber danach müsste ich dich ertränken.«

BLAIR

In meiner Wohnung kümmerte ich mich erst mal um Sneaks Ohr. Den Kindern, die bei mir vor der Tür auftauchten, um Ed Sheerans *Castle On The Hill* zum Besten zu geben, machte ich weis, ich hätte mich mit Tomatensaft bekleckert. Nachdem ich geduscht und mich für die Schicht in der Tankstelle umgezogen hatte, war Sneak wider Erwarten immer noch da. Sie stand am Fenster, sprach in ihr Handy und knabberte dabei an ihren Nägeln herum.

»Die nächsten Tage kannst du mich hier erreichen«, sagte sie und nannte meine Adresse.

»Wer war das?«, fragte ich, als sie aufgelegt hatte.

»Die Kleine, die sich um meine Post kümmert.«

»Hast du ihr gerade gesagt, du würdest die nächsten Tage hier wohnen?«

»Jetzt flipp nicht gleich aus«, sagte Sneak. »Ich brauche einen Stützpunkt, bisher hatte ich noch keine feste Adresse.«

»Was soll das heißen? Bist du obdachlos? Wo ist dein ganzes Zeug?«

»Ich hab bei einem Typen gewohnt, vorübergehend. Wir

hatten eine Abmachung. Mein Zeug ist bei ihm. Zuerst lief alles bestens, aber ich glaub, der hat sich einen Dämon eingefangen. Da hab ich mich schleunigst verpisst.«

»Einen Dämon?!«

»Der Mann war völlig normal, aber dann hat er sich ein Tattoo mit so 'nem komischen Symbol auf die Brust machen lassen.« Sie schniefte und rieb sich die wunde Nase. »Ein paar Tage später kriecht er um Mitternacht nackt auf dem Küchenboden rum, stöhnt und kratzt das Tattoo auf. Dann fängt er an rumzubrüllen: ›Du kriegst ihn nicht! Er gehört mir! Er gehört mir!‹ Wenn das kein Dämon ist, dann erklär mir bitte, was den geritten hat?«

»Eine Halluzination, vermutlich von Drogen ausgelöst.«

Sneak winkte ab. »Du warst ja nicht dabei. Ich weiß, wie so ein Dämon aussieht.«

Ich trat ans Fenster und zog die Vorhänge zu. »Sneak, du kannst hier nicht bleiben. Wenn sie dich bei mir finden, sind wir beide ...«

»Werden sie nicht. Komm schon, Nachbarin. Du steckst sowieso mit drin.«

Sneak hatte recht. Ich hatte mich gefährlich weit vorgewagt, wieso sollte ich nicht weitergehen, auch wenn mir das Wasser bis zum Hals stand? Sneak würde meine Wohnung sicher bei nächster Gelegenheit nach Wertgegenständen durchsuchen, um sich Drogen zu kaufen und sie sich vor meinen Augen reinzuziehen, aber ich war erschöpft und machte mir Sorgen wegen Jamie. Für einen Streit mit Sneak fehlte mir einfach die Kraft. Resigniert schob ich das Foto meines Sohnes im Silberrahmen in meine Tasche und versteckte Adas Geld in einem Schuhkarton oben auf dem Kleiderschrank.

Bevor ich meine Nachtschicht an der Tanke antrat, wollte ich mir ein bisschen Eiscreme aus dem Gefrierschrank genehmigen. Der Kunststoffbehälter stand allerdings schon auf der Anrichte. Ich war überzeugt, dass Sneak sich bereits darüber hergemacht hatte, denn er war federleicht. Erst als ich darin etwas rascheln hörte, fielen mir die Löcher im Deckel auf.

»Holla!«, rief ich und ließ ihn fallen.

»Mist!«, sagte Sneak, die in die Küche gekommen war. »Ich hätte dich warnen sollen. Tut mir leid.«

»Erzähl mir nicht, dass das da drin diese verdammte Wühlmaus ist.«

»Ist es.«

»Was zum Teufel macht die hier?«

»Hab sie aus Daylys Wohnung mitgenommen.« Sneak hob vorsichtig den Deckel.

»Wie?«

»In meiner Handtasche.«

»Du hast das Vieh die ganze Zeit in deiner Handtasche rumgeschleppt? Hast du noch alle Tassen im Schrank?«

»Ich bin eben ein Gutmensch. Die Bullen haben Daylys Wohnung sicher schon durchsucht. Glaubst du, die kümmern sich um eine Wühlmaus? Geben ihr Wasser und Futter? Oder Daylys Mitbewohnerin? Ich weiß genau, wie sie auf die Taube reagiert hat. Ist total ausgetickt, die dumme Nuss.«

»Dass du dich hier einquartiert hast, finde ich schlimm genug, aber das Vieh muss verschwinden.«

»Tja, jetzt ist es aber hier.«

»Sieh zu, dass es wegkommt.«

»Mal halblang, Nachbarin.« Sie hob das kleine Wesen aus der Schachtel. »Du wirst merken, dass sie ziemlich ...«

»Nein, Sneak! Ich will nicht!«

»Meine Fresse, nimm sie doch einfach kurz in die Hand! Sie beißt nicht.«

Sneak grapschte sich meine Hand und streckte sie flach aus. Als das warme, pelzige Gewicht auf meiner Handfläche landete, überlief mich eine Gänsehaut.

»Ogottogott!«

»Du solltest dich mal sehen! Zum Schießen!«, rief Sneak. »Wie kann man vor so einem kleinen, süßen Ding Angst haben? So ein possierlicher Kerl, wie ausm Disneyfilm. Mach die Augen auf!«

Ich betrachtete das Tierchen auf meiner Hand. Sein rosa Näschen beschnüffelte die kleine Erhebung an meiner Daumenwurzel. Als ich allerdings die kleinen gelben Zähne erblickte, bekam ich Panik, kniff die Augen zu und begann zu zittern.

»Das Vieh beißt!«

»Nein, tut es nicht.«

»Weißt du, wie man Menschen auf Tollwut untersucht? Man muss ihnen in den Schädel bohren und eine Gewebsprobe aus dem Hirn nehmen.«

Sneak verzog das Gesicht. »Es hat keine Tollwut. Streichle es.«

»Kommt nicht infrage!«

»Streicheln oder ich punch dir die Lichter aus, Bitch!«

Ich zog das Tier näher zu mir heran, damit es mir nicht aus der zitternden Hand fiel. Mit dem Zeigefinger der anderen Hand strich ich ihm vorsichtig über den überdimensionierten Kopf. Das Tier schien die Aufmerksamkeit zu genießen. Es stellte sich auf die Hinterbeine, kratzte sich den Bauch und gähnte wie ein fetter alter Mann. Ich streichelte ihm den Schwanz und den winzigen Rücken.

»So weich«, flüsterte ich.

Sneak grinste.

»Aber jetzt tu's weg, bitte.«

»Ach, halt ihn doch noch bisschen.«

Die Wühlmaus wandte sich um und kletterte rasch übers Handgelenk meinen Arm hinauf, die winzigen Krallen kitzelten auf meiner Haut.

»Nimm's weg, Sneak! O Gott! Nimm's weg!«

Sneak zupfte die Wühlmaus von meinem Arm und setzte sie zurück in den Eiscremebehälter. Mir fehlten die Worte. Stumm schnappte ich mir meine Tasche und zog los.

Arbeit kann tröstlich sein. Dumpfe Routineaufgaben vermitteln Geborgenheit. Zucker von der Tischplatte neben der Kaffeemaschine wischen, die Wasserflaschen im Kühlregal auffüllen, die Toiletten inspizieren und es im Plan vermerken. Autos krochen an die Zapfsäulen und fuhren Minuten später wieder davon. Taxifahrer deckten sich mit Wasser und Aspirin für die bevorstehende Nachtschicht ein, Jugendliche in gepimpten Karossen tankten Redbull, bevor sie sich ins Nachtleben stürzten, unablässig in ihre Bluetooth- Headphones quasselnde Filmagenten stöpselten ihre Teslas an der Ladestation ein. Als die Sonne rotviolett hinterm Horizont verschwunden war, wurde es ruhiger, und ich löste Kreuzworträtsel.

Nicht da, acht Buchstaben. *Abwesend*.

Ich dachte an Jamie. Wie viele Ereignisse in seinem kurzen Leben hatte er schon ohne mich erlebt? Geburtstagspartys. Urkundenverleihungen in der Schule. Baseballspiele.

Mein Handy klingelte und riss mich aus meinen düsteren Gedanken.

»Ich schicke dir Fred vorbei«, sagte Ada statt einer Begrüßung. »Piss dir nicht in die Slipeinlage, wenn er auftaucht. Ich hab ihm gesagt, er soll dir nix tun.«

»Was? Wohin kommt er? Hierher?«

»Ja, zur Tanke, wo du Twinkies vertickst.«

Mit lief es eiskalt über den Rücken. Ich sah hinaus auf

den leeren Parkplatz, wo am Himmel der letzte weiße Schimmer von der Dunkelheit erdrosselt wurde. Es behagte mir überhaupt nicht, dass Ada meinen Arbeitsplatz kannte, und ich wollte gar nicht wissen, woher sie die Information hatte. »Was soll er hier?«

»Dir eine Waffe bringen. Sneak hatte recht. Ihr könnt eine gebrauchen. Aber ich wollte dich allein erwischen, ohne deine abgefuckte Freundin. Die verschachert sie sowieso gleich wieder oder bläst dir damit die Kerzen aus, wenn sie high ist. Die Braut ist dumm wie Scheiße. Ihre Mama ist eine von den Hillbillys. Die übliche Inzestschwester. Hängt ihr Blag ans Kuheuter und lässt sich gleich das nächste machen. Wahrscheinlich hat sie schon die Hälfte der Kohle geklaut, die ich euch gegeben hab.«

»Nein, die habe ich ziemlich gut versteckt.«

»Denkst du. Ich wette meinen Arsch drauf.«

»Ada, ich will keine Waffen. Bitte schick mir keine. Wenn sie mich damit erwischen, wandere ich sofort zurück ins Gefängnis. Wenn man mich mit Sneak sieht, kann ich mich vielleicht noch rausreden, aber bei einer Waffe ist Ende Gelände.«

»Witzig. Auf Waffen stehst du doch, Nachbarin.« Ich hörte genau, dass sie am anderen Ende der Leitung grinste. »Zumindest hast du großes Talent im Leuteumlegen.«

»Woher kennst du Dayly Lawlor?«, fragte ich.

»Das geht dich einen Scheißdreck an.«

Ich lehnte mich an den Tresen. »Komm schon. Ich will verstehen, warum du uns hilfst. Bei ihrem Bild auf dem Handy hast du gelacht. Hat sie mal bei dir getanzt?«

Kurzes Schweigen, gefolgt von einem knappen, bösen Lachen. Ich wusste, dass Ada nachgeben würde.

»Ich hab auf dem Ventura Boulevard im Stau gestanden, war auf dem Weg zu einem Treffen mit einem Geschäftspartner. Ist ungefähr sechs Monate her. Die Straße war total dicht, nichts ging mehr. Ich sitz also hinten in meinem Lincoln – Fred war an dem Tag mein Fahrer – und guck mir die Gegend an. Wir stecken unter einer Highwayüberführung fest, und da seh ich in der Betonrinne lauter Taubennester. Dutzende. Alles zugeschissen. Federn. Voll widerlich.«

»Okay«, sagte ich. »Und dann?«

»Während ich da so sitze, steigt vor uns so 'ne Kleine aus dem Taxi. Knallt die Tür zu und läuft direkt auf die vollgeschissene Wand zu. Zieht ihren Kapuzenpulli aus – ihren eigenen, sauberen Pulli! – und fängt an, dieser widerlichen Taube hinterherzujagen. Die Flugratte hat einfach am Boden gehockt und sich um nichts geschert, aber die Tante kommt angerannt und scheucht sie in der Gegend rum, ich mein, was für eine Scheiße! Sie versucht, diesen ekligen Vogel zu fangen, das Viech zetert und flattert wie angestochen. Die anderen Leute um uns rum haben's auch nicht verstanden. Wir so: Was geht da ab?, alle glotzen wie gebannt aus ihren Autos. Typen fangen an zu hupen, brüllen sie an, pfeifen und so.«

Ich lächelte, denn ich wusste, wie die Sache weiterging. »Hat sie den Vogel gefangen?«

Ada lachte. »Ja, hat sie. Hat ihn sich gekrallt wie ... ein Krokodil, weißt schon, wie im Fernsehen bei den Tierdokus, wenn die sich einen Vogel vom Ufer wegschnappen. Das war anscheinend nicht das erste Mal, das Mädel hatte Routine. Ich war so neugierig, dass ich mein Fenster runtergekurbelt habe. Ich so zu ihr: ›Hey, Pissflitsche! Was soll der Scheiß? Ist das dein Sonntagsbraten?‹ Ich mein, ich hab's echt nicht kapiert – die Braut hat genug Kohle für ein Taxi, aber fängt sich so ein Ekelding zum Essen. Aber sie kommt voll an mein Fenster und zeigt mir das Viech, hat's wie ein Neugeborenes in ihren Pulli eingewickelt.«

Ich lachte schallend.

»Sie erzählt mir, es sei ein *Junges*«, fuhr Ada fort. »Ein Taubenküken, das aus dem Nest gefallen ist. Ist zwischen den fahrenden Autos rumgehüpft. Das Tier blutet, hat Hunger und Durst. Sie erklärt mir sogar, woran ich erkenne, dass es noch nicht *flügge* ist. An den Federn und am Schnabel und so. Die Bitch hält mir glatt einen Vortrag in Naturkunde, mitten auf dem Highway. Wenn sie sich nicht um das *Junge* kümmert, wird es *verenden* oder überfahren, meinte sie. Wie sich herausstellt, sind Tauben echte Rabeneltern. Die scheren sich einen Scheißdreck um ihren Nachwuchs.«

Ich lehnte immer noch am Tresen und betrachtete den Nachthimmel.

»Da sag ich zu ihr: ›Mädel, so ist das eben. Vögel fallen aus Nestern und werden gefressen oder überfahren oder irgendein anderer Scheiß. Sie leiden und verhungern. That's life.‹ Und weißt du, was sie sagt? ›Dieser hier nicht. Nicht, solange ich es verhindern kann.‹«

Es knallte zweimal dumpf, ich stellte mir vor, wie Ada es sich mit ihren Stiefeln auf dem Tisch in ihrem Büro bequem gemacht hatte.

»Jedenfalls«, fuhr Ada fort, »will sie mit dem Viech ins Taxi zurück, aber der Fahrer hat was dagegen. Er schreit rum von wegen Läuse und Siff und Seuche. Also ruf ich die Kleine zu mir und sag ihr, sie soll bei mir einsteigen. Fred hat sie zum Sunset gebracht.«

»Haha, zum Piepen! Du hattest den Vogel bei dir im Wagen?«

»Hm. Die Karosse ist gleich in die Schrottpresse gewandert. Echt schade, aber ich fahre nicht mit einem Wagen, in dem eine sieche Parasitenschleuder gehockt hat. Mike hat danach gleich meine Klamotten verbrannt, Freds auch.«

»Wieso hast du das gemacht?«

»Im Jugendvollzug hab ich mir mal Läuse eingefangen. So eine fette Sau wie Sneak hatte sie eingeschleppt. Alle haben sich gekratzt wie blöd, war echt die Hölle.«

»Nein, warum hast du Dayly mitgenommen?«

»Keine Ahnung. Fand sie ganz witzig, die verrückte Schlampe.«

»Da steckt doch mehr dahinter.«

»Wie bitte?«

»Du hast dir gewünscht, jemand hätte damals, als du noch klein warst, auch so was gesagt. ›Nicht, solange ich es verhindern kann.‹«

Schweigen.

Dann: »Willst du mich verarschen?«

»Was? Liege ich etwa falsch?«

»Aber so was von, Bitch! Ich bin doch keine versiffte Taube, die man vom Highway retten muss! Ich bin ein Raubvogel. Solche Opfer kill ich. Eiskalt!«

Mir erstarrte das Grinsen im Gesicht.

»Wenn du jemandem diese Scheiße erzählst, tätowiere ich deine Fresse mit dem Taschenmesser!«

»Mach ich nicht«, stammelte ich, aber sie hatte schon aufgelegt.

LIEBE DAYLY,

du hast recht, ich kriege tatsächlich eine Menge Post von Gestörten, aber »Bist du mein Vater?« war tatsächlich noch nicht dabei. Dein Brief war echt mal was Neues, egal, wie die Antwort lautet. Die meisten Leute nerven mich mit irgendwelchen Labereien über meine Verbrechen, wie schrecklich meine Taten waren und so, besonders die Sache in Inglewood. Ha! Als ob ich nicht selbst darauf gekommen wäre. Aber das lese ich nicht von den Opfern oder Angehörigen, sondern von irgendwelchen Katastrophentouristen, die meinen, sie wären auch betroffen. Die meisten schreiben mir allerdings, weil sie wissen wollen, ob die drei Millionen, die du auch erwähnt hast, mir gehören, und vor allem, ob es noch andere Geldverstecke gibt. Seit sie die Kohle entdeckt haben, ist mein Postfach dreimal so voll.

Es stimmt, dass deine Mutter Emily Lawlor und ich um 2000 herum eine kurze Sache am Laufen hatten. Sie war ziemlich wild. Echt schlau und trotzdem süß. Damals trug sie den Spitznamen »Sneak«, weil sie lange Finger hatte, aber sie hat wohl nur geklaut, um sich ihre Drogen leisten zu können, die waren allerdings eher harmlos, zumindest kam es mir so vor. Tut mir leid zu hören, dass sie ein echter Junkie geworden ist. Dass du nicht so richtig weißt, was du von ihr halten sollst, wundert mich nicht. Ohne Eltern aufzuwachsen ist eine harte Nummer. Meine Ma war eine Hure, und ich bin bei meinen Großeltern in Miami aufgewachsen, aber ich bin, sobald ich konnte, nach LA abgehauen. Wenige machen sich die Mühe, in meiner Vorgeschichte nach den Gründen für meine Taten zu suchen. Aber da liegt der Schlüssel: Meine Großeltern haben mich misshandelt und verwahrlosen lassen, meine Mutter hat mich mit sechs Jahren an ihrer Tür ausgesetzt und ist einfach abgehauen. Vielleicht interessiert es dich, dass ich in den letzten Jahren mit diversen Psychologen gesprochen habe und man mir einen IQ von 142 bescheinigt hat. Man konnte keine Störung meiner Hirnfunktion feststellen, keinen Tumor oder psychische Erkrankung, die erklären könnten, warum ich in Inglewood so viele Unschuldige getötet habe. Ich bin einfach ein gebrochener Mann, den man zu weit getrieben hat.

Es ist durchaus möglich, dass du mit mir verwandt bist, aber du solltest dir gut überlegen, ob du es ganz genau wissen willst.

Hier im Knast hatte ich keinen Kontakt zu Sneak, was mich überrascht, wenn sie, wie du sagst, ein Junkie ist. Hier sitzen nämlich viele von denen, und sie alle sind nur an einem interessiert: Geld. Ich habe viele Banken überfallen, bevor sie mich erwischt haben. Manche behaupten, ich hätte die Beute garantiert nicht an einem einzigen Ort versteckt. Aber wenn es tatsächlich noch weitere Verstecke gäbe, und sie würden das Geld finden, könnten die Typen hier im Knast keinen Cent davon ausgeben. Im Gefängnisladen gibt es nicht so viel Auswahl, also müssten sie sich auf jemanden draußen verlassen und darauf hoffen, dass derjenige nicht mit der Kohle abhaut.

Ein paar von uns, vor allem die Berühmten, Serienmörder zum Beispiel, schmuggeln Reliquien aus dem Knast, damit ein Mittelsmann sie online verscherbeln kann. Mein Zellennachbar kriegt im Internet fünfzig Dollar für eine Haarsträhne. Er hat sechs Frauen vergewaltigt und ermordet. Ich habe einen Mittelsmann, der meine Briefe für einen sehr viel höheren Preis verschachert. Die Leute glauben, ich würde darin etwas über die vermeintlichen Geldverstecke verraten. Dass in den Briefen eine geheime Botschaft steckt, die sie enträtseln müssen, zum Beispiel, indem sie den ersten Buchstaben jedes neuen Satzes zu einem neuen Wort zusammenfügen. Vielleicht, so denken sie, lasse ich hier und da Zahlen fallen, die am Ende Koordinaten ergeben. Ich habe gehört, man kann mit Zitronensaft unsichtbare Botschaften verschicken. Aber so blöd bin ich nicht. Die erste Person, der so was auffallen würde, wäre einer der Gefängniswärter. Die lesen und analysieren jeden unserer Briefe, führen sogar chemische Tests durch. Ich würde es nicht riskieren, dass einer von diesen Wichsern an mein Geld kommt. Wenn ich jemandem eine Botschaft übermitteln wollte, würde ich das nur persönlich machen.

Das hier ist natürlich rein hypothetisch gemeint, basierend auf der öffentlichen Vermutung, dass es mehr Geldverstecke gibt. Ich habe mehr gestohlen, als ich je hätte ausgeben können, und mehr, als man gefunden hat.

Ich hoffe, du schreibst zurück, aber überlege dir gut, ob du wirklich wissen willst, wer dein Vater ist. Aus Erfahrung kann ich dir sagen, dass man manche Eltern besser nicht kennt. Du könntest diesen Brief im Internet verkaufen. Du bist klug, da findest du sicher schnell heraus, wie das geht. Auf manchen Sites verlangen sie bis zu fünfhundert Dollar dafür. Zumindest behauptet das mein Mittelsmann, ich weiß natürlich nicht, ob er mich über den Tisch zieht und tatsächlich mehr verlangt.

Alles Gute,
John Fishwick

PS: Wieso man eine Wühlmaus oder eine Taube rettet, ist mir echt ein Rätsel, aber dein Foto ist süß. Du hast meine Augen. Grüß Sneak von mir!

JESSICA

Jessica saß an ihrem Schreibtisch im Büro, ignorierte die Blicke ihrer Kollegen und vertiefte sich weiter in die sechsstündigen Aufzeichnungen des ersten Verhörs von Blair Harbour zu den tödlichen Schüssen auf Adrian Orlov. Auf dem Weg an ihren Platz hatte sie weder Wallert noch Vizchen gesehen, aber ihr taten jetzt schon die Schultern weh, so sehr hatte sie sich in Aussicht auf die unvermeidliche Begegnung mit den beiden verkrampft, ganz zu schweigen von ihrer Befürchtung, dass sie jemand wegen ihrer Freistellung nach dem Zombie-Überfall zurückpfeifen könnte. Auf ihrem Monitor war Blair Harbour zu sehen, zusammengesunken in ihrem übergroßen orangefarbenen Overall, das Haar noch blutverkrustet. Jessica war es wichtig, ihre Verdächtigen so schnell wie möglich nach der Tat ins Verhörzimmer zu bekommen und sie dort lange festzuhalten. Ein durch das Verbrechen erhöhter Adrenalinspiegel machte sie gesprächig, Erschöpfung begünstigte dumme Fehler. Sie fand es hilfreich, die Täter mit Blut und Schmutz unter den Fingernägeln zu erwischen und sie dabei zu beobachten, wie sie sich mit vollem Blick auf die Spuren aus der Affäre zu ziehen versuchten. Im Video war Jessica dichter an den Verhörtisch gerückt, während ihr Kollege Sandemann wie ein stummer Wachposten in der Ecke stand. Jessica drückte sich den Kopfhörer fester aufs Ohr und studierte Harbours verschwommenes Gesicht.

HARBOUR: Ich hatte nichts gegen sie. Sie waren eigentlich ganz nett. Nur der Lärm, der ging mir auf die Nerven. Ich habe auch nur wegen der lauten Musik mit ihnen geredet, ansonsten kannte ich sie gar nicht.

SANCHEZ: Also hatten Sie nur unschöne Begegnungen mit Orlov und Zea. Sie haben sich wegen des Lärms beschwert, die beiden haben sich verteidigt. Sie waren von Anfang an in diesem Muster gefangen.

HARBOUR: Ja, wahrscheinlich haben Sie recht. Aber man erschießt doch niemanden, weil er Lärm macht!

SANCHEZ: Doch, das kommt vor.

HARBOUR: Ich habe den Mann erschossen, weil er sie sonst umgebracht hätte, seine Frau. Er hatte sie schon am Boden, als ich reinkam, und hat auf sie eingeprügelt. Da dachte ich, der bringt sie um, und hab versucht, dazwischenzugehen …

SANCHEZ: Dazwischenzugehen?

HARBOUR: Na, ihn wegzuziehen. Ich habe ihn ein bisschen abbringen können, aber dann hat er mich einfach weggeschleudert. Der Mann war total in Rage.

SANCHEZ: Aha.

HARBOUR: Da hab ich die Waffe gesehen und dann … einfach …

SANCHEZ: Ehrlich gesagt ergibt das, was Sie da erzählen, keinen Sinn, Dr. Harbour. Sie behaupten, Sie seien Zeugin eines häuslichen Konflikts zwischen diesen beiden Personen geworden, die Sie kaum kennen, eine gewalttätige Auseinandersetzung, in die Sie zufällig hereingeplatzt seien. Doch das Opfer, unsere Zeugin, sagt etwas anderes.

HARBOUR: Was?

SANCHEZ: Sie behauptet, Sie hätten Adrian Orlov wegen des Lärms erschossen.

HARBOUR: Sagt sie nicht.

SANCHEZ: Oh doch, genau das sagt sie. Und außerdem, dass Sie sie auf dem Kieker gehabt hätten, schon die ganze Zeit. Sie seien ins Haus marschiert, hätten sich wegen des Lärms beschwert, ihren Partner erschossen, die Waffe nach der Tat in der Küchenspüle gewaschen und sich dann seelenruhig ein Sandwich gemacht. Wenn Ihre Version der Wahrheit entspräche, Ms Harbour, und sie einfach mal auf ein Schwätzchen zu den Nachbarn rübergehuscht sind und dabei Zeas Leben gerettet haben, warum sollte Zea uns dann diese komplexe Geschichte auftischen und uns erzählen, Sie hätten ihren Freund wegen einer Ruhestörung erschossen?

HARBOUR: Weiß ich nicht. Es ist mir absolut schleierhaft, warum sie so was sagt. Ich bin nicht wegen des Lärms rübergegangen. Ich habe aus dem Küchenfenster in ihr Bad geschaut und dabei gesehen, wie er sie geschlagen hat.
SANCHEZ: Und da haben Sie sich wie Wonder Woman sofort aufgemacht, um die Arme zu retten?
HARBOUR: Sie haben mir nicht zugehört!

Jessica lehnte sich auf ihrem Stuhl zurück und betrachtete ihre Kollegen, die um sie herum in Reihen hinter ihren Schreibtischen saßen. Jetzt wie auf dem Bildschirm, vor zehn Jahren, schwieg sie und dachte nach. Harbours Worte hallten in ihr nach, lösten verhaltenes Schamgefühl aus. Harbour hatte recht. Sie hatte nicht zugehört. Hatte Zeas Version bereits im Kopf gehabt, denn die war ihr damals plausibel erschienen. Jetzt, da sie sich beim Verhör beobachtete, erkannte sie, was sie damals getan hatte: Die Verdächtige manipuliert. Versucht, sie zu einem Geständnis zu bewegen.

SANCHEZ: Zea sagt aus, Sie seien ausgerastet. Sie hätten einen kompletten Aussetzer gehabt. Sich wie eine Irre benommen.
HARBOUR: Nein ... da noch nicht. Danach vielleicht, nachdem ich ihn erschossen hatte. Ich war entsetzt, stand unter Schock, aber ich war nicht verrückt. Ich wusste genau, was ich tat, habe sogar überlegt, was ich als Nächstes tun sollte, schließlich hatte ich noch nie einen Menschen umgebracht, und ich war völlig fertig deswegen und ... ja, vielleicht hab ich kurz den Faden verloren, aber ich bin nicht verrückt. War ich noch nie. Kann ich mit ihr sprechen?

SANCHEZ: Nein.
HARBOUR: Aber …
SANCHEZ: Warum haben Sie sich die Hände und die Waffe gewaschen?
HARBOUR: Das war … darüber habe ich auch schon nachgedacht. Ich glaube, es ist einfach aus Reflex passiert. So mache ich es jeden Tag bei meiner Arbeit. Bevor ich irgendwas anfasse, wasche ich mir die Hände, und danach auch. So mache ich das zigmal am Tag. Die Waffe habe ich nicht gewaschen, die habe ich nur in die Spüle fallen lassen, wie ich es im OP mit meinen Instrumenten mache. Da ist sie wohl nass geworden.
SANCHEZ: Erzählen Sie doch keinen Mist.
HARBOUR: Das ist kein Mist!
SANCHEZ: Sich nach einem Mord in der Küche ein Sandwich zu schmieren ist verrückt, Dr. Harbour. Finden Sie nicht?
HARBOUR: Das habe ich nicht getan.
SANCHEZ: Wieso erzählt die Zeugin uns das dann?
HARBOUR: Ich habe nicht die geringste Ahnung. Tatsächlich verstehe ich überhaupt nicht, warum sie so was erzählt. Deswegen würde ich gern mit ihr sprechen. Nur ganz …
SANCHEZ: Warum haben Sie nach dem Schuss nicht versucht, Orlov wiederzubeleben? Wieso haben Sie keine erst Hilfe geleistet?
HARBOUR: Na, weil er tot war. Ganz eindeutig. Er ist sofort gestorben. Ich hab ihn direkt ins Herz getroffen.
SANCHEZ: Sie haben ausgesagt, Sie hätten keinerlei Maßnahmen ergriffen, ihm zu helfen. Ist das korrekt?
HARBOUR: Da gab es nichts mehr zu helfen.
SANCHEZ: Warum lachen Sie? Finden Sie das lustig, Dr. Harbour?
HARBOUR: Das … ich habe gelacht, weil das alles so absurd ist. Was hätte ich tun sollen? Herzmassage? An der Stel-

le, wo das riesige Einschussloch war? Er ist innerhalb von Sekunden verblutet. Ich lache Sie nicht aus ... Meine Güte, das ist doch alles nicht wahr.

SANCHEZ: Würden Sie bitte die Frage beantworten? Nachdem Sie auf Mr Orlov geschossen hatten, haben Sie keinerlei Maßnahmen ergriffen, ihn wiederzubeleben. Korrekt?

HARBOUR: Ich komme mir vor wie im falschen Film.

SANCHEZ: Leiden Sie unter Realitätsverlust?

HARBOUR: Nein. Ich meinte damit, dass ich nicht mehr weiß, wie ich es Ihnen noch erklären soll. Er wollte sie umbringen. Da konnte ich doch nicht einfach dastehen und nichts tun. Man sieht doch nicht zu, wie jemand einen anderen Menschen ermordet.

SANCHEZ: Es soll Menschen geben, die genau das tun.

Harbour hatte zu Protokoll gegeben, sie habe ihr Haus verlassen und sei nach nebenan gegangen, weil sie durchs Badezimmerfenster des Nachbarhauses gesehen habe, dass Orlov seine Freundin schlug. Beim Eintreten habe sie dann mitbekommen, dass Orlov Zea aufs Brutalste misshandelte. Nach mehreren vergeblichen Versuchen, die beiden voneinander zu trennen, habe sie aus Verzweiflung die auf dem Esstisch liegende Waffe ergriffen und den Mann erschossen, um Zea zu retten. Diese Version stimmte mit Orlovs, Zeas und Harbours Verletzungen überein, erklärte aber nicht, warum Zea Harbours Aussage nicht bestätigte. Es war ziemlich unwahrscheinlich, dass Zea log und ihre Nachbarin unschuldig ins Gefängnis brachte, nur um die Ehre ihres toten Freundes zu retten oder als Retourkutsche für die ständigen Beschwerden wegen Ruhestörung. Jessica fand außerdem, dass Harbours Aussage nicht mit ihrem bizarren Verhalten nach der Tat übereinstimmte. Und am Ende ist sie einfach aus dem Haus gegangen und hat nicht mal den Notruf gewählt. Nach diesem ersten Verhör legte Harbour sich einen Anwalt zu und änderte ihre Aussage. Danach war sie glatter, man merkte, dass ihr ein Rechtsberater zur Seite gestanden hatte. Sie sei, so räumte sie jetzt ein, tatsächlich aus Wut ins Nachbarhaus gelaufen, um sich über den Lärm zu beschweren. Orlov habe daraufhin eine Waffe auf sie gerichtet. Während der darauffolgenden, heftigen körperlichen Auseinandersetzung, in die auch Zea verwickelt gewesen sei, habe sich plötzlich ein Schuss gelöst und Orlov direkt in die Brust getroffen. Auch diese Version erschien weder Sanchez noch ihrem Kollegen Sandermann plausibel. Die ballistische Untersuchung hatte ergeben, dass der Schuss aus anderthalb Metern Entfernung abgegeben wurde. Außerdem deutete Harbours abnormes Verhalten nicht auf einen Unfall hin.

Experten der Anklage und der Verteidigung hatten die Verdächtige einer psychologischen Untersuchung unterzogen. Sie sei völlig gesund und zeige keinerlei Symptome einer psychischen Störung oder Krankheit, die eine unkontrollierte Handlung im Haus des Opfers ausgelöst haben könnte. Es gebe auch keine Anzeichen für pränatale Depressionen oder sonstige hormonelle Störungen, die die Verteidigung ansonsten als mildernde Umstände hätte heranziehen können.

Jessica drückte auf die Pausetaste und betrachtete das Bild von Harbour auf dem Monitor. Wiederum fragte sie sich, was sie hier eigentlich abzog, warum der Fall Harbour sie einfach nicht losließ. Auch wenn die Frau einen süßen Sohn hatte, konnte sie locker eine eiskalte Killerin sein. Es gab eine Menge kranker Serienmörder mit normalen Kindern. Sie klickte das Video weg und wollte gerade aufstehen, als sich eine Hand auf ihre Schulter legte.

»Sie haben hier nichts verloren«, sagte jemand. Ein Mann, aber nicht Wallert oder Vizchen, sondern Detective Cheng Woo von der Polizeiaufsicht, ein Amerikaner chinesischer Abstammung, der Jessica wohlbekannt war, auch wenn sie ihm noch nie persönlich begegnet war. Woo parkte seinen mit grauem Hosenstoff bedeckten Hintern auf ihrem Schreibtisch und zwang sie so, auf ihrem Stuhl nach hinten auszuweichen, wobei sie gegen die Trennwand zwischen ihrem und dem Nachbarplatz krachte. Ihr war klar, dass spätestens jetzt die Augen sämtlicher Kollegen auf sie gerichtet waren.

Jessica nickte zur Begrüßung. »Detective Woo. Ich habe gerade sichergestellt, dass die laufenden Ermittlungen während meiner Abwesenheit weiterbetreut werden.«

»Es ist alles in trockenen Tüchern, Sanchez. Sämtliche Fälle sind an Ihre Kollegen verteilt worden. Ohne Sie läuft trotzdem alles wie geschmiert, auch wenn Sie das nicht wahrhaben wollen.«

Von irgendwo ertönte ein fieses Kichern. Jessica reagierte nicht auf die Provokation.

»Es sind tatsächlich gerade zwei interne Untersuchungen anberaumt worden, die mit Ihrem Namen in Verbindung stehen«, sagte Woo. Er sprach laut genug, damit auch die Leute am Ende der Reihe alles mitbekamen.

»Zwei Untersuchungen?«

»Tödlicher Schusswaffengebrauch durch einen Polizisten oder besser gesagt, eine Polizistin, und das Brentwood-Erbe.«

»Aha«, sagte Jessica. »Es wundert mich nicht, dass Ihre Leute so schnell gemerkt haben, dass die beiden Vorfälle miteinander verbunden sind.«

»Das sind wirklich seltsame Vorgänge, besonders der Schusswaffengebrauch im Haus an der Linscott Place«, sagte Woo. Er hievte auch die andere Backe auf den Tisch, wobei er Stifte und Unterlagen beiseiteschob. »Mir will die Sache einfach nicht in den Kopf. Entweder haben zwei pflichtbewusste, fähige und zuverlässige Kollegen wie Wallert und Vizchen ihre Dienstpflicht aufs Gröbste vernachlässigt und eine Kollegin in einer lebensbedrohlichen Situation im Stich gelassen, oder …«

»Verzeihung, haben Sie gerade ›fähig‹ gesagt?«, fragte Jessica.

»… oder Sie, eine hochdekorierte Polizistin mit einigen bedauerlichen dunklen Flecken in der Personalakte, die gerade von einem lebensverändernden Erbe erfahren hat, sind einfach drauflosgestürmt, um mal wieder die große Heldin zu spielen.«

Da war es wieder. *Die große Heldin.* Vizchen hatte sie auch so genannt, in der Nacht, als sie den Zombie erschossen hatte. Jessica biss sich auf die Zunge.

»Also, welche Version stimmt?«

»Ich glaube, es wäre völlig unprofessionell, jetzt und hier dazu Stellung zu beziehen«, sagte Jessica.

»Warum?« Woo blickte sich um. »Wir führen ein inoffizielles Gespräch. Ich trage kein Abhörgerät.« Er lachte. »Unser Termin ist für nächste Woche angesetzt.«

»Sie versuchen, mich zu einer …«

»Uns liegen Informationen vor, nach denen Wallert möglicherweise unter Alkoholeinfluss gestanden hat«, unterbrach Woo sie. »In diesem Fall war sein Urteilsvermögen eingeschränkt und er nicht mehr in der Lage, Sie bei der Verfolgung des Verdächtigen zu unterstützen. Stimmt das, Sanchez? War Ihr Kollege in jener Nacht angetrunken?«

Jessica ballte die Hände zu Fäusten. Alle starrten jetzt unverhohlen zu ihnen rüber. Ein paar Kollegen waren vom Kaffeeautomaten herbeigekommen und standen, die Kaffeebecher wie eine Waffe an der Hüfte, im Gang, nur wenige Meter von ihr entfernt, und lauerten auf ihre Antwort. Alle wollten wissen, ob sie Wallert an die Aufsichtsbehörde verpfeifen würde, ob sie es wagen würde, ihre Truppe zu verraten.

»Ich bin nicht …« Jessica holte tief Luft. »Ich werde hier nicht darüber sprechen.«

»Dann wäre da natürlich noch das Haus«, fuhr Woo unbeirrt fort. »Das müssen wir bei unserem Termin auch noch klären. Sie haben gerade behauptet, das Erbe stehe in Verbindung zu Ihrem Schusswaffengebrauch. Welche Verbindung meinen Sie da genau? Das würde mich wirklich interessieren. Mangelte es Ihnen wegen der Nachricht an der nötigen Konzentration? Hat diese üppige Anerkennung Ihres Einsatzes Ihr Ego so anschwellen lassen, dass Sie sich …«

»Wie gesagt, ich werde mich hier nicht dazu äußern.« Jessica erhob sich so unvermittelt, dass Woo fast vom Schreibtisch gefallen wäre. Die beiden standen sich in dem beengten Raum gegenüber, Brust an Brust, und alle Augen waren auf sie gerichtet. Jessica fixierte ihr Gegenüber. »Also sparen Sie sich Ihre wilden Spekulationen für unseren Termin auf.«

Woo hob lächelnd die Hände, während Jessica sich an ihm vorbeischob und steifbeinig in Richtung Toilette verschwand.

Dort verpasste sie dem Abfalleimer erst mal einen kräftigen Tritt und erfreute sich an dem lauten Scheppern, das sie damit auslöste. Die Damentoilette war allerdings denkbar ungünstig, denn hierher kamen Frauen, um sich nach einem Streit in Ruhe auszuheulen. Sie würde keine Träne vergießen! Stattdessen zog sie ein paar Papierhandtücher aus dem Spender und stopfte sie sich in den Mund, bevor sie vor Wut losbrüllte. Statt eines Schreis ertönte zwar nur ein gedämpftes Heulen, doch es fühlte sich trotzdem super an. Danach trat Jessica ans Becken und wusch sich das Gesicht. Vor Zorn zitterte sie am ganzen Körper. Laut atmend blickte sie in den Spiegel, wo sie auf ihrem weißen T-Shirt Blutflecken entdeckte. Die Bisswunde an ihrer linken Schulter hatte offenbar genässt.

»Verdammte Scheiße!«, sagte sie und zog das T-Shirt aus.

Sie stand im BH vor dem Spiegel und zupfte an dem Verband herum, als Oliver Digbert hereinkam. Digbert ging grundsätzlich auf die Damentoilette im fünften Stock, weil er als Rechtsmediziner peniblen Wert auf Sauberkeit legte und nur diese Toilette seinen Reinlichkeitsansprüchen genügte.

Jessica stöhnte genervt. »Diggy«, sagte sie. Das Letzte, worauf sie jetzt Lust hatte, war ein Gespräch mit Digbert, aber ihr rundlicher, sommersprossiger Kollege hatte ihr bei einem Vergewaltigungsfall geholfen und ihr so ermöglicht, einen Unschuldigen vor einer lebenslangen Haftstrafe zu bewahren. Normalerweise war Diggy die Diskrektion in Person, und auch jetzt schlenderte er ohne Kommentar auf die Kabinen zu. Er trug ein grell pinkes Hemd mit einem Muster aus kleinen, schwarzen Teekannen.

Doch dann ließ er sich doch zu einer Bemerkung hinreißen. »Da ist aber jemand nicht gut drauf«, sagte er, bevor er die Tür hinter sich schloss. Der Klositz knirschte. Jessica betrachtete die rotblaue Katastrophe auf ihrer Schulter, während ihr Kollege ungehemmt vor sich hin strullerte. Wenig später trat er neben sie, um sich die Wurstfinger zu waschen. Er betätigte den Hebel des Seifenspenders. Fünfmal. »Ich hab das von dem Erbe gehört«, sagte er. »Gehe ich recht in der Annahme, dass du es annehmen willst und Whitton darüber informiert hast? Das würde deine emotionale Verfassung erklären.«

Jessica grinste. »Findest du, ich sollte es annehmen?« Ihr Puls hatte sich bereits wieder beruhigt. »Da bist du vermutlich der Einzige in der gesamten Dienststelle.«

»Es wäre die logische Entscheidung, zumindest aus wirtschaftlicher Sicht«, sagte er, während er stirnrunzelnd an einem Fleck auf dem Häutchen zwischen Daumen und Zeigefinger herumrieb. »Der Wert des Anwesens übersteigt jedes Gehalt, das du in deiner gegenwärtigen Position verdienen könntest, selbst wenn wir deine voraussichtlichen Pensionszahlungen und Boni wegen langjähriger Mitarbeit gegen die zu erwartenden Fluktuationen auf dem Grundstücksmarkt ...«

»Ja, ich hab's kapiert.« Jessica tätschelte ihm die Schulter. »Darum geht es nicht. Es geht um Treuebruch. Dass ich mich von meinem Team abwenden würde. Von meinem Job.«

»Verstehe ich nicht.« Diggy trocknete sich die Hände ab. »Dein Job besteht darin, Fälle zu lösen. Mit dem Geld, das du da erben würdest, könntest du eine Privatdetektei gründen. Die besten Schnüffler engagieren. Dir die Fälle herauspicken, die dich interessieren, und dich nicht zwischen Altlasten und dringenden Ermittlungen aufreiben. Dank deines erheblichen finanziellen Puffers könntest du forensische Untersuchungen privat finanzieren, was natürlich zu beschleunigten Ergebnissen beiträgt.«

Jessica beugte sich vor, um einen genaueren Blick auf die Bisswunde zu werfen und tupfte eine nässende Stelle mit einem Papierhandtuch ab. Diggy schob sich die Brille zurecht.

»Ich hab von dem Haus gehört, aber nicht von dem Angriff.«

»Ja, der Zombie hat mich erwischt. Guckst du keine Nachrichten? Es war *die* Sensationsmeldung!«

»Die Berichterstattung zum aktuellen Zeitgeschehen ist eine teuflische Mischung aus politischer Korruption und den naiven Denkmustern narzisstischer Hipster.«

»Narzisstischer Hipster! Dein nächster Twittername.«

»Wer war der Typ?«, fragte Diggy, wenig beeindruckt.

»Woher willst du wissen, dass es ein Typ war?«

»Nun, ein Laie hätte vielleicht auch eine Täterin in Betracht gezogen. Es ist statistisch belegt, dass Frauen in gewaltsamen Auseinandersetzungen zum Beißen neigen. Aber glücklicherweise ist dein Gegenüber nicht ohne Aufsicht dem wissenschaftlichen Larvenstadium entwachsen und zu einem begnadeten Spezialisten herangereift, sondern hat sich unter der Ägide von Dr. Richard Rhodes vom Virginia Commonwealth Institute zu dem Mann gemausert, der er heute ist.«

»Begnadet, hm?« Jessica grinste.

»Die Forschungsarbeit von Dr. Rhodes konzentrierte sich auf die odentometrische Analyse des maxillären und mandibulären Bogens zur Identifizierung von Geschlecht und ethnischer Zugehörigkeit. Ich durfte in seinem Labor assistieren und mich im Glanz seines großen Ruhmes sonnen.«

Jessica zeigte auf ihre Schulterwunde. »Willst du damit sagen, dass du anhand eines Bisses erkennen kannst, ob es sich beim Beißer um einen Mann oder eine Frau gehandelt hat?«

»Mit einer gewissen Wahrscheinlichkeit, ja.« Diggy beugte sich vor und betrachtete die Wunde ganz genau. Jessica fiel auf, dass er kein einziges Mal auf ihren BH spitzte. »Dabei solltest du allerdings bedenken, dass ich damals der Lehrling war und nicht der Meister. Doch ich glaube, ich habe es hier mit dem Biss eines Mannes angelsächsischer Abstammung zu tun. Habe ich recht?«

Jessica sah den Rechtsmediziner entgeistert an. Dann deckte sie die Wunde wieder zu und drückte das Pflaster fest.

Sie schnappte sich ihr T-Shirt vom Waschbeckenrand und schlüpfte hinein. »Komm mit! Ich will dir ein Foto von einem Sandwich zeigen.«

LIEBER JOHN,

vielen Dank für deinen Brief. Echt irre, was du da schreibst. Vor allem das von dem Typen, der seine Haare verkauft. Was jemand mit den Haaren eines Serienmörders anfängt, mag ich mir gar nicht vorstellen. Aber ich bin deinem Rat gefolgt und habe im Internet nachgesehen, welche Websites so genannte Mörderabilien anbieten. Da wird eine Menge Zeug von Charles Manson für viel Geld angeboten, wahrscheinlich, weil er tot ist. Meine Güte, der hat echt miese Bilder gemalt. Gacy auch. Du hattest recht, deine Briefe bringen fünfhundert und mehr ein. Der Verkäufer hat dazugeschrieben, sie »enthalten höchstwahrscheinlich verdeckte Hinweise auf weitere Geldverstecke«. Irgendwie muss man ja zu Geld kommen. Vielleicht verkaufe ich deine Briefe auch. Die Kohle könnte ich gut gebrauchen.

Deine schreckliche Kindheit dafür verantwortlich zu machen, dass du zum Mörder geworden bist, fand ich zuerst ziemlich blöd von dir. Unter den Opfern in der Bank war ein siebenjähriges Kind! Da hab ich den Brief erst mal weggelegt und nicht weitergelesen. Aber ich denke drüber nach. Bin noch nicht sicher, was ich davon halten soll, aber ich denke ernsthaft darüber nach. Weil ich ja auch wegen Sneak zu dem Menschen geworden bin, der dir heute schreibt. Ich will hier gar nicht ans Eingemachte gehen, aber wenn man kapiert, dass die eigene Mutter einen im Stich gelassen hat, dann geht was zu Bruch. Als wäre man anders als all die anderen, die bei liebevollen Eltern aufgewachsen sind. Die anderen, die nicht wegen eines Fehlers, also aus Versehen, entstanden sind und nicht gewollt waren. Manchmal komme ich mir vor wie ein schwarzes Loch, eine Leerstelle im Universum. Ich bin unerwünscht, mich hätte es gar nicht geben sollen. Vielleicht bin ich deshalb so unzufrieden und ständig auf der Suche.

Wenn ich eigentlich nicht auf der Welt sein sollte und es trotzdem bin, dann ist meine Existenz ein abgedrehter Zufall. Das verstößt gegen die Regeln. Verstehst du, was ich meine? Ich will gar nicht jammern, ich hatte tolle Pflegeeltern. Deren Kind ist gestorben, deshalb haben sie es durch mich ersetzt. Aber sobald sie mich heil über die Kindheit hinweggerettet hatten, waren sie irgendwie fertig mit mir. Was danach noch kommt, die Beziehung zwischen erwachsenem Kind und seinen Eltern, haben sie glatt vergessen. Manchmal höre ich monatelang nichts von ihnen. Es ist, als hätte ich meinen Dienst getan, und jetzt bin ich langweilig geworden.

Das ist natürlich kein Grund, gleich eine Bank auszurauben und aus lauter Panik dabei ein paar Leute umzubringen. Aber den Wunsch, die Regeln der Gesellschaft zu brechen, den kann ich nachvollziehen. Sich von allem und allen loszusagen. Manchmal stelle ich mir vor, wie es wäre, einfach auszusteigen. Einen Rucksack zu packen und zu verschwinden. Egal wohin. Ich könnte Dayly Lawlor zurücklassen und mir woanders ein neues Leben aufbauen.

Sorry, jetzt bin ich doch ans Eingemachte gegangen. Ach, ich schick den Brief trotzdem los, mal sehen, wie du antwortest.

Bis bald,
Dayly

PS: Ich habe den Eindruck, du willst mich in diese ganze Schatzsuche um deine Geldverstecke reinziehen, aber da habe ich keinen Bock drauf. Ja, ich kenne die Artikel und Verschwörungstheorien aus dem Internet. War auf Reddit und so. Eine Menge Experten sind sich einig, dass bei den Überfällen erheblich mehr Geld erbeutet wurde, als man gefunden hat. Aber ich weiß auch, wie viele Frauen diesen Typen in der Todeszelle einen Heiratsantrag machen. Du hättest sicher schon längst eine gefunden, der du deine Beute vermachen wolltest, wenn es sie denn tatsächlich noch gibt.

JESSICA

Mit dem *Blue Room* an der Alameda Street, nur ein paar Meter von ihrer kleinen Wohnung entfernt, verband Jessica einige tröstliche Erinnerungen. Fünf Superbowl-Spiele hatte sie hier verfolgt, allein an der Theke, während die anderen Gäste sich in den zahlreichen Nischen auf den grünen Kunstlederbänken drängten, in kritischen Momenten aufsprangen, auf dem klebrigen Boden auf und ab marschierten oder sich entnervt die Haare rauften, wenn ihr Team mal wieder nichts auf die Reihe bekam. Die blaue Beleuchtung über der Bar erinnerte sie an die öffentlichen Toiletten von Santa Monica mit ihren Anti-Junkie-Lampen, an die Anfänge ihrer Karriere, als sie Obdachlose oder Handtaschendiebe über den Strand gejagt hatte. Sie hielt sich an ihrem zweiten Manhattan mit zwei Kirschen fest, den der Barkeeper ihr in einem normalen Glas servierte, zusammen mit der üblichen Serviette, die sie, wie immer, in winzige Stücke gerissen hatte.

Sie wollte sich ablenken von Digberts Ausführungen und

deren Auswirkungen auf den Harbour-Fall. Die Bissspuren im Käse-Sandwich, hatte er erklärt, stammten eindeutig von einem Mann. Jessica wollte nicht darüber nachdenken, was das für sie bedeutete, ihre Arbeit, den Jungen hinter dem überwachsenen Gartenzaun. Doch ihre Gedanken wanderten von ihrem inneren Gefühlssturm direkt zum nächsten Schlamassel.

Es ist Zeit, eine Entscheidung zu treffen, dachte sie. Sie hörte diese Worte, so wie sie Captain Whitton mit ernster Stimme gesprochen hatte. Obwohl sie es verabscheute, zu irgendwas genötigt oder zu einer Entscheidung gezwungen zu werden, wusste sie ganz genau, dass sie den Anruf nicht länger aufschieben konnte. Rachel hatte ihr Stans Brief schon an jenem Morgen am Telefon vorlesen wollen, als sie Jessica über ihr Erbe informiert hatte. Er hatte ihn in Anwesenheit des Notars auf seinem Totenbett verfasst und ihr zusammen mit dem Erbe hinterlassen. Aber sie wollte die Stimme des Mannes nicht im Kopf haben, nachdem sie so lange damit zugebracht hatte, die Bilder seiner toten Tochter zu vergessen.

Doch es ließ sich nicht mehr aufschieben. Sie klickte auf ihrem Handy herum. Rachel hatte den handgeschriebenen Brief als letzte Erinnerung an ihren sanft entschlafenen Bruder abfotografiert und ihr die Aufnahme geschickt.

Liebe Jessica,

leider war ich nicht in der Lage, meine Tochter zu schützen. Ich habe sie nicht gefunden und sie nicht vor ihrem Schicksal bewahrt. Ich habe es nicht geschafft, mich an dem Mann zu rächen, der ihr das angetan hat. Nie mehr werde ich sie im Arm halten können, um ihr zu sagen, dass sie nun in Sicherheit ist.

Aber es gibt etwas, das ich tun kann. Ich hoffe, dass mein

Haus Ihnen Freude bereitet und ich mich damit für Ihren unermüdlichen Einsatz revanchieren kann. Meiner Tochter konnte ich nicht helfen, aber bei Ihnen kann ich mich bedanken.

Vielleicht schaffen Sie hier Ihre eigenen, neuen Erinnerungen. Womöglich gründen Sie hier eine Familie. Falls Sie das Haus verkaufen oder verschenken wollen, möchte ich Ihnen hiermit meine Zustimmung geben, die Entscheidung liegt ganz bei Ihnen. Mir ist klar, dass meine Geste sehr egoistisch ist, denn ich vermute, dass Sie deswegen Probleme auf der Arbeit bekommen. Dennoch möchte ich Sie bitten, sich davon nicht unterkriegen zu lassen. Ich weiß, dass Sie stark sind.

Mit großer Hochachtung
und tief empfundener Dankbarkeit,
Stanley Michael Beauvoir

Das Handy vibrierte in ihren Fingern und erschreckte sie dermaßen, dass sie es fast fallen gelassen hätte. Rachel Beauvoirs Name leuchtete auf dem Display auf. Das war ja fast Telepathie! Am anderen Ende der Leitung ertönte ein erleichtertes Seufzen.

»Jessica! Gut, dass ich Sie erwische. Ich habe gerade mit Sal Eriksson gesprochen. Er wohnt an der Bluestone Lane und glaubt, in Stans ... ähm Ihrem Haus würden Leute mit einer Taschenlampe herumgeistern. Sind Sie das?«

Jessica umklammerte das Handy fester. Ihre Serviette lag völlig zerfetzt vor ihr auf der Theke. Sie kippte den Rest ihres Manhattans hinunter.

»Taschenlampen?«

»Im Haus. Er fürchtet, dass es Einbrecher sind. Sollen wir die Polizei rufen? Den Wachdienst?«

»Nein, auf keinen Fall!« Jessica zog einen Geldschein aus ihrer Tasche und legte ihn auf die Theke. »Das bin ich gewesen. Hab einen Kurzschluss verursacht und suche gerade nach dem Sicherungskasten. Ja. Ja, genau. Ich hab ihn gefunden. Super! Nein, kein Grund zur Sorge.«

Sie beendete das Gespräch und eilte aus der Bar zurück zu ihrer Wohnung, das Handy immer noch umklammert.

Als sie in der Bluestone Lane eintraf, sah sie es selbst. Tatsächlich blitzte hinter den dunklen Fenstern immer wieder Licht auf. Sie parkte und schlich sich mit gezückter Waffe an der dichten Hecke entlang zum Eingang. Der Anblick der Zivilstreife neben der Auffahrt ließ sie kurz innehalten. Ihr schwante nichts Gutes. Vorsichtig schob sie die Tür auf. Im Haus war es dunkel, aber das Licht des Pools schien durch die Fenster herein und malte helle Kästchen auf den Boden. Oben wurde etwas zerbrochen, ein Klirren ertönte, knirschende Schritte und Gelächter.

»Hoppla!«, rief jemand amüsiert. Eine bekannte Stimme. »Wie unachtsam von mir.«

»Kommt sofort hier runter, ihr Wichser!«, rief Jessica. Vizchen erschien zuerst auf der Bildfläche, die schmale Silhouette seiner gebeugten Schultern, der akkurat geschorene Kurzhaarschnitt. Er hob die Taschenlampe und leuchtete ihr direkt ins Gesicht. Wally kam kurz danach herunter. Seine Bourbon-Fahne schlug ihr schon von Weitem entgegen. Obwohl sie vom Licht der Taschenlampe geblendet wurde, erkannte sie die Waffe in Wallys Hand. Vizchens Finger wanderten an sein Holster.

»Waffen weg!«, rief sie.

»Ha! Dann mach du mal den Anfang«, sagte Vizchen und zielte auf sie. »Uns wurde ein Einbruch gemeldet. Wir sichern den Tatort.«

»Du bedrohst eine Kollegin mit der Waffe!«, sagte Jessica. »Wie kannst du es wagen, Arschloch! Wally, pfeif deine Bitch zurück.«

»Geht leider nicht. Du bist beurlaubt. Also in Zivil unterwegs. Zu deiner Sicherheit müssen wir dich entwaffnen.«

»Hey! Hey! Was soll der Scheiß!« Die Verunsicherung in ihrer Stimme erschreckte sie. Wally schlug ihr die Pistole aus der Hand und stieß sie gegen die Wand. Seine Handschellen klirrten. »Du bist betrunken. Das ist ... Wally, lass das!«

Sie wand sich aus seinem Griff und kratzte ihm mit ihrem Stiefel übers Schienbein, bis er aufheulte. Da packte Vizchen zu und hielt sie fest. Vor Wut war sie wie gelähmt. Sie musste sich tatsächlich überlegen, wie sie aus dieser Situation herauskam, Strategien entwickeln, sich irgendwas einfallen lassen, damit die beiden aufhörten. Doch sie war noch immer so geschockt davon, dass ihre Kollegen es gewagt hatten, sie anzurühren, dass sie wie ein Ölgötze dastand und sich von ihnen in Gewahrsam nehmen ließ.

»Was soll das, ihr Arschgesichter?«

»Wir sehen uns die Hütte mal genauer an.« Wally schlenderte ins Wohnzimmer. Vizchen stieß Jessica vor sich her und folgte ihm. »Das Ganze gehört zur Hälfte mir. Sieh dir nur den Pool an. Scheiße, ist der geil! Ich seh mich hier schon sitzen, eine Margarita in der Hand. Wie auf 'ner Postkarte. Haste das Poolhaus gesehen, Vizchen? Das ist größer als meine Wohnung, und die haben da ihre verdammten Surfboards drin!«

»Jedes Haus in Brentwood hat einen Pool«, fügte Vizchen eifrig hinzu. »Hab ich dir doch gesagt.«

»Hört zu«, sagte Jessica. »Whitton wird euch dafür die Marken wegnehmen. Ihr seid hier eingebrochen und habt eine Kollegin angegriffen.«

Wallert zuckte die Achseln. »Wir sind hier vorbeigefahren, als wir verdächtige Bewegungen gesehen haben. Genau wie du auf der Linscott. Willst du was dagegen sagen? Als wir ins Haus kamen, haben wir einen Verdächtigen verfolgt, der fliehen wollte, dabei sind ein paar Sachen zu Bruch gegangen. Das gehört zu unserem Job, Sanchez.«

Mit einem feisten Grinsen schleuderte er seine Taschenlampe durchs Terrassenfenster, das in tausend Stücke zerbrach. Vizchen kicherte manisch, während Wallert die Taschenlampe zurückholte. Das Zerspringen der Scheibe riss sie aus ihrer Lähmung. Sie spürte Vizchens heißen Atem im Nacken, ihren schmerzhaft verrenkten Arm. Mit voller Wucht trat sie ihm gegens Fußgelenk.

»Aua!«, kreischte er und ging zu Boden. Sie kickte ihn in die Rippen. Gerade wollte sie ihm die Waffe abnehmen, da rammte sich Wally in ihre Seite, eine schwarze, schwabbelnde, nach Schweiß und Alkohol stinkende Masse. Vizchen hatte sich indessen aufgerappelt, hielt sie auf dem weißen Flauschteppich fest, verdrehte ihr erneut den Arm und krallte die andere Hand in ihr Haar.

»Gewöhnst dich am besten gleich dran, Sanchez«, zischte Wallert, als er seine Gürtelschnalle löste. »Jede Nacht wird hier jemand auftauchen. An deine Fenster klopfen. An der Tür klingeln. Das Gartentor eintreten. Ich schick dir ein verdammtes Einsatzkommando ins Wohnzimmer, Sanchez. Jeder beschissenen Familie in dieser Straße schicke ich eins ins Haus. Bis dich deine Nachbarn mit Heugabeln und Fackeln vertreiben.«

Als er den Reißverschluss seiner Hose aufzog, ergriff Jessica die nackte Panik. Sie spürte Wally schon über sich, seine Hand an ihrer Kehle, seine fetten Schenkel, die gegen ihre klatschten, während Vizchen zusah und wartete, bis er dran war. Die laufende Handykamera. Und plötzlich verband sich die Horrorvorstellung in ihrer Fantasie mit der Realität ihrer Erinnerung. Aus dem weichen Teppich wurde der nackte Betonboden an der Linscott Place. Der Verdächtige. Seine speichelfeuchten, schlaffen Lippen, die sich um ihren Oberarm schlossen, die Zähne. Übernatürliche Kraft. Ein Biss am Brustkorb, tiefer, berstende Haut. Es war fast eine Erleichterung, sich wieder in die Gegenwart zurückzuholen, auch wenn sie dort eine zweifache Vergewaltigung erwartete.

Doch dann hörte sie ein Plätschern. Etwas Flüssiges landete auf dem Teppich. Die Panik ließ nach, und sie sah Wally, der sie nicht etwa bestieg, sondern mitten im Wohnzimmer stand und pisste. Sie sah zu, wie er seine Blase entleerte, dabei genüsslich mit der Hüfte kreiste. Die Pisse schäumte auf der hellen Wolle. Vizchen lag auf ihr und bebte vor Lachen am ganzen Körper. Auch als sie bereits gegangen waren, blieb Jessica noch lange liegen, von Entsetzen und Demütigung gelähmt.

Irgendwann kam eine herrliche Brise auf, Meeresluft strich über Stadt und Berge, kam ins Zimmer und trug den Gestank von Wallys Pisse durchs zerbrochene Terrassenfenster hinaus.

Jessica saß wieder mit den Füßen im Wasser am Pool. Das Zittern hatte sich gerade etwas gelegt, als sie den Jungen übers Spalier klettern hörte, gefolgt von dem mittlerweile vertrauten »Umpf!« bei der Landung.

Er spähte über die Glaswand zum Pool. »Ich hab was zerbrechen gehört«, sagte er mit Blick aufs Haus. »Was ist passiert? Sind Sie ausgerutscht?«

»Machen deine Eltern sich keine Sorgen, wenn du nachts hier in der Nachbarschaft herumgeisterst?«

Er machte eine abwertende Handbewegung in Richtung Spalier. »Die haben Gäste. Und glauben, ich würde Nintendo spielen.«

Der Wind war warm. Jessica fragte sich, ob der Junge

den Uringestank auch riechen konnte oder ob er sich nur in ihrer Nase festgesetzt hatte. Wahrscheinlich würde sie ihn für immer mit sich herumschleppen. Sie winkte den Kleinen herbei, und er trat näher. Angezogen ging sie die Stufen hinunter ins kühle Wasser, das ihr bis an die hochgekrempelte Jeans reichte. Als sie die Hand ausstreckte, wich der Junge zurück.

»Niemals!«, sagte er. »Ich kann doch nicht schwimmen.«

»Komm schon.«

»Meine Sachen werden nass. Deine sind es auch schon.«

»Trau dich mal was, Junge!«

Das wirkte. Der Junge stieg ins Wasser, zuerst zögerlich, dann hechtete er ihr hinterher und klammerte sich an ihr fest. Jessica hatte ihre liebe Mühe, die sofort aufsteigende Erinnerung an ihren Angreifer aus der Linscott Place und Vizchens brutalen Polizeigriff zu verdrängen, doch sie schaffte es, sich ganz auf den Augenblick zu konzentrieren, eine Frau, die mit einem panischen Jungen im Pool stand. Sein aufgeregtes Zappeln brachte sie zum Grinsen. Sie flappte ihn kurzerhand auf den Rücken und schob ihm die Arme unter die Schultern.

»Sieh zum Himmel«, sagte sie. »Entspanne dich, ich halte dich fest.«

»Das ist doch verrückt! Ich ertrinke! Gleich bin ich tot. Tot!«, stieß der Junge zwischen hektischen Atemzügen hervor.

»Du ertrinkst nicht. Das kriegst du hin.«

Sie zog ihn langsam rückwärts durch den Pool. Sein Brustkorb hob sich, er schluckte Wasser, sein Gesicht tauchte fast unter.

»Ich bringe dir bei, wie man sich treiben lässt.«

»Das kann ich nicht!«

»Aber sicher kannst du das. Das kriegt jeder hin. Spann

deinen Rücken an und schieb deine Hüfte hoch. Brust und Bauch raus! Höher! So, jetzt hebst du das Kinn und siehst dir die Sterne an. Ich lasse dich nicht los.

»Versprochen?«

»Ehrenwort.«

»Echtes Indianerehrenwort?«

Jessica lachte. »Logisch, ich schwör!«

Sie zog Jamie durchs Wasser. Er betrachtete die Sterne. Obwohl alles friedlich war, beschlich Jessica ein ungutes Gefühl. Sie hatte ein Kind dazu genötigt, sich in eine unangenehme Lage zu bringen, einen schwächeren Menschen manipuliert, damit sie sich besser, stärker fühlte. Wäre der Junge nicht gekommen, hätte sie sich etwas anderes gesucht, ein entlaufenes Kätzchen, irgendeinen einsamen Loser an der Bar. Ihr wäre jedes Mittel recht gewesen, sie brauchte nur die Gewissheit, dass sie mit ihrer Angst und Verletzlichkeit nicht allein war. Das Lachen des Jungen riss sie aus ihren Gedanken.

»Ich treibe!«

»Streck die Arme aus.«

Er folgte ihrer Anweisung, streckte kichernd Arme und Beine aus, sein runder Kinderbauch ragte noch aus dem Wasser. Im blauen Licht wirkte er wie eine straffe, glatte Insel aus makellosem Sand.

»Was ist mit deinem Arm passiert?«, fragte er unvermittelt. Jessica blickte an sich herunter. Bei ihren ersten Versuchen, dem Jungen Sicherheit zu vermitteln, war der Ärmel ihres T-Shirts hochgerutscht und hatte den ringförmigen Bisskranz auf ihrem Oberarm freigelegt.

»Ein Hund hat mich gebissen.«

»Boah! Ein Polizeihund?«

»Nee, ein ganz normaler.«

»Ein Labrador?«

»Ist das wichtig?«

»Warum hat er dich gebissen?«

»Er war verrückt.«

»Wie, verrückt?«

»Konzentrier dich lieber aufs Wasser.«

Sie nahm ihre Arme unter seinen Schultern weg und zog ihn nur noch sanft am Hinterkopf durch den Pool.

»Nicht loslassen!«

»Ich halte nur noch deinen Kopf. Den Rest machst du ganz allein.«

Schließlich nahm sie auch die Hand weg. Der Junge blieb weiter an der Oberfläche, trieb langsam davon wie ein kindsgroßes Stück Holz, erst leise, dann wieder kichernd. Bei seinem Gelächter kräuselte sich die Wasseroberfläche, und seine Bauchinsel bebte.

»Ich kann's!«, sagte er zu den Sternen.

»Sieht ganz so aus«, erwiderte Jessica.

BLAIR

Im Morgenlicht sah Sneak richtig übel aus. Sie saß auf einem Hocker vor meinem Frühstückstresen, das Kinn auf die verschränkten Arme gestützt, und sah mir beim Füttern der Wühlmaus zu. Ich wusch den Flaschendeckel aus, den ich für das kleine Tier als Trinkschale umfunktioniert hatte. Sneak hatte schwarze Ringe unter den Augen, ein Nasenloch war blutig verkrustet.

»Wir müssen uns was Besseres für die Wühlmaus überlegen«, sagte ich, während ich sie von einer Seite der Schachtel auf die andere setzte, um den Haufen Papierhandtücher zu entfernen, den wir ihr als Nestmaterial hingelegt hatten.

»Hier sind überall Kratz- und Bissspuren. Sieht aus, als wollte sie sich aus ihrem Gefängnis herausnagen.«

»Hmm«, sagte Sneak.

»Es ist Tierquälerei, das kleine Wesen den ganzen Tag in einer Plastikbox einzusperren, wo es nicht mal rausgucken kann. Wie in einer Gummizelle.«

Sneak blinzelte in den Kaffee, den ich ihr hingestellt hatte.

»Hörst du mir überhaupt zu?«

»Ist Dayly tot?«, fragte sie. Ich nahm die Wühlmaus und ließ sie auf meiner ausgestreckten Hand sitzen. Sie beschnüffelte ein Körnchen, das an meinem Daumen hängengeblieben war, schob es sich ins flauschige Mäulchen und kaute zufrieden darauf herum.

»Sneak«, sagte ich, »darauf kann ich dir beim besten Willen keine Antwort geben.«

»Wenn sie noch leben würde, hätte sie sich doch sicher schon bei mir gemeldet. Ich bin zwar nicht gerade ihr Lieblingsmensch, aber sie würde mich nicht so im Ungewissen lassen. Ist sie tot oder nicht?«

»Das kann ich dir nicht sagen.«

»Weiß ich doch. Ich musste es nur laut aussprechen. Seit drei Tagen hab ich nichts mehr von ihr gehört. Die Frage spukt mir die ganze Zeit im Kopf rum. *Ist sie tot? Ist sie tot? Ist sie tot?* Wenn ich das nicht laut sage, lande ich in der Gummizelle, nicht die Wühlmaus.«

Da klopfte es an der Tür. Sneak sprang auf. »Wer ist das?«

»Keine Ahnung. Ich erwarte keinen Besuch.«

Als ich aufmachte, sah ich zuerst nur die Dienstmarke. Sie hing an einer Kette über dem üppigen Busen der Frau. *County of Los Angeles Probation Dept.* stand darauf. Eine Bewährungshelferin. Das Gesicht der Frau nahm ich schon nicht mehr wahr, vor lauter Panik sah ich nur die Marke und ihr Klemmbrett.

Das hast du doch gewollt, sagte meine innere Stimme. *Du wolltest, dass alles vorbei ist. Wieder zurück in den Knast. Tja, jetzt hast du's geschafft.*

»Blair Gabrielle Harbour?«

»O Gott!«

»Nein, nicht Gott.« Die Frau grinste böse und ergriff ihre Marke, um sie mir unter die Nase zu halten. »Jasmine Bahru. Bewährungshilfe. Dürfte ich reinkommen?«

Stumm vor Schreck hielt ich ihr die Tür auf. Als ich mich umwandte, war der Hocker in der Küche leer. Sneak hatte sich in Luft aufgelöst. Ihre Tasche war von der Couch verschwunden, ich lauschte angestrengt, aber in der Wohnung war alles still. Es gab keinen Fluchtweg, keine Hintertür in den Hof.

»Ich werde heute bei Ihnen in der Wohnung eine Routinekontrolle durchführen, Ms Harbour.« Jasmine legte ihr Klemmbrett auf den Couchtisch und marschierte schnurstracks in die Küche. »Würden Sie mir hier bitte unterschreiben, dass Sie dieser Kontrolle zugestimmt und mir freiwillig Zugang zu ihrer Wohnung gegeben haben?« Solche Kontrollbesuche waren mir nicht neu, aber noch nie war jemand ohne Vorankündigung und mit solcher Entschlossenheit bei mir hereingeschneit. Normalerweise ging dem Rundgang durch die Wohnung eine ungezwungene Unterhaltung voraus. Man entschuldigte sich für das Eindringen in die Privatsphäre und sah sich dann fast schon etwas verschämt in der Wohnung um, nachdem man den angebotenen Kaffee abgelehnt hatte. Diese Dame aber riss bereits die Schränke auf, schob Flaschen und Dosen beiseite, widmete sich dann meinem Kühlschrank, ging sogar in die Hocke, um jedes Regal einzeln zu inspizieren.

Ich unterschrieb das Formular, ohne mir den Inhalt genauer durchzulesen. »Im Gefrierschrank ist Alkohol. Eine

Flasche Wodka. Aber ich unterliege keinem Alkoholverbot«, erklärte ich.

»Das werde ich überprüfen«, sagte die Frau. »Wohnt sonst noch jemand hier?«

»Nein, nur ich.«

»Warum stehen dann zwei benutzte Kaffeetassen auf dem Tresen?«

»Eine ist von gestern Abend. Ich bin noch nicht zum Abwaschen gekommen.«

Die Bewährungshelferin nahm eine Tasse in die Hand, wohl um festzustellen, ob sie noch warm war. Wie sahen einander an. Eisige Anspannung erfüllte die Luft, wir wussten beide genau, dass sie gekommen war, um mich zu erwischen, und ich nichts dagegen tun konnte, mich am besten in mein Schicksal ergab wie ein Hund, der sich unterordnet und dem Alphatier die Kehle präsentiert. Ich wischte mir die schweißfeuchten Hände an der Jeans ab.

»Haben Sie Fragen an mich?«

Sie machte eine ausschweifende Geste. »Alles, was ich wissen muss, kann ich mit eigenen Augen sehen. Was hat es mit dem Vogelfutter auf sich?«

Ich trat in die Küche. Der Behälter mit der Wühlmaus stand nicht mehr auf der Arbeitsplatte. Meine Zunge fühlte sich angeschwollen an.

»Damit füttere ich die Vögel. Im Park.«

»Sie füttern sie mit Heu?« Sie nahm einen Karton vom Fensterbrett.

»Manche Vögel mögen das«, stieß ich heiser hervor. »Tauben zum Beispiel.«

»Taubenfüttern ist verboten.«

Ich schluckte. »Ist das strafbar?«

»Es ist ein Verstoß gegen die öffentliche Ordnung. Kommt drauf an, wo sich der Park befindet. Wo ist er denn?«

»Weiß ich nicht.«

»Sie wissen es nicht?«

»Hab's vergessen.«

Sie betrachtete mich eingehend, dann ging sie ins Schlafzimmer. Schockstarr sah ich zu, wie sie die Schränke durchsuchte. Jeden Augenblick würde sie Sneak entdecken, sicher hinter dem Stapel Arbeitspolos von der Tankstelle. Die Frau zog jede Schublade auf und durchwühlte sie. Sogar unter dem Bett sah sie nach, und im Flurschrank. Gott sei Dank hatte ich Adas Angebot abgelehnt und die Waffe nicht angenommen. Im Bad zog sie einen Plastikbecher aus der Tasche und hielt ihn mir hin.

»Bitte sehr«, sagte sie bedeutungsvoll und zeigte auf die Toilette. Ich pinkelte gehorsam vor ihren Augen in den Becher, wie ich es schon zigmal zuvor getan hatte, im Gefängnis, vor dem Wachpersonal und vor verschiedenen Polizisten. Sie tauchte einen Teststreifen hinein, um einen potenziellen Drogenkonsum nachzuweisen. Die Färbung fiel zu meinem Vorteil aus. Um ihre rot geschminkten Lippen zuckte es. Die Frau ging zur Tür.

Etwas raschelte. Die Bewährungshelferin fuhr herum. Ich erstarrte, meine Wangen brannten.

»Das war's dann wohl«, murmelte ich.

Sie drängelte sich an mir vorbei ins Bad und zog die Schublade der Kommode auf. Als sie den Eiscremebehälter auf den Tisch knallte, rasselte es in seinem Inneren. Das Vogelfutter.

»Was zum Teufel haben Sie da drin?«, fragte sie.

»Eine Wühlmaus«, sagte ich schicksalsergeben. Sie zog den Deckel auf, spähte hinein und schloss ihn schnell wieder.

»Aha.« Mit einem Seufzen verließ sie das Zimmer. Im Wohnzimmer nahm sie sich das Klemmbrett und notierte etwas.

»Haustiere verstoßen nicht gegen meine Bewährungsvorschriften«, stieß ich hervor. Meine Kehle war wie zugeschnürt.

»Nein«, erwiderte sie, »aber Sie müssen einen festen Wohnsitz nachweisen. Diese Wohnung ist gemietet. Das Halten von Haustieren ist nicht gestattet. Ich werde hier festhalten, dass Sie wissentlich gegen die Vereinbarungen Ihrer Bewährung verstoßen haben.«

»Warten Sie!«, rief ich. »Es ist nicht meine ....«

»Sie müssen sich darauf einstellen, dass Ihr Status infolge meiner Einschätzung noch mal überprüft wird, Ms Harbour.« Eifrig kritzelte sie etwas auf ihr Formular. »In den nächsten vierundzwanzig Stunden werden Sie von uns hören.«

Nichts anderes habe ich gewollt. Mich überkam Angst, aber auch Erleichterung. Ich hatte es provoziert, mich immer wieder in gefährliche Gefilde vorgewagt, mich von Sneak verführen lassen. Nur so ließ sich erklären, warum ich eine vermeintlich gesuchte Wiederholungstäterin bei mir wohnen ließ und es gestattete, dass sie auf meiner Couch Drogen nahm. Deswegen war ich mit ihr zu einer Bandenchefin gegangen, hatte deren schmutziges Geld und einen auffällig protzigen Wagen angenommen, mich für eine Suche einspannen lassen, die nichts mit mir zu tun hatte. Jetzt war der Moment gekommen, meine Welt würde erneut zusammenbrechen. Der Absturz. Der tiefe Fall. So war es mir gegangen, als sie mich festgenommen hatten. Bei dem Gedanken daran, dass die Entscheidungen über mein Leben und meine Freiheit nicht mehr in meinen Händen lagen, hatte ich Erleichterung empfunden. Mein Job war weg. Mein Kind auch. Meine Freunde. In ein paar Tagen wäre ich wieder in Happy Valley und dann war sowieso alles egal. Dort musste ich nichts mehr tun, nichts mehr denken, nichts mehr sein.

Es ist gar nicht nötig zu springen, wenn man am Abgrund steht. Man lässt sich einfach fallen.

Doch als die Bewährungshelferin zur Tür ging, ballten sich meine Hände zu Fäusten.

Gib einfach auf, sagte mein Verstand.

»Halt die Fresse!«, sagte ich laut.

Ich ging ins Schlafzimmer und riss das Laken von der Matratze. Sie sehen immer unter der Matratze nach, aber nie unterm Laken. Das Geldbündel von Ada lag dünn verteilt unter meinem Kissen, ein paar Scheine waren unters Bett gerutscht. Ich griff einfach zu und rannte damit aus der Tür über den Rasen.

Jasmine Bahru saß in ihrem roten Kia und machte sich auf ihrem Klemmbrett weitere Notizen. Als ich ans Fenster klopfte, ließ sie die Scheibe herunter. Ihr Blick wanderte vom Geldbündel in meiner Hand zu mir.

»Ist das ein Bestechungsversuch, Ms Harbour?«

»Sie sind gekommen, um mich einzubuchten«, sagte ich. »Das war von Anfang an klar. Die Wühlmaus in meinem Bad ist nicht von Belang, das wissen Sie so gut wie ich, aber Sie sind fest entschlossen, mir was nachzuweisen. Ich habe keine Ahnung, was Sie gegen mich haben, aber ich möchte versuchen, die Wogen zwischen uns zu glätten.«

Die Frau sah mich lange an. Ich stand am Bordstein, hatte nichts mehr zu verlieren. Das erkannte sie ganz genau. Die Leere und Verzweiflung. Nach einer Weile griff sie zu. Zählte das Geld. Achthundert Mäuse. Sie zog das Formular vom Klemmbrett und gab es mir. Dann fuhr sie davon. Erst als sie um die Ecke verschwunden war, spürte ich das Zittern in den Händen und Beinen.

»Sneak?«, rief ich, zurück in der Wohnung.

»Hilfe!«

Ich sauste ins Bad. Sneaks Beine und ihr Hintern hingen aus einem Installationsschacht in der Decke, der Rock hatte sich am Rand verfangen. Wabbelnde Zellulite, zwei weiße Backen, vom Stringtanga getrennt. Ich ergriff ihre Beine und zog, bis sie auf den Boden flappte.

»Wie zum Teufel bist du da hochgekommen?«

»Ich bin Turnerin«, erinnerte sie mich. »Und drogenabhängig. Hochkommen ist nicht schwer, runterkommen aber sehr.«

Während ich über den tieferen Sinn dieses Ausspruchs nachdachte, betrachtete ich das Formular, das meine Bewährungshelferin mir gegeben hatte. Es war feucht von meinem Handschweiß und schon ziemlich zerknittert. Sie hatte es komplett ausgefüllt. Wegen mutwilligen Verstoßes gegen meinen Mietvertrag und Missachtung der Bewährungsauflagen, wie sie es angedroht hatte.

Mit Bewährungsprüfungen kannte ich mich aus. Ich suchte nicht nach dem Befund, sondern nach dem Namen desjenigen, der diese Untersuchung angeordnet hatte. Es lag nichts gegen mich vor, was ein solches Vorgehen gerechtfertigt hätte. Seit meiner Freilassung hatte ich ein anständiges, drogenfreies Leben geführt und nichts getan, um das Misstrauen der Behörden zu erregen. Und siehe da, an der Stelle, die ich jetzt genauer in Augenschein nahm, prangte dann auch nicht etwa der Name eines Gefängnisangestellten. Ein Polizist hatte die Bewährungshelferin angerufen und sie aufgefordert, eine Kontrolle durchzuführen.

»Detective Al Tasik«, las ich laut.

Mein Handy klingelte. Ich nahm es vom Tresen. Unbekannte Nummer. Ada Mavericks Stimme war unverkennbar.

»Ich geb dir jetzt eine Adresse«, sagte sie. »Da treffen wir uns.«

»Warum? Ist alles okay?«

»Ich habe deinen Jungen hier.« Im Hintergrund war ein Wimmern zu hören, fast wie bei einem Hund, dem man auf die Pfote tritt. »Daylys Freund. Komm her, wir spielen ein bisschen mit ihm.«

JESSICA

Jessica war schon oft dafür eingeteilt worden, Unbehauste aus ihren vorübergehend aufgeschlagenen Nachtquartieren zu vertreiben. Damals, als sie noch Streife ging, war alles anders. Die meisten der zerlumpten, verwitterten Männer, die sie hinter Müllcontainern weggeholt oder von den staubigen Seitenstreifen der Highways gescheucht hatte, waren auf die eine oder andere Weise verrückt. Wie oft hatte ein nach Alkohol stinkender Straßenbewohner sie vor dem drohenden Weltuntergang gewarnt – Geschichten von Asteroiden auf Kollisionskurs oder Chemtrails, die unser Verderben einläuteten.

Dieser Tage hatten Männer und Frauen ihre Zelte in den struppigen Hügeln neben dem Highway aufgeschlagen und hatten sich dort für einen längeren Aufenthalt eingerichtet, ihre Behausungen sogar mit Beton oder Brettern wetterfest und einige sogar mit Möbeln wohnlich gemacht. Diese Zelte und Hütten bezogen ihren Strom von den umliegenden Warenlagern, es gab sogar welche, in denen Fernsehgeräte oder Laptops flackerten. Diese Menschen waren nicht verrückt, sondern Mütter und Väter, die man enteignet und aus ihren voreilig erworbenen Fertighäusern geworfen hatte, oder junge Leute, die schon im Collegealter an Crack geraten und später aus Kostengründen auf Ice umgestiegen waren. In diesen Camps wohnten Protestierer und Gegner, Aktivisten, Naturkinder, Erleuchtete, Unterdrückte, Unverstandene. Manche vermieteten kleine Eckchen ihrer Bruchbuden an Landstreicher, und an Weihnachten schmückten viele ihr Domizil sogar mit Festtagsbeleuchtung. Die Obdachlosen, denen Jessica jetzt an der I-10 begegnete, konnten sich Waffen leisten, hielten sich an die Regeln ihrer Gemeinschaft und kannten ihre Rechte gegenüber der Polizei.

Doch eines hatte sich seit der Zeit, als Jessica hier Streife gegangen war, nicht verändert: Trotz aller Errungenschaften pissten die Männer in diesen Zeltlagern immer noch in leere Gatorade-Flaschen und warfen sie in die Böschungsgräben, die die Lagerhallen und Firmengelände vom Highway trennten. Das taten sie, um den Gestank von ihren Lagern fernzuhalten. Eau de Pisse war der natürliche Feind eines jeden Straßenhändlers. Nur der leichteste Hauch brachte die auf dem Weg zur Arbeit in ihren Fahrzeugen festsitzenden Businesskasper dazu, ihre Fenster sofort zu schließen und stur geradeaus zu blicken.

Oben auf der Böschung streifte sie sich Gummihandschuhe über, dann schlenderte sie auf die bunten, aus Reklametafeln, dreckigen Laken und blauer Plane zusammengezimmerten Behausungen zu. Durch eine geöffnete Brettertür, auf der mit ziemlicher Sicherheit Matthew McConaugheys Nase prangte, sah sie einen alten Mann auf einer dünnen grünen Matratze liegen. Es war noch früh, aber über der Stadt lag bereits die übliche Dunstglocke wie ein rostfarbenes Tuch, aufgespießt von den Türmen in Downtown.

An einem Baum lehnte ein Mann mit nacktem Oberkörper, die Rückseite seiner Jeans vom stundenlangen Sitzen braun patiniert und an den Enden ausgefranst. Jessica blieb ein paar Meter vor ihm stehen. Er schraubte gerade den

Verschluss einer mit gelber, schäumender Flüssigkeit gefüllten Plastikflasche zu.

»Ich geb dir einen Dollar dafür«, sagte sie.

Der Typ glotzte sie verständnislos an.

Er hielt die Flasche hoch. »Für das hier?«, fragte er. Jessica nickte, zog den Müllbeutel aus der Gesäßtasche und hielt sie ihm offen hin. Er ließ die Flasche hineinfallen, das Gesicht immer noch verwirrt.

»Wissen Sie, wo ich noch mehr herkriege?«, fragte sie.

Der Mann wies den Hügel hinab, wo wie erwartet Dutzende Flaschen auf einem Haufen lagen.

»Helfen Sie mir? Einen Dollar pro Flasche«, sagte Jessica.

Der Mann nickte und kletterte hastig die Böschung hinab. Jessica folgte ihm vorsichtig, stieg über Scherben und verfaulte Essensreste.

JESSICA

Diggy saß im knallgelben Hemd mit einem Muster aus blauen Gummienten neben Jessica in ihrem Suzuki. Sie parkten vor dem Haus in der Tualitan Road, das einst Blair Harbour gehört hatte. Er rieb sich nervös die Hände. Mit seinem dichten, krausen Schopf berührte er fast das Dach des Wagens.

»Ich verstehe nicht, warum diese Situation meine Anwesenheit erfordert«, sagte er.

»Wir sind hier in Brentwood. Die meisten Leute aus dieser Gegend kennen Polizisten nur aus dem Fernsehen. Sie erwarten zwei adrett gekleidete Herren. Wenn ich als Latina allein auftauche, geht das gar nicht, aber in Begleitung eines Mannes im … na, was auch immer du da anhast, vielleicht eher.«

Diggy betrachtete sein Hemd. »Das hab ich selbst entworfen!«

»Deinen richtigen Beruf solltest du auf keinen Fall aufgeben.«

»Meine Hemden sind schrecklich. Das ist volle Absicht.« Als er sich über die Brust strich, brachte er die blauen Entchen zum Tanzen. »Die Farben beißen sich, und das Motiv ist extra auffällig, um Auge und Hirn der Betrachterin zu täuschen. In jedem Hemd ist nämlich eine goldene Fibonacci-Spirale versteckt.«

»Eine was?«

»Das ist so ein Nerd-Ding.«

»Wo ist die Spirale?«

Er zeigte auf seine Brustwarze. »Hier.«

»Ich seh nichts. Nur Enten.«

»Was beweist, dass du nicht meine große Liebe bist.«

Jessica schnaubte. »Willst du mir weismachen, du trägst diese schrecklichen Hemden, um deine große Liebe zu finden?«

»Ich bin sicher, dass sie sich nicht vom Unwesentlichen ablenken lässt und die Sequenz erkennt. Sie wird mich lang genug betrachten und so ticken wie ich, deshalb wird sie es erkennen.«

»Schon mal was von Tinder gehört?«

»Willst du mich verschaukeln?«

»Bei dir prallt Romantik mit voller Wucht auf Wissenschaft.«

»Nein, so sehe ich das nicht. In der Tierwelt ist es ganz normal, einen potenziellen Partner mit optischen Täuschungen oder Gerüchen anzulocken. Männliche Kugelfische und andere Buntbarscharten formen geometrische Kunstwerke auf dem Meeresboden, um die Aufmerksamkeit der Weibchen zu erregen. Kreisförmige Gebilde und Skulpturen aus

Sand, Fels und Sediment. Wenn dem Weibchen ein solches Werk gefällt, legt es dort seine Eier ab.«

»Na, hoffentlich legt ein menschliches Weibchen bald mal seine Eier auf deinem Hemd ab, Diggy, denn ich krieg hier echt Augenkrebs.«

Er seufzte und betrachtete das Haus auf der gegenüberliegenden Straßenseite. »Ich will das hier nicht machen.«

»Zu spät. Mitgegangen, mitgehangen.«

»Kann es sein, dass du mich nur mitgenommen hast, weil du immer einen Kollegen dabeihaben willst?«, fragte Diggy. »Das Gehirn mag Muster, besonders symmetrische. Du hast seit über zehn Jahren mit einem Kollegen gearbeitet, normalerweise männlich. Vielleicht kommst du dir ohne Watson unvollständig vor, Sherlock.«

»Halt die Fresse, Diggy! Ich brauch keinen Schwanz an meiner Seite, um meinen Job zu erledigen, und ich kenne keine Frau, die das nötig hat.«

Er zuckte die Achseln. »War ja nur eine Arbeitshypothese. Ausgehend von der neurowissenschaftlichen Datenlage. Ich wollte damit nur ausdrücken, dass sich in deinem Striatum, das ist ein Teil der Basalganglien, ein Feuerwerk entzündet, wenn du mit einem Kollegen arbeitest, und wenn du allein bist, zündet gar nichts.«

»Ich tret dir gleich in die Ganglien, wenn du nicht gleich anfängst, wie ein normaler Mensch zu reden.«

Diggy überlegte.

Sie knuffte ihn in die Seite. »Beweg dein Striatum!« Die beiden stiegen aus und liefen über die laubgrüne Straße auf die Einfahrt zu Nummer 1109 zu.

Hier war es passiert. Jessica sah es deutlich vor sich, der Geruch und die Geräusche befeuerten ihre Erinnerung auf eine Weise, die das Lesen der Berichte nicht geschafft hatte. Jetzt hatte sie ein klares Bild von Blair Harbour, so, wie sie

sie damals angetroffen hatte, in der Auffahrt, das Handy noch in den Fingern, den entsetzten, verstörten Blick auf die Streifenwagen gerichtet: So sahen Mörder aus. Sie dachte an die vielen Polizisten, die rauchend auf dem feuchten, länger nicht gemähten Rasen gestanden, sich über die überspannten Frauen von Brentwood amüsiert und Anekdoten ausgetauscht hatten von betrunkenen reichen Mädchen, die auf Partys aufeinander losgingen, während es sich die Eltern auf den Bahamas gutgehen ließen. Kurz vor dem Eingang fiel ihr ein, wie sie den Tatort abgesichert hatte, erst Orlovs Haus, dann Harbours Haus, während ihr der Rettungssanitäter den Zustand des Opfers mitteilte. Dieser Gedanke ging ihr durch den Kopf, immer wieder: Wenn sie im Fall Harbour einen Fehler gemacht hatte, hatte er hier seinen Anfang genommen.

Das japanische Hausmädchen tätigte drei Anrufe. Obwohl es sich in Hörweite aufhielt und beim Telefonieren immer wieder nervös zu ihnen herübersah, war sich Jessica sicher, dass die Frau den jetzigen Hauseigentümern vor allem Diggys Hemd beschrieb. Nach einer Viertelstunde gewährte sie ihnen endlich Eintritt und saugte weiter im Erdgeschoss Staub.

»Da lang«, sagte Jessica. Sie führte Diggy die breite, mit Teppich ausgelegte Treppe hinauf in die Küche im zweiten Stock, ein riesiger Raum mit großen, durch Jalousien geschützten Fenstern zum parkähnlichen Garten. Jessica wusste noch genau, wie es hier ausgesehen hatte, als es noch Blair Harbours Küche gewesen war. Eine Schürze mit der Aufschrift »Kiss the Chef« hing am Griff des dunkelblauen, sechsflammigen Gastroherds, Sukkulenten sprossen aus dem Rücken eines weißen Porzellanhuhns auf der Fensterbank neben der Spüle. Auf der Kochinsel in der Mitte stand ein noch verpackter Sterilisator für Babyflaschen. Mama bereitete sich früh auf die Geburt vor, baute ein Nest, arbeitete ihre Liste ab. Jetzt trat Jessica langsam an die Fenster und blickte aufs Nachbarhaus, Nummer 1107. Sie umklammerte das Fensterbrett so fest, dass ihre Fingerknöchel weiß wurden.

Dann atmete sie erleichtert aus.

»Was ist denn?«, fragte Diggy, der an ihre Seite getreten war.

»Man kann das Badezimmerfenster von hier aus nicht einsehen. Mehr wollte ich gar nicht wissen. Wir können gehen.«

»Erklär mir wenigstens, worum es hier geht«, sagte Diggy. Jessica kramte in ihrer Tasche herum und zog die Ermittlungsakte hervor. Sie blätterte bis zur Mitte vor.

»Blair Harbour hat ihre Aussage über die Ereignisse am Morgen des ersten Januar 2009 vor der Verhandlung ein paarmal geändert. Aber in ihrer ersten Vernehmung gab sie an, sie wäre ins Nachbarhaus gelaufen, weil sie durchs Küchenfenster gesehen habe, wie Orlov seine Freundin Kristi Zea ins Gesicht schlug. Damals hat sie behauptet, sie habe aus dem Fenster geschaut, als die Musik losging, weil sie sich darüber geärgert habe, und dann hätte sie gesehen, wie sich Zea und Orlov im Bad gestritten haben. Sie ist rüber, weil sie Zea helfen wollte, hat sie gesagt.«

Jessica beugte sich vor und zeigte auf die Wand des Nachbarhauses, das einst Orlov gehört hatte. Nur noch der obere Rahmen eines Fensters war zu erkennen.

»Da kann man nicht reinsehen.«

»Das kann ich bestätigen. Kann man nicht«, sagte Diggy.

Jessica nickte und strich sich das Haar glatt. »Das ist ein ziemlich großes Loch in der Geschichte, und das genügt mir. In ihrer ersten Aussage hat Harbour auf diesem Punkt beharrt. Sie habe hier in der Küche gestanden und die beiden im Bad gesehen.«

»Hat sie auch erzählt, wo genau sie gestanden hat?«, fragte Diggy. Er trat etwas zur Seite, um einen Blickwinkel zu finden, der ihm freie Sicht aufs Nachbarfenster ermöglichte. Er ging ins Esszimmer und kehrte zurück. Jessica verfolgte seine Versuche zufrieden. Im äußersten Winkel der Küche blieb er abrupt stehen.

»Was ist das?«, fragte er.

Jessica gesellte sich zu ihm. Er zeigte auf ein Fenster im hinteren Teil des Orlov-Hauses, niedriger und breiter als das Badfenster. Es befand sich nicht im zweiten, sondern im ersten Stock.

Wieder blätterte Jessica in der Akte, bis sie den Grundriss des Nachbarhauses gefunden hatte. Sie tippte auf das Zimmer, zu dem das Fenster gehörte.

»Das ist die Waschküche.«

»Die kann man erheblich besser einsehen.«

»Ist egal, weil kein Bad.«

»Hat aber Fliesen an der Wand.«

Jessica beugte sich über die Arbeitsplatte und sah genau hin. »Na und?«, fragte sie schließlich.

»Es ist doch möglich, dass Harbour die Fliesen gesehen und gedacht hat, es wäre das Bad. Ist sie vorher schon mal im Nachbarhaus gewesen? Gibt es einen Grund, weswegen sie wissen müsste, dass die Fliesen an der Wand nicht auf ein Bad hindeuten?«

Jessica merkte, dass sie zum dritten Mal an diesem Tag die Fingerknöchel knacken ließ. Es tat weh. Sie schüttelte die Hände aus.

»Nein«, sagte sie schließlich. Aus der Akte zog sie einige Fotos und klatschte sie auf die Arbeitsplatte. »Sie hat behauptet, vorher noch nie im Nachbarhaus gewesen zu sein. Aber das Fenster war damals auch nicht einsehbar.«

Sie fummelte so hektisch mit den Fotos herum, dass einige in die Spüle rutschten.

»Die Bilder sind 2009 entstanden, man hat sie aus dieser Küche geschossen, um zu dokumentieren, was man von hier aus vom Nachbarhaus sehen konnte. Das Badezimmerfenster im zweiten Stock kann man aus diesem Winkel nicht erkennen, aber in die Waschküche im ersten Stock kann man auch nicht schauen, da steht das Gebüsch davor.«

Diggy legte Jessica die Hand auf die Schulter. »Immer mit der Ruhe«, sagte er. »Wenn Fehler gemacht wurden, können wir ...«

»Ich bin ruhig!« Jessica tippte heftig auf die Bilder. »Es sind keine Fehler gemacht worden. Ich mache keine Fehler. Sieh dir die Bilder an, Diggy.«

Er gehorchte. Jedes Bild betrachtete er eingehend, dann trat er ans Fenster und inspizierte das Fenster im ersten Stock. Dieses Vorgehen wiederholte er drei Mal.

»Kannst du mir nicht einfach recht geben? Ich möchte gehen.« Jessica wischte sich den Schweiß von der Oberlippe. »Verdammte Kacke! Du wolltest doch nicht mal mitkommen!«

»In diesem Bild wächst vor dem Fenster zur Waschküche ein Gebüsch.« Diggy präsentierte Jessica das Foto, als hätte sie es noch nie zuvor gesehen. »Also war es nicht einsehbar.«

»Meine Rede.«

»Aber da ist ein Problem.«

»Was?« Sie riss ihm die Aufnahme aus der Hand, zerknitterte dabei eine Ecke.

»Der Busch da unten im Foto, der den Blick aufs Fenster versperrt, ist nicht mehr da.« Diggy zeigte auf den Garten.

»Es ist zehn Jahre her. Wer behält einen Busch schon für so lange?«

Diggy sah sie an, als wäre sie verrückt geworden. »Ähm, die meisten Leute ...«

»Ja, weiß ich auch! Ich suche nach Ausreden.«

»Wäre das Gebüsch heute noch da, könnten wir es vielleicht untersuchen.«

»Untersuchen? Wonach denn bitte?«

»Jetzt hör doch erst mal zu.« Er nahm ihr das Bild aus der Hand und legte es auf die Arbeitsplatte. »Auf dem Foto ist ein Zeitstempel, aus dem hervorgeht, dass es drei Monate nach der Tat entstanden ist.«

»Ja, wir haben alles fotografiert, nachdem der Staatsanwalt uns informiert hatte, was wir für die Verhandlung brauchen.«

»Genau. Und drei Wochen früher hatte Harbour vielleicht freie Sicht auf die Waschküche im Nachbarhaus. Möglicherweise war das Gebüsch zum Zeitpunkt dieser Aufnahme bis zum Fenster hochgewachsen.«

Jessica schüttelte den Kopf. »Nein. Das haben wir überprüft.«

»Du persönlich?«

»Mein damaliger Kollege. Er hat nachgesehen. Ich habe ihn geschickt, um alles zu untersuchen. Und zwar vierundzwanzig Stunden nach der Tat. Das Badfenster war nicht frei.«

»Hätte er auch wegen des anderen Fensters nachgesehen?«

Jessica senkte den Kopf. »Er ...«

»Wie hieß dieser Kollege?«

»Ira Sandermann.«

Diggy verzog vielsagend den Mund und wandte sich ab. Jessica wusste genau, was er dachte, denn sie dachte dasselbe: Ira Sandermann war kein Polizist, dem man besondere Gründlichkeit vorwerfen konnte. Er interessierte sich herzlich wenig für Details und Nuancen oder die Möglichkeit, dass Harbour die Fliesen der Waschküche für Badfliesen gehalten haben könnte. Er war Jahre zuvor gefeuert worden, weil er Toilettenpapier vom Männerklo seiner Dienststelle geklaut hatte. Wenn man Sandermann auftrug, aus dem Küchenfenster zu schauen, um festzustellen, ob man von dort aus das Badfenster des Nachbarhauses einsehen konnte, dann hätte er genau das getan. Mehr nicht.

»In drei Wochen wächst kein Gebüsch so hoch, dass es ein Fenster verdeckt. Nicht im Winter«, sagte Jessica.

»Kommt drauf an«, erwiderte Diggy achselzuckend. »Auf dem Bild hat es die Unterkante des Fensters erreicht. Es ist nicht unmöglich, wenn man alle Variablen in Betracht zieht.«

»Welche Variablen?«

Diggy seufzte. »Die Pflanzengattung, Wachstumsrate, Standortfaktoren und -bedingungen, Stickstoffgehalt und Säuregrad des Bodens, Lichteinfall, Wasserversorgung, eventuelle Düngung, Bodenerhebung, mögliche Auswirkungen des Klimawandels ...«

»Aufhören!« Jessica hielt sich die Ohren zu. »Halt den Mund!«

Diggy schwieg, denn es war offensichtlich, was in Jessica vorging. Die Frage, ob sie eine Unschuldige ins Gefängnis gebracht hatte, ließ sich nicht mehr verdrängen. Irgendwann löste Jessica die Hände und stapfte zum Wagen zurück.

Auf dem Weg zur Dienststelle schwiegen sie. Als sie endlich im Parkhaus angekommen waren, blieb Diggy jedoch einfach im Wagen sitzen.

»Wieso suchst du jetzt noch nach Fehlern in diesem Fall?«

»Weil ich die Wahrheit wissen will.« Jessica hatte die Hände noch am Steuer, den Blick starr geradeaus gerichtet.

»Aber warum gerade jetzt?«

»Blair Harbours Junge wohnt hinter dem Bluestone-Haus.«

»Na und?«

»Ich hab mit ihm geredet. Ich mag ihn. Er ist lieb.«

»Es gibt genug Mörder, die liebe Kinder haben. Das heißt nicht, dass du dich bei seiner Mutter geirrt hast. Wieso hat sie ihre Aussage so oft geändert, wenn sie unschuldig ist?«

»Sie hatte einen teuren Anwalt. Einen, der Frauen aus Brentwood vertritt. Der Mann hat sich an ihr bereichert, hat ihr das Haus genommen und alles andere auch, und das ohne Risiko. Er musste nur dafür sorgen, dass sie eine geringere Strafe bekommt. Also hat er der Anklage alle möglichen Szenarien vorgeschlagen, nur damit sie das Strafmaß verringern. Unfall. Provokation. Verminderte Schuldfähigkeit. Nichts hat funktioniert, und Harbour stand hinter keiner Version. Sie hat immer auf ihrer Aussage beharrt: Sie wollte Zea verteidigen. Daran hat sie festgehalten.«

»Kann aber trotzdem eine Lüge gewesen sein.«

»Wie es aussieht, war es die Wahrheit, Diggy. Denk nur an das Käsesandwich.«

»Okay«, sagte Diggy. »Wir haben uns das Foto vom Biss angesehen und sind zu dem Schluss gekommen, dass er mit hoher Wahrscheinlichkeit von Orlov stammt. Männliches Bissmuster, nicht weiblich. Aber das muss nichts heißen. Nur weil Zea wegen eines Sandwiches gelogen oder sich falsch erinnert hat, kann der Rest der Geschichte trotzdem stimmen. Vielleicht hat sie Harbour in Orlovs Küche gehen sehen, hinterher die Tatortfotos angeschaut und die falschen Schlüsse gezogen. Möglicherweise hat sie ihre Aussage mit der Sandwich-Geschichte aufgewertet, weil sie wütend war und sichergehen wollte, dass Harbour für ihre Tat büßt.«

»Du könntest dich irren. Vielleicht ist der Biss gar nicht männlich.«

»Unwahrscheinlich, aber durchaus möglich.« Diggy rutschte auf dem Sitz herum. »Und das Gebüsch unter dem Fenster. Das ist nur ein winziges Detail, dass auf tausenderlei Weise erklärt werden kann.«

»Irgendwas stimmt nicht«, sagte Jessica. »Als ich den Jungen zum ersten Mal gesehen habe, hat sich meine innere Stimme gemeldet und mir zugeflüstert, dass in diesem Fall der Wurm drin ist. Jetzt schreit diese Stimme förmlich. Der Junge wohnt direkt hinter dem Haus, das ich geerbt habe! Das soll ein Zufall sein? Ich nenne es Schicksal.«

Diggy seufzte. »Jessica!«

»Harbour ist wieder in mein Leben getreten, weil ich einen Fehler gemacht habe. Ich muss weiter nach der Wahrheit suchen.«

»Wieso?«

»Weil ich nicht solche Scheiße bauen kann.« Jessica sah ihn an. Ihr Gesicht schmerzte vor Anspannung. »So jemand bin ich nicht. Ich bin eine gute Polizistin. Ich überprüfe jedes Detail. Ich nehme Müttern nicht grundlos die Kinder weg, sondern nur, wenn sie gewalttätige Mörderinnen sind.«

»Das Kind war ein Neugeborenes, als man sie weggesperrt hat. In diesem Alter war es neuronal noch nicht weit genug entwickelt, um die Abwesenheit seiner biologischen Mutter zu erfassen und in dessen Folge psychologische oder emotionale Schäden davonzu...«

»Diggy«, rief Jessica.

Diggy breitete die Hände aus. »Schau dir doch das große Ganze an. Die vollständige Gleichung. Was du hier machst, wird nicht dazu beitragen, alte Wunden zu heilen. Stattdessen schneidest du allen Beteiligten ins Fleisch, und zwar an Stellen, die schon längst vernarbt sind. Wenn du die Akte jetzt wieder aufschlägst, um deine eigene Ermittlung zu hinterfragen, gibst du allen anderen von dir verhafteten Mistkerlen die Gelegenheit, deine Ergebnisse ebenfalls anzuzweifeln. Jede miese Drecksau, die du hinter Gitter gebracht hast, kann dann darauf dringen, dass sein Fall neu verhandelt wird. Womöglich müssen sie dann echte Mörder freilassen, nur weil du meinst, du musst unbedingt die Wahrheit herausfinden.«

»Bei dir klingt das fast, als wäre es eine Sünde, die Wahrheit herausfinden zu wollen. Als wäre es dumm von mir.«

»Ist es in diesem Fall auch. Was du machst, ist weder vernünftig noch sinnvoll. Harbour hat ihre Zeit bereits abgesessen. Sie nachträglich für unschuldig zu erklären, ist das Risiko nicht wert. Du setzt damit lediglich deine Karriere aufs Spiel und schädigst den Ruf deines Kollegen Ira Sandermann noch mehr. Abgesehen von den potenziellen Nebenwirkungen, die ich dir bereits genannt habe, bringst du die Polizei in Verruf und zwingst sie, einen hohen Schadensersatz an Harbour und ihre Anwälte zu zahlen. Die Schäden sind höher als der Gewinn, Jessica. Das ist einfache Mathematik.«

Jessica schwieg.

»Manchmal muss man ein Experiment ausführen, um die Wahrheit herauszufinden, da stimme ich dir zu, aber es gibt Fälle, da muss man sich klarmachen, dass man dafür vielleicht das ganze Labor niederbrennen müsste.«

Diggy betrachtete Jessica kritisch. Was er da sah, ließ ihn erneut seufzen.

»Dann bauen wir eben ein neues Labor«, sagte sie.

»Ich hatte es befürchtet«, sagte Diggy. »Was soll ich tun?«

»Gehe weiter der Gebüsch-Hypothese nach. Prüfe sie mit den Variablen, so viele du ermitteln kannst. Dein Prof soll die Bissspuren auf dem Foto noch mal analysieren.«

Er salutierte und stieg aus. Jessica sah ihm nach, dann

fuhr sie in die unterste Etage des Parkhauses, ließ ihren Wagen langsam auf Wallerts Mustang zurollen, der auf seinem üblichen Platz an der Betonwand parkte. Sie stieg aus und ging um ihren Wagen, öffnete den Kofferraum, zog ein Handtuch hervor, das sie sich um den Nacken legte. Während sie einen großen Plastikeimer voller Flüssigkeit zu Wallys Wagen schleppte, bedankte sie sich stumm dafür, dass sie Oliver Digbert an ihrer Seite hatte. In letzter Zeit hatte sie wenige kluge Ermittler getroffen.

Jessica kehrte zu ihrem Wagen zurück, klappte das Handschuhfach auf und holte ihr Spurensicherungsset heraus. Sie zog sich die Maske über Mund und Nase und Handschuhe über die Finger. Als sie den Deckel des Eimers öffnete, schlug ihr der ätzende Pesthauch abgestandener Pisse entgegen, und ihr wurde kotzübel. Der Gestank der Urinflaschen war so stark, dass er sogar durch das Plastik und den Müllbeutel drang. Sie legte das Handtuch über Wallerts Seitenfenster und schlug es mit dem Ellbogen ein. Es knirschte geräuschvoll, sie spähte ins Innere. Wallert verbrachte offenbar eine Menge Zeit in seinem Auto. Die Ledersitze glänzten wie mit Öl poliert, es duftete nach Eukalyptus. Sie zog die erste Pissflasche aus dem Müllbeutel, öffnete sie und wich etwas zurück, während sie den Inhalt über den Fahrersitz schüttete.

Als sie die nächste Flasche holte, dachte sie an den kleinen Sohn von Blair Harbour, die Wahrheit und an Täter, die frei herumliefen. Die Pisse lief übers Armaturenbrett und tropfte auf den Boden. Die leere Flasche warf sie hinterher.

Noch dreißig Flaschen, dachte sie.

BLAIR

Sneaks Ellbogen hing aus dem Seitenfenster, der Wüstenwind zauste ihr durch die Locken. Sie war nicht für die Wüste gemacht. Schon am nördlichen Rand von Lancaster hatten sich auf ihren Wangen zwei grellrote Flecken gebildet und waren geblieben, prall und rund, als wir über den bräunlichen Sand ins Niemandsland fuhren. Die Klimaanlage im Chrysler hatte ihren Namen nicht verdient. Ich nahm mir die Wasserflasche, die ich von einem Indianerjungen in seiner Bude am Straßenrand in Mojave gekauft hatte, und befeuchtete meine Stirn mit dem außen angelaufenen Kondenswasser.

»Das ist bestimmt eine Leiche«, sagte Sneak. Ich musste nicht nachfragen, was sie damit meinte.

»Wenn es eine Leiche ist, spielen wir schön mit und machen uns so schnell wie möglich vom Acker«, sagte ich. »Wir bedanken uns nett dafür, dass sie unser kleines Problem gelöst hat, verziehen uns schleunigst und geben Gas, bis wir vor der nächsten Polizeiwache stehen.«

Sneak antwortete nicht. Das entsprach nicht ihrem Plan. Falls Ada Maverick Daylys Freund umgebracht hatte, würde Sneak sich still und heimlich ohne mich aus dem Staub machen, und dann wäre es an mir, der Polizei zu erklären, dass wir beide Dimitri Lincoln nur befragen wollten, aber blöderweise einer Psychopathin davon erzählt hatten. Unser Ziel war eine Markierung auf der digitalen Landkarte, weit weg von geteerten Wegen oder Gebäuden. In California City, drei Stunden von Downtown LA entfernt, ein paar Läden an einer einsamen Hauptstraße mitten in der Landschaft, spähte ich auf mein Handy.

Wie viele hoffnungsvoll geplante und nie ganz fertiggestellte Städte der Zukunft wirkte dieses Nest auf Google

Maps erheblich größer, wichtiger und bevölkerter als im wahren Leben. Ich bog von der Hauptstraße auf einen unbefestigten Weg ab, der sich durch niedriges, kümmerlich aus dem Boden sprießendes Wüstengras durch die platte Landschaft schlängelte, bis er schließlich im flirrenden Dunst am Horizont verschwand. Der heiße Wind trieb Müll an unserem Wagen vorbei. Ein verrosteter Herd lag umgestürzt am Wegesrand. Ein Haufen Kinderspielzeug und halb im Sand vergrabene Kleidungsstücke. Wellblechplatten boten ganzen Schlangenfamilien Schutz vor der sengend heißen Sonne.

Ich hatte Adas Wagen schon erkannt, bevor wir ihn nach drei Kilometern erreichten. Ein quietschrosa Porsche Panamera, dessen Lack so hell glänzte, dass man den Blick abwenden musste. Ada stand ein paar Meter davor, den Fuß auf einen umgedrehten blauen Plastikeimer gestützt. Ihre schwarze Lederhose und die Stiefel waren staubbedeckt, der Oberkörper nackt bis auf ihr schwarzes Hemd. Die Schaufel auf dem Boden neben ihr machte das Tableau perfekt. Der Typ war eindeutig tot und lag bereits unter der Erde. Ich hielt an, legte den Rückwärtsgang allerdings noch nicht ein.

»Sollen wir lieber gleich abhauen?«, fragte ich Sneak.

Sie stieg aus. Ich stellte den Motor ab und tat es ihr gleich. Meine innere Stimme flüsterte mir schon wieder etwas zu, es war dieselbe, die mich gewarnt hatte, dass ich mich tiefer und tiefer in die Scheiße ritt, je länger ich mit diesen Frauen herumhing.

Ada schnippte ihre Zigarette in den Wind und bewegte das Kinn in meine Richtung.

»Du bist zu spät.«

Ich zuckte die Achseln. »Wir sind gleich nach deinem Anruf losgefahren.«

»Was ist los? Hast du einen großen Kübel Suppe im Auto?«, fragte sie.

»Tut mir leid, so fahre ich nun mal.«

»Ist er tot?«, fuhr Sneak dazwischen. Ihre Fäuste waren geballt. »Hast du wenigstens was aus ihm rausgekriegt, bevor du ihn alle gemacht hast?«

Ada nahm den Fuß vom Eimer und trat mit voller Wucht dagegen, sodass er umkippte und den Kopf des Mannes freilegte, der sich darunter befand.

Ich wich entsetzt zurück, hielt mir die Hände vor die Augen.

»Ogottogott!«, kreischte ich.

»Hilfe!« Eine männliche Stimme unterbrach meinen hysterischen Anfall. »Helft mir, bitte! Die Alte ist wahnsinnig!«

Der menschliche Kopf konnte sprechen. Der Mann aus dem Video war bis zum Hals im Wüstensand vergraben. Es handelte sich um Dimitri Lincoln. Er hatte sich die schwarze Krause abrasiert, sein kahler Schädel war voller Staub, an seinen Lippen klebten Sand und Blut. Schweiß rann ihm über die staubbedeckten Wangen, in kleinen Bächen, die im Boden versickerten. Der absurd wirkende Kopf ohne Körper drehte sich und betrachtete Sneak und mich, die einen Schatten über ihn warfen.

»Ich heiße Dimitri Lincoln. Man hat mich entführt. Ich ...«

»Wir wissen, wer du bist«, unterbrach ihn Sneak.

»Dimitri versucht nun schon seit sechs Stunden zu verstehen, was hier eigentlich los ist«, erklärte Ada. Sie hatte sich auf den Eimer gesetzt und schob ihren Stiefel gegen Dimitris Schläfe, sodass sich sein Kopf schmerzhaft zur Seite neigte. »Er hat schon ein paar interessante Ideen vorgetragen. Offenbar schuldet er ein paar richtig harten Gangs viel Geld. Außerdem hat er ein paar Frauen mit gefährlichen Beziehungen gefickt, solche, die mit wichtigen Männern verheiratet sind. Bullen. Drogendealer. Das hier überrascht dich nicht besonders, stimmt's? Du hast schon lange auf Rache gewartet.«

»Fick dich!«, zischte Dimitri. Er zappelte nervös herum. »Dafür kriegt ihr mindestens zwanzig Jahre. Entführung. Schwere Körperverletzung.«

»Halt die Fresse!«, sagte Sneak. Sie zog ihr Handy hervor und zeigte ihm das Video von Dayly und ihm. »Siehst du die?«

Dimitri blinzelte in die Sonne. »Ja.«

»Das ist meine Tochter.«

»Ja, kommt hin«, sagte Dimitri, der es tatsächlich schaffte, sie aus seiner ungünstigen Position heraus zu mustern. »Dayly meinte, ihre Momma wär 'ne Junkiehure.«

»Sie ist verschwunden«, sagte Sneak. Die Adern in ihrem Nacken traten hervor. Sie näherte sich Dimitris Kopf, die Oberschenkelmuskeln bereits angespannt. Mir war klar, dass sie ihm gleich den tödlichen Tritt verpassen würde. »Sag mir, wo sie ist, oder ich fahr dir die fette, hässliche Visage platt.«

»Hab sie seit Wochen nicht mehr gesehen.«

»Das Video wurde ...«, Sneak sah aufs Display, »... vor elf Tagen hochgeladen.«

»Ja, ich hab's gepostet. Dayly hat mich betrogen, und ich hatte den Film. Brauchte Kohle. Wo ist das Problem? Sie ist abgehaun. Pech gehabt! Ich hab gutes Geld damit verdient.«

»Find ich scheiße«, sagte Ada, die Lippen verzogen. »Racheporno, nennt man das. Richtig scheiße, so was.«

»Geht mir doch am Arsch vorbei, was du findest!«, sagte Dimitri.

»An deiner Stelle würde ich mir das noch mal überlegen, Baby.« Adas Stimme klang weichgespült und deswegen umso bedrohlicher. »Und zwar schnell.«

»Hat Dayly gewusst, dass du sie filmst?«, fragte ich.

»Ja, klar.«

»Blödsinn!«, sagte Ada.

»Doch, hat sie.« Dimitri wandte sich umständlich um und sah Ada an. »Vielleicht hätt sie den Film auch verticken wollen, aber ich konnt sie ja nicht fragen. Sie mochte es gern versaut. Hat mit dem Feuer gespielt. Als ich sie kennengelernt hab, war sie noch total verklemmt. Hätte nicht mal ›Schwanz‹ gesagt, nicht für Geld. Dann will sie auf einmal alles über Drogen wissen, will raus und Party machen. Die kleine Prinzessin wollte rausfinden, wie's auf der dunklen Seite aussieht. Hab ich ihr gern gezeigt. Hab der Schlampe eine Menge beigebracht. Mann, hatte die einen engen Arsch ...«

Ada trat Dimitri voll in den Mund. Sein Kopf schnellte zurück.

»Scheiße!« Sein Machogetue war auf einmal vergessen. Der Sand um seinen Brustkorb hob und senkte sich. »Ich bring dich um, Lady! Hörst du mich! Ich komm und mach dich fertig, ganz langsam. Davon mach ich auch ein Video.«

»Weißt du, was mit ihr passiert ist? Sag uns, was du weißt, damit wir die Sache hier endlich auflösen können«, flehte ich.

»Verpiss dich!« Dimitri spuckte Blut in den Sand.

»Dimitri, komm schon!«

»Nee, ihr könnt mich alle am Arsch lecken. Wenn ihr mich umlegen wollt, nur zu. Das wär lustig, dann werdet ihr sie nie finden. Ich hoffe, sie liegt hier irgendwo tot rum, und ihre Knochen backen in der Sonne wie verdammte Brotstangen.«

Ada erhob sich vom Eimer. Ich kreischte drauflos, dachte, sie würde ihn umbringen, doch sie ging auf den Porsche zu und holte einen kleinen schwarzen Rucksack heraus. Daraus zog sie eine Flasche. Mit stummem Entsetzen sah ich, wie sie dem Mann den zähflüssigen Inhalt über den Kopf schüttete. Es roch nach Honig.

»Hör auf! Sofort! Du bist ja wahnsinnig!« Dimitri wand sich, um der Flüssigkeit auszuweichen. Der Honig sammelte sich in seinen Falten, bedeckte seine Ohren, lief in braunen Rinnsalen über den Sand.

»Weißt du, welche Ameisenart hier in der Wüste lebt?«, fragte Ada mich. Sie strich über den Flaschenhals und leckte ihren Finger ab. »Du bist doch so schlau. Das interessiert dich vielleicht. Ich hab das gegoogelt, als ich im Auto auf euch Tranfunzeln gewartet hab. Es gibt fünfzig Ameisenarten in dieser Gegend. Ernteameisen, Rossameisen. Ich nehme an, das sind die nützlichen Sorten. Die sorgen dafür, dass alles sauber bleibt. Aber dann gibt's noch die Feuerameisen. Die richten nur Chaos an. Es gibt die normale Feuerameise und die eingeschleppte rote Feuerameise. Die hat als einzige Art einen Giftstachel. Bis dich jemand findet, ist dein Kopf auf die Größe eines Beachballs angeschwollen.«

Ich seufzte. »Ada!«

»Weißt du, wer Ameisen frisst?« Sie ging in die Hocke und blickte Dimitri ins Gesicht. »Taranteln. Und weißt du, wer Taranteln frisst? Klapperschlangen.«

»Sie hat sich mit einem Cop getroffen«, sagte Dimitri. »Mehr weiß ich nicht.«

Sneak und ich tauschten Blicke.

»Hatte sie eine Affäre?«

»Ich hab sie mit einem zweiten Handy erwischt. Sie hat alles abgestritten, wollte mir weismachen, es wäre das einer Freundin.«

»Dieser Cop, hieß der zufällig Al Tasik?«, fragte ich.

»Weiß ich doch nicht! Er hatte so einen bescheuerten Militärschnitt, ein echter Flachkopf.«

»Blond? Um die fünfzig?«

»Nee, braun. Jung. Zwanzig.«

»Woher willst du wissen, dass er ein Cop war?« Ada lehnte sich an die Motorhaube ihres Autos.

»Ich kenn mich aus im Viertel, erkenne einen Cop schon von Weitem. Der lief herum, als hätte er einen Stock im Arsch. Und einmal hab ich sie am Laptop erwischt, da hat sie nach Polizei, San Chinto, gesucht. Da hat er wohl gearbeitet.«

Ich winkte Ada und Sneak zu unserem Auto. Ada glitt auf den Fahrersitz, was mich nicht überraschte. Im Inneren war es heiß und stickig, daher ließ ich das Fenster herunter.

»Wer ist Al Tasik?«, wollte Ada wissen. Sie betrachtete mich im Rückspiegel.

»Ein Cop in West Hollywood. Seit ich bei ihm auf der Dienststelle war und mich nach Dayly erkundigt habe, hat er ein übersteigertes Interesse an mir entwickelt. Keine Ahnung, warum.«

»Kann dir jemand stecken, was da läuft? Hast du da einen Kontakt?«, fragte Ada. »Es wäre ganz praktisch, wenn du einen Cop kennen würdest. Der könnte unseren Flachkopf ausfindig machen. Und dir sagen, ob und gegen wen sie ermitteln.«

Ich schwieg. In meinem Magen rumorte es.

Sneak mischte sich ein. »Du hast gesagt, Dimitri gehört zu einer Gang. Vielleicht hat er seine Kumpel auf Dayly gehetzt, nachdem er herausgefunden hat, dass sie ihn betrügt. Wir sollten ihn danach fragen.«

»Die Zeit der Fragen ist vorbei«, sagte ich. »Wir müssen ihn ausgraben, bevor er einen Hitzeschlag oder vom ganzen Sand auf seinem Brustkorb einen Lungenkollaps bekommt.«

»Das klingt mir ja fast so, als wolltest du mir was vorwerfen«, sagte Ada und taxierte mich mit bösem Blick. »Ich bin seit heute Vormittag hier draußen und reiß mir in der Hitze für euch den Arsch auf.«

»Was? Hast du das Loch selbst gegraben? Ich dachte, das waren deine Muskelidioten«, sagte Sneak und blickte sich suchend um.

Ada schnellte herum. »Willst du etwa andeuten, ich könnte kein beschissenes Loch graben? Was glaubst du, was ich gemacht habe, als ich noch nicht reich genug war, um mir diese Typen zu leisten? Das hier ist die reinste Freude für mich. Auf so 'ne Scheiße steh ich total. Dafür brauch ich Mike und Fred nicht. Schädel tret ich gern selbst ein, so viel Spaß muss sein. Wieso bin ich wohl sonst hier? Wegen euch Pissnelken? Wohl kaum. Es gibt nichts Besseres, als wenn ein Flachwichser um sein Leben winselt.«

»Mag ja alles sein, aber deine Strategie ist uns ein bisschen zu aggressiv«, warf ich ein.

»Du sprichst nicht für mich. Ich finde, wir sollten den Motor ein bisschen aufheulen lassen, damit er sich so richtig in die Hose scheißt«, sagte Sneak.

»Der hat keine Hose mehr an«, bemerkte Ada grinsend.

»Wir müssen die Sache mit San Chinto überprüfen«, sagte ich. »Den Flachkopfbullen finden. Und rauskriegen, was er weiß. San Chinto ist auch der Ort, der auf der Broschüre fürs Fallschirmspringen angegeben ist. Das ist kein Zufall.«

»Wo zum Teufel ist San Chinto?«, fragte Sneak.

Ich betrachtete die Karte auf meinem Handy. »Westlich von hier. Am Arsch der Welt. Das muss bis morgen warten. Jetzt müssen wir Dimitri erst mal ausgraben.«

»Ihr könnt euch hier verpissen«, sagte Ada. Sie beugte sich vor und grinste ihr Opfer durch die Windschutzscheibe an. »Ich hol ihn bald da raus. Wenn ich das richtig sehe, kommt da schon die erste fette Ameise angelaufen.«

LIEBE DAYLY,

in deinem letzten Brief hast du über meine Motive für die Morde beim Bankraub in Inglewood spekuliert. »Das ist natürlich kein Grund, gleich eine Bank auszurauben und aus lauter Panik dabei ein paar Leute umzubringen« hast du geschrieben. Damit meintest du eine beschissene Kindheit und das Gefühl, von den Eltern verlassen zu sein. Aber eines hast du dabei nicht verstanden. Ich hatte keine Panik. Meine Abkehr von der Gesellschaft, wie du sie für dich in Betracht ziehst, lag bereits hinter mir. Es klingt vielleicht ein bisschen furchteinflößend, so ohne Bindung in der Welt zu sein, sich von allem zu lösen, was einen hält: Konsequenzen, Schuldgefühle, Angst, Panik. Das eigene Gewissen wird durch die Reaktion der Eltern geprägt, die dir zeigen, wenn sie von dir enttäuscht sind. Wenn das aber nicht stattfindet, bildet sich auch der Rest nicht aus.

Ich habe die Leute umgebracht, weil ich so am besten aus meiner miesen Lage herauskam. Ganz einfach. Die Bullen sind angetanzt. Ein paar Typen in der Bank haben gemeint, sie müssten die Helden spielen, also hab ich getan, was zu tun war.

Ich hatte mal einen bei mir, der vorher neben Manson im Hochsicherheitstrakt von Corcoran gesessen hat. War wohl ziemlich von sich eingenommen, unser Charlie, aber auch sehr überzeugend, wie mein Zellengefährte mir erzählte. Ein paar Wärter mussten sie tatsächlich rauswerfen, weil er sie in seinen Bann gezogen hatte. Ein echter Rattenfänger, selbst im Gefängnis noch. Ich habe keine Ahnung, was sie alle an Manson finden. In der Mordnacht war er ja nicht mal dabei. Wer organsiert eine Party und feiert dann nicht mit?

Es hört sich an, als würdest du abrutschen, Dayly. Du

fragst mich nach dem Sinn. Ich bin nicht der Richtige, um dir einen Rat zu geben, vor allem nicht in meiner momentanen Lage (obwohl, wenn ich wirklich dein Vater wäre, solltest du wahrscheinlich auf mich hören – väterlicher Rat und so). An deiner Stelle würde ich mich nicht dagegen wehren. Schau einfach, wohin es dich führt. Pack eine Tasche und hau ab, steige aus, wie du es nennst, und vielleicht entdeckst du dabei was Großartiges. Dazu braucht man keine Lebenserfahrung oder ein Auto. Diese Dinge finden sich, wenn du sie brauchst. Aber Aussteigen kann was ganz anderes sein. Wie ein Experiment. Der Welt einfach den Finger zeigen.

Ich habe der Welt das erste Mal den Finger gezeigt, als ich zehn war. Da war ich mit ein paar Schulkameraden auf dem Fahrrad zur Schule unterwegs, die allerdings geschlossen hatte, denn es war Sonntag. Das war in Utah, wo ich aufgewachsen bin. In einem Müllcontainer haben wir Pappe und zerrissenes Papier entdeckt, und ich wollte alles anzünden. Damals hatte ich immer ein Feuerzeug dabei und hab dauernd Sachen abgefackelt. Einer der Jungs hat uns eine Moralpredigt gehalten, meinte, das sei verboten und schlecht, die anderen beiden stimmten ihm zu, da musste ich mich geschlagen geben. Aber ich wollte das Ding unbedingt brennen sehen. Es saß mir in den Knochen, es nagte an mir wie Hunger. Also bin ich später allein zurückgekehrt und habe den Container in Brand gesetzt. Sofort ist schwarzer, dichter Rauch aufgestiegen, fast wie Flüssigkeit. Ich bin sofort abgehauen, und zehn Minuten später hab ich von meinem Haus aus die Rauchsäule gesehen.

Am nächsten Tag in der Schule haben sich ein paar Lehrer über das Feuer unterhalten und darüber, dass hinter dem Container ein Obdachloser gelegen habe, eingewickelt in Papier und Kartons, um sich warm zu halten. Ein anderer wäre deswegen vielleicht entsetzt gewesen, aber ich war nicht so wie die meisten. Für mich war es wichtig, dass ich mich entschlossen hatte, etwas auszuprobieren, und ja, dabei war was Schlimmes passiert, aber wenigstens hatte ich meinen Plan durchgezogen. Mit diesem Feuer hatte ich Aufsehen erregt, jeder hatte es gesehen, in der ganzen Nachbarschaft. Wenn man schon als Kind eine solche Entscheidung trifft, ist das ein Wahnsinnsgefühl. Irgendwie großartig.

Wie geht es deiner Wühlmaus? Die nimmst du sicher mit auf dein Abenteuer. Wäre toll, wenn du mir mehr Bilder schicken würdest – von dir, nicht von der Wühlmaus. Ich verspreche dir, dass ich sie nicht verkaufe, obwohl ich bestimmt gutes Geld damit machen könnte. Ein Wächter hat gestern gemeint, du hättest meine Lippen, aber der ist ein Idiot.

Pass auf dich auf,
John

PS: Seit ich hier bin, habe ich erst einen Heiratsantrag bekommen. Vielleicht liegt es an meinem Gesicht? Wahrscheinlich eher daran, dass die Damen, die sich in Mörder verlieben, eine Vorliebe für »traditionelle« Serientäter haben, solche, die ihre Opfer verschleppen und vergewaltigen. Ich hingegen habe immer nur gemordet, weil es nicht anders ging oder aus Zufall, deshalb fehlt mir vermutlich die Kaltschnäuzigkeit, die sie so attraktiv finden. Wenn noch was von meiner Beute da draußen rumliegen würde, wäre es ziemlich dämlich, einer potenziellen Geliebten das Versteck zu verraten, denn dann könnte sie einfach damit abhauen. Angenommen, es gäbe diese Beute tatsächlich, würde ich das Versteck nur einer Person anvertrauen, der ich gern dabei helfen wollte, alles hinter sich zu lassen und vogelfrei zu sein. Hey, das klingt doch ein bisschen nach dir!

BLAIR

Sasha und Jamie standen vor meinem Haus. Ich sah sie im grellorangen Licht der Straßenlaterne auf meinem Rasen stehen, Sasha beugte sich über ihr Handy, Jamie trat gelangweilt aufs hohe Gras ein. Einer der Männer in langen Hemden, die hier die Gegend patrouillieren, fuhr auf seinem BMX-Rad an der Kreuzung vor meinem Haus im Kreis herum, wahrscheinlich, weil Sashas Prius oder mein gepimpter Chrysler seine Aufmerksamkeit erregt hatten. Als Sneak und ich ausstiegen, begrüßte uns das übliche Gebell der Pitbull-Terrier hinter den Stacheldrahtzäunen und der wummernde Chicano-Rap, mit dem hier jeden Abend die Nacht eingeläutet wird.

Bei unserem Anblick klappte Sasha die Kinnlade herunter. Wir waren über und über vom Wüstenstaub bedeckt und sonnenverbrannt, Sneak hatte auf der Rückfahrt entgegen meinen Warnungen an ihrem amputierten Ohrläppchen herumgepult, und jetzt tropfte ihr Blut aufs weiße Tanktop. Außerdem hatte sie sich kurz vor der Stadtgrenze etwas aus dem mysteriösen Schatz in ihrer Handtasche eingeworfen, weswegen sie jetzt immer wieder vor sich hin nickte und ihr die Lider ungleichmäßig herunterhingen.

»Du liebe Zeit!«, stieß Sasha hervor, die Hand an der Brust wie eine Südstaatenschönheit, die in ihrem Salon auf einen unerwarteten Gast trifft.

»Das ist Sn... Emily, meine Freundin. Ihr geht es gut, sie ist nur ...« Mir brannte das Gesicht vor Scham. »Sie ist gestern überfallen worden. Und muss starke Tabletten nehmen.«

»Überfallen?« Sashas Blick wanderte von mir zu Sneak. »Du wurdest ausgeraubt und sie überfallen? In derselben Woche?«

»Geh schon mal rein«, sagte ich zu Sneak und drückte ihr meinen Schlüssel in die Hand. Jamie sah ihr mit großen Augen hinterher, er fand das alles offenbar richtig aufregend. »Was bringt euch zu mir?«

»Wir wollten dir Kekse bringen.« Sasha nickte Jamie zu, der eine Tüte hochhielt. »Ich habe ein Blech für den Wohltätigkeitsbasar gebacken, aber wir wollten sie dann doch lieber selbst behalten. Und das hier wollte ich dir auch geben.« Sie drückte mir einen Stapel Papiere in die Hand. »Das ist ein kleines Dossier über meinen Nachbarn fünf Häuser weiter, Roger Wardel. Hat einen Abschluss vom MIT, arbeitet mit Aktien. Er sucht eine Haushälterin. Bitte sag mir, dass das nicht dein neues Auto ist.«

»Nein, es gehört Sneak«, log ich.

»*Sneak*?«

»Emily.«

»Mein Gott.« Sasha atmete laut aus und schüttelte den Kopf. »Blair, muss das sein?«

»Willst du reinkommen? Ich kann dir einen Kaff...«

»Jajaja!«, rief Jamie entzückt. »Ich will das Blut sehen. Mom, können wir reingehen?«

»Nein, Jamie, können wir nicht«, erwiderte Sasha. Sie warf einen Blick auf den Mann auf der Kreuzung, zu dem sich mittlerweile ein Kumpel auf einem weiteren BMX-Rad gesellt hatte. »Hier ist es nicht sicher.«

»In meiner Wohnung ist es für Jamie sicher«, sagte ich. »In diesem Viertel auch, genau wie überall, wo ich bin.« Ich legte meinem Sohn die Hand auf die Schulter und schob ihn auf meine Wohnung zu. »Du kannst mitkommen oder hierbleiben, Sasha.«

Jamie war nicht zum ersten Mal bei mir, daher wusste er genau, dass auf dem Regal neben der Tür die Schachtel mit Naschereien stand. Darauf steuerte er auch gleich zu, doch ich ergriff seine Hand. »Komm mit, ich zeig dir was Tolles.«

Wir gingen in die Küche. Sneak hatte einen Haufen blutverschmierter Klamotten im Flur liegenlassen, die Jamie neugierig beäugte. Ich hörte die Dusche laufen. Der Eiscremebehälter stand noch auf dem Tresen. Als ich den Deckel abzog, schlug mir ein intensiver Geruch entgegen: Tier, Vogelfutter und frisches Gras, das Sneak hineingelegt hatte. Die Wühlmaus hatte sich auf den Hinterbeinen aufgerichtet und sah mich mit ihren schwarzen Knopfaugen erwartungsvoll an. Ich überwand meine Angst und nahm sie in die Hand.

»Guck mal!«, sagte ich zu Jamie.

»Ohhhh!« Er schlug sich vor Freude die Hände vors Gesicht, stopfte sich aufgeregt die Faust in den Mund. »Wow! Wahnsinn! Das ist eine Ratte! Hast du eine Ratte als Haustier?«

»Das ist eine Wühlmaus, keine Ratte.«

»Wühlmaus? Wie ein Maulwurf?«

»So was Ähnliches.«

»Darf ich sie halten?«

»Na klar!«

Ich ließ das warme Tierchen in Jamies ausgestreckte Hand kullern. Die Wühlmaus beschnüffelte seine neue fleischige Umgebung, mit ihren winzigen rosa Pfoten umklammerte sie Jamies Zeigefinger. Irgendwann wurde ihr klar, dass sie frei war, und sie marschierte Jamies Arm hinauf. Er kicherte, setzte sie wieder zurück auf seine Hand, und sie kletterte erneut hinauf.

»Hmm, das Kerlchen mag dich offenbar.« Ich sah den beiden mit verschränkten Armen zu. Mein Herz schwoll und wurde schwer. »Sieh nur, wie sie zu dir hochläuft. Sie will dir einen Kuss geben.«

»Ist es ein Er oder eine Sie?«, fragte Jamie.

»Das kann man schlecht sagen.«

»Dann ist es ein Er«, beschloss Jamie. »Hat er schon einen Namen?«

»Ich glaube nicht.« Ich dachte nach. »Jedenfalls soweit ich weiß.«

»Darf ich ihm einen geben?«

»Nur zu.«

Mein Sohn dachte kurz nach, den Blick auf die Kekstüte gerichtet.

»Hugh Jackman«, sagte er schließlich.

»Du willst eine Wühlmaus Hugh Jackman nennen?« Ich lachte. »Wie kommst du darauf?«

»Er spielt Wolverine.«

»Warum dann nicht einfach Wolverine?«

»Weil Hugh Jackman viel besser ist.«

»Nicht Hugh? Oder HJ? Oder Jackie?«

»Hugh Jackman.«

Ich zuckte die Achseln. »Na gut. Wie du willst. Ist er dein Lieblings-Avenger oder so was?«

Jamie schlug sich gegen die Stirn. »O Gott! Wolverine ist ein X-Man, kein Avenger. Meine Güte, Mom.«

Ich hielt die Luft an. Jamie hatte offenbar nichts bemerkt, streichelte der Wühlmaus ahnungslos über den Kopf. Mom! Er hatte mich Mom genannt!

»Das ist das Beste, was mir im ganzen Leben passiert ist«, sagte Jamie.

»Hui! Bin ich froh, dass ich dabei sein darf.«

Sasha hupte. Sie war ins Auto gestiegen und wollte offenbar, dass Jamie rauskam. Ich trat an die Haustür und winkte ihr. »Okay, Kumpel. Setz Hugh Jackman wieder in seine Schachtel. Und mach den Deckel gut zu.«

Ich wühlte in der Dose mit den Süßigkeiten und gab ihm Reese's Peanut Butter Cups, die er am liebsten mochte. Zum Abschied umklammerte er meine Taille.

»Bis bald, Blair«, sagte er und hüpfte zum Auto.

»Bis bald, mein Schatz«, sagte ich, schloss die Tür und brach in Tränen aus.

Ich träumte von Dayly. Wir standen einander am Verkaufstresen gegenüber, viel näher, als es in der Realität gewesen war, Chipstüten, Schokoriegel, Gebäck und Zeitschriften hatten sich unwirklich vermehrt, sie faulten und wucherten wie Dschungelpflanzen, rankten über Fenster und Wände. In der Scheibe über der Kasse war nur noch ein kleines Loch frei, durch das ich den Parkplatz erkennen konnte. Aber ich wusste, dass da draußen jemand lauerte und uns aus dem Schatten beobachtete. Das personifizierte Böse.

»Er kommt!«, sagte ich zu Dayly. »Versteck dich!«

Nackte Panik stieg in mir auf, schnürte mir die Kehle zu. Das Klingeln des Handys riss mich aus meinem Traum. Es war Mitternacht und noch stockfinster.

»Komm sofort her!«, knurrte Sasha am anderen Ende der Leitung.

»Was? Was ist passiert?«

»Jamie hat eine Ratte im Zimmer!« In ihrer Stimme schwang so viel Wut mit, wie ich es noch nie bei ihr erlebt hatte. Sie schien die Worte regelrecht hervorzustoßen. »Eine *Ratte*! Eine verdammte *Ratte*!«

Ich setzte mich auf. »Was ... was hat das mit mir zu tun?«

»Er behauptet, sie ist von dir!«

Mir lief es eiskalt über den Rücken. Ich zerrte mir die Decke vom Leib und sprang aus dem Bett. Der Eiscremebehälter in der Küche war federleicht.

»Ach, du liebe Scheiße!«

»Du hast unserem Sohn eine Ratte als Haustier mitgegeben«, beschwerte sich Sasha lauthals. »Ohne mich zu fragen?«

»Nein«, sagte ich und nahm mir vor, mich später darüber zu freuen, dass sie »unser Sohn« gesagt hatte. »Hab ich nicht. Er hat ... ähm. Irgendwas ist passiert. Das ist was schiefge...«

»Ich habe Francine Readley hier?«, zischte Sasha. »Ist das bei dir angekommen? Die Frau von Gouverneur Readley. Alle sind hier. Alle, die in diesem Viertel irgendwas darstellen, sind heute bei mir zu Gast – und mein Sohn hat eine Ratte in seinem ...!«

»Bin schon auf dem Weg!« Ich schnappte mir die Schlüssel zum Gangstamobil. Sneak war zwischen dem Sofa und dem mit Pillen bedeckten Tisch zu Boden gegangen und lag nun, ein Kissen unter dem Kopf, laut schnarchend auf dem Teppich. Im trüben Licht sahen die von mir vernähten Fäden an ihrem Ohr aus wie kleine Spinnen. In der Leitung hörte ich im Hintergrund Francines hysterische Stimme, aber ihre Worte verstand ich nicht. »Nein, tu ihr nichts!«, sagte ich zu Sasha. »Das ist keine Ratte, sondern eine Wühlmaus und sie gehört nicht mir. Das Tier ist sehr wichtig! Es gehört ...«

»Beweg deinen Arsch sofort hierher, Blair!«, sagte Sasha. »Ich stelle im Zimmer eine Rattenfalle auf und verbarrikadiere die Tür. Wenn das Vieh bei deinem Eintreffen tot ist, kannst du dir das zuschreiben.«

Ich wählte, wählte, wählte. Zu spät. Niemand würde jetzt noch abheben, vor allem nicht bei einer unbekannten Nummer. Ich grub eine Hand ins kaimanbelederte Steuer und wählte mit der anderen, panisch, denn ich bekam keine Luft. Nächtliche Spaziergänger standen im Schatten der geschlossenen Läden und Cafés auf der Jefferson und beäugten den Wagen misstrauisch. Ich kam an einer Zeltstadt vorbei, sah die Gestalten in ihren mit Klamotten und Handtüchern behängten Behausungen umherhuschen. Mein Daumen tanzte übers Display. Endlich meldete sich jemand.

»Jep?«

»Wer spricht da?«, fragte ich. Im Hintergrund ertönte laute Musik, lachende Menschen, das Klirren einer auf dem Gehweg zerspringenden Flasche.

»Hä?«

»Wer spricht, bitte?«

»Hier ist Miranda«, sagte die Frau am anderen Ende der Leitung. Ihre Stimme klang schrill. Sie lallte ein wenig.

»Hier ist Blair.«

Sie lachte. »Bär?«

»Wo bist du, Miranda?«

»Vor dem Pig Pen«, antwortete sie und zog geräuschvoll die Nase hoch. »Hol mir einen Wodka! Eis! Eis, hab ich gesagt!«, rief sie jemandem zu, ihre Stimme weiter vom Handy entfernt.

»Klingt nach Party«, sagte ich.

»Bis jetzt nicht. Wir stecken noch in der Schlange fest.«

»Hoffentlich kommt ihr bald rein.«

»Was willst du eigentlich von mir? Ich weiß nicht mal, wer du bist.«

»Ich bin niemand«, sagte ich. »Brauchte nur jemanden zum Quatschen. Rede mit mir.« Das *Pig Pen* in Culvert City kannte ich, war auf dem Weg zur Arbeit zigmal mit dem Bus daran vorbeigefahren. Es hieß, es sei im Inneren knallpink gestrichen, auch über der Tür leuchtete pinke Neonreklame.

Ein Club für junge Leute. Die dunkle Straße vor mir verschwand, vor meinem geistigen Auge sah ich Miranda vor dem *Pig Pen* warten. Mit ihr warteten andere Mädchen in glitzernden Miniröcken, deren platinblondes Haar im pinken Licht wir Zuckerwatte aussah. Ich spürte den Bass in meinem Bauch, roch das Bier auf der Straße, die Kotze in den Pflanztöpfen, aus denen Palmen sprossen. Das Echo von Sashas schriller Stimme in meinen Ohren wurde von den Rufen der Türsteher übertönt, die die wartende Menge in Schach hielten.

»Ich bin nicht die Seelsorge, Bär«, sagte Miranda und legte auf, während ich die gewundenen Hügel von Brentwood hinauffuhr. Die nächtlichen Spaziergänger verschwanden, die Einzigen, die mich hier beobachteten, waren die unzähligen Sicherheitskameras und Bewegungsmelder.

Sashas Haus war prallvoll. Frauen in hautengen Kleidern und hohen Absatzschuhen. Manche Gesichter erkannte ich von früher, vor meinem Absturz, Bekannte, mit denen man sich auf Poolpartys traf und joggen ging, sich über die Schließung unseres Lieblingscafés beschwerte und über die Preise guter Autopfleger austauschte. Eine Horde Frauen beugte sich vor, um besser aus dem Wohnzimmerfenster spähen zu können, während ich in Pantoffeln und Jogginghose die Auffahrt hinaufschlappte. Ihre Hände wanderten entsetzt an ihre Münder, sie hielten die Weingläser dicht an die Brüste gepresst. Wie tief ich doch gesunken war. Klopfen brauchte ich nicht, Sasha hatte die Tür bereits aufgerissen.

»Mit dir habe ich ein Hühnchen zu rupfen!«, zischte sie. Ich hob die Hände, als wollte ich mich ergeben.

»Kümmere dich um deine Gäste, ich hole die Wühlmaus.«

»Nein, kommt gar nicht infrage.« Sasha folgte mir zu Jamies Zimmer. Unten lief *Bette Davis Eyes*, einige Gäste im Garten sangen mit. Meine Pantoffeln schlufften über die

Marmorfliesen. »Ich will von dir hören, wie es so weit kommen konnte.«

Jamie saß in Mario-Boxershorts auf dem Bett. Noch nie hatte ich mein Kind so niedergeschlagen erlebt, so voller Scham. Ich schloss ihn in die Arme, während Sasha hinter uns die Tür zuschlug.

»Was hast du getan, du Dummerchen?«

»Tut mir leid, tut mir so leid. Ich weiß, dass das blöd war«, stieß er hervor.

Trotz allem musste ich lachen. »Also echt, Kumpel.«

»Ich hab Hugh Jackman in einen Schuhkarton gesetzt, bevor ich raus bin. Als ich wiederkam, war er nicht mehr drin. Ich wollte doch nur ein Haustier.«

»Das haben wir bereits besprochen«, ging Sasha dazwischen. Sie stand, die Arme verschränkt, in der Ecke. »Wenn du sechzehn bist, kriegst du vielleicht einen Hund, je nachdem, wie deine Noten ausfallen. Aber du kannst nicht einfach Ratten anschleppen. Ratten sind keine Haustiere.«

»Ich suche sie.« Ich erhob mich, ergriff Sasha bei den Schultern und schob sie zur Tür hinaus. Es erforderte meine ganze Willenskraft, ihr keine zu scheuern. »Geh raus, Sasha! Kümmere dich um deine Gäste.«

Die Rattenfalle war nicht scharf. Sie stand geschlossen und ohne Köder unter der Kommode, vermutlich, um dem bereits eingeschüchterten Jamie zu zeigen, wie sauer Sasha auf ihn war. Ich zog sie hervor und stellte sie aufs Regal, legte mich auf den Teppich und blickte unter jedes Möbelstück. Jamie saß auf dem Boden neben mir, den Kopf zwischen den Händen vergraben. Ich öffnete den Kleiderschrank, inspizierte jeden Schuh und schob mit angehaltenem Atem die Hand hinein. Im rechten Exemplar eines Paares Nike Air Max 1 Ultra berührten meine Fingerspitzen warmes Fell.

»Gute Nachrichten«, sagte ich. Jamie hob den Kopf. Ich schüttelte den Schuh aus, bis Hugh Jackman mir auf die Hand purzelte, ein zappelnder Fellball, die braunrosa Pfötchen suchten panisch Halt. Jamie kroch in meine Arme und ich küsste seinen Kopf.

»Ich bin so blöd!«, jammerte er.

»Gar nicht!« Ich umschloss sein Gesicht mit beiden Händen und sah ihm tief in die Augen. »Du hast was Dummes getan. Passiert jedem. Mir auch. Ha, ich bin die Heldin der Fehlentscheidungen. Mit mir kannst du nicht mithalten, Jimbo, vergiss es.«

Er kuschelte sich enger an mich. Ich wiegte ihn, bis sein Schluchzen nachließ.

Als ich aus seinem Zimmer trat, wartete Sasha schon vor der Tür auf mich. Am Ende des Flurs standen ein paar Frauen und starrten uns an. Erin Gaille, meine frühere Tennispartnerin. Willow McFarlane, ebenfalls Mitglied des PTA, dem ich früher angehörte. Die berühmte Francine Readley. Ich winkte. Sie wandten sich rasch um und steckten die Köpfe zusammen wie aufgescheuchte Vögel. Ich ließ Hugh Jackman in die Vordertasche meines Kapuzenpullis gleiten und zog den Reißverschluss zu.

»Jamie kriegt gleich morgen eine Tetanusspritze«, sagte Sasha.

»Ist er gebissen worden?«

»Ist das wichtig?« Sie riss die Augen auf. »Bei solchen Sachen geht man kein Risiko ein, Blair!«

»Hör zu«, sagte ich. »Ich verstehe deine Aufregung. Als ich die Wühlmaus das erste Mal in der Hand hielt, hat sie mich auch erschreckt. Wenn man den Unterschied nicht kennt, kann man sie durchaus mit einer Ratte verwechseln. Und es dauert ein bisschen, bis man sich daran gewöhnt hat, dass sie einem auf dem Arm rumläuft. Aber überleg mal, Sasha. Wenn sie dich in den ersten Minuten nicht beißt, wieso sollte sie es danach tun?«

Sie seufzte. »Bei dir piept's doch. Du bist so ... unglaublich.«

»Ich verstehe ja, warum du ...«

»Nein«, pampte sie mich an. »Nichts verstehst du! Ein Kind erziehen – so richtig erziehen – heißt, mit Situationen wie dieser ernsthaft umgehen. Dazu gehört auch, dass man dem Kind klarmacht, dass es vielleicht lustig klingt, vor Flöhen und Parasiten wimmelndes Ungeziefer ins Haus zu schleppen, aber leider nicht infrage kommt, weil ich es nicht zulasse, dass mein Kind Tollwut kriegt und daran stirbt.«

»Hast du dir mal angeguckt, wie viele Menschen nach einem Wühlmausbiss an Tollwut erkrankt und daran gestorben sind?«, fragte ich sie. »Lass mich raten, wahrscheinlich schon.«

»Was hat er sich nur dabei gedacht?«

»Nichts. Er ist ein Kind. Er wollte ein Haustier, hat die Wühlmaus gesehen und sie mit nach Hause genommen.«

»Und was hast du dir verdammt noch mal dabei gedacht?« Sie zeigte auf meine Tasche. »Was macht eine Ratte in deiner Wohnung?«

»Ich kümmere mich drum. Für eine Freundin.«

»Die Freundin, die mit dir aus diesem entsetzlichen Auto gestiegen ist? Die, die voller Blut war?«

»Wo ist Henry? Vielleicht sollte ich mal mit ihm darüber sprechen.«

»Der ist nicht da.« Sasha warf den Frauen am Ende des Flurs einen raschen Blick zu und zupfte an ihrem Kleid herum. »Geschäftlich unterwegs. Vergiss es einfach. Du kannst es morgen Früh erklären. Für heute ist die Sache erledigt.« Sie wedelte mit den Händen, als wollte sie ein Kaninchen aus dem Hut zaubern. Ihre Bewegung schloss alles ein: mein Leben, meine Freunde, meine Wühlmaus und die vielen Probleme, die sich wegen mir am blitzsauberen Horizont ihrer perfekten Welt zusammenballten. »Hau einfach ab.«

Als ich ging, war die Horde schaulustiger Frauen am Wohnzimmerfenster gewachsen. Luxuskörper vor dem goldenen Schein der Innenbeleuchtung. Auf halbem Weg drehte ich mich zu ihnen um, in der Hoffnung, dass sie verschämt zurückweichen würden, doch da hatte ich mich getäuscht. Sie starrten mich unverhohlen an. Als ich ihnen schließlich den Mittelfinger präsentierte, entglitten ihnen die Gesichtszüge. Grinsend schlenderte ich zu meinem Wagen.

JESSICA

Jessica Sanchez stellte sich schöne Dinge vor, die gelb waren. Sonnenblumen. Zitronensorbet. Strände. Aber immer wieder schlug ihr der Gestank von Wallerts Pisse entgegen, egal, wie oft sie auf den Flecken herumrieb. Ein intensiver, wilder Geruch, bei dem sie sofort wieder das Bild seines runzligen, schlaffen Schwanzes in seinen Wurstfingern vor Augen hatte, den ungleichmäßigen Strahl, der mit leisem Plätschern auf dem Teppich gelandet war. Er hatte in hohem Bogen gepisst, daher verteilte sich die Soße auf mehrere Stellen, sodass sie auf allen vieren mit Teppichreiniger kreuz und quer über den Boden kroch und die cremefarbenen Fasern schrubbte, bis ein gelblicher Schaum entstand. Das T-Shirt, das sie sich über Mund und Nase gebunden hatte, war mittlerweile schweißnass. Irgendwann richtete sie sich zum Fersensitz auf und gestand sich ein, dass es nur ein Thema gab, das sie von diesem Moment ablenken konnte, von den kleinen gelben Sternchen im cremefarbenen Universum unter ihren Füßen. Also gab sie nach und dachte an Blair Harbour.

Beim Bissmuster im Käsesandwich war ihr ein Fehler unterlaufen. Und wie es sich darstellte, hatte sie sich auch bezüglich Harbours Aussage zu Orlovs Badezimmerfenster geirrt. Vielleicht hatte Diggy recht und das alles waren nur unwichtige Variablen in einer ansonsten soliden Beweiskette, aber Jessica war aufgewühlt. Es war wie ein Fieber, das sie umtrieb. Sie trocknete sich die Hände ab und zog das Handy aus der Hosentasche. Internet-Suche: Kristi Zea, Orlovs damalige Freundin und die einzige Zeugin. In den sozialen Medien gab es kein Profil von ihr und auch ansonsten keinerlei Informationen, außer denen, die damals auf Nachrichtenseiten zum Mord an ihrem Freund erschienen waren. Wie seltsam. Vor der Tat war Zea auf sämtlichen sozialen Kanälen aktiv gewesen, hatte sogar mehrere Konten unterhalten. Jessica vermutete, die junge Frau hatte ihren Namen geändert, um ein neues Leben zu beginnen.

Sie erhob sich und trat ans zertrümmerte Fenster, beschloss, die Pisseflecken bis auf Weiteres zu ignorieren und sich stattdessen um die Scherben zu kümmern. Es war nicht gut, die einfach herumliegen zu lassen, solange der Junge von nebenan jederzeit über den Zaun klettern und hier auftauchen könnte. Sie inspizierte die kümmerlichen Reinigungsutensilien, die sie für diese Aufgabe besorgt hatte. Vor lauter Ekel über die Pissflecken hatte sie das zerbrochene Glas ganz vergessen. Vielleicht gab es in der Garage einen Besen und Müllsäcke. Völlig arglos öffnete sie die Tür.

Es erwischte sie, als sie das Licht einschaltete. Neonlicht blitzte grell auf, spiegelte sich im kahlen, blankgeputzten Boden des großen, leeren Raums. Jedes Mal bescherte ihr die Erinnerung ein paar neue Bilder. Ein Schild über der Tür der Garage an der Linscott Place, der Name »Garage-Mahal« liebevoll ins polierte Holz gebrannt. Wahrscheinlich ein Witz, den nur die Familie verstand. Die zerschlissene rote Couch. Der Kühlschrank voller Bier. Der Läufer. Gerahmte Fotos an den Wänden, Hotrods und Football-Mannschaften, ein grasgrüner Chevrolet, auf einer Wiese geparkt. Beim Anblick des Mannes, der sich über die alte Frau beugte, um ein weiteres Mal zuzubeißen, fuhr ihr der Schock und Schmerz durch Mark und Bein.

Als Jessica wieder zu sich kam, kniete sie auf dem nackten Betonboden der Garage an der Bluestone Lane. Ein Klingeln an der Haustür hatte sie aus ihrer inneren Horrorshow gerissen. Sie hatte mit den Händen die Kehle umklammert, bekam keine Luft. Wie betäubt stolperte sie zur Haustür, wischte sich dabei immer wieder über Arme und Hals, um das Kribbeln loszuwerden, das über ihren Körper kroch. Instinktiv zog sie die Waffe aus dem Holster. Freundliche Besucher erwartete sie nicht.

Mit einer fließenden Bewegung riss sie die Tür auf und hob die Waffe.

»Verdammte Scheiße!«, rief sie kopfschüttelnd. Sie war so wütend, dass die Panikattacke aus der Garage sofort vergessen war. Ihre Waffe hatte sie immer noch auf die Frau an der Tür gerichtet, auf Hüfthöhe, entsichert. »Was zum Teufel haben Sie hier zu suchen?«

Blair Harbours Blick wanderte erst zur Waffe, dann zu der Gruppe Frauen in hautengen Jogginghosen, die an der Straßenecke zusammenstanden und quatschten. Harbour war älter, als Jessica gedacht hätte. Die Zeit im Gefängnis hatte sie gezeichnet. Zehn Jahre schlechtes Essen, wenig Schlaf und Sonne. Ihr schokoladenbraunes Haar war im Nacken zu einem Knoten zusammengebunden und sie trug ausgelatschte Sneaker, T-Shirt und Shorts. Wenn sie sich jetzt noch eine Basecap aufsetzte, wäre die Uniform für den beschissenen Job komplett, den sie seit ihrer Entlassung vermutlich ergattert hatte.

»Das ist kompliziert«, sagte Blair. »Kann ich reinkommen?«

»Du hast dich bestimmt verlaufen. Dein Sohn wohnt da hinten. Ich habe dir nichts zu sagen. Dir bleibt eine halbe Minute, um hier zu verschwinden. Wenn du dann nicht weg bist, ruf ich die Bullen.« Sie bewegte die Waffe zur Seite. »Verschwinde!«

»Bitte, ich möchte nur mit Ihnen sprechen.«

»Zisch ab! Letzte Warnung!«

»Es geht nicht um meinen Fall.«

Harbour hob die Hände. Ihre Augen waren groß und traurig. Jessica erinnerte sich daran, wie sie auf der Anklagebank gesessen hatte. Mit diesem Dackelblick hatte sie auch die Geschworenen angesehen, einen nach dem anderen, ihre Mienen beim Betrachten der Tatortfotos gemustert. Die großen blauen Augen eines neugierigen Rehs, wie ihr Sohn.

»Es geht auch nicht um meinen Sohn«, fügte sie hinzu, als Jessica nicht reagierte. »Er freut sich offenbar, dass Sie hier wohnen.«

»Ich wohne nicht hier.«

»Können wir uns nicht einfach unterhalten?« Harbour wandte sich erneut zu den Frauen in Lycra um. »Wir erregen hier nur Aufmerksamkeit. Und Sie werden mich nicht erschießen, weil ich keine Bedrohung für Sie darstelle. Ich komme in friedlicher Absicht.«

Jessica fand die Ansichten einer Mörderin aus ebenjener Nachbarschaft über den Schusswaffengebrauch gegen Personen, die keine Bedrohung darstellten, einigermaßen skurril, aber sie war zu humorlos, um eine ironische Bemerkung abzulassen. Sie trat beiseite, ließ die Waffe aber einsatzbereit über dem Oberschenkel baumeln. Als Blair ihr durchs Wohnzimmer in die Küche folgte, warf sie einen nachdenklichen Blick auf den schaumbedeckten Teppich.

»Ich sag dir gleich, was nicht passieren wird«, erklärte Jessica in der Küche. »Ich werde deinen Fall nicht wieder aufrollen, damit du eine Begnadigung und Entschädigung verlangen kannst. Genauso wenig werde ich in irgendeiner Sendung über wahre Verbrechen auftreten und nette Dinge über dich ablassen, damit ein Richter dir das Sorgerecht für deinen Sohn zurückgibt. Falls du gekommen bist, um dich zu entschuldigen, weil das einer von zwölf Schritten in irgendeinem Programm ist, dann mach das und verschwinde.«

»Darum geht es nicht.«

»Worum dann?«

Blair sah sich um, wollte sich offenbar setzen oder irgendwo anlehnen, aber es gab nur die Küchenbank, und die war zu nah an Jessica. Also blieb sie verloren mitten im Zimmer stehen. Nachdem Blair ihr die Geschichte von Dayly Lawlor und der amateurhaften Suche mit ihrer Mutter erzählt hatte, schwieg Jessica zunächst. Sie stand einfach da, die Hand an der Waffe, die sie auf dem Tresen zwischen ihnen abgelegt hatte.

»Wir tappen nicht *komplett* im Dunkeln«, fügte Blair schließlich hinzu. Sie räusperte sich, das Schweigen war ihr eindeutig unangenehm. »Wir haben ein paar gute Hinweise, finde ich. Aber jetzt sind wir an einem Punkt, wo uns jemand von der Polizei Unterstützung geben könnte. Wertvolle Unterstützung, um genauer zu sein.«

»Diese Freundin, Sneak«, sagte Jessica, »ist, wenn ich das recht verstanden habe, bei dir aufgetaucht, um dich zu befragen. Du bist die Letzte, die ihre Tochter lebend gesehen hat. Aber warum hat sie sich bei dir einquartiert? Du bist doch keine Privatdetektivin, sondern Ärztin.«

»Nicht mehr«, sagte Blair. »Sie haben mir die Zulassung entzogen.«

»Gott sei Dank«, sagte Jessica. »Warum geht sie nicht einfach zur Polizei?«

»Weil sie vielleicht ...« Blair seufzte geräuschvoll und dachte nach. »Weil sie vielleicht gesucht wird«, sagte sie schließlich.

»Willst du mich verarschen, Harbour?«

»Sie weiß es nicht genau.«

»Supi!« Jessica nickte. »Ganz toll!«

»Dayly ist bei der Polizei als vermisst gemeldet. Das habe ich auf der Dienststelle erfahren. Man hat mich allerdings extrem ... aggressiv behandelt.«

»Ich würde dich vermutlich auch aggressiv behandeln«, zischte Jessica. »Du bist eine Mörderin. Nicht nur das, du bist auf Bewährung draußen und hast Umgang mit einer bekannten Verbrecherin. Wieso bist du eigentlich nicht schon längst wieder hinter Gittern?«

»Ich habe Glück gehabt«, sagte Blair. »Aber die Aggressionen hatten nichts damit zu tun. Der Polizist, der den Fall bearbeitet, heißt Al Tasik. Kennen Sie ihn?«

»Möglich.«

»Er hat mich behandelt, als würde ich ihm mit meinen Fragen auf die Füße treten. Als wäre der Fall geheim oder so was.« Blair trat nervös von einem Bein aufs andere und warf einen Blick auf den Pool. »Und danach hat er mit allen Mitteln versucht, mich wieder ins Gefängnis zu bringen.«

»Mit allen Mitteln?«, höhnte Jessica. »Du meinst, er hat seinen Job gemacht?«

Blair verschränkte die Arme, sah zu Boden und schien

nachzudenken. Während Jessica sie beobachtete, stieg Hitze in ihr auf, kroch ihr über Hals und Wangen. Diese Hitze sagte ihr, dass etwas nicht stimmte. Dass sie auf der falschen Seite stand.

»Ich möchte Sie bitten, sich nicht genauso zu verhalten wie Ihr Kollege«, sagte Blair. »Aus Menschlichkeit.«

»Du kannst so viel bitten, wie du willst.«

»Vielleicht war es ein Fehler herzukommen.«

»Meinst du?«

»Ich hätte es nur als absolute Notlösung in Erwägung ziehen sollen. Glauben Sie mir, nach all dem, was mir widerfahren ist, habe ich keinerlei Interesse daran, Sie wiederzusehen.«

Jessica griff nach der Waffe.

»Ich bin bereit, unsere Vorgeschichte außer Acht zu lassen und mit Ihnen in dieser Sache zusammenzuarbeiten«, fuhr Blair fort. »Sneak ist meine Freundin, und ich glaube, ihre Tochter befindet sich in großer Gefahr. Vielleicht haben Sie damals nach bestem Wissen und Gewissen gehandelt, als Sie mich eingesperrt haben. Natürlich haben Sie sich geirrt. Ich habe Adrian Orlov nicht aus Paranoia oder aus Wut umgebracht, sondern weil ich keine andere Wahl hatte. Damals war ich überzeugt, dass er seine Freundin direkt vor meinen Augen totprügeln würde, und als Ärztin bin ich dazu verpflichtet, Leben zu retten. Sie haben mir nicht geglaubt, aber jeder macht Fehler ...«

Jessica schüttelte den Kopf. »Es gab keinen verdammten Fehler, Harbour!«

Blair hob die Hand. »Doch wie bereits gesagt, darum geht es mir nicht. Ich bin hier, weil mich Dayly Lawlors Waffe weniger geschockt hat als das Mädchen selbst. Sie sah aus wie ein gehetztes Tier.«

Jessica musterte ihre Besucherin, dachte darüber nach,

in welcher Konstellation sie sich das letzte Mal begegnet waren. Jägerin und Gejagte. Als Blair ihren Blick erwiderte, wandte Jessica sich ab.

»Würden Sie wenigstens nachsehen, was Ihr Kollege so treibt?«, fragte Blair. »Wie weit die Ermittlungen vorangekommen sind, und warum Al Tasik …«

»Ich weiß noch nicht, was ich tun werde«, unterbrach Jessica sie. »Im Augenblick besteht mein Plan daraus, dir dabei zuzusehen, wie du in deine Karre steigst und dich verdammt noch mal hier verpisst!«

Sie verließ die Küche. Blair folgte ihr zur Haustür. Jessicas Blick fiel auf das auffällige Auto auf der Straße, das sonst nur Drogendealer fuhren. Sie bewunderte die glänzenden Chromverzierungen und die Kühlerfigur. Welche Gerüchte am nächsten Tag auf der Dienststelle die Runde machen würden, wenn eine Streife den Wagen vor ihrem Haus entdeckte, konnte sie sich lebhaft vorstellen. Blair Harbour war kaum gegangen, da knallte Jessica die Tür hinter ihr zu und schob den Riegel vor.

Drei Sekunden.

Doch etwas brachte sie dazu, den Riegel wieder zu öffnen und die Tür aufzuziehen. Blair stand noch auf dem Absatz.

»Orlovs Badezimmer«, sagte Jessica. »Erster oder zweiter Stock?«

Blair sah sie entgeistert an.

»Was?«

»Du hast ausgesagt, dass du Orlov und seine Freundin bei einem Streit im Bad beobachtet hättest. Aus deinem Küchenfenster. War das Bad im ersten oder zweiten Stock?«

Blair dachte nach, den Blick zu Boden gerichtet. »Ich weiß es nicht mehr«, sagte sie schließlich.

»Was soll das heißen, du weißt es nicht mehr?«

»Es ist zehn Jahre her. Das alles war entsetzlich. Ich habe es verdrängt.«

Jessica grinste spöttisch. »Warst du vorher schon mal in Orlovs Haus?«

»Nein.«

»Sicher?«

»Ja, ganz sicher.«

»Wieso weißt du das so genau, wenn du dich nicht mal erinnerst, ob das Bad im ersten oder zweiten Stock war?«

»Warum fragen Sie mich so was?«, wollte Blair wissen. Jessica wollte gerade antworten, doch das seltsame Bedürfnis, das sie gerade noch angetrieben hatte, war verschwunden. Sie schloss die Tür wieder und schob den Riegel vor.

Durch die Scheibe neben dem Eingang sah sie die Mörderin, die sie einst verhaftet hatte, die Auffahrt hinunter zu ihrem Wagen laufen.

BLAIR

Ich hatte schon viele Jahre nicht mehr von dem Mord geträumt. Früher, direkt nach der Tat, kamen die Alpträume unverhofft, mitten in einer guten Woche, wenn ich überhaupt nicht an die Ereignisse dieser Nacht voller Blaulicht und Blut gedacht hatte. Manchmal war ich dann schwanger, so wie damals, als ich Adrian Orlov tötete, andere Male lag Jamie in seinem Bettchen in dem von mir eingerichteten, süßen Kinderzimmer. Damals, in jener Nacht, stand ich am Küchenfenster und beobachtete die roten Explosionen am Horizont in Richtung Küste, junges Partyvolk zündete die letzten Feuerwerksraketen. Die dunkle Landschaft brannte. Für Silvesterpartys hatte ich noch nie viel übriggehabt, und weil ich nichts trinken konnte, beschloss ich, den Abend allein im Schlafanzug vor dem Fernseher zu verbringen und mir die Wiederholungen von *Sex and the City* reinzuziehen.

Nach einem meiner vielen Toilettengänge hatte ich mir auf dem Rückweg ins Bett in der Küche ein Glas Milch geholt. Und wie auf Kommando ging drüben bei Orlov die laute Musik los. Ich seufzte und sah durchs Fenster aufs Nachbarhaus. Goldenes Licht in einem gekachelten Zimmer. Kristi Zea stürmte herein, zog eine Schranktür auf, die umgehend von ihrem Freund wieder zugeknallt wurde. Er ballte die Hand zu einer Faust und holte aus. Wie ein Pfeil schoss sie vor und landete direkt in der Schläfe seiner Freundin. Es war ein so brutaler Anblick, dass ich förmlich ihren Schädel knirschen hörte.

Fassungslos starrte ich durchs Fenster. Und dann kam der Moment, der alles veränderte. Es war keine bewusste Entscheidung, eher eine instinktive Handlung. Statt in mein Schlafzimmer zurückzukehren und die Polizei zu rufen, hastete ich aus dem Haus.

Wie dumm. Wie arrogant.

Erst später habe ich verstanden, was mich in diesem Moment tatsächlich angetrieben hatte: lächerliche Selbstüberschätzung. Ich war voll auf Adrenalin, dachte nicht mehr nach, hielt mich für unantastbar. Mir war es gelungen, in meinem Körper neues Leben zu schaffen, das war ein klarer Beweis meiner göttlichen Fähigkeiten. Ich war Ärztin. Ich schaffte Leben. Manchmal erweckte ich sogar Tote. Vollbrachte Wunder. In der Woche zuvor hatte ich ein fünfjähriges Mädchen nach einem schweren Verkehrsunfall vor der lebenslangen Querschnittslähmung bewahrt. Mich also in einen nachbarschaftlichen Streit einzumischen, erschien mir in diesem Augenblick wie ein Kinderspiel. Kein Problem für mich, ich würde es einfach so machen wie im OP. Und so marschierte ich zu Orlovs Haus, und steuerte mit jedem selbstgerechten Schritt direkt auf die Zerstörung meines Lebens zu.

Dann legte sich eine Hand über meinen Mund.

Etwas Schweres drückte mich in die Matratze.

Plötzlich stand ich nicht mehr in der Auffahrt in Brentwood, sondern lag im Hier und Jetzt, im Schlafzimmer meiner Wohnung in Crenshaw. Der Traum von diesem Augenblick vor zehn Jahren schloss sich wie ein Vorhang, und stattdessen kratzten Bartstoppeln an meiner Wange, meinem Ohr. Mein Angreifer sagte kein Wort. In den Horrorszenen der True-Crime-Serien im Fernsehen sagten die Typen immer irgendwas. *Keinen Mucks! Schön stillhalten! Keine Zicken!* Ich wollte mich aufbäumen, doch er saß auf meinem Hintern. Ein animalischer Laut drang aus meiner Kehle, schrill und wild, voller Schrecken und Wut.

Ich rief nach Sneak, obwohl mein Verstand mir sagte, dass ich mit diesem Mann allein war. Kurz dachte ich an die Waffe, die Ada mir angeboten hatte. Und an die Waffe, mit der ich einst einen Mann erschossen hatte. Wie leicht das doch war. Panisch überlegte ich, wer in nächster Nähe wohnte. Der Musiklehrer, dessen Namen ich nicht kannte und der vermutlich laut schnarchend nur ein paar Meter weiter in seinem Bett lag. Celeste, das Mädchen, das mir am Nachmittag für Süßigkeiten Pearl Jam vorgespielt hatte. Das war schon Stunden her. Die Männer auf den Fahrrädern. Gehörte mein Angreifer zu ihnen? In meinem Kopf wirbelte alles durcheinander, sekundenschnell, während der Mann mir den Arm verdrehte und auf den Rücken zerrte.

Wenn er dich erst gefesselt hat, ist es …

Diesen Gedanken brachte ich nicht zu Ende, stattdessen warf ich blitzschnell den Kopf in den Nacken, hoffnungsvoll, doch leider vergebens. Ich erwischte ihn nur am Kinn. Aber das reichte, um ihn aus dem Konzept zu bringen, er löste seinen Griff um meinen Mund, den er mir so fest zugehalten hatte, dass meine Lippen gegen meine Zähne gedrückt wurden und sie zu bluten begannen. Ich erwischte einen Fetzen hornhautharter Haut und biss fest zu. Lautes Aufheulen. Der Mann drückte meinen Kopf ins Kissen. Dann versuchte er, mich auf den Rücken zu drehen, wahrscheinlich wollte er mir ins Gesicht schlagen und mich so außer Gefecht setzen. Meine Arme waren frei. Ich schlug wild um mich, kreischte dabei vor Anspannung und Entsetzen. Mein Angreifer wich weit genug von mir, dass ich vom Bett zu Boden glitt.

Er packte mich am Schopf. Im Gefängnis hatte ich gelernt, dass dieses Manöver ein großer Fehler war. Klar hatte der Gegner damit den Kopf unter Kontrolle, doch sowohl die Arme als auch die Beine waren frei. Die besten Waffen zur Gegenwehr. Wenn der Adrenalinschub heftig genug ist, kann man ohne Weiteres ein Büschel Haare verlieren und den Schmerz des Ausreißens nicht mal spüren. Ich boxte blind in die Dunkelheit, erwischte seine Jeans, irgendwo am Oberschenkel. Danach zielte ich etwas höher und – Bingo! Der Mann brach über mir zusammen, krachte gegen meinen Nachttisch und rang nach meinem Boxhieb in seine Eier nach Luft. Er ließ mein Haar los und hielt sich beide Hände vor die Weichteile. Diese Gelegenheit nutzte ich, um unter ihm hervorzukriechen und ihn auf dem Weg zur Haustür mit allem zu bewerfen, was mir in die Hände fiel: Arbeitstasche, Wäschekorb, ein Schuh. Im Flur überkam mich große Übelkeit, mir wurde schwindelig, mein Hirn konnte nicht mit der überstürzten Flucht meines Körpers mithalten. An der Küchentür geriet ich ins Schwanken. Er war sofort hinter mir. Während ich noch im Türrahmen

Halt suchte, erwischte er mich am Fußgelenk. Mit einem dumpfen Knall stürzte ich zu Boden.

JESSICA

»Nach was steht dir heute der Sinn, Jessica? Was kann ich dir heute Abend Gutes tun?«, fragte er.

Jessica streckte sich und unterdrückte ein Schaudern, als er ihr ins Haar griff, vorsichtig wie immer ihr Haarband löste und ihr sanft die verspannten Muskeln und Knoten zwischen Nacken und Kopf massierte. Goren hatte ein weiteres Mal spontan Zeit für sie gefunden. Es schien ihn nicht weiter zu stören, aber Jessica wusste, dass sie es nicht übertreiben durfte. Sie hatte sich kaum von ihrer unangenehmen Begegnung mit Blair Harbour erholt, da hatte sie auf den Stufen zum dreistöckigen Reihenhaus, in dem Goren sein Etablissement betrieb, eine Nachricht von Wallert erhalten.

Ich bring dich um, verdammte Schlampe!

Da wusste sie, was sie jetzt brauchte. Ohne Gorens Behandlung würde sie die ganze Nacht kein Auge zutun, würde die schrecklichen Ereignisse des Tages nicht hinter sich lassen können. Manchmal war dies der einzige Weg, damit umzugehen. Sie musste sich ablenken. Sich einfach gehen lassen, jemandem gestatten, sie aus der Realität ihrer Existenz zu entführen, ohne schlechtes Gewissen oder irgendwelche Beziehungskisten. Sie bezahlte, er lieferte süße Erlösung. Wenn sie ging, fühlte sie sich besser, warm und leicht und erschöpft. Das System funktionierte perfekt.

»Ich will spielen«, sagte sie. Jessica wandte sich zu ihm um. Er kniete hinter ihr auf der Lederbank. Auf seinem Gesicht lag ein abgeklärtes Lächeln.

»Ist schon eine Weile her«, sagte er.
»Ich weiß.«
»Wer hat die Kontrolle? Ich oder du?«
»Du«, sagte Jessica.

Sie glaubte zu erkennen, dass auch ihn ein erregtes Schaudern durchfuhr, doch das war vermutlich Teil der Show. Das war sein Job, und die Männer und Frauen, die zu ihm kamen, hofften sicher, in ihm einen ähnlich erregten Spielgefährten zu haben, fürchteten wie sie, in seiner Körperhaltung auch nur den leisesten Anflug von Langeweile oder Abscheu zu erkennen. Sie alle wollten begehrt werden. Wünschten sich, jemand würde sich nach ihnen verzehren. Sie stand vor ihm, während er sie vorsichtig entkleidete, die Hände sanft über ihren Brustkorb wandern ließ, bevor er ihr das Top über den Kopf streifte. Er trat an die Kommode und zog eine Augenbinde hervor, die er ihr fachmännisch umlegte und hinten zuschnürte. Dann führte er sie in ein gut geheiztes Zimmer, das sie schon kannte, ihr in der Dunkelheit aber kleiner vorkam. Sie wusste, dass die Wände in diesem Zimmer rot gestrichen waren und vor den Fenstern dicke Samtvorhänge hingen. Es war auch vorgekommen, dass sie seine Beine mit dicken Lederfesseln auf dem vertikalen Tisch befestigt, ihm die Augenbinde umgelegt hatte. Der große Tisch, auch das wusste sie, war verstellbar, man brauchte nur die kleinen goldenen Hebel betätigen.

Wie immer beugte er sich über den Tisch und zurrte die Fesseln an ihren Fußgelenken fest, dann zog er den Gürtel um ihre Taille enger, so, wie sie es gernhatte. Jessica spürte sofort, wie sich ihre Muskeln entspannten. Allein das Festzurren der Fesseln nahm ihr die Last der Sorge um den Fall Harbour/Orlov, ihre Schuldgefühle dem Nachbarsjungen gegenüber, den Zorn und Hass auf Wallert und ihre Kollegen.

Den Brustriemen mochte sie am liebsten. Er erschwerte

ihr das Atmen und richtete ihre Aufmerksamkeit auf ihren Herzschlag. Goren schob ihr linkes Handgelenk zurecht und stellte die Fessel enger. Sie spürte seinen Atem auf ihrem Gesicht. Seinen Schoß an ihrem, hart, warm. Doch immer wieder drang die Außenwelt zu ihr durch, störte sie in der Entspannung. Eine ferne Polizeisirene. Bremsenquietschen. Sie seufzte so tief, dass sich der Brustgurt enger um ihre Rippen spannte, während Goren ihre rechte Hand zur Fessel schob.

Ganz in der Nähe knallten drei Autotüren zu. Das Geräusch war sehr nah. Vor dem Haus. Jessica spürte Gorens Zögern. Beide warteten.

»Es ist nichts«, sagte er schließlich und legte ihr den Riemen übers Handgelenk.

Ein Wummern an der Tür. Dreimal. Ein Geräusch, das sie schon zigmal gehört hatte.

»Polizei! Aufmachen!«

»O Scheiße!«, riefen beide wie aus einem Mund. Er ließ sie los. Jessica streckte die Hand nach ihm aus, war sich sicher, dass er sich über sie beugte, um ihre Fesseln zu lösen, aber sie griff ins Leere. Panisch wand sie sich auf dem Tisch. Er war weg. Seine Schritte im Flur, schwer, hastig. Auf einmal wurde ihr eiskalt. Er hatte sie verlassen. Mit der noch freien Hand riss sie sich die Augenbinde herunter.

»Goren! Goren! Verdammte Scheiße!« Sie hatte Schnappatmung. Wurde hysterisch. »Komm zurück! Lass mich nicht so liegen!«

Noch während sie nach ihm rief, wurde ihr klar, wie sinnlos das war. Sie versuchte mit aller Kraft, ihre linke Hand freizubekommen, als von unten ein lautes Krachen ertönte. Die Polizei hatte die Tür aufgebrochen.

Faust gegen Hinterkopf. Wirkungsvoll. Knockt den Gegner sofort aus. Gesicht auf Linoleumboden. Mein Hirn riet mir einzuschlafen. Die Gehirnerschütterung zog sich über meinen Schädel wie eine Mütze. Eine Stimme drang zu mir durch – meine eigene, Worte, die ich bereits Dutzende Male zu Kindern gesagt hatte, wenn sie aus Bäumen oder von Felsen gestürzt waren, aus zertrümmerten Fahrzeugen gezogen wurden oder einem hohen Fieber zu erliegen drohten: *Bleib wach! Bleib bei mir! Konzentriere dich auf meine Stimme!* Er stand über mir, seine Füße rechts und links von meinem Brustkorb. Ich nahm alle Kraft zusammen und schnellte nach oben, sprang ihn an und stieß ihn mit voller Wucht gegen die Wand. Er nahm mich sofort in den Schwitzkasten. Wir rangen miteinander, waren mittlerweile in der Küche gelandet, ich knurrte, kratzte. Der Eiscremebehälter mit Hugh Jackman krachte zu Boden, zusammen mit einem Messerblock, einem Kaffeebecher, Papieren. Ich schlug ihm ins Gesicht, versuchte, mich an ihm vorbeizuschieben, doch er packte mich und schleuderte mich mit solcher Wucht gegen die Wand, dass der Putz knirschte.

»Lass mich los, verdammt. Loslassen!«

Meine Stimme klang so schrill, dass ich sie nicht erkannte. Ein Hund, der nie knurrt, nie bellt, in die Enge getrieben. Wir taumelten gegen die Anrichte. Ich griff mir, was ich zu fassen bekam, eine Zuckerdose für Gäste, und zog sie ihm über den Schädel.

Das reichte. Er sackte seitlich weg. Ich tänzelte an ihm vorbei, sprintete durchs Wohnzimmer, hechtete zur Tür und öffnete mit nassen, zitternden Fingern das Schloss.

Blindlings floh ich in die Nacht, warf keinen Blick zurück.

JESSICA

Schritte auf der Treppe. Jessicas Hände waren taub, nicht mehr zu gebrauchen, ihr Blut war zum Herzen und in ihren Kopf gelaufen. Es gelang ihr, die Riemen an den Händen, an der Kehle, um Brust und Taille zu lösen. Doch als sie sich an den Fußfesseln zu schaffen machte, flog die Tür auf. Instinktiv ging sie in die Hocke, um ihren nackten Körper zu schützen, doch der Tisch war so dicht hinter ihr, dass sie vorkippte und sich mit einer Hand am Boden abstützen musste, um nicht zu stürzen. Die Riemen schnitten ihr schmerzhaft in die Fußgelenke und lenkten sie von dem ab, was jetzt geschah. Neugierige Blicke, die sie musterten.

»Polizei! Heben Sie die Hände!«

»Kann ich nicht!« Jessica legte ihren Arm um ihre Brüste und wandte ihr Gesicht ab. »Kann ich nicht.«

»Heben Sie sofort die Hände!«

»Schalten Sie erst die Body-Cams aus!«

»Ma'am! Letzte Warnung!«

»Ich bin Polizistin, ihr Flachpfeifen! Body-Cams aus!«

Sie hörte, wie einer der Männer seinen Taser hervorzog, das typische Geräusch der aufschnappenden Sicherung, das Klicken des Schalters. Vor ihrem geistigen Auge lief ein Horrorfilm ab. Sie sah ihren Körper unter dem Stromschlag wild zucken, live und in Farbe, direkt vor den Kameras ihrer Kollegen. Zögernd richtete sie sich auf, sodass ihre nackten Brüste nun entblößt waren. Ihre Arme würde sie nicht heben. Das wäre eine Demütigung, die sie nicht ertragen konnte. Also stand sie da, gefesselt, und wandte das Gesicht den ihr unbekannten Männern zu, die mit gezückten Tasern in der Tür standen.

»Ich bin Polizistin, ihr miesen Oberarschgeigen!«, stieß sie hervor.

Einer starrte ihr unverhohlen auf den Schambereich. Ein anderer beglotzte ihre Brüste. Das rote Lämpchen ihrer Body-Cams blinkte. Unten kümmerten sich die Kollegen offenbar um Goren. Türen knallten, Schubladen wurden herausgezogen. Jessica hörte seine entsetzten Protestrufe.

»Wenn Sie Polizistin sind, was haben Sie dann hier zu suchen?«, fragte einer der Männer in der Tür, ein großer, junger Streifenpolizist mit dichtem schwarzem Bart.

»Das geht dich einen Scheißdreck an!«

»Wir haben den berechtigten Verdacht, dass in diesem Haus Drogen verkauft und illegale Handlungen sowie Prostitution stattfinden«, sagte der Mann. Dann warf er einen Seitenblick auf seinen Kollegen und verzog die Lippen zu einem gehässigen Grinsen. »Wir werden Sie in Gewahrsam nehmen, bis unsere Ermittlungen abgeschlossen sind. Ma'am, würden Sie sich bitte ... ähm, die Fesseln ...« Er zeigte auf die Riemen. »Oder brauchen Sie vielleicht Hilfe?«

»Ich brauche eure verdammte Hilfe nicht!«, sagte Jessica und beugte sich vor, um die Riemen zu lösen. Sie zitterte vor Demütigung und Wut über die noch immer laufenden Kameras ihrer Kollegen, ihre Blicke, die gierig jede ihrer Bewegungen verfolgten. Als sie sich aufrichtete, erhaschte sie einen Blick auf ihre grinsenden Gesichter, sie kicherten lautlos, der Kleinere von beiden zur Seite gewandt. Weitere Polizisten drängten sich in den Flur. Jessica bedeckte ihren Intimbereich mit einer Hand, ihre Brüste mit dem Ellbogen der anderen.

»Könnte ich bitte meine Sachen aus dem Nebenzimmer holen?«, fragte sie.

»Selbstverständlich.« Der große Kollege hatte sich endlich wieder eingekriegt, bemühte sich aber immer noch krampfhaft um eine ernste Miene. »Leute, lasst sie durch!«

Die Männer im Flur traten zur Seite. Sie ertrug es nicht,

ihnen ins Gesicht zu sehen. Als sie sich im Nebenzimmer anzog, hörte sie ihr Gelächter.

BLAIR

»Hallo?«

»Hi! Entschuldigen Sie, dass ich noch so spät anrufe. Ich brauche. Muss. Verzeihen Sie, ich weiß, es ist spät.«

»Herrje! Dann sagen Sie mir wenigstens, wer Sie sind!«

»Ich heiße Blair. Sie kennen mich nicht. Ich muss nur mit jemandem sprechen. Es tut mir leid, dass ich Sie geweckt habe.«

»Ha! Nee, geweckt haben Sie mich nicht, Schätzchen. Ich kann schon lange nicht mehr gut schlafen. Alle vierzehn Tage habe ich hier die Gremlins im Haus. Brauchen Sie Hilfe? Sie klingen so aus der Puste.«

»Nein, mir geht es gut. Ich … haben Sie gerade *Gremlins* gesagt?«

»Die Kinder meiner Schwester. Sie reißt gerade die Nachtschicht in der Sägemühle ab, die läuft Tag und Nacht. Deshalb rede ich so leise. Hab die kleinen Plagegeister gerade zum Schlafen gebracht. Kinder haben keine Ahnung, was gut für sie ist. Wollen nicht schlafen. Wollen nicht essen. Kapieren nicht, wie prall ihre Haut ist, wie voll ihr Haar. Ich hab mit fünfzehn alle Haare verloren. Mein Schädel ist kahl wie ein Ei. Zwei Wochen hat das nur gedauert. Als hätte sie mir jemand ausgetrieben.«

»Wie alt sind die Kinder?«

»John ist sieben, Maggie dreieinhalb. Machen Sie so ’ne Umfrage, wo man am Ende was gewinnt?«

»Nein, tut mir leid. Ich habe nichts zu …«

»Meine Tante hat mal mitten in der Nacht so ’nen Anruf gekriegt. Hat eine viertägige Kreuzfahrt gewonnen. Hat’s jedem erzählt. Am Ende war’s der totale Mist. Die wollten nur an ihre Kreditkartennummer. Herrje! Scheiße! Geh zurück ins Bett, Johnny!«

»Ach, nee!«

»Nein, nichts Schlimmes. Nur so ’ne Telefonumfrage. Geh wieder ins Bett. Ach, verdammt, du hast das Baby geweckt! Jetzt geht die Party richtig los.«

»Tut mir echt leid.«

»Keine Sorge. Machen Sie sich nichts draus. Bei Onkel Shane ist immer Party, hab ich recht, Mags? Wer will Milch?«

JESSICA

Diggy füllte am Empfangstresen des Polizeireviers von Wilshire ein paar Formulare aus, als man Jessica aus der Zelle holte. An diesem Morgen leuchtete sein Hemd mit der goldenen Fibonacci-Spirale grellblau, darauf waren lauter kleine Männchen mit Gangsterschnurrbärten und Zylinderhut zu sehen. Die Polizistin hinter dem Tresen betrachtete es mit großem Interesse. Jessica wollte auf keinen Fall, dass Diggy just in diesem Moment seine große Liebe fand und sie zur unfreiwilligen Zeugin dieses Schauspiels machte, daher zog sie ihn am Arm und sorgte dafür, dass er sich von der Frau abwandte.

»Ich hab noch eine Frage!«, sagte er mit erhobenem Finger.

»Was?«

»Wo hast du so schnell zehn Liter Pisse hergekriegt?«

»Echt? Zehn Liter waren das?«

»Zumindest, wenn man davon ausgeht, dass die Flaschen, die man am Tatort gefunden hat, fast oder ganz gefüllt waren.«

»Obdachlose.«

»Ah.« Diggy nickte. »Hatte ich mir schon gedacht. Ein Kollege im Labor hat behauptet, sie stammten von dir, aber ich hatte eine andere Meinung. Du scheinst mir doch dafür zu sorgen, dass dein Flüssigkeitshaushalt in Ordnung ist, aber bei der Person, die die Flaschen vollgemacht hat, lag die Sache offenbar anders, zumindest dem Geruch nach zu urteilen.«

»Du hast das Auto beschnüffelt?«

»Das hat jeder. Es hat das ganze Parkhaus vollgestunken. Manche Leute sind extra runtergegangen, um sich selbst zu vergewissern, nachdem Wallert mit einem Tobsuchtsanfall ins Büro gestürmt war. Ich hielt es allerdings für überflüssig, seine Angaben persönlich zu überprüfen.«

Jessica grinste. Ihr schmerzte der Kiefer, so fest hatte sie in den letzten Stunden in der Zelle die Zähne zusammengebissen.

»Er musste das Auto zum Schrottplatz bringen«, erzählte Diggy auf dem Weg nach draußen.

»Ich weiß, dass du mir das nur erzählst, um mich davon abzulenken, dass die Kollegen meine Verhaftung gefilmt haben.« Das Sonnenlicht war bereits stechend grell, zwei Polizisten luden gerade ein paar in der Nacht festgenommene Gangmitglieder aus einem Transporter und schoben sie durch den Seiteneingang. »Hat es sich schon auf der Dienststelle verbreitet?«

»Jemand hat mir eine Rundmail geschickt, der Film war im Anhang.« Er hielt den Kopf gesenkt, den Blick starr auf die Straße und seine Füße gerichtet. »Mein Kollege hat sie auch bekommen. Wenn die Forensik Bescheid weiß, kannst du davon ausgehen, dass auch der Rest ...«

Sie nickte.

»Jessica«, sagte Diggy, als sie in sein penibel gepflegtes Auto stiegen. »Die sexuellen Praktiken des BDSM sind überraschend weit verbreitet, und im gegenwärtig eher liberalen Umgang der Gesellschaft mit sexuellen Vorlieben ...«

Jessica hob die Hand. »Stopp!«

»Na gut.«

Sie fuhren eine Weile, ohne ein Wort zu wechseln. Jessica beschnüffelte ihre Achseln und verzog das Gesicht. Im Gefängnis hatte es nach dem Schweiß von mehreren verkaterten Frauen gestunken, und sie hatte mit ihrem Körpergeruch offenbar ebenfalls dazu beigetragen.

»Erzähl mir, wie weit du mit deinen Nachforschungen im Fall Harbour gekommen bist.«

Diggy setzte sich auf. Zwei junge Schauspieler überquerten die Straße, die Nase in ihrem Text, die Hände wild fuchtelnd. Jessica sah auf ihr Handy und stellte fest, dass Captain Whitton sie fünfmal angerufen hatte. Außerdem waren da acht Anrufe von verschiedenen Kolleginnen, mit denen sie im Laufe ihrer Karriere zu tun gehabt hatte. Eine davon arbeitete draußen in Glendora. Das Video verbreitete sich wie ein Lauffeuer unter den Polizisten, Funken, die von Dienststelle zu Dienststelle getragen wurden.

»Das betreffende Gebüsch vor dem Orlov-Haus ist unter Kennern als Arctostaphylos manzanita bekannt und gehört zu einer Pflanzenart aus der Gattung der Bärentrauben innerhalb der Familie der Heidekrautgewächse. Das habe ich noch selbst herausgefunden. Alles Weitere habe ich von einer Botanikerin. Dr. Ramona Bulle ist Präsidentin der Botanical Society of America. Sie hat meine Anfrage sehr ernst genommen. Es scheint, als hätte sie sich danach mit nichts anderem mehr beschäftigt. Ich erhalte stündlich Updates von ihr.« Kaum hatte er dies gesagt, ertönte der Signalton von Diggys Handy. »Sie analysiert momentan die Auswirkungen der damaligen Smogwerte der Gegend auf die Wachstumsraten der Pflanze.«

»Du liebe Güte!«

»Ja. Es gibt Wissenschaftler und es gibt Besessene. Solche wie Frankenstein, die sich tief in ihre Arbeit vergraben und darüber den Verstand verlieren.«

»Kannst du mir erklären, was sie bisher herausgefunden hat?«

Diggy überlegte kurz. »Ich ziehe nur ungern vorschnelle Schlüsse, vor allem, weil noch nicht alle Ergebnisse ...«

»Diggy!«

»Es hätte zur gegenwärtigen Höhe gewachsen sein können.« Diggy sah Jessica an. »Ja. Ich lege mich fest. Der Busch könnte innerhalb von drei Wochen tatsächlich so hochgewachsen sein, dass er das Fenster der Waschküche im ersten Stock verdeckt.«

Jessica schwieg.

»Also ist es möglich, dass du dich bezüglich des Gebüschs geirrt hast. Und die Annahmen zum Käsesandwich waren auch falsch. Mein Mentor hat sich bei mir gemeldet. Es handelt sich definitiv um ein männliches Bissmuster. Aber Jessica, diese Dinge sind ...«

»Jaja, das sind nur einzelne Puzzleteile, ich weiß.«

»Wollen wir frühstücken gehen?«

»Nein. Ich muss mich umziehen und frisch machen, dann werde ich nach Kristi Zea suchen. Sie soll mir ihre Geschichte noch mal persönlich erzählen.« Jessica seufzte. »Aber zuerst setz mich bitte vor dem Haus in Bluestone ab. Ich will sichergehen, dass Wallerts Benachrichtigung der Wilshire Cops nicht nur der Auftakt zu einem größeren Rachefeldzug ist.«

Schweigend fuhren sie durch Brentwood, wo ganze Horden von Gärtnern vor makellosen Rasenflächen ihre Kleinlaster entluden und Hundeausführer in bunten Transportern kostbare Fellbündel durch die Gegend karrten. Als Jessica in der Einfahrt neben der Beauvoir-Villa den Wagen der privaten Sicherheitsfirma entdeckte, richtete sie sich auf. Ein Mann saß darin, er sprach in sein Funkgerät und hatte sein Fernglas auf die Veranda gerichtet. Drei Damen saßen vor dem Eingang und warteten. Jessica erkannte Ada Maverick, die sich ans Fenster lehnte und ihre Zigarettenasche in den Topf einer Pflanze tappte. Blair Harbour saß auf den Stufen, ihr Gesicht war blutig, geschwollen und von blauen Flecken übersät. Die Dritte im Bunde kannte Jessica nicht, sie lief wie angestochen auf der Veranda auf und ab und führte Selbstgespräche.

»Was zum ...« Diggy ließ den Wagen ausrollen und hielt vor dem Haus. »Wer sind ... Ist das ...?«

»Danke, dass du mich hergefahren hast, Diggy«, sagte Jessica beim Aussteigen.

»Ist das *Harbour*?«, fragte Diggy.

Statt zu antworten, schlug Jessica einfach die Tür zu und ging auf das Haus zu.

BLAIR

Obwohl ich mich von der Verandastufe aufrappelte, ging Jessica Sanchez direkt an mir vorbei, hatte die Tür schon aufgeschlossen und war im Haus verschwunden, bevor ich ihr eine Erklärung liefern konnte. Sneak folgte ihr, ohne mich weiter zu beachten. Wir trafen uns in der Küche, Ada tauchte als Letzte auf, trat an die zerbrochenen Fensterscheiben, die an den offenen Stellen mit Papier beklebt waren. Die Scherben lagen zu einem Haufen zusammengefegt auf der Veranda. Mir war sofort klar, dass mein morgendlicher Anruf bei Sneak ein Fehler gewesen war. Sogar jetzt war sie noch high, schleckte sich immer wieder über die Vorderzähne und die trockenen Lippen, ihr Blick war unstet und sie murmelte ununterbrochen irgendwelche Halbsätze, die ich in dem riesigen Raum kaum verstand.

»Echt geile Hütte. Teuer. Viel zu teuer für ... wir sprechen hier von Millionen. Millionen und Trillionen. Aber wer weiß ... wer weiß so was schon? Könnte auch ...«

»Hat dich ein Laster erwischt?«, fragte Jessica mich. Sie sah erschöpft aus. Ihr langes schwarzes Haar hing offen und zerzaust über ihren Schultern. Fast erwartete ich eine weitere boshafte Abfuhr, dachte, sie würde mich wüst dafür beschimpfen, dass ich Stunden nach unserer letzten Begegnung schon wieder bei ihr vor der Tür stand, dieses Mal sogar mit zwei anderen Verbrecherinnen im Schlepptau. Als ich Ada und Sneak so ansah, fragte ich mich, wie ich das alles erklären sollte.

»Jemand hat mich in meiner Wohnung überfallen«, sagte ich. »Ich konnte fliehen, wusste aber nicht wohin. Die anderen habe ich angerufen, um ihnen zu sagen, dass ich noch lebe und wo ich hinwollte. Dass die auch hier auftauchen, hab ich nicht gewollt ...«

»Blair hat behauptet, du könntest uns helfen, Dayly zu finden«, sagte Ada. »Ich will wissen, was du tun kannst.«

Es herrschte angespanntes Schweigen, nur Sneaks manisches Hin-und-Her-Getigere war zu hören. Jessica beobachtete sie eine Weile, verengte die Augen, als sie Sneaks malträtiertes Ohrläppchen entdeckte.

»Detective Sanchez«, sagte ich unsicher. »Das hier ist ...«

»Ich weiß genau, wer Ada Maverick ist!«

»Ja, mich kennt jeder.« Ada lächelte eiskalt.

»Habt ihr beiden ...?«, setzte ich an.

»Das letzte Mal bin ich Detective Sanchez begegnet, als sie mit ihrer Truppe versucht hat, mir illegalen Waffenbesitz anzuhängen«, sagte Ada.

»Ja, das war ein ganzer Schiffscontainer voller Waffen, wenn ich mich recht erinnere«, fügte Jessica hinzu.

»Eines meiner vielen Hobbys ist der Import und Handel mit seltenen Antiquitäten und Kunstgegenständen«, erklärte Ada, an mich gerichtet. Sie zuckte unschuldig mit den Achseln. »Ein einfaches Versehen beim Ausfüllen der Frachtpapiere hat bei Sanchez hier ein völlig falsches Bild von mir entstehen lassen. Als wäre ich eine internationale Waffenhändlerin!«

»Terroristin wäre eine alternative Bezeichnung«, sagte Jessica.

Ada zog eine Grimasse. »Wie theatralisch!«

»Ich nehme an, das hier ist Daylys Mutter?« Jessica wies mit dem Kinn in Sneaks Richtung, die den Blick starr auf den Pool gerichtet hatte.

»Millionen und Trillionen«, murmelte sie.

»Sie ist mit der Situation etwas überfordert«, erklärte ich.

Jessica hob die Hände. »Ich kann euch nicht helfen. Stecke selbst gerade in der Scheiße.«

»Ist deine erste große Filmrolle nicht der Hit beim Captain?«, fragte Ada.

Jessicas Hals färbte sich rot. »Wo hast du das gesehen?«

»YouTube.«

»Na, super!«

»Worum geht es hier?«

»Nichts.« Jessica kratzte sich am Hals. »Harbour, wenn du Opfer eines Einbruchs geworden bist, solltest du zur Polizei gehen. Deine Wohnung ist ein Tatort. Die schicken jemanden vorbei«, sagte sie förmlich.

»Ich habe Ihnen doch erklärt, warum das nicht geht«, sagte ich und hielt mir die Hände vors Gesicht. Es regte mich auf, dass ich bei jeder Kleinigkeit in Tränen ausbrach. Eine geschlagene Viertelstunde nach meiner Flucht war ich in einer Gasse zusammengebrochen, hatte Rotz und Wasser geheult und hyperventiliert. Immer wieder hatte ich versucht, mich wieder einzukriegen, aber es war mir nicht gelungen. Nach mehreren Stunden in der Dunkelheit war ich schließlich in die Wohnung zurückgekehrt, die Tür stand offen, der Einbrecher war verschwunden – und Hugh Jackman auch. Der Eiscremebehälter lag auf dem Küchenboden, der Deckel daneben. Dieser Anblick hatte gleich die nächste Heulattacke ausgelöst. Jetzt atmete ich tief durch und ballte die Fäuste. »Hören Sie mir gut zu, Detective Sanchez! Gestern haben Sie nicht gesagt, dass Sie mir nicht helfen wollen. Stattdessen haben Sie gemeint, Sie wüssten noch nicht, was Sie tun würden. Ich hoffe, das liegt daran, dass Sie nicht einfach tatenlos zusehen, wenn ein junges Mädchen verschwindet, nur weil jemand wie ich es Ihnen gesagt hat.«

Jessica seufzte müde, doch ich wusste, dass ich sie am Haken hatte.

»Ada und Sneak und ich sind ehemalige Häftlinge. Wir gelten als schlechte Menschen. Aber wir versuchen, etwas Gutes zu tun. Dayly braucht uns.«

Das laute Klicken des Schlosses am Poolzaun ließ uns alle herumfahren. Wir spähten durch das einzige unversehrte Küchenfenster und sahen Sneak, die sich am Beckenrand auszog. Sie besaß mehr Tätowierungen, als ich geahnt hatte. Elfen und Schmetterlinge zierten ihre Hüfte, auf ihrem weißen, runden Hinterteil prangten Tatzenabdrücke. Ohne einen Blick zurück sank sie ins Wasser, stieß sich vom Rand ab und legte los, das Kinn über Wasser, als würde sie im Freibad ihre Runden schwimmen. Immer noch murmelte sie vor sich hin. Jessica stieß mir in die Rippen.

»Ich will mit dir allein sprechen«, sagte sie, der offizielle Ton von vorhin war vergessen.

Ich folgte ihr nach draußen auf die Terrasse, sie führte mich am Pool vorbei zum hinteren Gartentor. Durchs Gebüsch konnte ich Sashas Haus erkennen. Ich umklammerte das Tor. War mein Sohn hier gewesen? War er durch dieses Tor in den Nachbargarten geschlendert, um Jessica zu besuchen? So nah war ich dieser Welt, in die ich mich zurücksehnte, und doch so fern. Es war, als würden mich statt Gartenzäune und Gebüsche immer noch Gitter und Mauern von meinem Sohn trennen. Jessica zündete sich eine Zigarette an, inhalierte tief und stieß geräuschvoll den Rauch aus.

»Du hast nichts von Ada Maverick gesagt.«

»Den Teil hab ich weggelassen.«

»Dann sag ich dir jetzt mal was: Wenn du hier heute weggehst, musst du alles daransetzen, Ada Maverick von dir und diesem Fall fernzuhalten.«

»Wieso? Sie hat uns schon sehr geholfen.«

»Diese Frau hat einen Riecher fürs große Geld. Darum ist sie hier.«

Ich schnaubte entrüstet. »Ada Maverick hat uns fünftausend Dollar gegeben, um uns zu helfen.« Ada konnte uns nicht hören, sie stand rauchend am Beckenrand und sah Sneak beim Schwimmen zu. Wie eine Katze vor einem Goldfischglas.

»Das war eine Investition«, sagte Jessica. »Hör auf meinen Rat. Ich kenne diese Frau. Sie tut nichts aus Mitleid oder Herzensgüte. Wenn sie euch hilft, dann nur deswegen, weil sie glaubt, dass am Ende was für sie rausspringt. Du siehst doch, in welchem Milieu sie sich herumtreibt. Wenn

Dayly in Gangs und Drogen verwickelt ist, hat es auch was mit Geld zu tun. Wenn es um korrupte Bullen geht, ist Geld im Spiel. Wurde Dayly entführt, um Lösegeld zu erpressen, geht es um Geld.«

»Sie haben das falsch verstanden, Jessica. Sie hilft uns, weil sie es mir schuldig ist. Ich habe ein Mitglied ihrer Familie gerettet. Ein Baby. Im Gefängnis hat sie sich nicht bei mir revanchieren können, und es gefällt ihr nicht, wenn die Leute denken, sie sei mir was schuldig geblieben.«

Jessica lachte trocken.

»Ja, gut, sie ist eine brutale Irre. Aber sie weiß, wenn sie jemandem einen Gefallen schuldet.«

Jessica zuckte die Achseln. »Dein Begräbnis.«

»Helfen Sie uns nun oder nicht?«

Jessica sah mich an. Sah mir so richtig tief in die Augen. Keine Ahnung, was sie dort zu sehen hoffte. In ihren Augen war ich eine Mörderin, die in ihr Leben gekommen war, um noch mehr Zerstörung anzurichten. Ich wollte nicht, dass sie mich ansah, um ihre Entscheidung zu treffen. Es ging hier um Dayly. Sneak, die mittlerweile am Beckenrand saß, betrachtete den dunkelblauen Dunststreifen, der sich langsam über die Vororte bis zum Fuße der Blue Mountains ausdehnte. Schließlich warf Jessica ihre Zigarette in den üppigen Garten, verschränkte die Arme und schien zu einer Entscheidung gekommen zu sein.

»Wer war der Typ, der dich angegriffen hat?«

»Weiß ich nicht. Es war stockfinster. Es könnte Tasik gewesen sein. Er hat die Bewährungstante auf mich gehetzt.«

»Das ist aber eine gewagte These. Der Mann hat nur das getan, was jeder normale Polizist tun würde – einen Ex-Häftling unter die Lupe nehmen, wenn er sich seltsam verhält – und plötzlich soll er dich in deiner Wohnung vergewaltigt haben?«

»Ich weiß nicht, ob es um Vergewaltigung gegangen ist.«

»Könnte das nicht was mit Sneak zu tun haben? Oder mit Ada? Wenn du solche Leute in dein Leben lässt, musst du dich nicht wundern …«

»Sie haben meine Frage nicht beantwortet«, sagte ich. »Wollen Sie uns helfen?«

Jessica mied meinen Blick.

»Ich werde mal sehen, was ich über dein gestohlenes Auto rauskriegen kann«, sagte sie schließlich. »Und ich überprüfe Tasik, vielleicht kriege ich raus, warum der es auf dich abgesehen hat. Aber mehr ist nicht.«

Ich hatte keinen Grund zu feiern, aber mein Herz tat einen Satz, ich war erleichtert und hocherfreut. Am liebsten hätte ich Jessica umarmt, doch dann fiel mir ein, was mir diese Frau angetan hatte, und ich verspürte eine ohnmächtige Wut darüber, dass ich sie damals wie heute in meinem Leben hatte. Ich verbot mir jegliche Regung, war fest entschlossen, ihr weder meine Gefühlsverwirrung noch meine Dankbarkeit zu zeigen.

»Was sollen wir Ihrer Meinung nach unternehmen?«, fragte ich.

»Diese Sache mit dem Fallschirmspringen – die finde ich seltsam. Du hast das Flugblatt auf dem Schreibtisch gefunden, hast du gesagt, also nicht irgendwo versteckt in einer Schublade.«

»Richtig.«

»Also ist es nicht alt.«

»Anzunehmen.«

»Sieh dir das genauer an«, sagte Jessica. Sneak stand nackt am Poolzaun, Brüste und Bauch wie platte Doughnuts ans Glas gedrückt. »Und sieh zu, dass du deine Knackibande unter Kontrolle kriegst«, schob Jessica hinterher.

Ich hörte rasche, wenig leichtfüßige Schritte, konnte

mich aber nicht schnell genug umdrehen. Jamie hatte den Zaun bereits auf seiner Seite erklommen und zwar mit solchem Körpereinsatz, dass das Tor neben mir einen Satz machte, und kurz darauf sah ich meinen Sohn kopfüber vom laubumrankten Gitter baumeln, von der Morgensonne in ein unwirkliches Licht getaucht.

»Hoppla!«, rief ich lachend.

»Selber hoppla! Was machst du denn hier?«, fragte er.

Siedend heiß fiel mir ein, dass Sneak splitterfasernackt am Poolzaun stand, doch als ich mich umdrehte, war sie schon wieder im Wasser. Ada beäugte Jamie mit großem Interesse. Ich hatte erwartet, dass Jessica sich mit meinem Sohn unterhalten würde, doch die betrachtete konzentriert ihre Fingernägel und überließ mir das Feld.

»Ich ... äh ... wollte nur ...« Ich fuchtelte hektisch in Jessicas Richtung, »... meine Freundin besuchen.«

Jessica funkelte mich böse an.

»Macht ihr eine Party?«, wollte Jamie wissen. »Wer ist das da am Pool?«

»Musst du nicht in die Schule, Kind?«, fragte Jessica.

»Musst du keine Verbrecher fangen?« Der Junge legte den Kopf schief, frech und auch noch stolz darauf. Ich biss mir auf die Zunge, denn ich konnte förmlich zusehen, wie die kleinen Rädchen in seinem Hirn ratterten. Kurz darauf zeigte er auf mich. »Hey, Moment mal! Kennt ihr beiden euch etwa von ...«

»Jamie ...«

»Vom Gefängnis?«

Jessica und ich schwiegen.

»Weil *du* Leute ins Gefängnis bringst«, sagte Jamie, den Finger jetzt auf Jessica gerichtet, »und Blair ...«

»Strickgruppe«, platzte Jessica heraus. Alle starrten sie an. »Wir kennen uns aus der Strickgruppe. Stricken ist unser Hobby. Kuscheltiere. Pullover. Auch die anderen.« Sie zeigte mit dem Daumen auf Ada und Sneak, die mittlerweile am tiefen Ende des Pools angekommen war und sich flüsternd mit dem Filtergehäuse unterhielt.

Jamie sah mich misstrauisch an. »Ich wusste gar nicht, dass du strickst.«

»Ja, aber ich kann es nicht gut«, sagte ich und streichelte ihm den Arm. »Jetzt geh und mach dich für die Schule fertig, Kumpel.«

Jamie hoppelte davon wie ein glückliches Kaninchen.

»Hab dich lieb!«, rief ich ihm hinterher. Er machte laute Würggeräusche.

»Normalerweise sagt er mir, dass er mich auch liebhat«, versicherte ich Jessica. Sie schwieg. »Strickgruppe, hm?«

»Ich kann tatsächlich gut stricken!«, mischte Ada sich ein, grinsend und mit der Zigarette fuchtelnd. »Es ist nicht schlecht, wenn man gut mit Nadeln umgehen kann und ein paar Knoten kennt. Ist eine Fertigkeit fürs Leben.«

Mir lief es eiskalt den Rücken hinunter. Wenn Ada unsere Unterhaltung mit Jamie verstanden hatte, könnte es sein, dass sie Jessicas Rat, sie schnellstmöglich loszuwerden, genauso deutlich mitbekommen hatte. Offenbar dachte Jessica ähnlich, denn sie verzog sich rasch ins Haus.

LIEBER JOHN,

ich weiß nicht, was ich zu dem verbrannten Obdachlosen sagen soll. Du rätst mir, ich soll tun, wonach mir der Sinn steht. Auf meine innere Stimme hören, die sagt: »Scheiß drauf!« Aber dann gestehst du mir, was du getan hast, als du deiner Stimme gefolgt bist: Du hast einen unschuldigen Menschen getötet! Das kann man nicht gerade als Ermutigung fürs Aussteigen verstehen. Allerdings hast du recht. Ich rutsche ab. Vor ein paar Tagen habe ich einfach die Abendschule geschwänzt, um mit meinem ziemlich beschissenen Freund feiern zu gehen. Er behandelt mich ziemlich mies, aber ich bleibe trotzdem bei ihm. Es war das erste Mal, dass ich nicht zum Unterricht gegangen bin. Auf der Party habe ich diese unbekümmerte Freiheit total genossen. So sehr, dass ich mich voll weggeschossen habe und einen kompletten Filmriss hatte. Irgendein Typ hatte eine fette gelbe Schlange um den Hals. Wir sind nach der Party noch in irgendeinem Auto rumgefahren, wohin, weiß ich nicht mehr, vielleicht in die Berge. Es war ziemlich übel, am nächsten Morgen wieder im grauen Alltag aufzuwachen. Wie ein Ungeheuer ist er hereingekrochen. Ich bin ständig wütend. Warum passiert mir so was? Und warum muss ich es allein durchstehen?

Aber es ist blöd von mir, dir vorzujammern, dass ich mich eingesperrt fühle, schließlich musst du fast den ganzen Tag in deiner Zelle sitzen. Hab mir die Doku von Louis Theroux über San Quentin angesehen. Ich hatte ja keine Ahnung, dass vor deiner Zelle ein Stahldrahtgitter ist. Du kannst ja nicht mal richtig rausgucken! Dass da Stäbe sind, hatte ich schon vermutet, aber so, dass man noch was sehen kann, Leute, die an der Zelle vorbeigehen und so. Vielleicht ein Fenster. Wenn du irgendwo Geld versteckt hast, könntest du dir jemanden suchen, der es sich holt und dir regelmäßig schreibt, welche Abenteuer er damit erlebt. Dann wärst du irgendwie dabei, zumindest in der Vorstellung. Diese Person könnte dir Postkarten schicken. Aber du weißt ja, wie das läuft: Am Anfang schicken sie sie dir noch brav, aber irgendwann kommt nichts mehr, und du fragst dich, was die Person so treibt, ob sie vielleicht da am Strand in

Kolumbien den Tod gefunden hat und irgendwelche Kartellschweine deine Kohle mitgenommen haben. Nach guter Unterhaltung klingt das nicht. Solange du weißt, wo das Geld ist, hast du die Macht. Und die Möglichkeiten.

Ich müsste heute eigentlich zum Unterricht gehen, aber hier vor mir liegt eine Tüte Gras, das finde ich besser. Ein schlechtes Gewissen habe ich deswegen nicht. Morgen Abend steigt eine neue Party. Klingt richtig gut. Ich mache mir keine echten Sorgen mehr darum, was passiert, wenn ich komplett den Halt verliere. Werde ich wie du? Trete ich in die Fußstapfen meines Vaters? Wenn ich nicht mehr zum Unterricht gehe, verliere ich meinen Platz im Kurs und mein Stipendium, danach lande ich wahrscheinlich auf der Straße wie meine Mutter. Was kann ich tun, um meinen Abstieg aufzuhalten? Soll ich überhaupt dagegen kämpfen? Ist dieser Weg nicht vorgezeichnet?

Es wäre besser, wenn du mir einfach ehrlich verrätst, ob du irgendwo Geld versteckt hast. Es macht mich fertig, mir darüber den Kopf zu zerbrechen.

Bis bald,
Dayly

BLAIR

Ich brauchte dringend Schlaf. Es war gefährlich, mit einer Gehirnerschütterung rumzulaufen, aber ich hatte heute meine Schicht in der Tankstelle abgerissen, denn meinem Arbeitgeber war es egal, ob sich meine Glieder bleischwer anfühlten. Währenddessen hatte die immer noch triefnasse Sneak in meiner Wohnung jeden Schrank und jede Schublade nach Hugh Jackman durchwühlt. Mir war klar, dass das Tierchen weg war, aber es erschien mir unnötig grausam, es Sneak unter die Nase zu reiben. Hugh Jackman war zwar handzahm, aber garantiert durch die von meinem Angreifer offen gelassene Tür abgehauen. Ich wollte mir nicht ausmalen, dass seine Zutraulichkeit ihn zur leichten Beute für Katzen und andere Raubtiere machte.

Ein Geräusch hatte mich am nächsten Morgen aus dem Schlaf gerissen. Ich sprang entsetzt aus dem Bett, hoffte aber inständig, dass es die kleine Wühlmaus wäre, die unter der Tür herumkratzte, um sich einen Tunnel ins Schlafzimmer zu graben. Leider nicht. Sneak stand in der Dusche, das Kratzgeräusch kam von meiner Zahnbürste. Sie hatte irgendein schäumendes Reinigungsmittel gefunden und versuchte, die Fliesenfugen von Kalkablagerungen zu befreien. Die ganze Wohnung stank nach Bleiche. Sämtliche Oberflächen hatte sie damit abgewischt. Selbst der Backofen glänzte. Sie hatte sogar den über Monate angesammelten Schmutz unter dem Ring des roten Schaltknopfs weggescheuert. Die Vorhänge hingen noch feucht herab. Ich überlegte, ob sie Koks, Ecstasy oder sonst was genommen hatte, und dachte darüber nach, wie einfach es für mich wäre, mir mit demselben Zeug die Nächte in der Tankstelle zu versüßen. Ich sah mich schon mit Schwamm und Zahnstocher die blaue Zuckerkruste aus den Ritzen des Slushie-Automaten kratzen.

Jetzt waren wir auf dem Weg nach San Chinto, Sneak kam langsam wieder runter. Die langgestreckte Vorstadtwüste der Redlands ging irgendwann ins sonnenverdorrte, staubige Ackerland am Fuße der Berge über und kurz danach kamen wir an mehreren Hinweisschildern für Big Bear Lake vorbei, die dafür sorgten, dass die meisten Fahrer ohne einen weiteren Blick oder Halt an unserem Zielort vorbeisausten. In der kleinen Ortschaft San Chinto gab es tatsächlich nicht viel zu sehen. Ein gelber Bus wartete vor der Schule, der Fahrer war hinter seiner großen Pilotenbrille und dem breitkrempigen Cowboyhut kaum zu erkennen. Vor der einzigen Bar in San Chinto gab es tatsächlich noch eine Vorrichtung zum Anbinden der Pferde, doch aus unerfindlichen Gründen beherrschte ein an der Ecke befindlicher Surfshop die Szene, drinnen lief laute Rockmusik, draußen stand eine Tafel mit der einfachen Aufschrift: SALES! SALES! SALES!

Als wir am Ortsrand den Schildern zum kleinen Flugplatz folgten, wurde Sneak plötzlich munter.

»Ich kann immer noch nicht glauben, dass du ausgerechnet die Polizistin um Hilfe bittest, die dich in den Knast gebracht hat«, sagte sie.

»Sie ist mein einziger Polizeikontakt.«

»Hm. Na, danke jedenfalls. Hat sicher einiges aufgewühlt bei dir.«

»Wenn wir Dayly dadurch finden, war's das wert.«

»Trotzdem kapiere ich nicht, warum dir die Tante überhaupt helfen will«, sagte Sneak. »Sie hat dich verknackt. Das ist echt schräg.«

»Ich glaube, dass hier was Schlimmes im Gange ist. Ich will gar nicht wissen, was es ist. Aber sie sieht erheblich schlechter aus als bei unserer letzten Begegnung vor mehr als zehn Jahren. Sie ist abgemagert und fertig. Das Haus gehört ihr nicht. Unmöglich. Und die kaputten Fensterscheiben? Was hat es damit auf sich? Ich glaube, ich habe unter ihrer Bluse Verbände gesehen. Vielleicht will sie sich mit unserer Suche von dem ganzen Ärger ablenken, was auch immer es sein mag.«

»Ist auch egal. Hauptsache, sie hilft mir, meine Tochter zu finden.« Sneak kratzte an ihrem verschorften Ohr herum. »Ich will wissen, was mit Dayly passiert ist, auch wenn es was Schlimmes ist. Sogar, wenn es das Schlimmste ist.«

Weil ich nicht wusste, was ich darauf sagen sollte, schwieg ich.

»Es ist sicher was Schreckliches«, fuhr Sneak fort. »Die Wühlmaus ist verschwunden.«

»Aber wegen mir. Schließlich habe ich die Schachtel runtergeworfen.«

»Das ist ein schlechtes Omen.«

»Red keinen Stuss, Sneak!«

»Ich will wissen, ob ich Schuld an dem habe, was ihr passiert ist. Vielleicht habe ich sie auf Abwege gebracht. Wenn sie abgerutscht ist und dabei an Drogendealer oder Zuhälter oder korrupte Cops oder so was geraten ist, dann will ich das wissen.«

Wir kamen an ein windiges, mit hohem Gras bewachsenes Feld. Ein kastenförmiges Gebäude stand mitten in der Landschaft, umzingelt von großen Schuppen und mehreren kleinen Flugzeugen, die in der untergehenden Sonne rot und orangefarben leuchteten. Ich stellte den Wagen auf dem Parkplatz ab, doch bevor wir ausstiegen, packte ich Sneak am Arm.

»Sneak«, sagte ich. »In Happy Valley hast du mir grob Bescheid gestoßen, als ich wochenlang rumlag und in eine bessere Welt abgetaucht bin. Weißt du das noch? Vielleicht nicht. Es war ziemlich am Anfang. Du hast gesagt, dass ich nicht aufgeben darf, weil sonst alle anderen auf die Idee kommen könnten, es genauso zu machen.«

Sneak zuckte die Achseln. »Das klingt mir ein bisschen zu tiefsinnig für jemanden wie mich.«

»›Wir beißen uns gemeinsam durch, sonst sind wir alle am Arsch!‹, das hast du gesagt.«

Sie antwortete nicht, sondern betrachtete die Gebäude.

»Es ist egal, warum Ada und Jessica uns helfen. Sie sind dabei. Du bist nicht allein. Wir werden rausfinden, was passiert ist. Wir beißen uns gemeinsam durch.«

Sie wandte sich ab und öffnete die Beifahrertür, aber im Seitenspiegel sah ich ein Lächeln über ihr Gesicht huschen. Vor dem Eingang holte ich sie ein und hielt sie fest.

»Wir brauchen eine Strategie«, sagte ich.

»Hab ich schon. Jetzt bestimme ich mal, wo's langgeht.«

Der Mann hinter dem Tresen war schlank und nicht besonders groß, er steckte in einer khakifarbenen Uniform mit kleinen Aufnähern auf dem Kragen, die wohl Flugzeuge darstellen sollten. Er reinigte den als Tresen verwendeten, gläsernen Schaukasten voller aeronautischer Ausstellungsstücke: antike Schutzbrillen, alte Karten, ein Lederhelm mit langen, spröden Riemen und Schnallen. Sneak marschierte direkt auf ihn zu und legte die Ellbogen aufs Glas, genau auf die Stelle, die er gerade auf Hochglanz poliert hatte.

»Sir, ich bin Detective Tanya Morello, das hier ist meine Mitarbeiterin Detective Francis Levine. Wir hätten ein paar Fragen.«

Ich trat Sneak gegens Schienbein, aber sie ließ sich nicht beirren. Der Mann musterte ihr schmuddeliges T-Shirt, das offenbar aus einem Tattooladen namens *Death Punch* in Las Vegas stammte. Dann sah er hinaus auf den Parkplatz zu unserem Gangstamobil. Schließlich landete sein Blick auf mir.

»Sie sind Bullen?«

»Wir kommen gerade von einem Undercover-Job«, improvisierte Sneak.

»Ach ja? Worum ging es denn?«

»Fentanylschmuggel. Wir haben Grund zur Annahme,

dass weiter südlich von hier angesiedelte Banden kleine Privatflugplätze im Osten von Los Angeles dazu benutzen, gefährliche Drogen aus Mexiko ins Land zu bringen. Kennen Sie die Sendung *Dateline*?«

»Ja«, erwiderte der Mann und straffte den Rücken. »Erst letzte Woche habe ich eine Episode über Fentanyl gesehen. Vollkommen verrückt, das Zeug. Können Sie sich ausweisen?«

»Ausweisen?« Sneak schüttelte herablassend den Kopf. »Glauben Sie im Ernst, wir rennen mit Dienstmarken rum, wenn wir undercover sind? Meine Kollegin und ich haben gerade drei Tage mit einer Bande paranoider Drogenschmuggler in Long Beach verbracht, um an den Anführer heranzukommen. Diese Typen sind völlig durchgeknallt. Wir mussten zusehen, wie sie einem mit der Kreissäge die Rübe abgesäbelt haben.«

Der Mann schluckte. »Holla. Und die sind jetzt hier in der Gegend?«

»Wir haben es mit einer Epidemie zu tun, Mann«, sagte Sneak, zog ein paar Broschüren aus dem Ständer am Ende des Tresens und stopfte sie sich in die Handtasche. »Eine landesweite Krise. Millionen Menschen sind in Gefahr. Reicht Ihnen das als Antwort oder wollen Sie weiter unsere Zeit verschwenden?«

Der Mann hob die Hände. »Okay, okay! Tut mir leid, aber ich weiß nicht, wie ich Ihnen helfen kann. Niemand schleust hier irgendwas durch, wir sind ein Familienbetrieb. Bei uns wird jede Landung erfasst, der Pilot und Mitreisende müssen sich ausweisen, und das Gelände wird rund um die Uhr von Kameras überwacht. Ich hab das Verzeichnis gleich hier.« Er trat einen Schritt zurück und zog ein riesiges Register hervor, so schwer, dass ich fürchtete, das Glas könnte brechen.

»Mr …?«

»Danny Rieu«, sagte er mit Blick zu mir, als könnte ich ihm irgendwie helfen. »Wir sind Frankokanadier.«

»Mr Rieu, wir brauchen Informationen über ein Pärchen, dass sich möglicherweise vor ein paar Wochen bei Ihnen nach dem Fallschirmspringen erkundigt hat, das Sie anbieten«, sagte ich. »Wir glauben, dass sie etwas mit der Sache zu tun haben könnten.«

Ich zeigte ihm das Bild von Dayly auf meinem Handy. Rieu sah gar nicht richtig hin.

»Ich hab den Bericht über den Flugplatz bei Odessa auf CNN gesehen«, sagte er zu Sneak. Seine Augen waren geweitet, er wirkte eifrig. »Der Mann am Boden, der die Leute von den Nachtflügen mit dem ganzen Fentanyl durchgelassen hat. Elf Jahre hat der gekriegt.« Er rang die Hände. »*Elf* Jahre, nur weil er nicht richtig kontrolliert hat. Dabei hat er nicht mal was …«

»Danny!« Sneak tippte auf den Tresen. »Konzentrieren Sie sich! Wir müssen diese Leute finden, bevor sie nach Panama abhauen.«

»Ja, richtig.« Rieu trat an den Computer beim Fenster und begann zu tippen. »Ich hab die Kameraaufzeichnungen von den letzten sechs Monaten. Die ziehe ich Ihnen auf einen USB-Stick. Sicherheit ist mir sehr wichtig. Deswegen weiß ich genau, dass ich mir keine Sorgen machen brauche. Mir ist nichts durch die Lappen gegangen. Nichts Kriminelles. Das Mädchen da auf dem Bild sagt mir nichts, aber es kommen eine Menge Pärchen zu uns, die gemeinsam springen wollen. Das ist das klassische Geschenk zum einundzwanzigsten Geburtstag. Ein handfestes, aufregendes Abenteuer zum günstigen Preis.«

Er zeigte auf ein Plakat hinter dem Tresen, das neben dem Fenster zur Start- und Landebahn hing. Das Pärchen von der Broschüre, die Gesichter windgebeutelt, breit grinsend vor Freude. Der Slogan darunter: *Abenteuer zum Abheben! Zum günstigen Festpreis*!

Während Rieu etwas vom Computer auf den Stick zog, rückten Sneak und ich vom Tresen ab.

»So hatte ich das nicht geplant«, flüsterte ich Sneak zu. »Wenn man uns dabei erwischt, dass wir uns für Polizisten ausgeben, ist das genauso schlimm, als hätten wir dem Typen eine Waffe in den Mund geschoben.«

»Ich dachte, du hast was gegen Waffen.«

»Hab ich auch.«

Sneak zuckte die Achseln. »Na, dann müssen wir wohl mit der Polizistennummer weitermachen.«

Ich rieb mir die Stirn. »Sneak? Warum hast du nicht einfach die Wahrheit gesagt?«

Sie verdrehte die Augen. »Weil uns das hier schneller ans Ziel bringt und außerdem Spaß macht. Also entspann dich einfach. Ich hab so was schon zig Mal abgezogen. Hatte die besten Lehrer. Kannte mal einen Typen, der sich Truckern gegenüber als Bulle ausgegeben hat. Das war am Port of San Diego. Er hat die Laster rausgewunken und den Fahrern gedroht, dass er ihnen für irgendeinen Blödsinn eine Strafe aufbrummen würde, und die haben ihn mit ihrer Ladung bestochen.«

»Sneak, wir haben keine Zeit für deine Geschichten.«

»Der hat lauter feine Sachen eingesackt«, fuhr sie unbeirrt fort. »Kameras, Pelzmäntel, Golfschläger. Eine Supernummer, die er da abgezogen hat. Aber irgendwann war's damit vorbei, wie das immer so ist. Ein Trucker hat ihm ein paar Kartons mit DVD-Spielern gegeben, aber in einem befanden sich lauter Chamäleons. Die sind kleiner, als man denkt, die Viecher. Und auf dem Schwarzmarkt richtig teuer. Im Karton waren ungefähr hundert Stück, die waren den ganzen Weg aus Afrika gekommen. Da kannst du dir vorstellen, wie schnell die aus ihrem Gefängnis rauswollten. Sind überall auf den Sitzen rumgekrabbelt. Der Typ ist ausgetickt und in einen Baum gerast. Der Wagen ist voll explodiert. Lauter gegrillte Chamäleons auf der Straße ...«

Ich schob Sneak in Richtung Tresen. »Mr Rieu, vielleicht könnten Sie mir ein paar Ihrer Flugzeuge zeigen, während meine Kollegin sich Ihr Logbuch ansieht?«, schlug ich vor.

»Klar«, sagte der Mann und schenkte Sneak ein strahlendes Lächeln. »Wir machen einen Rundgang. Kommen Sie mit.«

Im Schatten standen ein paar ungenutzte Flieger, unter denen bereits langes Gras gewachsen war. Sonnengebleichtes Gummi und verblasste Gurte. Auf dem Dach der länglichen Halle nisteten Schwalben, die mit akrobatischen Manövern ein und aus stoben, rasant übers Feld sausten und mit winzigen Insekten in den Schnäbeln zurückkehrten. Irgendwo in den Bergen brannte es, dünne Rauchsäulen stiegen schwarz in den sonnenbleichen, hitzeverschleierten Himmel.

Dass hier was nicht stimmte, hätte mir schon allein an der Eile auffallen müssen, mit der Rieu an den wie flugbereite weiße Vögel in Reih und Glied aufgestellten, in der Hitze vor sich hin tickenden Flugzeugen vorbeihastete. Dieser Mann führte mich nicht herum. Doch ich folgte ihm ahnungslos, denn in Gedanken war ich bei Dayly. Was hatte sie hier draußen gesucht? Wer war der Flachkopfbulle?

Ich war schon in der Halle, als mir langsam Böses schwante. Vielleicht lag es an der Sonne oder dem Trauma der vergangenen Nacht, doch als sich vor mir drei Männer aufbauten, begegnete ich ihnen zunächst mit einem freundlichen Lächeln, als erwartete ich, dass Rieu sie mir vorstellen würde, um dann ein bisschen über verschiedene Treibstoffgemische zu plaudern. Doch der Anblick der Tüten auf dem Tisch machte meine Illusion jäh zunichte. Große transparente Ziplock-Plastikbeutel waren zu einem riesigen Stapel aufgeschichtet, einige bereits in Kartons mit dem Logo eines Herstellers von Ramen-Suppen verpackt, das ich aus meiner Zeit im Gefängnis kannte. Die Tüten enthielten kleine weiße Pillen, alle waren prallvoll. Als Rieu mich weiterstieß, standen die Männer vor uns wie vom Donner gerührt. Zwei hatten offenbar die Aufgabe, die Tüten in Kartons zu verpacken, einer hatte noch das Handy am Ohr, das er bei meinem Anblick langsam senkte.

»Vorn im Büro ist noch eine«, sagte Rieu.

»Moment mal!«, rief ich, hob vorsichtig die Hände und versuchte gleichzeitig, meine panisch kreischende innere Stimme zu beruhigen. »Jetzt wollen wir uns alle mal beruhigen!«

»Die beiden sind Bullen.« Rieu zog einen Stuhl unter dem Tisch hervor. »Keine Ahnung, ob die verwanzt sind.«

Hektisch sah ich mich in der Halle um. Hier standen weitere Flieger, auf Tischen lagen Fallschirme und Zubehör, aufgewickelte Seile und beschädigte Flugzeugteile, das Querruder einer Cessna lag auf einer mit nass glänzendem weißem Lack verschmierten Plane. Vor einem Flugzeug lag ein Stapel Schablonen. Diese Männer hatten anscheinend alle paar Monate die Registrierungsnummern vertauscht und so Drogen über die Grenze geschmuggelt.

Der Anblick dieser illegalen Machenschaften löste bei mir ein solches Entsetzen aus, dass Schnappatmung einsetzte. Es war fast eine Erleichterung, als Rieu mich auf einen Stuhl bugsierte, denn sonst wäre ich vermutlich zusammengeklappt.

»Wir sind keine Bullen«, stieß ich hervor. Keiner hörte mir zu.

»Fuck!«, rief einer der Männer. Er trug dichte Koteletten. »Fuck und noch mal Fuck!« Blitzschnell stand er vor Rieu und packte ihn an den Schultern. »Wie konnte das passieren? Woher ... o Mann, so eine Scheiße!«

»Sie suchen nicht nach uns.« Rieu keuchte atemlos und rang wieder die Hände. »Sondern nach einer Tussi und ihrem Typen, die vielleicht vor ein paar Monaten mal aufgekreuzt sind. Keine Panik. Wir kommen da raus.«

»Wir sind keine Bullen«, wiederholte ich. Die Männer vor den Kartons standen immer noch da wie versteinert, die Tüten in den Händen, und blickten Rieu und den Kotelettenheini erwartungsvoll an. »Hören Sie doch auf mich!«

»Schnapp dir die andere«, stammelte Kotelettenheini und zog eine Pistole aus dem Hosenbund seiner Jeans. »Ist der Parkplatz leer? Sie die beiden die Einzigen hier?«

»Wir sind KEINE BULLEN!«, kreischte ich. Endlich hatte ich ihre Aufmerksamkeit. Ich umklammerte den Stuhl wie einen Rettungsanker. »Wir sind einfache Zivilisten auf der Suche nach einer Freundin. Sie ist verschwunden«, sprudelte es aus mir hervor. »Ich schwöre Ihnen hoch und heilig, dass es uns egal ist, was sie hier abziehen. Das ganze Gefasel von Fentanyl war doch nur ...«

Rieu verzog entsetzt das Gesicht. »Sie wissen, dass es Fentanyl ist. Und die Typen von Long Beach kennen sie auch.«

»Meine Güte!« Ich raufte mir die Haare. »Das war doch reine Erfindung! Es ist Zufall, dass es stimmt. Meine Freundin hat gelogen wie gedruckt, damit Sie uns Ihr Register geben. Lassen Sie ... wir ... hören Sie mir doch zu! Ich flehe Sie an!«

»Wer würde sich freiwillig als Bulle ausgeben?«, fragte Kotelettenheini. »Warum hast du unserem Kumpel nicht einfach erzählt, dass deine Freundin verschwunden ist? Und ihn gebeten, dir die Aufzeichnungen zu zeigen?«

»Weil sie dauernd lügt. So eine ist sie. Wir sind keine Bullen, ich schwör's Ihnen. Wenn Sie uns gehen lassen, sehen Sie uns nie wieder.«

Kotelettenheinis Blick schweifte in die Runde, er sah erst Rieu an, dann die Männer hinter dem Tisch und schließlich mich. Er hob die Pistole. Auf einmal ging alles in Zeitlupe. Mein Hirn ratterte wie verrückt, versuchte zu erfassen, was hier geschah. Mein Puls raste so sehr, dass ich das Geschehen um mich herum nur in Fragmenten verarbeiten konnte. Die gehobene Waffe. Die Männer, die sich plötzlich umwandten, weil vor der Halle ein röhrender Motor zu hören war. Dann stülpte sich die gesamte Ostwand der Halle nach innen, das Gangstamobil krachte hindurch und in den Tisch mit den Pillentüten. Die Männer stoben nach allen Seiten davon. Ich saß stocksteif auf dem Stuhl, während Sneak sich aus dem Fahrerfenster hängte, eine Waffe so groß wie ihren Unterarm auf Kotelettenheini richtete und ohne genauer zu zielen drauflosballerte. Das Geräusch war ohrenbetäubend. Noch zwei Mal drückte Sneak ab, ich spürte förmlich, wie die Kugeln an mir vorbeisausten, als sie auf Rieu und Kotelettenheini schoss. Die flohen panisch und gingen hastig in Deckung.

»Willst du da noch lange rumsitzen?«, brüllte sie mich an. Ich berappelte mich, lief wie betäubt auf den Wagen zu und stieg ein, bevor Sneak rückwärts auf das Loch zusteuerte, dass sie zuvor in die Hallenwand gerissen hatte.

JESSICA

Wallert war nicht an seinem Schreibtisch. Jessica tat, als wäre sie nur gekommen, um ein paar Unterlagen abzuholen, und schob ein paar Sachen um die Tastatur herum, um ihren Kollegen ausreichend Gelegenheit zu bieten, sich vom Schock ihres unerwarteten Auftauchens zu erholen. Sie zog eine Dose mit Seife aus der Hosentasche, wickelte sie aus und legte sie auf den Tisch. Dann nahm Jessica Wallerts Schlüsselbund aus dem kleinen Zigarrenetui, das er neben seinem Bildschirm stehen hatte, und wählte einen goldenen Schlüssel mit schwarzem Gummiring. Den drückte sie in die Seife, wickelte sie wieder ein, legte sie in die Dose und schob sie sich in die Tasche. Den Schlüsselbund legte sie zurück ins Zigarrenetui. Auf der Rückseite seiner Trennwand prangte ein ausgedruckter Schichtplan. Jessica strich über das Papier. Sie war schon fast bei den Aufzügen, als ihr jemand den Finger in den Blusenkragen steckte und sie so am Weitergehen hinderte.

Sie erkannte ihn schon an der Bourbonfahne. Jessica wandte sich um und stand direkt vor dem Mann mit dem sauren Mundgeruch, so dicht, dass sie die Pockennarben auf seiner Nasenspitze erkennen konnte.

Wallert grinste. »Hast du den Anruf schon erhalten?«

»Anruf? Von wem?«

»Justin Helger von der *New York Times* hat sich hier gemeldet, wollte dich sprechen. Sie haben ihn zu mir durchgestellt. Er will eine Story über das Video schreiben und dir die Möglichkeit geben, deine Seite der Geschichte zu erzählen.« Wallerts Grinsen war breiter geworden. »Ich hab ihm deine Handynummer gegeben.«

»Eine Hellseherin hat mir mal vorausgesagt, dass ich eines Tages in den Schlagzeilen landen würde«, bemerkte Jessica. »Ich möchte allerdings wetten, dass sie das mit dem Video nicht in ihrer Kristallkugel gesehen hat.«

»Nimm das Haus«, sagte Wallert plötzlich. Er warf einen raschen Blick auf die Arbeitsnischen, seine Stimme klang tief und bedrohlich. »Nimm das Haus in Brentwood. Verkauf es. Gib mir die Hälfte. Wenn du jetzt zustimmst, lass ich dich in Ruhe.«

»Du stinkst aus dem Maul wie 'ne Kuh aus dem Arsch«, zischte Jessica.

»Wenn du denkst, das Video wäre das Schlimmste, was dir passieren kann, hast du dich verdammt getäuscht.« Wallerts Augen waren feucht, blass und voller Niedertracht. »Ich hab dir ja schon bewiesen, dass meine Kollegen mir helfen werden, dich fertigzumachen.«

Jessica seufzte.

»Und andere Leute werden mir ebenfalls helfen«, fügte Wallert hinzu.

»Wally«, sagte sie, »eher werde ich das Haus in Schutt und Asche legen, als dass ich dir einen Cent vom Verkaufserlös abgebe.«

Da bemerkte sie Vizchen, der sich auf sie zubewegte. Sie trat einen Schritt zurück. Zwei von ihnen waren ihr in diesem Augenblick zu viel. Sie schlug auf den Fahrstuhlknopf und schlüpfte hinein. Mit Erleichterung sah sie den Türen beim Schließen zu. Doch als sie sich im ersten Stock wieder öffneten, stand Captain Whitton davor, die Arme verschränkt. Er hatte offenbar erfahren, dass sie im Gebäude war. Verzweifelt hämmerte Jessica auf den Knopf, aber Whitton zwängte den Arm durch den Spalt.

»Wie oft habe ich Sie schon angerufen?«, fragte er.

»Keine Ahnung.« Jessica kam aus dem Aufzug. »Zwanzigmal?«

»Einunddreißig«, sagte er. Sie standen unter einem Plakat, das einen Streifenpolizisten dabei zeigte, wie er seine Waffe auf einem makellos reinen, grauen Metalltisch reinigte. *Verlassen Sie sich nie auf eine schlecht gewartete Waffe!*, stand darunter. »Anrufe von Vorgesetzten sollten Sie nie ignorieren. Das ist Arbeitsverweigerung.«

»Melden Sie es der Dienstaufsicht. Die können es auf ihre Liste setzen.«

»Was zum Teufel haben Sie hier verloren?«

»Ich wollte zu Ihnen. Nachdem Sie so oft angerufen haben, bin ich davon ausgegangen, dass es was Wichtiges zu besprechen gibt. Am besten persönlich.«

»Das glauben Sie doch selbst nicht«, herrschte Whitton sie an. »Diese Sache zwischen Ihnen und Wallert muss aufhören. Es wirft kein gutes Licht auf unsere Abteilung.« Er beugte sich etwas vor, spähte schnell in den Gang. »Ihre sexuellen Neigungen sind mir egal, Sanchez. Wenn zwei erwachsene Menschen sich einvernehmlich dazu entschließen, ist das … ungewöhnlich. Unkonventionell. Aber es ist okay. Wirklich. Völlig okay.«

»Sie müssen mir nicht Ihren Segen erteilen, Captain.«

»Ich hatte mal eine Freundin auf dem College …«

»Bitte nicht.«

»Nun gut, jedenfalls wurden Sie dabei gefilmt, wie Sie mutmaßlich eine andere Person gegen Bezahlung dazu angeworben haben, sexuelle Handlungen an Ihnen zu vollziehen, und damit haben Sie sich strafbar gemacht. Ich könnte Sie feuern.«

»Ja, ich habe für Sex bezahlt«, sagte Jessica. Sie sah ihrem erheblich größeren Vorgesetzten direkt in die Augen. »Ich gehe schon seit Jahren zu Goren. Es gefällt mir, was wir zusammen anstellen. Ich brauche es. Es lenkt mich von Problemen in meinem Privatleben ab und ist emotional erheblich einfacher zu handhaben als eine echte Beziehung.«

»Würden Sie bitte Ihre verdammte Stimme zügeln!«

»Wenn Sie mich dafür drankriegen wollen, müssten Sie Goren wegen Prostitution festnehmen. Das versuchen Sie allerdings schon seit Jahren erfolglos. Der Mann hat einflussreiche Freunde in hohen Positionen. Viel einflussreicher als Sie, Boss.«

Whitton schüttelte den Kopf, doch er blickte in die Ferne, als würde er dort Vernunft herbeireiten sehen, als Kavallerie der Kooperation und Einsicht.

»Sie und Wallert, hören Sie auf zu streiten.« Er hielt ihr den Zeigefinger vors Gesicht. »Treffen Sie eine Entscheidung wegen dem Haus, damit wir hier endlich weitermachen können.«

Jessica ging, winkte dem Captain aber zum Abschied noch einmal zu, um freundlich zu signalisieren, dass sie sich zu nichts verpflichtet hatte.

Das Großraumbüro im ersten Stock wirkte weniger intim als das im dritten. Hier standen kaum gerahmte Fotos auf den Schreibtischen, die Rück- und Trennwände waren frei von Postern oder ausgeschnittenen Cartoons. In der Kaffeeküche im dritten Stock herrschte immer Chaos, benutzte Kaffeebecher stapelten sich neben schmutzigen Kuchentellern und nassen Löffelhaufen in der Spüle, doch hier war alles blitzsauber. Überflüssig die üblichen, oft schon angerissenen Aushänge, die Benutzer dazu aufforderten, die Küche bitte ordentlich zu hinterlassen. Durch die großen, getönten Fenster am Ende der Abteilung sah Jessica Streifenpolizisten mit Aktentaschen auf dem Weg zur Dienststelle oder zu ihren Einsatzfahrzeugen. Am Ende einer Reihe von Arbeitskabinen saß Al Tasik. Den Blick auf sein Handy gerichtet erhob er sich langsam von seinem Schreibtischstuhl.

»Tasik!«, rief Jessica. Der Mann beachtete sie kaum, sondern wuchtete seinen Rucksack auf den Tisch und schob einige Unterlagen hinein.

»Tasik«, wiederholte sie, als sie endlich vor ihm stand. »Ich heiße Jessica Sanchez. Dritter Stock. Wir waren letzten November zusammen im Waffenkurs?«

»Ah, ja.« Tasik blickte auf sie herab, dann in den Raum, wo die anderen langsam kapierten, wer sich in ihr Büro verirrt hatte. »Ich erinnere mich. Mein Beileid zu dem ... hm ...«

Jessica wartete. Sie hatte nicht vor, ihn aus der peinlichen Situation zu retten.

»Dem Video«, ergänzte er achselzuckend. »Voll mies. Es ist nicht richtig, jemanden in so einer Lage zu filmen. Die Typen hätten ihre Kameras ausschalten sollen.«

»Danke.«

»Sie sahen aber rattenscharf aus, wenn ich das so sagen darf«, fuhr er fort. »Vielleicht ist das ein kleiner Trost. Die anderen sehen das ähnlich. Sie sind echt 'ne heiße Schnecke!«

»Trost? Wohl kaum. Könnten wir bitte sachlich bleiben? Ich möchte mit Ihnen über einen Vermisstenfall sprechen. Dayly Lawlor.«

»O ja.« Tasik setzte sich auf den Schreibtisch und fuhr sich über die blonden Stoppeln. »Was für ein Schlamassel.«

»Wieso Schlamassel?«

Tasik schüttelte den Kopf. »Das Mädchen war eine von den Guten. Wollte mit Tieren arbeiten. Hatte einen festen Job. Keine Vorstrafen. Dann stürzt sie auf einmal komplett ab und hängt mit einer Horde Kleinkrimineller rum. Hat vermutlich was mit ihrem Vater zu tun. Daran krankt es doch meist.«

»Welche Kleinkriminellen?«

»Es ist so. Vor zwei Monaten bin ich bei einem jungen Kollegen, der sich für eine Beförderung beworben hatte, im Streifenwagen mitgefahren und hab mir Notizen gemacht.

Ich sitz also auf dem Rücksitz, als meine Jungs auf dem Sunset eine Hotbox auf Rädern anhalten, eine Kiste voller bedröhnter Flachpfeifen. Trammon Willis und Sean Sykes, noch ein paar andere hirnamputierte Schläger und dieses Mädchen, von dem ich vorher noch nie was gehört hab: Dayly Lawlor.«

»Willis und Sykes gehören zu den Crips.«

»Jep«, sagte Tasik.

Jessica dachte nach, den Blick auf die draußen vorbeihastenden Kollegen gerichtet.

»Als wir sie rauswinken, fressen die Typen ihren gesamten Drogenvorrat«, fuhr Tasik fort. »Der Fahrer dreht total am Rad. Ich halte das alles für reine Zeitverschwendung, aber dann inspizieren meine Jungs den Kofferraum und stoßen auf eine Tasche mit zwei AR-15-Gewehren.«

»Wow!«

Tasik nickte. »Genau. Der Fahrer startet einen Fluchtversuch, rennt los, wird aber von zwei Jugendlichen festgehalten, die vor ihrem Boxclub stehen. Die haben ihn glatt umgehauen und ihm am Bordstein die Birne aufgeschlagen. Zum Totlachen. Wir untersuchen die Sache genauer und finden noch mehr Zeug, ziemlich übles. Geldbündel. Fünf Skimasken. Fünf Typen im Wagen, fünf Skimasken. Das sieht nicht gut aus.«

»Was hat Dayly dazu ausgesagt?«

»Na, als ich sie endlich beruhigt hatte, erzählt sie mir, dass sie nicht wusste, was in der Tasche war. Meinte, sie hätte sich nur mitnehmen lassen. Hatte angeblich nicht mal gewusst, dass sie auf einer Party von den Crips war.«

»Und bei den blauen Durags ist ihr kein Licht aufgegangen?«, fragte Jessica höhnisch. Tasik verdrehte die Augen.

»Jedenfalls verliert die Kleine komplett die Nerven. Erzählt mir, sie hätte noch nie Ärger mit der Polizei gehabt.

Wundert mich nicht, dass sie Schiss kriegt. Die anderen vier Dummbratzen haben wir nämlich festgenommen und sie werden bald dem Richter vorgeführt. Sean Sykes war auf Bewährung draußen, wenn die ihn dafür drankriegen, wandert er gleich für sieben Jahre hinter Gitter.«

»Aha, Sie glauben also, die anderen wollten, dass Dayly die Sache mit den Waffen auf sich nimmt, weil sie noch keine Vorstrafen hat? Und jetzt sind die Crips hinter ihr her?«

Tasik zuckte die Achseln. »Alle außer Sykes sind auf Kaution frei. Es ist zumindest eine Richtung, in die ich ermittle. Dayly die Tasche mit den Waffen anzulasten wäre ein einfacher Ausweg für die anderen gewesen.«

»Welche anderen Ermittlungsansätze verfolgen Sie?«

»Wieso sind Sie so an dem Fall interessiert?« Tasik blickte pointiert auf seine Armbanduhr.

»Jemand hat sich bei Ihnen nach dem Stand der Ermittlungen erkundigt«, sagte Jessica. »Blair Harbour.«

Tasik nickte. »Stimmt. Das war seltsam. Das ist doch diese reiche Tussi, die ihrem Nachbarn in Brentwood eine Kugel in die Brust gejagt hat, oder? Kennen Sie sie?«

»Ich hab sie verhaftet.«

»Aha. Na, soweit ich weiß, ist sie mit Daylys Mutter befreundet. Ist hier reingeschneit, um Fragen zu stellen. Anonym. Hab ihr gleich mal gesagt, sie soll sich verpissen.«

Jessica wartete auf mehr, doch Tasik war fertig. Er nahm seinen Rucksack.

»In der Nacht von Daylys Verschwinden hat sie Harbours Auto gestohlen.« Jessica beobachtete Tasik aufmerksam. »Das wussten Sie, oder?«

»Was? Nein! Davon hat Harbour nichts gesagt. Muss ich mich gleich mal drum kümmern. Vielleicht hat man den Wagen irgendwo gefunden. Wer hat Ihnen das erzählt?«

»Harbour.«

»Haben Sie Kontakt zu ihr?«

»Sie war bei mir, hat mich nach dem Fall gefragt. Ich hab ihr gesagt, sie soll sich verpissen.« Jessica grinste.

»Guter Rat.«

»Und was haben Sie mit der Kleinen gemacht, nachdem Sie sie zusammen mit den vier Kotzbrocken erwischt hatten?«

»Sie verwarnt. Hab den Wichsern geraten, sie in Ruhe zu lassen. Es kam mir vor, als wäre sie noch zu retten, und ich wollte nichts tun, um sie ins Verderben zu stürzen.« Tasik rieb sich müde das Gesicht. »Vielleicht bin ich zu weich. In der Woche davor ist mir ein echt trauriger Fall untergekommen. Hatte diesen Jungen im Visier, der einen schlechten Umgang pflegte. Sein angeblich bester Freund hat ihn vor einen Zug gestoßen. Wegen einer Tüte Dope. Das Opfer hatte gerade eine Zusage von Harvard erhalten. Können Sie sich das vorstellen?«

»Verrückt.«

Tasik schüttelte den Kopf. »Diese Leute. Wie die Tiere. Wenn man sich in ihre Nähe begibt, wird man ein Teil von ihnen. Dann gibt es kein Entkommen. Sobald man Schwäche zeigt, kreisen die Geier. Die fressen ihre eigenen Familienmitglieder, wenn's sein muss. Da herrscht nicht nur Rudelmentalität, sie benehmen sich wie die Aasfresser.«

»Hm«, sagte Jessica. Sie dachte an Jäger und Gejagte. Ada Maverick, die Sneak beim Schwimmen im Pool zusah.

»Harbour und die Mutter sind nur auf der Bildfläche erschienen, um sich zu holen, was Dayly übriggelassen hat, bevor sie verschwunden ist. Wenn Sie mich fragen, liegt die Kleine irgendwo tot in der Wüste. Aber wer weiß? Vielleicht ist sie in New York und fängt dort ein neues Leben an.«

»Könnte ich eine Kopie der Ermittlungsakte haben? Nur, damit ich die Sache abschließen kann.«

»Kein Problem.« Tasik gab ihr einen Stapel Unterlagen von seinem Schreibtisch. »Aber ich muss Sie warnen. Lassen Sie sich da nicht reinziehen. Das nimmt keinen guten Ausgang. Das ist bei solchen Menschen vorprogrammiert.«

BLAIR

Ich brachte kein Wort heraus. Weder, als ich mich an meinem Gurt festhielt, während Sneak im Gangstamobil über den Asphalt heizte, die Kugeln vom Metall abprallten, das Heckfenster zertrümmerten und die Rückbank voller Scherben lag. Nicht, als wir durch San Chinto und die nächsten beiden Käffer bretterten, sodass eine dichte Staubwolke hinter uns aufwirbelte und Sneak das Steuer so fest umklammerte, dass ihre Fingerknöchel weiß waren. Nicht, als sie auf einem verlassenen Parkplatz anhielt, der wohl mal zu einem Autokino gehört hatte, die große Leinwand mit dem sicher von ein paar Jugendlichen aus der Gegend aufgesprühten Riesenpenis war zerschlissen und flatterte im Wind. Bis ich meine Gedanken wieder einigermaßen geordnet hatte, klickte Sneak bereits auf einem offenbar aus dem Flugplatzbüro gestohlenen Laptop herum.

»Wieso hast du nicht einfach die verdammte Wahrheit gesagt, Sneak?«, fuhr ich sie an. »Du hast uns fast umgebracht!«

»Die Wahrheit ist langweilig.«

Die Waffe, mit der sie die Männer in der Halle in Schach gehalten hatte, lag auf dem Armaturenbrett. Es handelte sich um einen silberfarbenen Revolver mit langem Lauf und einem dermaßen dicken Griff, dass ich mich fragte, wie man das Teil wohl halten sollte. Dann musste ich an die

Waffe denken, mit der ich Adrian Orlov erschossen hatte, sie hatte in meiner Hand gezuckt und der geriffelte Griff war schweißnass gewesen.

»Wo hast du die Waffe her?«

»Wo ich alles kriege. Von der Straße.«

»Wir müssen über unsere Strategie reden«, sagte ich. »Über deine Lügen. Und darüber, wie viel tiefer ich mich in diese Scheiße reiten will.«

»Du kannst mir später die Leviten lesen. Ich hab hier was gefunden.« Sneak zeigte auf den Bildschirm. »Hat gar nicht lange gedauert. Die Überwachungskamera im Flughafenbüro geht los, wenn jemand zur Tür reinkommt. Siehst du? Für jeden Besucher gibt's eine separate Datei. Dayly war vor drei Wochen hier. Die Qualität ist nicht berauschend, aber ich erkenne sie eindeutig. Und Flachkopf war auch dabei. Er ist groß. Sieht gar nicht schlecht aus. Sie kommen rein und nehmen sich zwei Broschüren. Ich habe genau hingesehen und es mit den Broschüren auf dem Tresen verglichen. Sieht aus, als hätten sie eine übers Fallschirmspringen mitgenommen und noch eine andere.«

Sneak zog ein Heftchen aus der Handtasche. Darauf war ein Bild von einem kleinen weißen Flieger abgebildet. Sie schlug es auf und las daraus vor.

»Die Cessna 172 Skyhawk steht an der Spitze unserer Flotte exklusiver Flugzeuge für den Privatverkehr. Es handelt sich um ein luxuriös ausgestattetes Leichtflugzeug mit vier Sitzplätzen. Dieses Modell gehört zur Reihe einmotoriger Schulterdecker des Flugzeugherstellers Cessna Aircraft Company. Diese Skyhawk erreicht eine Reisegeschwindigkeit von …«

»Viersitzer?«, fragte ich. Sneak kontrollierte die Broschüre.

»Ja.«

»Wieso?«

Sneak zuckte die Achseln. »Keine Ahnung. Ist das wichtig?«

»Ja. Auf dem Flugplatz hab ich Zweisitzer stehen sehen. Und zwar mehrere. Eine war sogar innen romantisch geschmückt. Rote Samtsitze und Herzchen. Pärchen chartern die fürs Wochenende oder so was. Weswegen interessieren sich Flachkopf und Dayly dann für einen Viersitzer?« Sneak konzentrierte sich auf das Video. Die Berge hinter der alten Leinwand hatten mittlerweile einen goldenen Rand.

»Die beiden halten nie Händchen«, sagte sie schließlich.

»Hä?«

»Flachkopf und Dayly. Sie fassen sich überhaupt nicht an. Es gibt andere Aufzeichnungen, auf denen kann man sehen, wie sie den Wagen parken, ins Büro gehen, mit jemandem sprechen, die Broschüren nehmen und gehen. Sie berühren sich kein einziges Mal. Ist der Typ also ihr Freund, wie Dimitri behauptet, oder nicht? Und wenn nicht, wieso interessieren sie sich dann dafür, ein Flugzeug zu chartern?«

Ich beugte mich vor und sah mir die Aufnahme an.

»Woher willst du wissen, dass sie ein Flugzeug chartern wollten?«, fragte ich. »Vielleicht haben sie die Broschüren nur mitgenommen, um keinen Verdacht zu erregen. Womöglich haben sie sich wegen des Fallschirmspringens informiert.«

»Oder umgekehrt, sie haben die Broschüre übers Fallschirmspringen mitgenommen, sich aber für den Flieger interessiert.«

Ich seufzte.

»Hast du dir das Logbuch angesehen, bevor du uns fast umgebracht und gezwungen hast, abzuhauen?«

Sie wandte sich um und wuchtete einen Riesenordner von der Rückbank auf ihren Schoß. Ich schüttelte den Kopf. Hinten lagen zwei weitere Register, ein Laptop, eine Kasse und ein Flugzeugmodell aus Silber.

»Hast du das Zeug geklaut, bevor die Sache aus dem Ruder gelaufen ist oder vorher?«

»Ich hab gerade die zweite Ladung zum Wagen gebracht, als ich deinen Schrei gehört hab.« Sneak rieb sich die Nase. Schweiß lief ihr über die Schläfen. »Den Namen Lawlor kann ich hier nirgends finden. Aber wir könnten rauskriegen, wer der Typ ist, vielleicht ist der ja hier drin, falls die beiden doch was gebucht haben. Hier, such du mal. Ich muss zurück in die Stadt.«

Sie warf mir den Wälzer in den Schoß und ließ den Motor an. Auch auf ihrer Oberlippe stand jetzt Schweiß. Sie war auf Entzug. Schweigend fuhren wir über den Highway. Jetzt, wo die Nacht über uns hereinbrach, merkte ich, dass ich meine Angst den ganzen Tag über verdrängt hatte. Mein Angreifer, der in meinem Bett über mich hergefallen war, seine Bartstoppeln auf meiner Wange, sein Gewicht auf meinem Rücken. Dazu der neueste Alptraum: Die Männer in der Halle, das Geräusch des Abzugs kurz vor dem Abfeuern, die berstende Wand, als der Wagen mittendurch gedonnert war. Ich hatte mich die ganze Zeit in eine Fantasiewelt gerettet, genau wie im Gefängnis. Und ich wollte nicht allein sein, wenn meine Seifenblase platzte und der Schrecken der vergangenen vierundzwanzig Stunden über mich hereinbrach.

»Bleibst du heute Abend bei mir?«, fragte ich Sneak.

»Nee, muss noch was erledigen.«

»Lass es. Tu mir einen Gefallen, nur dieses eine Mal. Bleib zu Hause. Ich will, dass jemand da ist, wenn ich von meiner Schicht zurückkehre.«

»Alles klar«, sagte Sneak. Ich wusste, dass sie mal wieder log.

Ich schloss die Tür auf und betrat zuerst die Wohnung, Sneak folgte mir. Doch dann blieb ich so abrupt stehen, dass sie voll in mich reinlief. Mitten auf dem Couchtisch, die Fernbedienung unter den Krallen, als wollte sie gerade den Abend vor dem Fernseher einläuten, hockte die kleine, runde Wühlmaus. Ich zeigte auf Hugh Jackman. Sneak und ich standen da und starrten die kleine Kreatur an, sie hatte sich auf den Hinterbeinen aufgerichtet und fummelte mit den Vorderpfoten an den Knöpfen der Fernbedienung herum. Dann brachen wir in schallendes Gelächter aus und fielen einander in die Arme.

Sneak versicherte mir, dass sie zu Hause bleiben würde, aber ich hatte bemerkt, dass schon wieder vierhundert Dollar von unserem Geld fehlten, das ich in einer Schachtel mit persönlichen Unterlagen in meinem Schlafzimmer versteckt hatte. Sie zuckte und lief nervös in der Wohnung auf und ab, dann tat sie, als würde sie fernsehen, während ich mich für die Arbeit umzog. Schließlich konnte sie die Scharade nicht mehr aufrechterhalten und sagte, sie müsse eine Runde spazieren gehen, um den Kopf freizukriegen. Sie kam nicht zurück. Irgendwie fand ich die Nähe der Wühlmaus beruhigend, ich war so erleichtert über ihre Rückkehr, dass ich sie nicht mehr allein lassen wollte. Also bemühte ich mich in dieser Nacht in der Tankstelle, meine Kunden zu bedienen und dabei Hugh Jackmans Kratzen und Kruscheln in seiner Schachtel unter dem Tresen zu ignorieren. Als es gegen Mitternacht wie immer ruhiger wurde, zog ich mir einen Hocker an den Verkaufstresen und löste das Kreuzworträtsel in der aktuellen Ausgabe der Tageszeitung.

Im Fernseher über dem mit Coke-Flaschen gefüllten Kühlschrank wanderten die Schlagzeilen. Da klingelte mein Handy. Jetzt waren auf dem Bildschirm verwackelte Aufzeichnungen zu sehen, jemand ging in einem schönen Haus die Treppe hinauf, hastete durch einen Flur in ein rot ausgekleidetes Zimmer, in dem so etwas wie ein seitlich umgekippter Tisch zu sehen war. Eine nackte Frau kauerte am Boden, ihr Gesicht war vom Haar verdeckt. *LAPD Polizistin ertappt!*

Abgelenkt ging ich ans Handy.

»Sie haben dein Auto nicht gefunden«, sagte Jessica.

»Mist!«

»Es stehen noch ein paar Fahrzeuge auf der Liste, die untersucht werden müssen, ein paar ausgebrannte Wracks in den Bergen, in der Wüste, eins in Malibu. Die werde ich mir mal ansehen, manche kann man von vornherein ausschließen, die stehen schon seit Monaten da rum, warten darauf, dass die Stadt sie abschleppt. Aber dieser eine Wagen in den Bergen wurde erst vor drei Tagen gemeldet. Mit dem fange ich an.«

»Das ist super!«, sagte ich. »Also nicht für mich. Für Dayly auch nicht, wenn es mein Wagen ist. Aber ein guter Anfang.«

»Auf Daylys Handy und Konto gab es keinerlei Aktivität, auch nichts in den sozialen Medien. Sie ist komplett abgetaucht. Tasik geht einer Theorie nach, er meint, sie hätte ein paar Crips gegen sich aufgebracht, die jetzt hinter ihr her sind. Es geht um eine Tasche mit Waffen, sie hätte der Polizei erzählen sollen, dass sie ihr gehört.«

»Was?« Draußen flitzte eine Katze über den leeren Parkplatz, wahrscheinlich jagte sie Kakerlaken. Jessica erklärte mir, was passiert war. »Aber was ist mit dem Typen – Flachkopf. Sneak und ich haben Aufzeichnungen von ihm und Dayly auf einem Flugplatz in San Chinto. Sieht aus, als wollten sie eine Cessna chartern.«

»Nicht alles, was nach einer heißen Spur aussieht, bringt uns weiter. Zu unserem Flachkopf gibt es nur eine etwas vage Verbindung zu einem Polizisten da draußen.« Ich hörte ein Rascheln, Jessica suchte offenbar nach einer Notiz. »Ich habe gerade die interne Datenbank durchsucht, die Dienststelle von San Chinto hat seine Personalien ins Netz gestellt. Vielleicht ist dieser Marcus Lemon euer Mann. Komischer Name. Personalnummer 994901. Officer Lemon ist ein Frischling, kommt direkt von der Akademie und hat im Januar seinen ersten Posten in San Chinto angetreten. Ein unbeschriebenes Blatt, wie's aussieht. Jung und naiv. Und er trägt diese bekloppte Frisur.«

»Sneak und ich können uns den mal ansehen. Haben Sie Tasik gefragt, warum er so auf mich losgegangen ist?«

»Nicht nötig, Blair. Du bist eine Verbrecherin, am besten gewöhnst du dich daran, dass man dich mies behandelt.« Die Stille hing schwer zwischen uns. »Er wollte, dass du dich aus der Sache raushältst, okay?«, erklärte Jessica. »Und es spielt hier keine Rolle. Wenn Dayly die Crips verärgert hat, ist sie entweder tot oder sollte sich am besten unter einem Felsen auf dem Mars verkriechen, denn woanders ist sie nicht sicher. Dayly umzubringen, um zwei ihrer Anführer und einen Mitläufer freizubekommen, ist für diese Leute kein Problem.«

»Na, toll!«, sagte ich.

»Es wäre auch nicht ungewöhnlich, wenn einer von ihnen in deine Wohnung eingebrochen wäre, um dich mitzunehmen. Das könnte bedeuten, dass sie sie noch nicht gefunden haben und deshalb jeden abklappern und terrorisieren, der mit ihr Kontakt hatte. Als du bei der Polizei aufgetaucht bist, hast du dich praktisch freiwillig als Zielscheibe gemeldet. Oder vielleicht haben sie dich ins Visier genommen, weil du bei ihr in der Wohnung rumgeschnüffelt hast.«

»Und was machen wir jetzt?«

»Tasik wird vermutlich weiter nach einer Verbindung zu

den Crips suchen. Wir sollten uns um was anderes kümmern. Vor drei Wochen ist auf Daylys Konto eine auffällige Zahlung eingegangen. Darauf kann ich mir keinen Reim machen«, sagte Jessica. »Achthundert Dollar. Die Kohle stammt von einer dieser Crypto-Websites, wo der Einzahler anonym bleibt. Der Spur geht Tasik offenbar nicht nach.«

»Verstehe«, sagte ich.

»Außerdem ist Dayly vor zwei Monaten nach San Francisco geflogen. »Ist an einem Samstag um fünf Uhr morgens gelandet und hat sich am Flughafen einen Wagen gemietet. Sechs Stunden später hat sie ihn wieder abgegeben und ist zurückgeflogen.«

»Sechs Stunden?«

»Ja.«

»Was soll das? Was kann man innerhalb von sechs Stunden in San Francisco anstellen?

»Keine Ahnung«, erwiderte Jessica. »Kannst ja deine kleine Freundin Sneak mal fragen. Vielleicht weiß sie, was ihre Tochter so getrieben hat.«

»Hören Sie«, warf ich rasch ein, denn ihr Ton verriet mir, dass sie gleich auflegen würde. »Ich möchte mich bei Ihnen bedanken, dass Sie ...«

»Stopp!«

»Ich meine das ernst. Das ist viel verlangt. Ich habe zwar keinen Schimmer, was gerade bei Ihnen los ist, aber ...«

»Seit wann geht es dich etwas an, was in meinem Leben passiert?«

»... aber es scheint momentan etwas hektisch zu sein, und Sie waren trotzdem bereit, mich, uns anzuhören.«

In der Leitung herrschte Stille. Die angespannte Atmosphäre machte mich ganz kribbelig. Durchs Fenster sah ich einen riesigen schwarzen Escalade auf den Parkplatz rollen. Er steuerte an den Zapfsäulen vorbei und hielt in einer

Parkbucht. Als ich das Nummernschild erkannte, begann ich zu zittern.

»Blair«, sagte Jessica. »Damals. In Brentwood. Warum hast du nicht ...«

»O Gott! Ich muss auflegen.« Ich beendete das Gespräch und warf das Handy ins Fach unter den Tresen, wo neben diversen anderen Dingen auch Hugh Jackmans Eiscremebehälter lag. Beides deckte ich mit einer Zeitung zu.

Mit den Kartellmitgliedern, die die Tankstelle *Kangaroo Gas Pump 'n' Jump* betrieben, hatte ich noch nie persönlich zu tun gehabt, aber ich hatte sie einmal auf dem Parkplatz mit meinem Chef sprechen sehen. Dabei war mir die pure Bosheit in ihren Gesichtern aufgefallen und die nervöse, stocksteife Haltung, die mein Chef in ihrer Nähe angenommen hatte. Damals hatte ich den Hörer schon in der Hand gehabt, bereit, den Notruf zu wählen, falls sie vorhatten, ihn totzuschlagen. Nach ihrem Besuch hatte er mir erklärt, mit wem wir es zu tun hatten, doch das Nummernschild hatte er sich trotzdem notiert. Die Männer, die jetzt aus dem Escalade stiegen, trugen ausnahmslos Schwarz, edle Stoffe dicke Goldketten um Hals und Handgelenk, Tätowierungen, die wie blaue und schwarze Weinreben über Handknöchel, Hals und Nacken bis zum Haaransatz rankten. Sie sahen aus wie Statisten, die zum Casting für die Rolle des Bösewichts in der nächsten Narco-Serie von HBO angetreten waren.

Als sie auf die Schiebetür zumarschierten, warf ich einen panischen Blick zum Parkplatz. In meiner lebhaften Fantasie sah ich Jasmine, die Bewährungshelferin, in ihrem Kleinwagen im Schatten parken, mit einer Kamera bewaffnet, um die Männer, die jetzt ins Neonlicht traten, zu fotografieren.

Ich wusste genau, dass sie wegen des Überfalls gekommen waren. Das Einschussloch im Zigarettenautomaten war nicht zu übersehen. Mit meiner Untätigkeit hatte ich den taffen Ruf der Gang gefährdet. Die Angst lähmte meine Glieder. Wie hoch standen die Chancen, gleich zwei feindselige Begegnungen mit gewalttätigen Bandenmitgliedern zu überleben? Die beiden größten Männer duckten sich instinktiv, als sie durch die Tür traten, sie überragten die farbigen Lichtstreifen im oberen Bereich des Eingangs bei Weitem. Die vier Männer kamen direkt auf den Tresen zu. Einer von den Normalgroßen beugte sich im Licht vor und stützte sich auf der Platte ab, sodass ich einen freien Blick in sein bis auf den Bauchnabel aufgeknöpftes Hemd hatte. Eine gepiercte Brustwarze leuchtete mir entgegen.

»Blair Harbour«, sagte er.

»Ja«, stieß ich hervor.

»Ich bin Santiago Cruz. Du hast sicher schon von mir gehört.«

»Na klar!«, log ich.

»Ich bin gekommen, um mit dir über ...«

»Den Überfall«, platzte ich heraus. Entsetzt zuckte ich zusammen, als mir klarwurde, dass ich den Mann einfach unterbrochen hatte. »Ich weiß. Es tut mir leid. Es war ... ich wollte nicht ... ich war nicht sicher, was ich tun sollte, und es tut mir leid wegen dem ... dem Zigarettenautomaten. Ich kann ihn ersetzen. Es ist meine Schuld. Wenigstens hat der Räuber kein Geld gestohlen.«

»Seltsam«, sagte Santiago. Er richtete sich auf. »Aus unerfindlichen Gründen hast du das Geld auf eigene Kosten ersetzt.«

Ich erstarrte. Die ganze Zeit über war ich fest davon ausgegangen, dass es in der Tankstelle und im Büro keine Kameras gab. Meinem Chef war mal rausgerutscht, dass das Kartell hier Treffen abhielt, an seltenen Winterabenden, wenn so wenig los war, dass es sich nicht lohnte zu öffnen. Daher war ich davon ausgegangen, dass sie keine Kameras installiert hatten, denn sonst müssten sie ihren Geschäftskontakten erst mal beweisen, dass sie nicht gefilmt wurden. Santiago konnte meine Gedanken lesen. Er grinste so breit, dass seine Goldzähne blitzten.

»Denkst du allen Ernstes, ich hätte keine Kameras in meinem Laden? Ich sehe alles. Deine Nachtschichten, die du mit Kreuzworträtseln verbringst.«

»Scheiße! Tut mir leid.«

»Das geht mir am Arsch vorbei.« Er zog geräuschvoll die Nase hoch. »Ich will nur wissen, warum du Geld dafür ausgibst, um eine Schlampe zu decken, die dir gerade 'ne Wumme in die Fresse gehalten hat.« Er formte eine Waffe mit Zeigefinger und Daumen und tat, als würde er mir eine Kugel ins Gesicht jagen. »Ich kapier's nicht.«

»Also, ich …« Mein Blick wanderte zu den anderen. Santiagos rechter Mann beobachtete mich aufmerksam, gegen den Ständer mit den Prepaid-Handys gelehnt. Er hatte den tiefenentspannten Raubtierblick eines Löwen, der in der Sonne liegt und seinem Nachwuchs beim Spielen zusieht. Der Mann stand komplett über den Dingen. Sein Anblick löste etwas in mir aus, irgendwo im Bauch. Große, kräftige Hände. Ich unterbrach das Kopfkino, mahnte mich zur Konzentration. »Es ist ein bisschen kompliziert«, hörte ich mich sagen. »Vor mir stand ein Mensch in Schwierigkeiten und da wollte ich … ähm … wollte nicht, dass Sie … äh …«

»Die Kleine jagen und umbringen?« Santiago hob eine Braue. »Oder ihre Familie, damit sie kapiert, was anliegt?«

Ich schwieg.

»Weil das bei uns immer so läuft?«, fragte er höhnisch. »Sicarios. Pandilleros. Monster. Wir würden sie finden, in ihr Haus einbrechen, ihre Familie an Gartenstühle fesseln und sie nacheinander in den Swimmingpool werfen. Das siehst du, wenn du uns anschaust.«

Ich wollte antworten, brachte aber nichts heraus. Die Luft war auf einmal siedend heiß, flimmerte gefährlich. Meine Hände waren schweißnass. Ein breites Grinsen ging über Santiagos Gesicht, mir schnürte die Angst die Kehle zu.

»Du hast recht!« Er lachte herzhaft, es klang wie ein schwerer Husten. »Genau so läuft das bei uns!«

Santiago, Anführer der San Marino 13, beugte sich vor und klopfte mir herzhaft auf die Schulter, packte meinen Arm und schüttelte meinen Körper gleich mit. Die Männer um ihn herum grienten. Es lief mir eiskalt über den Rücken.

»Genau das wäre mit der Chica passiert«, sagte Santiago.

»Okay.« Ich schluckte, sah seinen rechten Mann an, vermutlich sein Lieutenant, der nicht wie ein übergroßes Ungetüm aussah. Er wirkte erschreckend ruhig.

»Also, wer war die Kleine mit der Wumme? Kennst du sie?, wollte Santiago wissen.

»Nein«, log ich erneut. »Sah aus wie eine von der Straße. Ein Niemand. Hab sie noch nie gesehen und danach auch nicht.«

»Das würdest du mir sowieso nicht sagen«, vermutete Santiago. »War nett von dir, dass du für sie den Arsch hingehalten hast. Du bist ein netter Mensch, Blair Harbour. Auf der Straße redet niemand von dem Überfall. Manchmal drücke ich ein Auge zu. Ist wie eine Spende an Santa Maria.« Er boxte sich auf die Brust.

»Danke!«, hauchte ich. »Das ist ...«

Hugh Jackman kratzte geräuschvoll in seiner Schachtel herum. Mir wurde schlecht. Santiago beugte sich erneut zu mir vor, diesmal mit unverhohlener Neugier.

»Was zum Teufel ist das? Sag bloß nicht, wir haben Ratten hier drin.«

Mit tauben Fingern zog ich den Eiscremebehälter unter dem Tresen hervor. Die Männer traten näher.

»Es tut mir so leid«, sagte ich. »Es ist nur ein Haustier. Ich, ähm ... hatte ein bisschen Ärger in meiner Wohnung. Meine Freundin ... die Tochter meiner Freundin ... ach, egal. Es war nur für eine Nacht, und er war die ganze Zeit in seiner Schachtel. Ich würde ihn nie frei laufen lassen. Die Kunden haben nichts davon mitbekommen. Es ist keine Ratte, sondern eine Wühlmaus. Es gibt Leute, die sie als Haustiere halten. Ganz bestimmt.«

Santiago zeigte auf das Behältnis. »Aufmachen!« Meine Kehle war ganz rau, ich kam mir richtig schäbig vor. Ich würde das arme Tierchen den Wölfen zum Fraß vorwerfen. Dennoch nahm ich Hugh Jackman heraus und hielt ihn ins Licht. Er reckte den Oberkörper in die Luft, dann legte er den Kopf in den Nacken und gähnte, wobei er seine beiden langen Vorderzähne entblößte. Die Kartellmitglieder starrten wie gebannt auf den kleinen Nager, der auf meiner Handfläche im Kreis herumlief und schließlich auf mein Handgelenk zu trippelte.

Blitzschnell hatte Santiago ihn mir aus der Hand gegrapscht.

Ich versuchte verzweifelt, ihn zurückzuholen. »Bitte tun Sie ihm nicht weh!«, flehte ich. »Bitte, bitte, lassen Sie ...«

»Jetzt seht euch dieses Bürschlein an!« Santiago hielt die Wühlmaus zwischen den Fingern wie ein Mikrofon. Hugh Jackmans rundes, flauschiges Köpfchen spitzte zwischen dem fetten Daumen und Zeigefinger hervor. Alle Männer hatten sich vorgebeugt. Ich wollte dem Bandenchef nicht dabei zusehen, wie er Daylys Haustier bei lebendigem Leib zerquetschte, daher starrte ich konzentriert auf mein panisch verzerrtes Spiegelbild in der Fensterscheibe.

Bei der Vorstellung, gleich das letzte Todesquieken dieser armen Kreatur, das fiese Knacken seiner Knochen hören zu müssen, kniff ich die Augen fest zu. Aber nichts geschah. Als ich nach einer Weile zaghaft ins Licht blinzelte, streichelte Santiago sanft über Hugh Jackmans Köpfchen.

»Wie ein Hamster!« Santiago lächelte. »Nur kleiner.«

»Ich mag die Nase. Wie sie zuckt«, sagte einer der großen Schläger. »Siehst du das?«

»Schau dir die Ohren an! So winzig! So dämlich!«

»Kann ich ihn auch mal halten, Boss?«

Santiago ließ die Wühlmaus in die bratpfannengroße Pranke des Schlägers fallen. Als Hugh Jackman ihm übers Handgelenk krabbelte, brachen die Männer in schallendes Gelächter aus.

»Beißt er?«, fragte Santiagos Lieutenant mich. Ich rieb mir die schweißnassen Hände an der Hose ab.

»Nein, er ist handzahm.«

»Was hat der in so einer kleinen Schachtel verloren?«, wollte Santiago wissen. »Da hält man doch kein Haustier drin.«

»Das ist eine lange Geschichte«, sagte ich. »Eigentlich sollte das nur vorübergehend sein, aber jetzt dauert es länger als erwartet.«

Die beiden Schläger legten die Pranken zusammen und ließen die Wühlmaus darauf herumlaufen. Sie kicherten entzückt. Santiago nahm das Tier in die Hand und stopfte es sich in die Hemdtasche, um sich zusammen mit seiner Crew darüber zu amüsieren, wie niedlich es den Kopf daraus hervorreckte – wie ein Kind im Karussell.

»Alejandro wird dir einen feinen Hamsterkäfig besorgen«, sagte Santiago und nickte seinem Mann zu. »So einen mit Rohren. Wie Tunnel. Verstehst du? Damit das Kerlchen darin herumlaufen kann. Benutzt er ein Hamsterrad? Besorg einen mit Hamsterrad, Alejandro! Zwei Hamsterräder!«

Alejandro nickte und lächelte mir zu.

»Das ist nicht nötig«, sagte ich.

»Ich mag dieses Ding nicht«, sagte Santiago, ohne auf meinen Einwand einzugehen. Mittlerweile hatte er die Hände zu Fäusten geballt und ließ den bereits total aufgedrehten Hugh Jackman hindurchwuseln. »Mir gefallen seine dämlichen Winzohren. Ich werde meiner kleinen Sobrina so eine Wühlmaus besorgen. Hat das Vieh einen Namen?«

»Ja, er ...«

»Du wirst ihn Santiago Mateo Nicolas Cruz nennen.«

»Aber sicher!«, sagte ich.

Santiago erteilte Alejandro auf Spanisch einige Anweisungen, während ich den kleinen Kerl in seine Schachtel setzte und sie sicher verstaute. Auf Santiagos Nicken hin verließen seine Männer die Tankstelle. Kurz bevor sich die Schiebetür schloss, wandte er sich zu mir um und wies mit dem Zeigefinger auf mich.

»Du bist ein netter Mensch, Blair Harbour«, sagte er.

JESSICA

Jessica stand auf ihrem Balkon und beobachtete die Autoschlange vor der Ampel auf der Alameda und die Straßenhändler mit ihren Pappschildern, die die Gelegenheit nutzten, ihre Ware zu verschachern. Ein Helikopter kreiste über den Straßen südlich von Downtown, seine weiß-blauen Scheinwerfer wie Lanzen, die im Schmutz wühlten und Bösewichte aus den Schatten scheuchten. Sie war nur einmal bei der Helistaffel mitgeflogen, aus reiner Neugier. Stocksteif hatte sie sich in diesem schwankenden Ungetüm an ihren Sitz geklammert, während ihr der Schweiß unter der Uniform über den Bauch gelaufen war. Sie waren über eines der Häuser von Johnny Depp geflogen, so niedrig, dass sie die Baumwipfel aufgepeitscht hatten. Die Freude am freien Blick über die glitzernde Stadt war ihr gründlich ruiniert worden, als der Pilot ihr erzählt hatte, dass sie einst bei einem Flug über Compton unter Beschuss geraten seien. Eine Kugel sei von der linken Kufe abgeprallt, ein paar Zentimeter weiter, und sie hätte den Tank getroffen und den Hubschrauber in einem Feuerball abstürzen lassen. Als sie endlich wieder festen Boden unter den Füßen hatte, musste sie sich eine geschlagene Viertelstunde lang übergeben.

Es war so weit. Jessica hielt den nach ihrem Gespräch mit Harbour noch warmen Hörer in der einen Hand, in der anderen hatte sie einen Zettel mit einer Telefonnummer. Es war nicht leicht gewesen, an Kristi Zeas Nummer zu kommen, denn sie benutzte ein spezielles Programm, um den genauen Standort ihrer Nummer zu kaschieren. Laut Vorwahl wählte Jessica zwar eine Nummer in Missouri, doch sie war sicher, dass der Anruf schließlich nach Los Angeles weitergeleitet würde, wo Kristi Zea garantiert noch immer lebte. Die meisten Menschen waren Gewohnheitstiere. Jessica wählte die Nummer auf dem Zettel und wartete. Sie erwartete allerdings nicht, dass jemand rangehen würde.

Doch genau das geschah. Zuerst ertönte ein Rascheln, und es klang, als wäre der Person am anderen Ende der Leitung der Hörer aus der Hand gerutscht und sie musste ihn erst wieder aufheben.

»Ja?«, sagte sie schließlich.

»Kristi?«

Schweigen. Jessica umklammerte das Balkongeländer, blickte in die Nacht hinaus und lauschte angespannt.

»Die ist nicht da«, sagte die Frau am anderen Ende. »Ich kann ihr aber was ausrichten.«

»Ich heiße Jessica Sanchez. West Hollywood. Eigentlich hatte ich gehofft, mit Kristi persönlich zu sprechen, denn ich habe ein paar Fragen zu einem Fall, in den sie vor Jahren verwickelt gewesen ist. Es geht um den Tod von Adrian Orlov im Jahr 2009.«

»Sie redet nicht mit der Presse. Auf Wiederhören.«

»Moment! Ich bin keine Journalistin. Mein Name ist Jessica Sanchez, *Detective* Jessica Sanchez vom Morddezernat West Hollywood.«

»Aha.«

»Können Sie sich an mich erinnern?«

»Ich ... Kristi weiß schon, dass die Frau wieder auf freiem Fuß ist. Die Mörderin. Das ist ihr egal.«

»Ich rufe nicht wegen Blair Harbour an, sondern hätte noch ein paar Fragen zu dem Fall selbst.«

Wieder herrschte Schweigen. Jessica tippte ungeduldig auf dem Geländer herum, kaute auf ihrer Unterlippe und erwartete, dass die Frau gleich auflegen würde. Im Hintergrund bellte ein Hund.

»Kristi hat kein Interesse ...«

»Ich weiß, dass Sie es sind, Kristi.«

»Ja, na und? Ich will nicht darüber sprechen«, zischte sie. »Und das muss ich auch nicht.«

»Es geht nur um ein paar Unklarheiten. Ich hatte gehofft, dass wir uns treffen könnten«, sagte Jessica. »Es ist nichts Offizielles.«

»Was soll der Mist?« Zeas plötzlich sehr schriller Ton überraschte sie. »Ich mein, welche Sachen sind da noch unklar? Der Fall ist abgeschlossen. Adrian ist tot. Die Harbour-Schlampe hat ihre Zeit abgesessen und ist wieder draußen. Es ist vorbei. Wozu jetzt noch in der Scheiße rühren?«

»Können wir uns nicht einfach auf einen Drink treffen?«

»Sie haben gesagt, es ist nichts Offizielles. Was meinen Sie überhaupt damit?«

»Ich will Sie nicht aufregen«, sagte Jessica sanft. »Nur reden.«

»Na, ich will aber nicht reden, kapiert?« Jessica hörte, wie jemand ein Glas hart auf einen Tisch knallte. »Wie zum Teufel kommen Sie darauf, dass ich über meinen toten Freund reden will, der vor meinen Augen erschossen wurde?«

»Es ist so, dass ...«

»Rufen Sie mich nicht mehr an!«, sagte Kristi. »Ich werde mir eine neue Nummer zulegen. Dieser Anschluss ist ab jetzt tot. Melden Sie sich nie wieder bei mir.«

Mit diesen Worten legte Zea auf. Jessica betrachtete das Display, den roten Kreis mit dem X in der Mitte, und wusste, dass sie ihre beste Karte ausgespielt und verloren hatte.

BLAIR

Ich kam zurück in eine leere Wohnung. Auf der Anrichte lag eine Nachricht von Sneak: »Sorry, Nachbarin!« Ich knüllte den Zettel zusammen und warf ihn in den Müll, gab Hugh Jackman frisches Wasser und wollte gerade den Deckel zu seinem Behälter schließen, als es an der Tür klopfte.

Alejandro stand davor, einen Riesenkarton in den Armen. Ein seltsames Kribbeln durchfuhr mich. Schrecken und Lust und Freude und Angst überkamen mich wie eine Welle, verwirrten mir die Sinne.

»Jetzt gleich? Ich dachte, er meinte, erst ...«

»Er meint immer jetzt gleich«, sagte Alejandro und trug

den Karton in die Küche. Ich folgte ihm. Eigentlich hatte ich erwartet, dass er seine Fracht einfach abstellen und wieder verschwinden würde, doch er zog ein Messer aus der Hosentasche, ließ es aufschnappen und begann, den Karton aufzuschneiden. Ich hielt mich im Hintergrund und sah ihm dabei zu. Ein Mann, der einen Karton aufschneidet. Muskulöse Oberarme. Den Blick zu Boden gerichtet, dunkle Wimpern. Der Karton klappte auf, als wollte er sich ergeben. Mein untervögeltes Hirn ratterte auf Hochtouren, nur weil dieser Mann in meiner Nähe war. Ungefilterte, animalische Fantasien gingen mir durch den Kopf. In meiner Wohnung hatte sich außer dem Bewährungshelfer, dem Makler und dem Einbrecher noch kein männliches Wesen aufgehalten. Nur mit großer Mühe wandte ich mich ab, öffnete das Fenster über der Spüle und schnappte nach Luft.

»Gefällt er dir?«, fragte Alejandro, als der Hamsterkäfig zum Vorschein kam. Es handelte sich um ein Kunststoffterrarium von stattlicher Größe, das um diverse bunte Accessoires ergänzt worden war, gewundene Rohre, die die verschiedenen Etagen miteinander verbanden und bis hinauf zu einer Art domartigen Mäusecockpit führten. Tatsächlich gab es zwei Laufräder. Alejandro zog die Folie von mehreren Zugangsschächten für Wasserbehälter, Futternapf und für die Säuberung.

»Ganz schön ausgefeilt«, sagte ich. »Ein prächtiges Anwesen für den unverheirateten Nager.«

»Wie Santiagos Haus. Riesig. Übertrieben. Ich habe ihm Fotos aus dem Walmart geschickt. Die ersten haben ihm nicht gefallen. Zu klein.« Wir lachten. Ich nahm Hugh Jackman aus seiner Schachtel und setzte ihn in seine lächerliche Hamstervilla. Er erkundete zaghaft den ersten Stock und beschnüffelte neugierig das Rad.

»Das soll ich dir auch noch geben«, sagte Alejandro und

zog ein aufgerolltes Bündel Geldscheine aus der Jacke, das er aus einer mit Diamanten besetzten Klammer löste.

»Nein«, sagte ich mit erhobener Hand, »das ist nicht …«

»Ich muss das machen«, sagte er. »Mir bleibt keine Wahl.«

Ungläubig sah ich zu, wie er fünfhundert Dollar von der Rolle zog. Er legte die Scheine auf die Anrichte. »Das stimmt doch so, oder? Vierhundert?«

»Ja, stimmt«, sagte ich. Dann trat langes, unangenehmes Schweigen ein.

»Also, du bist gerade ziemlich heiß, weißt du das?«, sagte Alejandro schließlich.

Mir brannten die Wangen. »Ach, ähm … danke.«

»Nein, so meinte ich das nicht.« Er grinste. »Du hast einen Typen an den Fersen.«

»Welchen Typen?«

»Als ich kam, war da draußen ein Typ. Jetzt ist er weg. Er hat dich auch an der Tankstelle beobachtet. Al Tasik. Ist ein Cop. Kennst du den?«

Diese Nachricht traf mich wie ein Schlag in die Magenkuhle. »Ja. Du auch?«

»Er ist uns gut bekannt«, sagte Alejandro. »Kein netter Mensch. Vergreift sich an jungen Chollos. Kleine Homies, die die Feuertaufe noch vor sich haben. Hat 'nem Kid aus Santiagos Hood ein Tütchen Weed untergeschoben, und dann kriegt der Junge in der Zelle den Schädel eingeschlagen. Jetzt kann er nur noch auf einem Auge sehen.«

»Wieso sorgen eure Männer dann nicht dafür, dass Tasik …«

»An einen Gartenstuhl gefesselt wird?«, ergänzte Alejandro lachend.

»Ja.«

»Der Mann ist Polizist. Und nicht nur ein Unterling, der hat was zu sagen. Das wäre schon eine größere Nummer. So was wird weiter oben entschieden. Und das dauert. Verstehst du?«

»Ja.«

»Wieso ist er hinter dir her?«

Ich zuckte die Achseln. »Eine Freundin von mir ist verschwunden. Vielleicht denkt er, ich weiß, wo sie ist. Danke für den Tipp.«

Ich musste mich sehr zusammenreißen, um normal mit diesem Mann zu reden, denn innerlich ging bei mir die Post ab. Am liebsten wäre ich sofort über ihn hergefallen. Ob er die Hitze spürte, die von mir ausging? Ganz sicher. Als ich ihn ansah, grinste er wissend. Voller Scham blickte ich zu Boden und ermahnte mich zur Vernunft. Ich würde nicht mit einem Mitglied der San Marino 13 schlafen! Doch das angespannte Schweigen zwischen uns war ohrenbetäubend.

»Möchtest du ein Glas Wein?«, fragte ich schließlich.

»Klar.« Ich hatte nur ein Weinglas, also schenkte ich mir ein Wasserglas ein, das er mir prompt abnahm und mir damit zuprostete. Die ganze Zeit hatte ich das Gefühl, dass er sich köstlich amüsierte.

»Fällt es sehr auf?«, fragte ich schließlich.

»Wie eine Leuchtreklame.«

»Na, toll.«

»Wie lange warst du im Knast?«

»Zehn Jahre. Ein Jahr draußen.«

Er nickte beeindruckt. »Elf Jahre.« Wieder herrschte peinliches Schweigen, und wir brachen in verlegenes Kichern aus. Doch dann kam er auf mich zu und streichelte mir über die Wange. Ich war so angespannt, dass ich unter seinen Fingern zusammenzuckte, meine Libido wie ein alter Motor, der nur stotternd in Gang kam. Allein diese Berührung war fast unerträglich und durchfuhr mich wie ein Stromstoß.

»Gaaanz langsam«, warnte Alejandro, während ich ihm bereits das Hemd aufknöpfte.

LIEBE DAYLY,

ich glaube, es ist Zeit, dass du mich mal besuchst, die nötigen Formulare lege ich diesem Brief bei.

John

BLAIR

Als ich lautstark in meinem Kaffee rührte, wachte Sneak endlich auf. Sie setzte sich auf und beäugte mich. Ich stand im Türrahmen und betrachtete das Sofa.

»Das war bestimmt keiner von den San Marino 13, der da bei Sonnenaufgang aus deiner Wohnung gekommen ist«, sagte sie.

»Nicht?«

»Nein. Weil du sonst tot wärst.«

»Verstehe.«

»Es sei denn, er ist nicht gekommen, um dich abzumurksen.« Sie musterte mich aufmerksam. Ich konzentrierte mich auf meinen Kaffee.

Sneak schüttelte den Kopf. »Dachte ich's mir doch. Als ich reinkam, roch es verdächtig nach verbranntem Schamhaar. Tickst du noch sauber? Wie kannst du dich mit diesen Typen rumtreiben? Diese Tattoos lassen sich nicht ablecken! Lass dir das bloß nicht einreden!«

»Ich treibe mich mit niemandem rum, Mutter Theresa. Ich habe mit einem von ihnen geschlafen«, erwiderte ich. »Das kommt nicht wieder vor. Ist einfach passiert.«

»Ist es nicht. Weißt du, wieso ich da so sicher bin? Wegen dem Wühlmauspalast.« Sie zeigte auf das Terrarium vor dem Fenster. »Das sieht aus wie Disney World für Nagetiere. Hast du garantiert nicht gekauft. So was schenkt ein Typ einer Frau, damit er Bekanntschaft mit ihrer Maus machen kann.«

Sneak wartete auf meine Verteidigung, doch ich trank lieber Kaffee. Es war einfach so, dass ich ein paar unglaublich prickelnde Stunden mit Alejandro verbracht hatte, ein egoistisches, teuflisches Vergnügen, das sich unmöglich vernünftig erklären ließ. Dieses ganze Abenteuer hatte nichts mit meiner Realität zu tun, wo legale, emotionale oder körperliche Konsequenzen drohten.

Es klopfte. Quincy. Seine offenbar alkoholkranke Mutter wartete im Wagen auf ihn, der Motor lief noch, und die Frau am Steuer streckte neugierig den Kopf heraus, um mich genauer in Augenschein zu nehmen. Offensichtlich hatte der Junge beschlossen, dass sie warten konnte – nichts war wichtiger als seine kleine Showeinlage und die sichere Belohnung in Form von Schokolade. Sneak hockte mit verschränkten Armen auf dem Sofa, offensichtlich angepisst.

»Kannst du *Desperado* von den *Eagles* spielen?«, fragte ich Quincy verträumt.

»Wie wär's mit *You're No Good* von Linda Ronstadt?«, rief Sneak.

»Wer soll das sein?«, fragte Quincy. Seine Mutter hupte.

»Nimm dir einfach Schokolade, Schätzchen. Deine Mutter wartet schon.«

Als Quincy davonstürmte, klingelte mein Handy.

»Du musst diese Tante von den Bullen loswerden, diese Jessica!«, sagte Ada barsch.

»Wieso gibt mir hier eigentlich jeder gute Ratschläge?« Ich knallte meinen Becher auf die Anrichte. »Wenn ihr nicht aufpasst, gehe ich gleich wieder ins Bett.«

»Ich gebe keine Ratschläge«, sagte Ada. »Ich mache Ansagen. Und die Leute hören, sonst müssen sie fühlen.«

Ich musste nicht fragen, was Ada mit »fühlen« meinte. Vermutlich das Abtrennen diverser Körperteile, Zertrümmern von Knochen, vorübergehendes oder permanentes Vergraben im Wüstensand.

»Sanchez geht mir auf die Eier, also wirst du sie los.«

»Du gehst ihr auch auf die Eier. Nur so zur Info«, sagte ich.

»Das ist mir scheißegal.«

Ich stellte auf Lautsprecher und erklärte Ada, was Jessica über Marcus Lemon, meinen Wagen, Daylys Konto und Handy herausgefunden hatte, über Tasiks Vermutung, dass die Crips involviert sein könnten. Sneak hörte schweigend zu.

»Was verkauft so eine wohl für achthundert Mücken? An jemanden, der keine Spuren hinterlassen will. Das solltest du die Wabbelfotze auf deinem Sofa fragen. Die weiß es bestimmt.«

»Du bist auf Lautsprecher.«

»Hey, Wabbelfotze!«, rief Ada. »Was kriegt jemand von einer dreckigen Schwanzlutscherin aus deinem Genpool für achthundert Eier?«

»Keine Ahnung, aber dein Daddy kann dir sicher sagen, wie viel er mir gezahlt hat, damit ich ihm den Finger in den Arsch schiebe«, sagte Sneak.

Ich beendete das Gespräch, bevor Ada reagieren konnte, und schnappte mir die Schlüssel zum Gangstamobil.

Der Highway I-110. Obdachlose in Zelten und Bretterverschlägen, Fabriken, die Dreck in den gelblichen Himmel pusten, die Wüste und dahinter die stoppelig braune Berglandschaft. Reklametafeln für Casinos. Neil Diamond im Paillettenanzug. Rod Stewarts strahlend weißes Gebiss im kürbisgelben Gesicht.

»San Francisco«, sagte ich.

Sneak nickte. »Hmmm.« Dann öffnete sie ihre Handtasche, zog sich eine Ladung Koks oder Ähnliches rein und ließ sie wieder auf den Boden plumpsen.

»Was liegt in drei Stunden Entfernung zum Flughafen San Francisco?«

»Nicht drei Stunden«, sagte Sneak, während sie im Spiegel ihr Gesicht inspizierte. »Wenn sie insgesamt sechs Stunden Aufenthalt hatte, hätte sie nach deiner Rechnung nur wenige Minuten Zeit am drei Stunden entfernten Zielort verbringen können. Also fährt sie drei Stunden, zieht sich am Ziel schnell ein Hummerbrötchen rein und düst dann wieder zurück?«

»Vielleicht war es kein Hummerbrötchen«, sagte ich. »Kann doch sein, dass man sie geschickt hat, um was abzuholen, und sie hat dafür die achthundert kassiert.«

»Das ist genauso plausibel wie die Möglichkeit, dass ihr Ziel nur eine Fahrstunde entfernt vom Flughafen lag und sie vier Stunden dort war.«

Ich seufzte. »Na gut. Ich versuche doch nur ...«

»Und da haben wir den Verkehr auf dem Highway noch nicht mit eingerechnet oder den Andrang am Flughafen. Und Verzögerungen.«

»Ja, lass gut sein.«

»Ich war gestern Abend bei einer Hellseherin«, verkündete Sneak.

»Eine was?«

»Eine Hellseherin. Ich kenne sie schon lange. Sie hat mir bei der Teufelsaustreibung geholfen, als ein Dämon vom Körper meines Mitbewohners Besitz ergriffen hatte. Wir haben mit speziellen Räucherstäbchen gearbeitet.«

Ich hatte meine liebe Mühe, Sneaks extrem logische Einschätzung der möglichen Aktivitäten ihrer Tochter in San Francisco mit dieser neuesten Information zu vereinbaren, daher sparte ich mir jeglichen Kommentar.

»Sie hat gemeint, Dayly wäre irgendwo unter der Erde. Tief unten. Wo es dunkel ist.«

»Na, das halte ich für genauso glaubwürdig wie das Dämonenproblem deines Mitbewohners, Sneak«, sagte ich. »Aber falls sie recht hat, könnte sie Dayly möglicherweise in der Subway von New York gesehen haben. Das ist tief unten und dunkel.«

»Hmmm.«

»Oder im Untergeschoss eines Parkhauses. Weinkeller. Sonstiger Keller. Unterirdische Lagerhalle. Im Stadion der Dodgers gibt's unterirdische Tunnel.

Sneak seufzte. »Halt den Mund!« Ich musterte sie kurz, dann riss ich das Steuer herum und nahm die Ausfahrt.

»Was machen wir jetzt? Ich brauche keine weitere Gardinenpredigt von dir. Lass mich bloß in Ruhe oder ich punch dir das Licht aus!«, knurrte Sneak.

Ich hielt unter dem Highway.

»Gestern Nacht hat Al Tasik meine Wohnung bewacht. Wenn er uns jetzt auf den Fersen ist, müssen wir ihn loswerden«, sagte ich, riss die Fahrertür auf und stieg aus. »Los, du fährst!«, sagte ich zu Sneak.

»Wieso?«

»Weil du die taffe Braut von der Straße bist, ich bin nur die Tussi aus Brentwood. Also weißt du besser, wie man jemanden abhängt.«

Mit einem kleinen Grinsen setzte sich Sneak ans Steuer. Ich hatte eine launige Spritztour durch die Seitenstraßen erwartet, doch sie trat sofort das Gaspedal durch und brauste bei Rot über die Kreuzung. Ein uns ausweichender Laster schrammte gefährlich nah am Brückenpfeiler vorbei. Sie heizte auf ein Gelände voller Lagerhallen zu, ein weit ausgedehntes Netz aus staubigen Pisten, die zwischen hoch aufragenden Aluminiumwänden hindurchführten. Ohne zu schauen, bog Sneak scharf in eine enge Gasse zwischen zwei Hallen ein.

Ich krallte mich mit aller Macht am Gurt fest. »Heilige Scheiße, Sneak, da können Menschen rumlaufen!«

»Na, dann gehen sie mir besser aus der Bahn«, erwiderte sie und gab wieder Vollgas. Die Staubwolke hinter uns waberte und wallte, als wir wie die Besessenen zwischen den Hallen hindurchbretterten, um die Ecken drifteten und dabei in so prekäre Schräglagen gerieten, dass die Karosserie über den Boden schrammte. Nach einer Weile fing Sneak an zu lachen und zu johlen, und ich stimmte ein. Einige Männer und Frauen hatten sich zu einer Auktion vor mehreren weit geöffneten Lagerhallen versammelt, deren sonst im Dunkeln gelagertes Innenleben auf einmal der grellen Sonne ausgesetzt war: alte Möbel, Kisten mit Spielzeug, abgehalfterte Motorräder und übereinandergestapelte Kartons. Mehrere Bieter hatten die Hände erhoben. Im Vorbeirauschen hüllten wir sie alle in eine dichte Staubwolke. Sneak lachte so herzhaft, dass ihr Tränen über die Wangen liefen.

Die Polizeidienststelle von San Chinto mit seinen Anklängen ans Art déco war vermutlich früher mal ein Pizzarestaurant gewesen, zu einer Zeit, als man noch hohe Erwartungen an die Bevölkerungsentwicklung des Städtchens hatte. Das Gebäude war beigefarben und von Büschen umgeben, es stand an einer Straßenecke zwischen kompakten, blitzsauberen Häusern. Sneak parkte einen Block weit entfernt, ich setzte mich zurück ans Steuer, und wir beobachteten den Eingang, als würde Officer Lemon demnächst mal eben so vorbeischlendern und uns alle Fragen beantworten – was natürlich nicht passierte.

»Ich glaube nicht, dass wir da reingehen sollten«, sagte ich. »Schon allein deshalb nicht, weil wir offiziell keinen Umgang miteinander haben dürfen. Außerdem haben die garantiert Überwachungskameras. Jessica meint, dass Daylys Verfolger bei mir eingebrochen ist, weil ich wegen meines gestohlenen Wagens zur Polizei gegangen bin. Damit habe ich seine Aufmerksamkeit erregt.«

»Wir müssen auch gar nicht rein, um zu erfahren, ob er da ist.« Sneak zog ihr Handy aus der Tasche. »So was machen nur Amateure.«

Sie suchte im Internet nach der Telefonnummer der Dienststelle, wählte und wartete. Als jemand abnahm, meldete sie sich mit der Stimme einer alten Frau, schrill und heiser, und klang dabei so überzeugend, dass ich fassungslos war.

»Hallo? Ich möchte bitte meinen Enkel Marcus sprechen«, krächzte Sneak. »Der Nachname lautet Lemon, Officer Marcus Lemon. Es geht um Folgendes: Mein liebes Jungelchen sollte mich heute Abend zu Hause abholen und mich zu meiner Tanzstunde im Gemeindesaal bringen, und zwar pünktlich um sechs. Ich wollte ihm nur sagen, dass er das nicht vergessen soll ... Was? Sie müssen schon ein bisschen lauter sprechen! Na, also wirklich! Nicht im Traum hätte ich erwartet, dass ein Polizist sein privates Mobilfunktelefon mitnehmen darf, wenn er im Dienst des Bürgers für Recht und Ordnung sorgt ... nun, ja, dann werde ich das wohl machen.«

Sie legte auf.

»Er ist unterwegs«, sagte sie. »Auf Streife.«

»Das war einfach unglaublich!«

»Im Winter, wenn es draußen kalt ist, biete ich Telefonsex an«, erklärte Sneak. »Die Alte Dame kommt gut an. Aber ich kann auch das Unschuldige Schulmädchen. Oder die Geile Alleinerziehende. Die Einsame Lastwagenfahrerin«, zählte Sneak auf. »Oder die Gelangweilte Präsidentensekretärin, die ganz allein im Oval Office sitzt, während Präsilein auf Wahlkampftour ist.«

»Du liebe Güte! Da hat aber jemand blühende sexuelle Fantasien. Wieso gerade die Sekretärin des Präsidenten?«

»Damit sie auf dem Schreibtisch des Präsidenten allerlei Sachen machen kann, und zwar unter dem gestrengen Blick der wichtigen historischen Persönlichkeiten, deren Porträts an den Wänden hängen.«

»Ach so«, sagte ich. »So genau wollte ich das gar nicht wissen.«

»Wer dumm fragt ...«, sagte Sneak.

»Schade, dass dein Auftritt uns nicht dabei geholfen hat, Lemon aufzuspüren. Wir wissen jetzt, dass er auf Streife ist. Aber wo?«

»Das hier wird uns dabei helfen, ihn zu finden.« Sneak zog ein schweres graues Gerät aus ihrer Handtasche und wuchtete es aufs Armaturenbrett. Dann stöpselte sie es in den Zigarettenanzünder und knipste es an.

»Ein Polizeifunkscanner?«

»Du hast gedacht, ich hätte mich die ganze Nacht weggekokst, Schwänze gelutscht und meinen Pillenvorrat aufgestockt. Das hab ich schon in der Nacht davor erledigt, Nachbarin. Gestern Nacht habe ich das hier besorgt und dazu noch ein bisschen nützliches Kleinzeug.«

Gemeinsam lauschten wir dem Funkverkehr. Im Wagen

wurde es langsam heiß, Wüstenhitze, die von den Bergen herüberwehte. In den ersten zwanzig Minuten hörten wir nur Stimmen, die zu älteren Polizisten oder Frauen gehörten.

»Woran wollen wir ihn überhaupt erkennen?«, fragte ich mich laut. »Die geben ja nur die Nummern ihrer Streifenwagen an, nicht ihre Namen oder Dienstnummern.«

Sneak hob die Hand, um mich zum Schweigen zu bringen. Die Stimme eines jungen Mannes meldete sich. »Hier ist einer, der passen könnte.«

Zentrale, hier ist L81, fahre zu einem möglichen 11-25 auf der Wilson Ecke Harlow. Keine Unterstützung erforderlich. Kommen.

Verstanden L81. Und hast du deine Oma angerufen? Kommen.

Meine Oma? Kommen.

Sneak grinste. »Da haben wir unser Jungelchen!«

An der Ecke Wilson und Harlow Street, nicht weit vom Surfshop entfernt, hatte sich eine große Glasscheibe aus der Verankerung an der Seite eines Lasters gelöst und war auf der Straße in tausend Scherben zerbrochen. Sneak und ich beobachteten aus einiger Entfernung, wie Officer Lemon Verkehrskegel aus seinem Kofferraum zog und aufstellte.

»Sieht dem Typen im Video verblüffend ähnlich«, bemerkte Sneak.

»Wie wollen wir die Sache angehen?«, fragte ich. »Geht einer von uns zu ihm hin und stellt ihm Fragen?«

»Weiß nicht. Schließlich könnte er einfach zugeben, dass er mit Dayly befreundet war, und dann behaupten, sie wäre nach Alaska abgehauen. Was machen wir dann?«

»Er muss uns nicht mal das erzählen. Stattdessen könnte er uns einfach zum Teufel schicken. Wir müssen das richtig angehen, denn sobald er kapiert, dass wir ihm auf den Fersen sind, ist es aus. Wenn wir ihn konfrontieren, müssen wir sicher sein, dass er mit uns spricht.«

»Wir haben aber nichts in der Hand, um ihn dazu zu zwingen.«

»Also ich stecke ihn nicht in ein Loch in der Wüste, falls du darauf anspielst.«

Sneak tippte auf der Tür herum, ein rhythmisches Klackern. Lemon stand mitten auf der sonnengebleichten Straße neben seinem Streifenwagen und regelte wenig enthusiastisch den Verkehr.

»Jetzt sieh dir diesen Hintern an!«, sagte Sneak.

»Geilst du dich jetzt ernsthaft am möglichen Mörder deiner Tochter auf?«, fragte ich stirnrunzelnd.

»Nee, aber guck dir den Knackarsch an! Die Hose ist knalleng, aber in der Hosentasche kann ich kein Handy erkennen.«

»Na, und?«

»Na, wenn er das Handy nicht dabeihat, ist es noch im Auto.« Wir sahen Lemon eine Weile bei der Arbeit zu, bis Sneak auf einmal ihren Gurt löste.

»Hier ist unser Plan«, sagte sie. »Du fährst langsam an ihm vorbei, driftest auf die Gegenfahrbahn und rammst die Ampel.«

»Wie bitte?«

»Nicht mit Karacho, nur anstupsen. Aber das reicht, um ihn abzulenken. Den Kühlergrill habe ich schon lädiert, als ich in den Flugzeughangar gebrettert bin.« Sie zog ein paar Taschentücher hervor. »Hast du schon mal einen Unfall vorgetäuscht? Wenn du in die Ampel krachst, beißt du voll auf die Tücher, aber den Rest deines Körpers entspannst du am besten. In deinem Alter reicht schon ein kleiner Ruck, um dir einen Zahn rauszuhauen.«

»Ich bin zwei Jahre älter als du!«

»Steig aus und mach einen Aufstand. Vielleicht heulst du ein bisschen rum. Ja, Heulen ist gut.«

»Das ist doch ...«

»Tu's einfach!« Sneak stieg aus, schlenderte auf den Surfshop zu und betrachtete das Schaufenster, nur wenige Meter von Lemons Streifenwagen entfernt. Ich war sicher, dass sie sich jeden Moment umdrehen, zum Auto zurückkehren und zugeben würde, dass ihre Idee bescheuert gewesen war. Irgendwann wandte sie sich tatsächlich um, aber sie sah mich an und hob die Brauen. Ich schüttelte den Kopf. Sie drohte mir mit der Faust.

»Ich bin die beste Freundin auf der Welt«, murmelte ich, als ich den Gurt festschnallte. »Die beste Freundin, die man haben kann.«

Und so fuhr ich los, fuhr langsam im Slalom um die Verkehrskegel auf der rechten Straßenseite herum. Dabei richtete ich den Blick direkt auf den jungen Mann, damit er genau sah, dass ich abgelenkt war. Ein kurzer Blick in den Rückspiegel sagte mir, dass Sneak sich auf den Streifenwagen zubewegte.

Hinter mir hupte jemand, weil ich an den Scherben vorbeikroch. Das war der perfekte Auslöser für das, was nun folgen sollte. Ich stopfte mir die Taschentücher in den Mund, biss die Zähne zusammen und gab Gas, immer auf die Ampel zu.

Ein Krachen, dumpf und schwer, das ich im Bauch fühlte, wie ein Tritt in die Magenkuhle. Ich sackte vornüber und krachte mit der Stirn vornüber, nicht direkt aufs Steuer, sondern nur auf meine davor verschränkten Arme. Der Wagen hopste förmlich über die Bordsteinkante, die linken Räder blieben auf der Straße. Ich ließ mich seitlich auf den Beifahrersitz fallen und spuckte die Taschentücher aus.

Ein brennender Schmerz durchfuhr mich, mein Hirn kreischte entsetzt auf. Ausgelöst wurde er durch meine verkrampften Muskeln, Prellungen und Anspannung in den Muskeln, die ich sonst nie benutzte. Dazu gesellte sich ein plötzlich vor meinem geistigen Auge aufblitzendes Bild: Adrian Orlov, getroffen von einer Kugel, von Schmerzen überwältigt und schließlich ausgestreckt auf dem harten Boden seines Hauses.

Ich richtete mich wieder auf, zog den Scanner vom Armaturenbrett, warf ihn hinter mir in den Fußraum und legte Sneaks Jacke darüber. Dann trat ich gegen die Tür und ließ mich herausgleiten. Marcus Lemon war sofort zur Stelle, hatte die Hände unter meinen Armen und schob mich zurück in den Fahrersitz.

»Hoppla, ganz langsam!«, sagte er. »Vorsichtig, meine Dame!«

Ich brach in lautes, hysterisches Weinen aus.

»O Gott! O Gott!«, jammerte ich. »Ich hab jemanden überfahren! Notruf! Ruft einen Krankenwagen!« Dann beugte ich mich vor, vergrub das Gesicht in meinen Händen und drückte voll auf die Hupe.

»Ganz ruhig«, sagte Lemon lachend und schob meinen Arm von der Hupe. »Sie haben nur einen kleinen Kratzer an der Stoßstange. Bleiben Sie schön hier sitzen und beruhigen Sie sich erst mal. Ich informiere die Kollegen. Haben Sie Schmerzen im Nacken?« Hinter ihm hatten sich schon die ersten Gaffer versammelt, die mich mit besorgtem Blick musterten. »Es ist nichts passiert, Ma'am! Kein Grund zum Weinen.«

Mein Theater hatte offenbar funktioniert. Der Verkehr auf der gegenüberliegenden Fahrbahn war fast zum Erliegen gekommen, weil die Fahrer sehen wollten, was passiert war. Menschen waren aus den Geschäften gelaufen und standen in Gruppen an den Straßenecken. Während Lemon sich mit der Zentrale in Verbindung setzte, um Verstärkung anzufordern, entdeckte ich einen hellblauen Porsche Cayenne, der Fahrer in Lederjacke ließ seinen Arm aus dem heruntergekurbelten Fenster baumeln.

Fred und Mike. Adas Männer. Sie glitten langsam vorbei, den eiskalten Blick auf mich gerichtet. Ich schüttelte den Kopf. Das konnte doch kein Zufall sein! Hatte ich einen Schock und mir alles nur eingebildet?

Erschöpft lehnte ich mich zurück und suchte im Rückspiegel nach Sneak. Sie war verschwunden.

JESSICA

Der Wagen stand am Abhang einer Schlucht nördlich von Glendora auf geschmolzenen Reifen, dort, wo einst die Scheiben gewesen waren, klafften schwarze Löcher. Geschmolzenes Metall hatte unterhalb der Front des Wracks ein glänzendes Röckchen gebildet, einige silbrige Rinnsale waren im Sand erstarrt. Jessica duckte sich unter dem Absperrband hindurch und hob es an, damit Diggy ihr folgen konnte. Für einen großen Mann mit breiten Füßen war ihr Kollege erstaunlich unsicher auf den Beinen. Als er über einen Felsen stolperte, musste er sich am Wagen festhalten, um nicht zu stürzen. Er zupfte sich ein paar Kaktusstachel aus dem Saum seiner Jeans.

»Wissen wir, dass das der Wagen ist?«, fragte er.

»Es handelt sich um einen Honda, das passt also schon mal«, sagte Jessica und kontrollierte die Angaben auf ihrem Handy. »Ein paar Ranger haben ihn vor vier Tagen entdeckt und gemeldet, von der Zeit her stimmt es also auch. Wäh, dieser Gestank!«

Es roch nach verbranntem Gummi, Benzin und Leder. Jessica ließ den Blick über die Landschaft wandern, sanfte Hügel voller Gestrüpp. Manche Abhänge waren mit hüfthohen Kakteen und Mesquiten überwuchert, die Vegetation dicht und undurchdringlich. Obwohl sich nichts rührte, war Jessica klar, dass die Tiere bei Einbruch der Dunkelheit ihr Konzert anstimmen würden, ein einziges Jaulen, Schreien und Kreischen, Pumas und Kojoten, die Nager und Kaninchen aus ihren Bauten scheuchten, Eulen, die auf die Opfer warteten, die den größeren Räubern entkommen waren und sich auf die felsigen Ebenen gewagt hatten. Hier lauerte die Gefahr auf Schritt und Tritt, hier wurde gnadenlos gejagt, Pfoten scharrten verzweifelt im Sand, Dornen bohrten sich ins Fleisch, Blut strömte über nackte Felsen. Jessica wusste zwar nicht, welche Phase im Drama um Daylys Absturz sie hier vor sich hatte, doch sie war sicher, dass jemand das Mädchen bis zu diesem Ort verfolgt hatte, gejagt, bis sie schließlich auf Felsen und Stein gestoßen war und in der Falle saß.

Diggy geriet beim Aufbrechen der Fahrertür erheblich ins Schwitzen. Der Kofferraum stand bereits offen, er war leer. So ging die Polizei von Los Angeles mit ausgebrannten Autos um: Erst suchten sie das Wrack nach Leichen, Drogen oder Waffen ab, dann wurde es mit Absperrband gesichert und der Gluthitze der Wüste überlassen.

Während Diggy den Wagen inspizierte, suchte Jessica in der unmittelbaren Umgebung nach Indizien. Im Sand entdeckte sie die eindeutigen Stiefelabdrücke der Ranger und Polizisten, dazwischen ein paar andere, vermutlich von Gaffern. Aber zwei Spuren führten zwischen den Kreosotbüschen hindurch vom Wagen weg in die Hügel.

Vorsichtig folgte Jessica ihnen bis zu Ende, dann ging sie vor den Abdrücken im Sand und Geröll in die Hocke. Ihre

Erfahrung mit ähnlichen Tatorten half ihr zu erkennen, was sie hier vor sich hatte: Die weichen, breiten Einbuchtungen von Gesäß und Schultern. Ein paar Zentimeter darunter, scharf umrissene Halbkreise, die auf in den Sand gestemmte Absätze hindeuteten, vermutlich hatte jemand Halt gesucht. Das Opfer, auf dem Rücken liegend, hatte sich gewehrt. Es war kein Blut zu sehen, aber beim Anblick der halbmondartigen Abdrücke im Sand standen Jessica die Haare zu Berge.

»Sieht nicht gut aus«, bemerkte Diggy, als sie zurückkehrte.

»Das wollte ich auch gerade sagen. Ich habe Spuren eines Kampfes gefunden.«

»Und ich das hier.« Er zeigte ihr ein winziges rußgeschwärztes, L-förmiges Metallteil.

»Was ist das?«

»Teil einer Halterung für die SIM-Karte eines iPhones. Es ploppt an der Seite des Handys raus und man legt die Karte rein. Aber dazu muss man vorher den mitgelieferten Schlüssel ins Loch stecken. Auf dem College habe ich nebenbei in einem Handyladen gearbeitet. Dieses Teil erkenne ich sofort.

»Und wo ist der Rest?«

»Gute Frage«, erwiderte Diggy. »Dieses kleine Teil ist alles, was ich gefunden habe. Der Rest ist vermutlich dem Feuer zum Opfer gefallen. Außerdem haben wir noch das hier.« Er legte einen flachen, verkohlten Metallrest auf die Motorhaube. Jessica musste ganz genau hinsehen, um zu erkennen, was sie da vor sich hatte.

»Ein Laptop?«, fragte sie schließlich.

»Nur der untere Teil«, sagte Diggy. »Der Teil mit dem Monitor ist geschmolzen und abgefallen. Die extreme Hitze hat das Innenleben vernichtet. Das hier war die Tastatur.«

Er strich über den verbrannten Plastikstreifen, der mit dem Metallteil verbacken war.

»Laptop und Handy in einem ausgebrannten Auto«, fasste Jessica zusammen. »Das sieht nicht gut aus. Blair Harbour hat gesagt, Dayly hätte bei dem Überfall auf die Tankstelle nichts bei sich gehabt. Nur eine Waffe. Keinen Laptop. Und wenn sie ihr Handy dabeihatte, warum hat sie Sneak dann von einem öffentlichen Telefon aus angerufen? Es ergibt keinen Sinn, dass beides hier ist, in dem Wagen, von dem wir wissen, dass sie ihn benutzt hat.«

»Was ist also passiert?« Diggy dachte laut nach. »Sie hat Blair Harbours Wagen gestohlen, ist in ihre Wohnung zurückgekehrt und hat sich Laptop und Handy geholt?«

»Möglich. Aber unwahrscheinlich. Würde sie an den Ort zurückkehren, an dem sie gerade erst überfallen wurde, nur um diese beiden Sachen zu holen? Ist es nicht schlüssiger, dass man sie hier erneut überfallen hat, der Täter ihren Laptop und ihr Handy dabeihatte und beides zusammen mit dem Auto abgefackelt hat?«

»Ja, Letzteres klingt wahrscheinlicher.« Diggy seufzte betrübt. »Willst du es der Mutter sagen oder erst mal für dich behalten?«

»Weiß nicht. Hat wahrscheinlich keinen Zweck, es ihr zu sagen. Das hier bringt uns auch nicht weiter. Das Handy ist weg, und wenn dies hier Daylys Laptop war, werden wir darauf auch nichts mehr finden.«

»Nicht verzagen«, sagte Diggy mit listigem Grinsen. »Ich habe schon schlimmere Laptops zurückgeholt.«

»Zurückgeholt?«

»Ja, zurückgeholt, aus dem Jenseits, wiederbelebt«, erklärte er. »Von den Toten auferstehen lassen. Zombietech.«

»Du meinst, du kannst aus diesem Rest noch was rauslesen?« Als Jessica die Metallreste von der Motorhaube klaubte, rieselte Asche herunter. »Das sieht aus wie Holzkohle.«

»Du würdest dich wundern.« Diggy nahm ihr das Teil vorsichtig aus der Hand. »Wir müssen nur herauskriegen, ob es sich um ein Festplatten- oder um ein SSD-Laufwerk handelt, und versuchen, noch was herauszulesen. Bei einem Festplattenlaufwerk ist das sicher schwieriger. Wir müssen die Festplatte und die Steuerkarte neu ausrichten. Das ist, als würde man einen kaputten Plattenspieler reparieren, also den Tonabnehmer wieder auf die Platte setzen. Beim SSD suchen wir nur nach dem Mikrochip, der vielleicht noch intakt ist.«

»Du bist ja ganz aufgeregt«, bemerkte Jessica.

»O ja, das bin ich.« Diggy lächelte. »So was habe ich noch nie versucht. Es ist wie Archäologie und irgendwie auch wie eine Heilung. Wie der Wiederaufbau von Palmyra. All die zerstörten, verbrannten und zerschlagenen Schätze werden Stück für Stück wiedererschaffen. Wenn ich nicht in der Forensik gelandet wäre, hätte ich sicher diese Richtung eingeschlagen.«

Jessica nickte geduldig und suchte indessen nach einem Nummernschild. Es fehlte. Unter der Motorhaube entdeckte sie aber die Fahrgestellnummer, die sie gleich mit den Informationen über den gestohlenen Wagen auf ihrem Handy vergleichen wollte, als das Display schwarz wurde. Ein eingehender Anruf von Unbekannt.

»Hallo?«

»Spreche ich mit Jessica Sanchez?«

»Ja.«

»Hör gut zu, Schlampe!«, knurrte eine fiese männliche Stimme. »Finger weg von Kristi Zea. Sie will nicht mit dir reden und auch nichts mit dem alten Fall zu tun haben. Wenn Kristi ...«

»Wer sind Sie?« Jessica lehnte sich an den warmen Wagen und blickte zum Horizont.

»Hör einfach zu! Wenn es sein muss, nimmt Kristi sich einen Anwalt. Dann geht es dir wegen Belästigung und Traumatisierung von Opfern an den Kragen. Psychologische … ähm … du weißt schon. Stress. Klar ist doch, dass du kein Recht hast, sie mit der Sache zu nerven, und wenn du nicht aufhörst, kriegst du's mit ihrem Anwalt zu tun.«

»Ach, tatsächlich?«

»Ja, tatsächlich, Schlampe!« Der Mann lief offenbar auf und ab, schwere Schritte auf Holzboden. »Aber das kommt später. Der Anwalt ist die nette Tour. Zuerst kommt die fiese Tour.«

»Was hast du vor? Willst du bei mir einbrechen und mich verprügeln? Meine Sachen kaputtmachen? Mir die Daumen brechen?«

»Wenn es sein muss«, sagte der Mann.

»Aha. Verstanden. Und jetzt hörst du mir mal gut zu, Kumpel. Und Kristi am besten auch.«

»Sie ist nicht …«

»Ich weiß, dass sie da ist. Du hast den Lautsprecher eingeschaltet, weil du ihr versprochen hast, ihr zu helfen. Wahrscheinlich hast du gedacht, ich würde rumwinseln und mich vor deinen Drohungen fürchten. Wahrscheinlich bist du Kristis Bruder oder ein Freund von ihr, womöglich sauft ihr zusammen in irgendeiner Kaschemme, wenn sie sich mal wieder das schlechte Gewissen austreiben muss.«

Schweigen.

»Sie hat dich heute Morgen angerufen, richtig? Die ganze Nacht hat sie wegen meines Anrufs gestern geheult und Panik gekriegt, da hast du ihr angeboten, mich für sie abzuwimmeln. Wolltest dieser Bullensau zeigen, dass Kristi nicht allein ist, dass sie einen Beschützer hat. Sie hat das sicher nicht so toll gefunden, aber du wolltest unbedingt meine Nummer. Komme ich der Wahrheit näher?«

Jessica hörte schweres Atmen, wartete aber nicht auf eine Antwort.

»Du wirst meine Wohnung schön in Ruhe lassen und mir auch nicht mehr drohen. Genauso wenig, wie Kristi sich einen Anwalt nimmt. Beides gehört zu deinen Fantasien, aber in Wahrheit bist du sicher nicht bereit, eine Straftat zu begehen, um deiner Freundin zu helfen, und Kristi will sicher nicht vor Gericht erklären müssen, warum ich so ein gesteigertes Interesse an ihr habe. In Wahrheit wird Kristi sich mit mir treffen und mir meine Fragen beantworten. Verstanden?«

»Wieso sollte sie das tun?«

»Weil die Belästigung, für die du mich gerade anzeigen wolltest, noch nicht mal angefangen hat. Ich habe erst einen einzigen Anruf getätigt. Der nächste Schritt besteht darin, dass ich zu jeder Tages- und Nachtzeit in Kristis Leben auftauchen werde. Vielleicht komme ich in die Kaschemme, in der sie immer säuft, und höre mich unter den anderen Säufern um, bombardiere sie mit Fragen und verlange Antworten. Ich könnte auf ihrer Arbeit vorbeischauen und mit ihrem Chef sprechen. Oder ich besuche ihre Mutter zum Tee. Außerdem werde ich herauskriegen, wer du bist, und dich mitten in der Nacht aus dem Bett holen, vielleicht mit ein paar Männern vom Einsatzkommando mit einem Durchsuchungsbefehl. Während ich so mit Kristis Freundeskreis Bekanntschaft mache, werde ich genau hinsehen, ob ich ihre Bekannten nicht wegen irgendeinem Kleinscheiß drankriegen kann. Und wenn ich ihre Freunde in der Hand habe, kann ich mich ihr zuwenden. Ich rede mit ihrem Vermieter. Ich gebe dem Finanzamt einen Tipp. Ich zeige sie beim Tierschutz an, weil sie ihren Hund quält.«

In der Leitung ertönte ein Scharren, und im Hintergrund murmelte jemand.

»Sag ihr, sie sollte lieber mit mir sprechen. Es ist Zeit für die Wahrheit«, sagte Jessica.

Das Gespräch wurde beendet. Diggy stieß einen anerkennenden Pfiff aus.

»Willst du das alles tun, um Zea zum Reden zu bringen?«

»Das wird gar nicht nötig sein.« Jessica tippte eine Nachricht ins Handy. »So was habe ich schon öfter erlebt. Erst besucht man die Eltern. Wenn man die Mütter hat, knicken die Kinder ein.«

Jessica zwang sich zur Konzentration. Der Harbour-Fall konnte warten. Was sie hier gesehen hatte, jagte ihr eine Gänsehaut über den Rücken. Wo auch immer Dayly Lawlor sein mochte, sie brauchte ihre Hilfe. Jessica schickte die Nachricht an ihre Kontaktperson in der Kriminaltechnik. Erst nachdem sie es in zwei anderen Bundesstaaten versucht hatte, war sie auf einen Ermittler gestoßen, der herausbekommen konnte, wer Dayly die achthundert Dollar überwiesen hatte. Die zuständigen Leute in Kalifornien waren entweder beschäftigt, wegen des Brentwood-Erbes sauer auf sie oder nahmen sie nach der Veröffentlichung des Videos bei Goren nicht mehr ernst. Erst nach anderthalb Stunden hatte Jessica endlich einen alten Kontakt aufgetan, eine Frau namens Pria, mit der sie sich auf der Akademie ein Zimmer geteilt hatte und die jetzt in einem unterirdischen Labor in New Mexico ihr Dasein fristete.

Hast du schon Info wg. Konto?, hatte Jessica ihr geschrieben. Und im Handumdrehen war die Antwort gekommen:

Ein Typ. Schicke dir gleich die Adresse. Aber besuch ihn nur mit Verstärkung.

Ich hatte Sneak in die Tankstelle geschickt, sie sollte mir ein Kühlpack gegen meine Kopfschmerzen holen, aber sie kehrte mit einer Tüte Eislollis zurück, die ich mir nur schwer auf die Stirn drapieren konnte, vor allem, nachdem sie sich einen rausgezogen hatte. Während sie Lolli lutschend auf dem geklauten Handy alle Nachrichten zwischen Lemon und einem Kontakt namens D las, stand ich in der Wüstensonne und ließ mir das Kondenswasser übers Gesicht laufen. Wir waren sicher, dass D für Dayly stand.

LEMON: *Steigt das Ding?*

D: *Ja, warum nicht. Wir haben nix zu verlieren. Außer, dass uns jemand zuvorkommt.*

LEMON: *Ha! Ich verlier meinen Job und du landest im Knast. Damit das klar ist: ich liefer dich ans Messer, wenn ich muss.*

»Was soll das alles bedeuten?«, fragte ich.

»Sie haben offenbar vor, ein Ding zu drehen.« Sneak betrachtete das Display mit gerunzelter Stirn und lutschte an ihrem Lolli herum, der ihre Zunge und Lippen grün gefärbt hatte. »Wir müssen nur rauskriegen, welches. Bankraub? Mord?«

»›*Außer, dass uns jemand zuvorkommt*‹«, zitierte ich.

»Ich hab da so eine Idee«, sagte Sneak. »Klingt verrückt, aber vor zehn Jahren kannte ich so einen Polizisten aus San Bernadino. Johnny Reselt. Wir haben zusammen abgehangen. Er hat gemeint, dass die Überwachungskameras in der Asservatenkammer bei Erdstößen ausfallen. Nicht lange, vielleicht zwanzig Sekunden. Also sorgt er dafür, dass sie ihn nach unten versetzen, was nur passiert, wenn du Scheiße baust. Den Ruf der Polizei schädigst oder so was. Also hat er mir einen Riesen dafür bezahlt, dass ich mich mit ihm beim Koksen auf dem Klo erwischen lasse. Ich hab 'ne Anzeige gekriegt, und er ist im Keller gelandet.«

»Was willst du mir damit sagen?«

»Nur Geduld. Also ist Johnny in der Asservatenkammer und schaut sich da unten mal ein bisschen um. Er vermutet, dass der größte Fall, zu dem hier die Asservate lagern, die Ermittlungen wegen Vergewaltigung gegen einen berühmten Koch aus der Gegend sein muss. Ziemlich berühmter Typ. Tritt auch im Fernsehen auf, hat ein großes Haus in den Bergen. Angeblich hat er eine minderjährige Auszubildende in eine Kühlkammer eingesperrt und sie gezwungen, ihm einen zu blasen. Johnny vertreibt sich die Zeit, wartet geduldig auf ein Erdbeben. Monate vergehen, aber irgendwann ist es so weit. Die Kamera geht aus, er holt sich die Asservate zum Vergewaltigungsfall, nimmt das wichtigste Beweisstück gegen den Koch heraus und verstaut es in seinem Rucksack. Es war eine Bluse, falls du's genau wissen willst. Die Bluse der Auszubildenden. Da war Wichse vom Koch drauf.«

»Was hat das alles mit Dayly zu tun?«

»Johnny hat dem Koch das Beweismittel für fünfzig Riesen verkauft.« Sneak saugte den Saft des Eislollis aus der Packung. »Vielleicht haben die beiden was Ähnliches vor. Dayly und Officer Lemon tun sich zusammen, um die Asservatenkammer auszurauben.«

»Und sie haben Angst, dass ihnen jemand auf der Dienststelle zuvorkommt?«, fragte ich. »Bevor der Fall vor Gericht geht? Wie wahrscheinlich ist es, dass zwei korrupte Cops dieselbe Idee haben, Sneak?«

»Keine Ahnung, aber was immer es auch ist, es hat mit den Bullen zu tun. Dayly kann nicht mit den Crips und mit den Cops gleichzeitig unter einer Decke stecken.«

»Oder es hat mit Lemon zu tun. Reiner Zufall, dass er ein Bulle ist.«

»Ich denke ja nur laut.« Sneak wuchtete ihre Handtasche auf den Schoß und zog sich ein bisschen Koks rein.

»Kümmer dich weiter um die Nachrichten«, sagte ich.

»Mehr ist da nicht. Wie es aussieht, haben Lemon und Dayly sich regelmäßig getroffen.« Sneak scrollte sich durch die Nachrichten. »Vier ... fünf Mal innerhalb von drei Wochen.«

»Woran siehst du das?«

»Sie schreiben sich Sachen wie ›ich bin da‹ und ›in drei Minuten‹ oder ›bin an der Hintertür‹ und ›stecke im Stau‹.«

»Aha.«

»Vor zwei Wochen gab's was Interessantes. Ich les es dir mal vor.

D: Was meinst du?

LEMON: Einen Scheiß weiß der.

D: Aber können wir ihm trauen?

LEMON: Akte gesehen. Passt. Wenn du willst, finde ich was gegen ihn, ist aber nicht nötig. Wenn wir ihn aufscheuchen, haut er ab, und die Sache ist gestorben.«

»Akte gesehen?«, wiederholte ich.

»Seine Polizeiakte«, sagte Sneak. »Das Vorstrafenregister. Lemon hat einen Typen überprüft, anscheinend denjenigen, dem sie nicht trauen.«

Im Scanner unter der Jacke knackte es. Sneak und ich tauschten Blicke und lauschten dem Funkverkehr, der durch die offenen Wagenfenster nach draußen drang.

Zentrale, hier ist L81, könnt ihr mir helfen? Ich muss ein gestohlenes Handy melden. Irgendein Arschloch hat mir mein Smartphone geklaut, als ich mich um den Unfall gekümmert hab. Kommen.

O Mann, Marcus, das ist nicht dein Ernst. Kommen.

Ja. Direkt aus dem Streifenwagen. Hab mir schon die Aufzeichnungen der Sicherheitskameras angesehen, aber ich hatte im toten Winkel geparkt. Zeugen wollen eine fette Blondine gesehen haben.

So ein Scheiß!

Du sagst es.

Wo ich dich gerade dran habe, Marcus. Drüben beim Lighthorse Inn klaut Ronnie schon wieder Leergut aus dem Müll. Kannst du da mal hinfahren? Kommen.

Bin schon unterwegs. Ende.

Ich düste mit Sneak zum *Lighthorse Inn*, einer kleinen Spelunke an der Einkaufsmeile, eingepfercht zwischen einem Versicherungsbüro und einer Pfandleihe. Die Lettern auf dem Eingangsschild sahen aus wie von einer alten Kinoreklame, grüne Blockbuchstaben in einen weißen Rahmen geschoben. Ich parkte in einiger Entfernung zu Lemons Streifenwagen, weil ich wusste, dass er unser nicht gerade unauffälliges Vehikel garantiert wiedererkennen und mit dem Unfall in Verbindung bringen würde. Wir blieben sitzen und sahen ihm zu, wie er in der Seitenstraße hinter der Bar mit einem Mann über die Herausgabe mehrerer Bierflaschen verhandelte, die dieser in seinem abgewetzten Rucksack mit sich führte. Lemon ging offenbar sanft mit dem Flaschensammler um, er hatte die Hände beschwichtigend erhoben. Ich erinnerte mich an seine Stimme, warm und beruhigend, wie behutsam er mich zu meinem Wagen zurückgebracht und wie zögerlich er mir den obligatorischen Strafzettel ausgestellt hatte. Sneak, weit aus dem Fenster gelehnt, blinzelte in die Sonne.

»Wir brauchen ein Fernglas«, sagte sie.

»Funkscanner, Fernglas. Und einen GPS-Tracker. Wenn

du so weitermachst, kannst du als Privatdetektivin arbeiten. Besorg die 'ne Lizenz und nimm Geld dafür.«

»Nein, danke.«

»Wieso nicht. Du hast Talent.«

»Ich werde nie ein normales Leben führen«, gestand sie. »Die Straße, da gehöre ich hin. Ich bin geboren, um immer wieder in der Gosse zu landen. Das ist mein Schicksal.«

»So ein Blödsinn!«, rief ich. Sneak grinste mich an.

»Ich meine das ernst. Du könntest dein Schicksal sofort ändern und an die Zeit anknüpfen, bevor du auf die schiefe Bahn geraten bist, als dir der Unfall einen Strich durch die Olympiade gemacht hat. Du warst auf dem Weg zum Erfolg!«

»Genau wie Dayly«, sagte Sneak achselzuckend. »Und jetzt? Irgendwie hat sie sich verirrt, ist auf die dunkle Seite gewechselt. Vielleicht steckt es uns in den Genen. Ein Familienfluch. Ich kannte mal einen, auf dem lastete so einer. Seine Ex hat ihn verflucht. Ein Pelikan hat ihn umgebracht.«

Ich legte ihr die Hand auf die Schulter. »Wir wissen doch noch gar nicht, was mit Dayly passiert ist. Klar, es sieht nicht gut aus, aber vielleicht kommt sie heil aus der Sache raus.«

»So ein Zeug erzählen sie dir auch in der Entzugsklinik«, sagte Sneak. *»Du kannst dein Schicksal heute noch ändern!*, und solche Sprüche. Überall an den Wänden hängen Motivationsposter, man hat sie in hübschen Farben aufgemalt. Manchmal gibt's auch Armbänder oder T-Shirts damit. *Glaube an dich selbst! Sei dankbar für jeden Augenblick! Fasse einen Plan und ziehe ihn durch! Hab Geduld und vertraue auf die Heilung!* Das Problem ist, diese Zitate stammen nicht von Betroffenen. Niemand hat diese Ratschläge ausprobiert und weiß genau, ob sie im Alltag funktionieren.«

»Kennst du ein Motto, das sich im Alltag bewährt hat?«

»Ja, es stammt von Mike Tyson«, sagte Sneak, den Blick

auf Lemon gerichtet, der zu seinem Streifenwagen zurückkehrte. *»Jeder Mensch hat einen Plan, bis er was aufs Maul kriegt!«*

Diesen Spruch ließ ich mir auf der Zunge zergehen. Wie viele wunderbare Pläne hatte ich für mich und Jamie geschmiedet, bevor man mich zum ersten Mal im Leben in Handschellen gelegt hatte. Bis mir das Leben aufs Maul gehauen hatte. Sneak setzte sich wieder gerade hin und zeigte auf Lemon.

»Lass uns dem mal ein bisschen hinterherfahren«, schlug sie vor.

JESSICA

Jessica ging ohne Verstärkung zum kleinen Haus an der Hill Street in Walnut Park. Sie parkte unter einem Schild mit der unheilschwangeren Aufschrift »Vorsicht! Straße unsicher!« und wartete vor dem Haus vergeblich darauf, dass sich der Grund für Prias Warnung offenbarte. Die Geschäftsadresse von Scream Inc. entpuppte sich als hübsches Häuschen, mit Stuck und Bogenfenstern und niedrigen Palmen im Vorgarten und einem kleinen roten Futterspender für Kolibris an einem Metallgeländer vor der Haustür aus Buntglas. Sie klopfte, wartete, hörte Schritte auf der Treppe. Die Frau an der Tür war jünger als erwartet, stämmig und rund, die blauschwarz gefärbten Haare ließen ihre blasse, sommersprossige Haut noch bleicher wirken.

»Jessica Sanchez?«, fragte sie.

»Genau.«

»Ich bin Tania Austen«, sagte die Frau und grinste. Ein starker Südstaatenakzent. »Nur hereinspaziert.«

Das Haus war auf klassische Weise aufgeräumt und ähnlich spießig eingerichtet, wie es von außen zu vermuten war. Perserteppiche auf Holzboden, eine Garderobenleiste für Mäntel und Taschen, auf der in Schnörkelschrift das Wort »Family« aufgemalt war. Jessica vermutete, dass die junge Frau noch bei ihren Eltern wohnte. Schon als sie über die Schwelle trat, wurde ihr blümerant im Magen, ein Instinkt, der im Gegensatz zur kitschig-idyllischen Umgebung stand. Als sie Tania zu einer Tür neben der Küche folgte, sah sie, dass die Frau einen Schlüssel aus einem Bund wählte, den sie aus der Tasche ihres Kapuzenpullis gezogen hatte.

»Sie haben mir am Telefon nicht gesagt, an welchem Objekt Sie genau interessiert sind«, sagte Tania, als sie das schwere Vorhängeschloss öffnete. In Wahrheit hatte Jessica am Telefon kaum etwas gesagt, außer, dass sie mit Tania sprechen wollte, es gehe um einen Einkauf, den sie vor einem Monat getätigt habe. Sie hatte es schon häufig erlebt, dass Fälle sich viel leichter aufklärten, wenn sie in Zivil auftauchte, sich nicht als Polizistin zu erkennen gab und nicht zu viele Fragen stellte, sondern die Dinge erst mal auf sich zukommen ließ. Zu aufdringliche Neugier konnte die Leute verunsichern und dann machten sie dicht. Auf der engen Treppe in den Keller wurde Jessica klar, dass die Frau vor ihr nichts von ihrer Waffe wusste und sie eigentlich einen Durchsuchungsbefehl brauchte.

»Ich bin hier, um mit Ihnen über Dayly Lawlor zu sprechen«, sagte sie vage.

»Ah, okay«, erwiderte Tania grinsend. »Das wundert mich nicht. Dabei habe ich die Briefe noch nicht mal ins Netz gestellt. Aber so was verbreitet sich schnell, nicht wahr?«

Ein ordentlich aufgeräumter Keller. Jessica stand vor einem breiten Schreibtisch aus Eichenholz und betrachtete die vielen Regale an den Wänden, maßgeschneidert und voller beschrifteter Objekte. In manchen lagen Zeichnungen und grelle Acrylmalereien von Geistern und hübschen Frauen neben Gegenständen, die offenbar keiner genauen Kategorie angehörten: eine Handtasche mit kaputtem Reißverschluss, ein rosafarbener Teddybär, der aussah, als wäre eine Seite verbrannt, das an Zuckerwatte erinnernde Kunstfell hatte sich gekringelt und war verkohlt. Als sie sich umwandte, fiel ihr Blick auf ein Regal voller kleiner, mit Namen beschrifteter Weckgläser: Schafer, G. Jones, J. Gacy, W. Norris, R. Pike, C. Bei genauerem Hinsehen erkannte sie, dass einige Gläser mit Haaren gefüllt waren. Graue, schwarze, braune Büschel. Andere enthielten scharfe, vergilbte, halbmondförmige Schnipsel. Tania suchte etwas in einem großen Aktenschrank. Jessica erspähte Worte wie »Mitschriften«, »Psychologische Gutachten«, »Echtheitsurkunden«, »Tatort-/Autopsiefotos«. Jetzt wurde ihr so richtig mulmig.

»Ich hab's gleich, keine Sorge«, sagte Tania, die die Akten durchsuchte. »Sehen Sie sich ruhig um, während Sie warten. Aber ich muss Sie warnen, ich habe drei Kameras installiert. Letztes Jahr war ein Mann hier, der versucht hat, meine Berkowitz-Fingernägel zu klauen. Das einzige verkäufliche Glas in diesem Land, das ein Echtheitssiegel trägt. Steht bei den Gläsern aus der Premium-Kategorie, da ganz oben. Wenn Sie Daylys Briefe kaufen, mache ich Ihnen einen guten Preis für ein Glas aus der Basis-Kategorie.«

»Sprechen wir hier von … David Berkowitz? Dem Serienmörder?«

»Son of Sam«, sagte Tania. »Ich hab auch ein Paar Gefängnisschuhe von ihm, wenn Sie auf diesen Typen stehen.«

Jessica wandte sich wieder den Regalen zu. Betrachtete die kleinen Gläser mit Haaren und Fingernägeln, auf denen die Namen berühmter Mörder standen. In einer Ecke neben der Tür brummte ein alter Kühlschrank, der mit einem Vorhängeschloss gesichert war. Jessica trat vor die gegenüberliegende Wand und inspizierte das weit oben aufgehängte Bild. Im Rahmen befand sich ein Stück cremefarbener Teppich, der von einer rotbraunen Substanz befleckt war. Ihr fiel auf, dass der Rahmen fest mit der Wand verbunden war.

»Was ist das?«

»Ach, das steht nicht zum Verkauf.« Tania trat neben Jessica. »Der gehört mir. Das hier, meine Liebe, ist ein Stück Teppich, das die Spurensicherung nach dem Amoklauf vom Boden der Columbine High School geschnitten hat. Dafür habe ich auch eine Echtheitsurkunde. Aber es ist unbezahlbar.« Stolz stemmte sie die Hände in die Hüfte. »Jemand hat mir vor ein paar Wochen Jeffrey Dahmers Brille dafür angeboten. Hab drüber nachgedacht, durchaus.«

»Also sind das hier alles ...« Jessica keuchte.

Tania nickte. »Mörderabilien, genau. Haben Sie gedacht, ich hätte nur Gefängnisbriefe?«

»Ich ...« Jessica war sprachlos.

»Bei Scream Inc. handeln wir mit Waren aus allen Bereichen einer Bluttat. Wir haben Geständnisaufzeichnungen, psychologische Gutachten, kraniale CTs und medizinischen Abfall. Das hier ist eine Handtasche von Casey Anthony.« Tania tippte auf den Schaukasten, der neben Jessica stand. »Die habe ich bei einem Garagenflohmarkt ergattert, den ihre Eltern kurz nach dem Tod des Kindes abgehalten haben. Sie werden nicht glauben, wie viel ich jetzt dafür kriegen könnte. Sind Sie ein Fan von OJ? Ich habe Steine aus dem Garten, wo Nicole und Brown erstochen wurden, aber leider keine Echtheitsurkunde. Aber vielleicht kriege ich bald eine von den Straßenlaternen, die vor dem Haus standen. Der Typ meinte, es wären noch Blutspritzer drauf, aber so was behaupten sie immer. In den nächsten Tagen müsste der Handel perfekt sein. Ich kann Sie in meinen Verteiler aufnehmen, dann bekommen Sie eine Benachrichtigung, wenn wieder was Neues reinkommt. Es sei denn, Sie möchten jetzt schon zuschlagen, dann kommt es billiger.«

»Ich …« Jessica holte tief Luft. »Ich bin nur wegen der Briefe von Dayly Lawlor gekommen.«

Tania kehrte zurück zum Aktenschrank. Jessica starrte indessen auf ein Paar abgewetzte Pumps auf einem niedrigen Regal und bemühte sich, nicht darüber nachzudenken, was sich in dem Kühlschrank befinden mochte. Irgendwann hörte sie ein lautes Rascheln und trat zu Tania an den Schreibtisch, die bereits vier Seiten des Briefes ausgebreitet hatte.

»Bitte nicht berühren. Und keine Fotos!«, sagte Tania.

Es handelte sich um einen Brief, den offenbar jemand auf einer elektrischen Schreibmaschine getippt hatte. *Liebe Dayly, in deinem letzten Brief hast du über meine Motive für die Morde beim Bankraub in Inglewood spekuliert* … Ihr Herz raste.

»Was ist das hier genau?«, fragte sie, um Fassung ringend.

»Wie bitte? Das wissen Sie nicht?«

Jessica lächelte schwach. »Ich bin im Auftrag einer Freundin gekommen.«

»Das hier sind Briefe an eine Frau namens Dayly Lawlor von John Fishwick, dem Killer von Inglewood. Fishwick war ein berühmter Bankräuber. Er sitzt jetzt in San Quentin in der Todeszelle. Der Bursche hat richtig viele Banken ausgeräumt, aber beim letzten Überfall ist er durchgedreht und hat ein paar Leute erschossen. Sechs Erwachsene und ein Kind.« Tania trat hinter den Schreibtisch. »Manche Menschen – ich übrigens auch – glauben, dass Fishwick irgendwann das Beuteversteck verraten wird.«

Mit klopfendem Herzen versuchte Jessica, einzelne Sätze zu entziffern.

»Also«, sagte Tania schließlich. »Fishwicks Briefe gehen normalerweise für fünfhundert Dollar weg, aber in diesem hier fragt Dayly ihn offenbar, ob er ihr Vater ist. Das ist was anderes. Was Besonderes. Es enthüllt neue, persönliche Informationen über Fishwick, die bisher nicht an die Öffentlichkeit gelangt waren, außerdem gesteht er in einem der Briefe einen bisher ungeklärten Mord, den er wohl in seiner Kindheit begangen hat. Und nachdem erst vor Kurzem ein Teil von Fishwicks Beute entdeckt wurde, ist das Interesse an diesem Fall erneut aufgeflammt. Ich werde mich vor Kaufinteressenten kaum noch retten können. Ich biete Ihnen die Schriftstücke zu einem Vorteilspreis von tausendfünfhundert pro Seite an. Ich nehme auch Kreditkarten. Ihre Freundin hat Ihnen eine Verhandlungsvollmacht erteilt?«

Jessica trat einen Schritt zurück. Plötzlich war es hier eng und stickig.

»Wie alt sind Sie?«, fragte Jessica.

Tania runzelte die Stirn. »Wie bitte?«

»Sie haben meine Frage schon verstanden, Tania.«

»Ich bin fünfundzwanzig.«

»Und so verdienen Sie Ihren Lebensunterhalt? Mit dem Leid anderer Menschen?«

Tania sah Jessica entgeistert an. Dann wanderte ihr Blick zu dem blutgetränkten Teppich von der Columbine High School.

»Hören Sie gut zu, Lady«, sagte sie vorsichtig. »Ich tue nichts anderes als diejenigen, die mit historischen Sammlerstücken handeln. Im Internet kaufen und verkaufen die

Leute rund um die Uhr Kriegsmemorabilien. Die Reichen haben ganze Säle voll mit dem Zeug, Waffen aus dem Bürgerkrieg, Briefe aus den Schützengräben oder ... ein Speer aus römischer Zeit. Eine Flagge aus irgendeiner Schlacht. Das hier ist Geschichte.« Sie zeigte auf die Wand. »Es gibt ganze Museen, die voll sind mit diesem Scheiß. Der einzige Unterschied besteht darin, dass sie von Morden stammen, die von der Regierung abgesegnet wurden. Dies hier sind historische Erinnerungsstücke an individuelle Morde.«

Jessica deutete auf das angekokelte, pinkfarbene Kuscheltier in der Vitrine neben ihr. »Dieser Teddybär. Wem hat der gehört? Was ist mit dem Kind passiert?«

»Hören Sie, wollen Sie die Briefe kaufen oder nicht?«, zischte Tania. Sie hatte die Augen aufgerissen. »Ich hab Sie nicht hier reingelassen, damit Sie über mich urteilen.«

»Ich werde die Briefe nicht kaufen«, sagte Jessica. Sie zog die Waffe aus dem Bund ihrer Jeans und ihre Dienstmarke aus der Tasche. »Sie sind konfisziert. Ich bin Polizistin. Diese Briefe sind Teil einer aktiven Ermittlung in einem Vermisstenfall.«

»Haben Sie einen Durchsuchungsbefehl?«

»Nein, aber ...«

Tania holte etwas aus dem Schreibtisch und hob blitzschnell die Hände. In den Fingern hielt sie eine überdimensionale Schrotflinte, die sie direkt auf Jessica gerichtet hatte. Auf einmal war ihre Pistole völlig wirkungslos. Sie ließ sie los, und sie landete mit einem sanften Aufprall auf dem Boden.

»Kein Durchsuchungsbefehl, keine Briefe«, knurrte Tania.

Jessica zuckte zusammen, als Tania den Vorderschaft der Flinte zurückzog und wieder vorschob. In dem beengten Kellerraum klang das Geräusch bedrohlich laut, wie das

Knirschen einer Lastwagengangschaltung. Jessicas Kehle war auf einmal staubtrocken. Als sie sprach, klang ihre Stimme heiser.

»Wie viel wollten Sie dafür haben?«, fragte sie.

»Sechstausend für alle«, erwiderte Tania, die Waffe auf Jessicas Bauch gerichtet. »Aber für sechseinhalb kriegen Sie noch zwei Gläser Zehnägel dazu. Von einem Mörder aus der Basiskategorie Ihrer Wahl.«

»Nur die Briefe«, sagte Jessica und zog vorsichtig die Geldbörse aus ihrer Gesäßtasche.

BLAIR

Lemons Streifenwagen hielt vor einem Haus in der Redduck Avenue. Es lag hinter einer kleinen, von wild wuchernden Weinreben überwachsenen Mauer versteckt, die aussah, als würden die Pflanzen sie gleich verschlingen. Sneak hatte das Handy vor der Nase und vergrößerte die Ansicht ihrer GPS-Position.

»Heißt das hier Redduck«, fragte sie, »oder Red Duck?«

»Keine Ahnung.«

»Wir sind ungefähr zwei Blocks von der Polizeistation entfernt«, bemerkte sie.

»Ich weiß nicht, was er da macht, aber er hält keinen Kontakt zur Zentrale«, sagte ich. Wir warteten. »Was meinst du? Familienbesuch? Vielleicht wollte er kurz vorbeifahren, um zu hören, was Omi von ihm wollte.«

»Oder er wohnt selbst dort. Von hier aus sehen wir nichts. Fahr mal weiter.«

Ich düste einmal um den Block, verlangsamte das Tempo und kroch am Haus vorbei, um zwischen den Reben hindurch irgendwas zu erkennen. Es trug die Nummer siebzehn. Die lange Auffahrt stand voller Gerümpel, Eimer und Benzinkanister, Stühle und Klapptische, hoch gestapelte Holzkisten, an denen verrostete Fahrräder lehnten, darüber eine halbherzig ausgebreitete Plane, die das Ganze wohl vor der Sonne schützen sollte. Ich entdeckte ein paar vernagelte Fenster, die anderen Scheiben waren mit Zeitungspapier zugeklebt. Sneak öffnete ihren Gurt und wandte sich um, damit sie auch nach dem Vorbeifahren möglichst viel mitbekam.

»Omi ist ein ziemlicher Messie«, sagte sie.

Ich stimmte ihr zu. »Seltsam.« Wir fuhren weiter zu unserem früheren Parkplatz, ein Block vom Haus entfernt. Der Wagen tickte in der Hitze.

»Ich geh da rein«, sagte ich schließlich.

Sneak schnaubte. »Tust du nicht. Er kennt deine Visage.«

»Na, höflich an die Tür klopfen werde ich wohl kaum. Ich werde mich ranschleichen und nachsehen, was da drinnen abgeht.«

»Lass mich das machen«, sagte Sneak. »Mich kennt er nicht.«

»Ha! Er sucht nach dir, weil du ihm das Handy geklaut hast. Der hat ja sogar eine Zeugenbeschreibung, die genau auf dich passt: eine fet… ähm, eine Frau mit blonden Locken.«

»Was willst du tun, wenn er dich erwischt?«

»Überlass das mal mir.«

Wie eine Unbeteiligte über die Straße zu schlendern ist schwieriger, als es klingt. Zweimal stolperte ich über unebene Bordsteine. Vor dem Nachbargrundstück auf der gegenüberliegenden Straßenseite parkte ein Laster mit der Aufschrift Ramirez Commercial Plumbing und dem Bildchen eines strahlenden Klempners, der seine Zange wie ein

Schwert über dem Kopf hielt. Ich flitzte die Auffahrt hinauf, den Blick fest auf die verbarrikadierten Fenster gerichtet, und ging hinter einem Stapel Unrat an der Seite des Hauses in Deckung. Im Garten hinter dem Haus standen mehrere alte Autowracks, vermutlich Oldtimer, die restauriert werden sollten. Auf einem Wagen döste eine Schildpattkatze, im Inneren stand das Gras so hoch, dass es die halbe Windschutzscheibe blockierte. Bei meinem Anblick hob die Katze den Kopf, ein wildes Geschöpf mit kantigem Schädel, das Gesicht von Narben gezeichnet.

Ich trat ans nächstgelegene Fenster und spähte durch einen kleinen Schlitz im Zeitungspapier, sah aber nur ein dunkles Zimmer voller Regale, lauter Bücher mit sonnenvergilbten Rücken. Das Fenster daneben war komplett verbarrikadiert, doch beim dritten Fenster hatte ich Glück: durch einen Spalt zwischen den Brettern erkannte ich Dutzende aufgerollte Teppiche oder Läufer, die vom Boden bis zur Decke gestapelt waren.

»Hey!«

Bevor ich es unterdrücken konnte, hatte ich bereits erschreckt aufgeschrien. Ein breitschultriger Latino stand in der Auffahrt und wischte sich an einem verdreckten Tuch die Hände ab.

»Hallöchen!«, sagte ich mit betonter Lässigkeit.

»Kann ich Ihnen helfen?«

»Nein, alles gut. Ich habe nach meiner Katze gesucht.« Ich zeigte mit dem Daumen über die Schulter auf das Autowrack im Garten. »Bin gleich weg.«

Mit diesen Worten marschierte ich auf die Katze zu, die den Kopf erneut hob und ein tiefes, fieses Fauchen ausstieß, das mir die Haare zu Berge stehen ließ. Ich konnte mir lebhaft vorstellen, wie das Tier sich auf mein Gesicht stürzen und es mit seinen messerscharfen Krallen zerfetzen würde.

Das brauchte ich nicht auch noch, mein kleiner Unfall reichte mir vollkommen. Also wandte ich mich um und trat mit gesenktem Haupt den Rückzug an.

»Wissen Sie was? Meinem Tigerchen geht's blendend. Der kommt schon zurück, wenn er Hunger hat.« Ich strahlte den Mann mit dem Handtuch an und zeigte auf ein paar Wildblumen, die zwischen den morschen, an der Hauswand aufeinandergestapelten Holzstühlen emporsprossen. »Netter Garten, den Sie hier haben. Sehr ungewöhnliche Blumen.«

»Das ist nicht mein Garten«, erwiderte der Mann. »Ich bin nur der Klempner. Da drinnen wohnt ein totaler Messie.«

Ich blieb stehen. »Ach, tatsächlich?«

»Ja. Vollkommen verrückt. Die Hütte steht voller Gerümpel.« Der Klempner mied meinen Blick. »Ich bin nur wegen einer blockierten Toilette hier. Kommt bei solchen Leuten öfter vor. Das Wasser ist abgestellt, aber die gehen trotzdem noch aufs Klo.«

»Ach, du liebes bisschen.«

»Der Typ da drin hat lauter Puppen«, fuhr er fort. »Und sie sind alle nackt.«

Wir sahen peinlich berührt zu Boden.

»In ein paar Tagen bin ich hier fertig.«

»Aha.« Ich trat ein paar Schritte zurück. »Na, hoffentlich haben Sie die Sch... ähm, das alles schnell wieder freigeräumt.«

»Jaja, kein Problem.«

Ich floh zurück auf die Straße, bog scharf nach rechts ab. Als man mich nicht mehr sehen konnte, nahm ich die Beine in die Hand. Sneak lauschte mir gebannt, als ich den Motor startete und einfach weiterfuhr, damit ich das Haus nicht noch mal sehen musste.

»Wer ist der Messie?«, fragte Sneak. »Officer Lemon?«

»Ich weiß es nicht«, erwiderte ich. »Der ist mir gerade egal. Aber dieser Klempner! Ramirez. Es kam mir vor, als wollte er mir unbedingt erklären, warum er sich auf dem Grundstück aufgehalten hat, und noch großartig betonen, dass er bald wieder weg ist.«

»Ich habe die restlichen Nachrichten gelesen«, sagte Sneak. Sie hielt Lemons Handy in den Fingern. »Mir ist nicht ganz klar, ob die beiden ein Paar sind oder nicht, aber von ihm gibt's ein paar schräge Meldungen.«

»Schräg?«

»Ja, zum Beispiel ...«, sie scrollte, »*... jetzt wird sich alles ändern. Ein neues Leben. Weit weg. Bin so froh, dass du mich gewählt hast.*«

»Klingt romantisch.«

Sneak zuckte die Achseln. »Kann sein. Aber denk mal drüber nach. Wenn ›*mich gewählt hast*‹ so viel bedeutet wie ›mich zum Partner‹ oder ›mich zum Liebhaber gewählt hast‹, warum gibt es vorher nichts in der Richtung? Dann schreibt er ihr noch drei Nachrichten. Sie treffen sich einmal, und eine Woche später schreibt er ihr so was?«

»Sie hat ihn ausgewählt, aber nicht aus Liebesgründen, sondern als Komplizen.«

»Warum dann ausgerechnet Lemon?«, fragte Sneak.

»Weil er ein Cop ist?«

»Warum kein anderer?«

»Gute Frage.«

»Später schreibt er ›*Vertrauen ist alles*‹, und sie so ›*es ist das Wichtigste, das wir haben*‹.«

Sneak und ich dachten nach.

»Es gibt noch eine Nachricht von Dayly an Lemon: ›*Wie viel Zeit haben wir noch*?‹, fragt sie, und er so ›*Eine Woche, vielleicht weniger*‹.«

»Wann war das?«

»Vor etwa einer Woche. Danach wiederholen sich die Nachrichten«, sagte Sneak.

»Wiederholen? Wie meinst du das?«

»Immer wieder ›Wo bist du?‹«, erklärte Sneak.

JESSICA

Zehn Personen standen vor ihr am Schalter im LAX, eine griechische Großfamilie, die sich über den gesamten Tresen ausgebreitet hatte, Kleinkinder spielten auf Rollkoffern. Jessica hatte ihr Handy rausgeholt und tippte Nachrichten ein. Immer wieder schallten Durchsagen über die Lautsprecher. Es war schon Mittag, und sie bedauerte, dass sie auf dem Weg vom Kurzzeitparkhaus nicht doch noch schnell den Slalom durch die vielen Flughafen-Fressbuden angetreten und sich mit Proviant versorgt hatte.

Irgendwann wählte sie eine Nummer aus ihren Kontakten, die sie unter »Beans« gelistet hatte.

»Hi, alles klar?«, fragte sie. »Bist du bereit?«

»Allzeit breit ... äh, bereit.« Beans gähnte. Sie hörte ihn genüsslich seufzen und sein Bettzeug rascheln, offenbar war er gerade aufgewacht. »Chill mal, Süße. Das wird richtig geil.«

»Du darfst nicht vor acht rein.« Jessica trat einen Schritt vor. »Er hat Nachtschicht. Wenn du früher kommst, ist die Kacke am Dampfen.«

»No problemo! Alles im grünen Bereich«, erwiderte Beans. »Wenn wir kommen, ist niemand mehr drin, oder?«

»Niemand.«

»I like it!«, sagte Beans. »Ich habe mir den Schlüssel genauer angesehen. Den hast du mit einem Seifenabdruck

nachgemacht, richtig? So einen hab ich schon ewig nicht mehr gesehen. Der ist aus Plastik, Mädchen!«

»Na und? Wenn's funktioniert.«

»Das sind voll die alten Knastmethoden.« Beans lachte. »Ich bin ganz beeindruckt von deinem ... Erfindungsreichtum. Wer bist du? MacGyver?«

Jessica seufzte. »Du bist doch gar nicht alt genug, um MacGyver zu kennen.«

»So was hat man heutzutage nicht mehr nötig. Du brauchst nur noch ein Foto von dem Schlüssel, wenn du die richtigen Maße hast.«

»Egal. Es wird auch so funktionieren.«

»Eins musst du mir noch sagen. Ist das ein Streich?«, fragte Beans.

»Ich bin nicht sicher, ob Streich das richtige Wort ist«, erwiderte Jessica.

»Coolomat! Also eher Rache?«

»Es wird wärmer.«

Beans kicherte. »*Dude*! Das ist episch! Wir ziehen eine richtige Show ab. Volle Dröhnung!«

»Schieß alle Raketen ab, Beansie!«, sagte Jessica. Sie hatte den Schalter erreicht, also beendete sie den Anruf. Mit zufriedenem Grinsen schob sie der Frau in Uniform ihre Dienstmarke hin. »San Francisco«, sagte sie. »Der nächste Flug.«

BLAIR

Ich prokrastinierte. Drückte mich vor dem, was kommen musste, dem nächsten logischen Schritt auf unserer Suche nach Dayly. Ich hatte Sneak auf ihren Wunsch hin an der Hollywood Ecke Highland abgesetzt, in der Nähe von Madame Tussauds, vor dem die Fans schon Schlange standen, um ein Foto von sich und der wächsernen Beyoncé zu schießen. Ich sah Sneak zwischen ersten Touristengruppen des frühen Abends verschwinden, die hordenweise mit Einkaufstüten und riesigen schrillbunten To-go-Kaffeebechern über die Gehsteige pilgerten. Was genau sie vorhatte, wusste ich nicht, sie hätte noch was zu erledigen, hieß es, wahrscheinlich die Überreste ihres kaputten Lebens zusammenfegen oder sich Drogen besorgen, und zwar genug, dass sie die nächsten Tage gut genug drauf war, um nach ihrem Kind zu suchen.

Ich stellte den Wagen auf dem großen Parkplatz von Sunset Ralphs ab und ging mit meinem Eiscremebehälter zu einem kleinen Laden, der zwischen einem Nagelstudio und einem UPS-Paketshop lag. Beim Eintreten ertönte die Glocke über der Glastür. Der Boden war klebrig, links von mir ragte ein Haufen verstaubtes Hundespielzeug auf, rechts befanden sich einige Ledersessel. Als ich eintrat, sprang ein grauer Pitbull auf mich los und zerrte so heftig an der Leine, dass er sein anscheinend eingenicktes Frauchen fast vom Stuhl riss. Mir kam es vor, als wäre die Frau mit dem Hund nur Staffage, um die Behauptung auf der Werbetafel zu untermauern, laut der man sich in dieser Praxis Tag und Nacht um Hollywoods verwöhnte Haustiere kümmern würde. Sie hatte keine Handtasche bei sich, ihr Hinterteil hatte eine tiefe Delle im Sessel hinterlassen. Zwischen ihr und der Sprechstundenhilfe hinter dem Empfang bestand zudem eine frappierende Ähnlichkeit. Letztere blickte jetzt gelangweilt von ihrem Computer auf und rieb sich mit einem zerfetzten Taschentuch an der langen, dürren Nase herum.

»Könnten Sie mich vielleicht noch für ein Routine-Check-up einschieben?«, fragte ich lächelnd und stellte den Eiscremebehälter auf den Tresen.

»Ja, Moment.« Die Frau gähnte in ihr Taschentuch. »Das geht. Kostet hundert Dollar pauschal, alles, was wir danach behandeln müssen, geht extra. Wie alt ist Ihr Hund? Sie beugte sich über den Tresen.

»Kein Hund. Eine Wühlmaus.« Ich zog den Deckel ab. Die Frau erhob sich und spähte in Hugh Jackmans Wohnung. Der stand auf den Hinterpfoten, die Nase schnüffelnd in die Luft gereckt, die kleinen Vorderpfoten wie Hände vor dem Bauch ringend.

»Sehr witzig«, sagte die Frau.

»Das ist mein Ernst.«

»Wir können kein Check-up an einer Wühlmaus durchführen.« Sie sah mich mitleidig an.

»Wieso nicht?«

»Weil diese Tiere ...« Sie zeigte hilflos auf den Eiscremebehälter und hoffte, ich würde den Rest aussprechen, doch ich starrte sie nur böse an. »Hören Sie zu, Lady!«, sagte die Frau schließlich ungehalten, »Wenn Sie hier eine Mücke anschleppen würden, könnten wir die auch nicht untersuchen.«

»Aber Hamster behandeln Sie durchaus.«

»Ah, ja, aber ...«

»Wo liegt der Unterschied?«

Sie ließ sich auf ihren Stuhl zurückfallen und musterte mich genervt. Ich wartete, bis die Frau mit der dürren Nase sich wieder aufraffte, durch den Laden ging, vorbei an einem Regal mit Wurmkuren für Haustiere, und hinter einer Tür verschwand. Ich nahm Hugh Jackman aus dem Behälter und ließ ihn ein bisschen auf mir herumlaufen. Er kletterte mir bis zur Schulter, wo ich ihn sitzen und mit einer Haarsträhne spielen ließ. Als sich die Tür öffnete, setzte ich ihn zurück in seinen Behälter.

Der Tierarzt war um die vierzig. Sein graues Haar stand

ihm zu Berge, und er hatte sich offenbar gerade das Gesicht gewaschen, denn an seinen dunklen Bartstoppeln glitzerten noch Wassertropfen. Er trat neben den Tresen und beäugte mich belustigt.

»Das ist ja ein ganz lustiges Scherzchen! Wer schickt Sie? Stevie Leaf?«

»Niemand schickt mich.«

»Was wollen Sie?« Auf dem Kragen seines weißen Kittels prangte ein Senffleck. »Ich hab Kit Kat und Kristy, fünfzig das Tütchen.«

Ich lehnte mich ebenfalls an den Tresen. »Ich will keine Drogen. Das ist kein Scherz, bitte untersuchen Sie meine Wühlmaus.«

Er schnaubte und verschränkte die Arme. Nach einiger Zeit verschwand sein breites Grinsen. »Wonach soll ich denn suchen?«

»Weiß ich doch nicht! Parasiten, Flöhe, Würmer?« Ich zuckte die Achseln. »Wonach sie bei den anderen Haustieren auch suchen. Ich will das komplette Programm. Geld spielt keine Rolle. Ich zahle bar.«

»Wissen Sie, hinter meinem Haus ist ein Golfplatz. Die vergiften die Viecher zu hunderten. Schaufeln sie in Mülltüten. *Schaufeln*, meine Liebe! Haben Sie schon mal was von Mäuseangeln gehört? Ist bei den Hillbillys beliebt. Gehört bei denen zur Freizeitbeschäftigung. Warum Sie sich so was als Haustier halten wollen, ist eine Sache, aber wieso Sie jetzt auch noch gutes Geld dafür ausgeben, dass ich das Vieh untersuche, will mir echt nicht in den Kopf.«

»Wieso nehmen Sie nicht einfach mein Geld und machen Ihren Job?«

»Sie spinnen ja.« Er sah Beifall heischend zu der Frau mit dem Pitbull. »Die hat doch einen Knall, oder? Aber soll mir doch egal sein. Ich untersuche die Wühlmaus. Hab sowieso nichts Besseres zu tun.«

»Noch was. Auf dem Schild stand auch was von ›Fellpflege‹.«

»Das ist für Hunde, Schätzchen. Hunde und Katzen, aber nicht für Ungeziefer.«

Ich nickte. »Okay. Ich warte hier«, sagte ich, und der Mann verschwand mit dem Eiscremebehälter hinter seiner Tür.

Die Frau mit dem Pitbull, neben der ich Platz nahm, war schon wieder kurz vorm Einschlafen. Ich streichelte den Hund und blickte durchs schmutzige Schaufenster nach draußen, wo bereits der Abend dämmerte.

BLAIR

Sasha öffnete die Tür und spähte durch die Wühlmausvilla, um zu erkennen, wer davorstand. Das gewölbte Plastik verzerrte ihre Gesichtszüge. Ich balancierte das Haus auf der Hüfte und lächelte, aber sie blieb bierernst.

»Was willst du denn hier?«, fragte sie. »Du hast dich nicht angemeldet.«

»Ich bin gekommen, um dir meine Wühlmaus zu zeigen«, erwiderte ich. »Meine gesunde, quietschfidele, biologisch unbedenkliche Rasenratte.«

Sasha wandte sich ab und kehrte zurück ins Haus. Ich folgte ihr angespannt. Als ich die Wühlmausvilla auf der Anrichte abstellen wollte, schrie sie: »Nicht da!«

Also ging ich auf den Wohnzimmertisch zu.

»Da auch nicht. Nicht auf Oberflächen, wo gegessen wird.«

»Ich kann es langsam nicht mehr halten, Sasha.«

Sie öffnete die Hintertür und ließ mich in den Garten,

wo ich das Haus unter ihrem angewiderten Blick auf dem gläsernen Gartentisch deponierte. Nun, da ich endlich einen unverstellten Blick hatte, sah ich erst, dass ihre Augen und die Nase rot und verschwollen waren. Offensichtlich hatte sie geweint, doch meine jahrelange Freundschaft mit Sasha hatte mich gelehrt zu warten, bis sie mit ihrem Problem zu mir kam. Neugierige Fragen führten nur dazu, dass sie sich in ihr Schneckenhaus zurückzog, alles abstritt und behauptete, alles sei in bester Ordnung, Friede, Freude, Eierkuchen. Also öffnete ich das Türchen der Wühlmausvilla und holte das Tier heraus.

»Hugh Jackman«, sagte ich, »das hier ist Sasha. Ich glaube, ihr kennt euch bereits. Sasha, dieses winzige Geschöpf hat eine gründliche veterinärmedizinische Untersuchung durchlaufen und ist völlig gesund, hat weder Viren noch Parasiten und wurde vollständig entwurmt.

»Entwurmt?« Sie verzog das Gesicht.

»Ich habe außerdem eine mehrtägige Verhaltensanalyse durchgeführt und kann dir nun bestätigen, dass das Bissrisiko gegen null geht. Diese Beobachtungen werden auch durch Studien belegt ...«

»Halt die Fresse, Blair!« Sie rieb sich die Nasenwurzel. Ihre Lippen zitterten. Ich wartete geduldig, bis sie ihre Gefühle wieder in die dunkle Grube zurückgedrängt hatte, in der sie sie normalerweise mit sich rumtrug, ein ähnlich schwieriger Prozess wie Zahnpasta in die Tube zurückzuschieben. Nach einer Weile ließ sie sich auf einen Gartenstuhl fallen, ich setzte mich zu ihr. Hugh Jackman verstaute ich in der Brusttasche meines Polohemds, wo sich die kleine Maus schnell zusammenrollte und einschlief.

»Henry will sich von mir trennen«, platzte es aus Sasha heraus.

Der nachmittägliche Garten war vom lauten Grillenkonzert erfüllt und strahlte im goldenen Licht der Sonne. Ich betrachtete dieses Idyll, während ich abwog, was ich dazu sagen sollte. Dabei hatte ich mein Sprüchlein schon parat – das haben nämlich alle Frauen. Seit Schulzeiten wusste ich genau, wie ich meinen Freundinnen nach Trennungen Trost spenden konnte, als wir uns zu viert in Klokabinen gezwängt und den Klagelauten einer der unseren gelauscht hatten, die sterben wollte, weil ihr Romeo sich nach zwei Wochen einer anderen Julia mit größeren Titten zugewandt hatte. Ich sollte Sasha versichern, dass ich für sie da sein würde. Dass es auch wieder besser wird. Dass Männer Schweine sind. Aber in diesem Augenblick kam mir das alles nicht über die Lippen, stattdessen saß ich wie ein Ölgötze in Sashas prächtigem Garten, weil mir bei ihren Worten ein Mordsschreck in die Glieder gefahren war.

Sasha und Henry waren die Pflegeeltern meines Sohnes. Wenn sie sich trennten, würden sie sich um ihn streiten. Um Zeit mit ihm. Seine Liebe. Seine Aufmerksamkeit.

Um das Sorgerecht.

»Ich habe in seinem Wagen eine Damensonnenbrille gefunden«, erzählte Sasha. Sie zog ein zerknülltes Taschentuch hervor und hielt es sich an die Nase. »Er hat sie im Bus kennengelernt, kannst du dir das vorstellen? In einem beschissenen Bus! Was hat er überhaupt da drin zu suchen? Ich bin seit Jahren nicht mehr damit gefahren!«

Ich vergrub meinen Kopf in den Händen.

»Sie ziehen nach Wyoming und wollen dort eine Pension eröffnen.«

»Wie bitte?« Ich erhob mich so plötzlich, dass der Stuhl umkippte. »Also wird Jamie …«

»Jamie weiß noch nichts davon.« Sasha zog die Nase hoch und schob sich ihr krauses Haar aus dem Gesicht. »Sag ihm bitte nichts.«

»Sasha, das ist ja furchtbar! Ich kann es immer noch nicht fassen!«

»Ich kann mir schon vorstellen, wie das weitergeht«, fuhr Sasha unbeirrt fort. »Jamie wird die Neue total klasse finden und ständig bei ihr sein wollen. Seine Welt ist voller interessanter Menschen, wieso sollte er bei mir bleiben wollen? Sieh mich doch an, ich backe Kekse, die ihm nicht mal schmecken, nörgle rum, er soll sein Zimmer aufräumen und sich die Zähne putzen. Nebenan wohnt eine Frau, die ist Polizistin, hat er mir erzählt.« Sasha machte eine Kopfbewegung in Richtung Nachbargarten. »Ist frisch eingezogen. Er rennt ständig rüber, sie hat ihm im Handumdrehen das Schwimmen beigebracht. Hab sie gestern im Garten gesehen und bin rüber, um mich vorzustellen. Die ist hammerhart. Hängt dauernd am Handy. Eigentlich wollte ich sie zur Rede stellen, sie fragen, was ihr einfällt, meinem Sohn, ohne mich zu fragen, das Schwimmen beizubringen, aber weißt du was? Ich hab mich nicht getraut. Was für eine interessante Person, diese Polizistin mit ihrer leeren Prachtvilla, die Kette raucht, die ganze Zeit wichtige Telefonate führt und ihre Nachbarn einschüchtert. Viel interessanter als ich! Und du erst! Mit deiner ganzen ...« Sie sah mich verlegen an, offenbar waren ihr die Worte rausgerutscht.

»Vorgeschichte?«, schlug ich vor.

Sasha nickte. »Du bist auch interessant. So viele spannende Frauen im Leben meines Sohnes.«

»Sasha, du bist genauso interessant! Und eine großartige Mutter ...«

Sie hob die Hand. »Hör doch auf!«

»Ich meine das ernst. Du bist nicht nur interessant, sondern ein guter Mensch. Wahnsinnig lieb und herzlich. Eine Freundin hat sich an dich gewandt und gesagt: ›Man hat mich wegen Mordes verhaftet. Könntest du bitte meinen kleinen Sohn großziehen?‹ Und du hast einfach ja gesagt! Meine Güte! Wer ist dazu schon bereit? Wer nimmt die Kinder einer Fremden, fraglos, ohne zu urteilen? Du hast mich an seinem Leben teilhaben lassen, und das, obwohl ich als Mörderin verurteilt wurde!«

Sasha verdrehte die Augen. »Du hast den Typen nicht umgebracht. Du wolltest seiner Freundin helfen, genau wie du gesagt hast. Das kriegst du doch gar nicht gebacken, jemanden umzubringen, dafür bist du viel zu brav und bieder.«

»Das fasse ich jetzt mal als Kompliment auf.«

Sasha seufzte. Sie sah so richtig fertig aus. Und ich drang nicht zu ihr durch. Es würde wahrscheinlich Wochen, ja Monate dauern, bis ich ihr eingebläut hatte, wie großartig sie war.

»Wie wird Henry sich deiner Einschätzung nach in Sachen Sorgerecht verhalten?«

Sasha dachte einen Moment nach. Sie hatte eine gebeugte Haltung eingenommen, die Schultern hochgezogen. Jetzt ließ sie sie kreisen. »Ich weiß es nicht. Wir haben noch nicht darüber gesprochen. Wahrscheinlich will er geteiltes Sorgerecht.«

»Aber was ist mit mir?«, rief ich.

»Was?« Sasha sah mich an. »Was mit *dir* ist?«

»Ich weiß«, sagte ich rasch. »Schon klar, tut mir leid. Du steckst mitten in der Trennung, und ich rede hier von mir. Das war egoistisch von mir.«

Aber wenn Henry geteiltes Sorgerecht beantragt, hat Sasha nur noch die Hälfte der Zeit mit Jamie, und was bleibt danach für mich übrig?, dachte ich. Es fiel mir schwer, ruhig zu atmen. Da knallte auf einmal die Haustür zu. Ich hörte schnelle Schritte auf den Fliesen, dann erschien Jamie mit seinem Schulrucksack und riss die Terrassentür auf.

»Da bin ich«, rief er wie ein Zauberer, der plötzlich auf der Bühne erscheint. Dann zeigte er auf mich. »Blair! Du bist ja auch hier.«

»Ja, Kumpel, wollte mal kurz reinschauen, um ...«

»WOW! Was ist das denn für ein cooles Teil! Ist das ein Mäusehaus? Ja, das ist ein Mäusehaus! O Mann! Hast du Hugh Jackman dabei? Ist er hier?«

»Jamie, jetzt beruhig dich doch erst mal!« Sasha hielt sich den Kopf.

»Hast du ihn dabei?«

»Ja, Hugh Jackman ist hier«, sagte ich, zog das Tier aus der Tasche und gab es meinem Sohn. »Nimm ihn.«

Jamie nahm die winzige Maus behutsam in die Hand, flitzte ans Ende der Terrasse und setzte sich auf die Stufen. Sasha und ich hörten ihn kichern, als die Maus über sein Handgelenk bis zur Schulter hinauftrippelte. Dann setzte er sich das kleine Wesen behutsam auf den Kopf und lachte sich kaputt, weil es sofort anfing zu graben und in seinem Haar herumzuwühlen.

»Ich weiß, er ist dein Kind«, sagte Sasha sanft. Ich wandte mich ihr zu. Tränen standen ihr in den Augen. »Und ich habe nicht vergessen, dass du mehr Zeit mit ihm verbringen willst, aber ich kann gerade nicht über eine Änderung der Sorgerechtsregelung mit dir nachdenken, wenn ich mich womöglich damit abfinden muss, dass Jamie alle zwei Wochen nach Wyoming fliegt.«

»Ja, das verstehe ich«, sagte ich. Ich hatte tatsächlich Schmerzen im Brustkorb, so weh war mir ums Herz. Als läge ein Gewicht auf meinen Rippen. »Es ist nicht fair, dich jetzt damit zu belasten«, fügte ich hinzu.

»Ich will ihn mit niemandem teilen«, gestand Sasha. Wir betrachteten ihn beide. »Er gehört mir.«

Nein, er gehört mir, dachte ich und biss mir auf die Lippe, damit sie aufhörte zu zittern. Jamie kuschelte mit der Wühlmaus an seiner Wange. Er hatte die Augen geschlossen, ein Lächeln lag auf seinem Gesicht. Dann hielt er sich das Tierchen an die Nase, die es mit beiden Pfoten festhielt und daran schnüffelte. Die Wühlmaus und mein Sohn wurden ein festes Team, als die Barthaare des winzigen Geschöpfs Jamies perfekte Haut berührten.

Der Moment schien ewig anzudauern und war doch blitzschnell und unwiderruflich vorbei. Jamie sah uns an, zwei Frauen, die im Schatten auf der Terrasse mit den Tränen kämpften.

»Ich hab Hunger«, sagte er. »Wo ist eigentlich Dad?«

JESSICA

Jessicas letzter Besuch in San Quentin galt Jake Trellis, dem Killer von Silver Lake. Der Fall, mit dem alles begann. Sie hatte nicht erwartet, dass der Mann mit ebenjener Polizistin sprechen würde, die ihn für die seit Jahrzehnten ungeklärten Fälle von vermissten Frauen verknackt hatte. Frauen wie Bernice Beauvoir: jung, attraktiv, voller Pläne und Ehrgeiz, Frauen, die auf dunklen Parkplätzen zu ihren Autos gegangen waren oder schlecht beleuchtete Abkürzungen genommen hatten, die Art Frauen, die offenbar seit Anbeginn der Zeit die typischen Opfer von Serienmördern waren. Wie vorhergesehen hatte Trellis sie mit ihren noch offenen Ermittlungsfragen abblitzen lassen.

Jetzt legte sie ihre Waffe, Geldbörse, Handy und die Schlüssel des Mietwagens ins selbe Münzschließfach im Besucherzentrum und brachte der gelangweilten und dennoch misstrauischen Angestellten ihre Marke und ihren Ausweis.

Sie war außerhalb der Besuchszeiten hier aufgetaucht, daher musste das Gefängnis extra jemanden abstellen, um sie am Eingang abzufertigen. Abläufe gestört. Regeln gebrochen. Das mochten sie hier gar nicht. Jessica stand mit gespreizten Armen und Beinen vor der Wärterin, die ihren Körperscanner ausgiebiger als nötig über ihre Gliedmaßen wandern ließ.

Insgesamt war Jessica während ihrer Dienstzeit vielleicht fünf Mal in San Quentin gewesen, um Insassen zu vernehmen. Das Gefängnis lag anderthalb Stunden Fahrtzeit vom Flughafen entfernt. Drei Stunden Fahrt, zwei Stunden für einen normalen Besuch, und eine Stunde Puffer für Verzögerungen und Wartezeiten bei Landung und Abflug – Warten aufs Boarding, Kaffee holen, Mietwagen abholen und zurückbringen. Sie fragte sich, warum sie Daylys Plan nicht schon beim Anblick der Zeiten auf den Flugtickets erraten hatte. Jessica tröstete sich damit, dass sie ohne die Briefe an John Fishwick nie auf San Quentin gekommen wäre.

Jetzt folgte sie dem gelben Streifen im Gang zum Todestrakt. Zu ihrer Linken war hinter Zäunen und Wachtürmen die ausgedehnte Bucht von San Francisco zu sehen, glitzernd und wogend unter eisblauem Himmel. Fähren schipperten rüber nach Alcatraz, Krabbenkutter brachten ihre Ladung in den Hafen, mehrere riesige schwarze Seehunde folgten ihnen im Kielwasser. Sie zeigte erneut ihren Ausweis an der schweren Schutztür, die zu den Zellen führte. Der lange Raum war wie tot. Die beiden Reihen mit Stahlkäfigen, in denen Besucher normalerweise Kontaktbesuche mit den Insassen abhielten, waren jetzt leer, die Klappstühle ordentlich zusammengefaltet und an die Innenwände aus schusssicherem Glas und Stahlgitter gelehnt. An einer Wand brummte ein Getränke- und Snackautomat. Bei ihrem letzten Besuch hatte eine kleine alte Dame ein riesiges Tablett voller Snacks in den hinterletzten Käfig getragen, in dem ein Mittvierziger, vermutlich ihr Sohn, in Haftkleidung und pinkfarbenem Partyhütchen auf dem Kopf auf sie wartete.

Wie vom Wärter angewiesen setzte Jessica sich jetzt auf einen am Boden befestigten Stuhl vor den Besucherfenstern. Als John Fishwick auftauchte, trug er keine Handschellen, und sein blassblaues Jeanshemd war völlig zerknittert. Er war größer als erwartet, seine Schultern breit und die Brust vorgestreckt, sodass das Hemd sich spannte, das silbergraue Haar hatte er zurückgestrichen, sodass sein kantiger Schädel noch deutlicher hervortrat. Jessica kannte Dayly Lawlor nur von Fotos, doch sie meinte, zwischen den beiden eine gewisse Ähnlichkeit zu erkennen: die lange, schmale Nase und die nachdenklichen tiefbraunen Augen.

»Na, das nenn ich doch mal eine Überraschung«, rief der Mann mit dem verlebten Gesicht. Er zog eine Packung Zigaretten hervor, zündete sich eine an und blies Rauch ans Glas, während er den Blick genüsslich über Jessicas Körper wandern ließ. »Besuch außerhalb der vorgesehenen Zeiten. Cop oder Fed?«

»Cop«, sagte Jessica. »West Hollywood. Ich bin hier, um mit Ihnen über Dayly zu reden.«

»Das ist aber viel Aufwand und ein weiter Weg, nur um einer Anzeige wegen tätlichen Angriffs nachzugehen«, sagte Fishwick. »Also nehme ich an, es geht nicht darum.«

»Worum?«

»Sie hat mich hier besucht. Ich habe sie angegriffen. Darum sitze ich hier und nicht da draußen, wo ich normalerweise bin.« Er zeigte auf einen der Käfige. »Man hat mir meine Kontaktprivilegien gestrichen. Die krieg ich wohl erst in ein paar Jahren zurück.«

»Wieso haben Sie sie angegriffen?«

»Sie hat mir geschrieben und mich gefragt, ob ich ihr Daddy wär, und mir dann erzählt, wie kaputt ihr Leben ist und so.« Er zuckte die Achseln. »Das war mir schnuppe. Aber als ich ihr Foto gesehen habe, hab ich sie noch ein bisschen bei Laune gehalten, sie war ’n echtes Herzchen. Die meisten Mädels, die uns Todeskandidaten schreiben, sind echte Warzenschweine. Ich wollte sie ein bisschen vernaschzwerkeln.«

»Ist Ihnen nie in den Sinn gekommen, dass es sich tatsächlich um Ihre Tochter handeln könnte?«

»Nein. Darüber hab ich nicht nachgedacht.« John rieb sich die Nase mit dem tätowierten Handrücken. »Ein Mann nimmt sich, was er kriegen kann.« Jessica fiel die tiefe, gezackte Narbe auf seinem Handgelenk auf, sicher Spuren eines Selbstmordversuchs. Männer, die in San Quentin auf den Tod warten, sind dreiundzwanzig Stunden am Tag in der Zelle eingesperrt und können durch das Metallgitter nicht mal den Flur mit seiner kahlen, beigefarbenen Wand sehen. Die meisten könnten mit ausgestreckten Armen beide Zellenwände berühren. Selbstmordversuche waren an der Tagesordnung.

»Also weswegen sind Sie hier, wenn es nicht um den Angriff geht?«, fragte Fishwick. Jessica meinte etwas in seinen Augen aufflackern zu sehen. War da echtes Interesse hinter seiner taffen Fassade der gespielten Langeweile?

»Ich habe schon seit Wochen nichts mehr von ihr gehört. Was ist los?«

»Sie ist verschwunden«, erwiderte Jessica.

»Ach«, sagte Fishwick. Jessica musterte ihn aufmerksam, aber er hatte schon wieder dichtgemacht. Seine Mundwinkel zuckten, danach nichts mehr. »Wie, verschwunden?«

Jessica beschrieb den Zustand, in dem man Daylys Wohnung vorgefunden hatte, Al Tasiks Schilderungen, er hätte Dayly in einem Wagen voller Crips und Waffen erwischt. Fishwick betrachtete seine schmutzigen Nägel.

»Vielleicht haben diese Crips gehört, dass ich zu Dayly Kontakt hatte. Kann doch sein, dass sie den ganzen Scheiß mit der versteckten Beute geglaubt und sie irgendwie bedroht haben.«

»Also gibt es keine versteckte Beute?«, fragte Jessica. »Ich habe Ihre Briefe an Dayly gelesen. Das klang aber ganz anders.«

»Ha! Ja. Sehen Sie, so muss man das machen, um sie herzulocken.« Fishwick grinste anzüglich. »Die Bräute. Sie sind ganz geil drauf herzukommen, aber sie brauchen eine Ausrede, die sie ihren Freundinnen auftischen können. Wer gibt schon gern zu, sich in einen Kandidaten aus der Todeszelle verknallt zu haben. Diese Ausrede habe ich geliefert, die ist das Lockmittel. Serienmörder sind am beliebtesten. Denen schreiben Frauen aus der ganzen Welt. Sie behaupten, noch andere umgebracht zu haben. Das verschafft den Schätzchen einen ehrenhaften Grund herzukommen, schließlich helfen sie der Polizei und den Familien bei der Lösung eines Falles. Man lockt sie her, und dann beginnt das Grapschen.«

»Das Grapschen?«

»Ja.« Fishwick bleckte die Zähne, die Hälfte davon war mit Gold überzogen. »Hier gibt es einen Typen, den Killer von Silver Lake. Haben Sie schon mal von dem gehört?«

»Kommt mir bekannt vor, ja.« Sie hatte keine Ahnung, wie viel Fishwick über ihre Verbindung zu Trellis wusste, aber sie würde ihm nicht auf den Leim gehen.

»Er hat dieser Anwältin aus San Jose weisgemacht, er hätte irgendwo da draußen einen Partner, der immer noch Mädchen umbringt. Die Tante ist also regelmäßig hier angetanzt, und schon nach ein paar Wochen hatte sie die ganze Partner-Geschichte vergessen. Mittlerweile besucht sie ihn einmal im Monat und bezahlt einem Wärter hundert Mücken für den Käfig da am Ende, hinter der Säule. Seit zwei Jahren tritt sie regelmäßig an, um ihm einen zu blasen und ihm das Konto für den Gefängnisladen aufzufüllen. Ende des Jahres wollen sie heiraten.«

»Supi!«, sagte Jessica. »Das ist ganz zauberhaft. Ich bin froh, dass Sie mir das erzählt haben.« Sie grinste ihn breit an.

»Ich hatte meinen Spaß mit Dayly, als sie hier war. Schade, dass ich sie nicht noch mal sehen werde.« Fishwick seufzte. »Vielleicht hab ich sie ein bisschen zu sehr bedrängt, aber sie hat sich das bestimmt hinterher noch auf der Zunge zergehen lassen, womöglich sogar im Bett. Ich war überzeugt, dass sie wiederkommen würde.«

Jessica musste sich zusammenreißen, sich den Ekel nicht anmerken zu lassen. »War es das wirklich wert?«

Er zuckte die Achseln. »Ich könnte morgen schon tot sein. Meine Mitinsassen haben mich auf dem Kieker, schließlich habe ich ein Kind umgebracht. Also muss ich die Gelegenheit beim Schopf packen – und zwar, wenn sie sich bietet.«

»Sie haben einen groben Webfehler im Hirn, das ist Ihnen schon klar, oder?«

»Ha! Deine Visage ist zum Piepen!« Fishwick schlug mit der Faust auf den Metalltisch. »Du siehst richtig entsetzt aus! Superlustig! Wie heißt du noch mal?«

»Jessica.«

»Jessica. Sehr hübsch. Bist du 'ne Latina?«

»Dayly ist verschwunden, und hat sich in den Wochen davor seltsam benommen«, fuhr Jessica unbeirrt fort. »Wir wissen, dass sie ein Flugzeug chartern wollte. In den Briefen hat sie geschrieben, sie wolle ein neues Leben beginnen. Es sieht mir doch sehr danach aus, als hätten Sie sie gründlich davon überzeugt, dass die Beute noch irgendwo versteckt liegt. Hat sie nach ihrem Besuch gemerkt, dass das alles nur ein Lockmittel gewesen ist?«

»Keine Ahnung.« Fishwick gähnte. »Ich kann mich echt nicht mehr dran erinnern. Ich war bei ihrem Besuch mit anderen Sachen beschäftigt.«

Jessica seufzte.

»Na, das erste Beuteversteck war auf jeden Fall echt. Das Geld in Pasadena zu vergraben, ist ein dummer Fehler gewesen«, fuhr Fishwick fort. Er lehnte sich auf seinem Stuhl zurück und verschränkte die Arme hinter dem Kopf. »Ich hab mir nicht überlegt, wer es finden könnte. Du hast die Nachrichten gesehen und weißt, dass ein paar Arbeiter darauf gestoßen sind.«

»Ja, das weiß ich.«

»Na, und diese Typen hätten die Kohle einfach unter sich aufteilen sollen. Stattdessen haben sie ihren Fund gemeldet. Ist das zu fassen? Jetzt hat die Regierung alles eingesackt. Und diese Idioten schuften weiter für einen Hungerlohn.« Er machte eine Kopfbewegung, um Jessica auf die beiden Wärter hinzuweisen, die hinter ihr vorbeigingen. »Vielleicht sollte ich eine Petition starten und festlegen, wofür sie es ausgeben. Schließlich ist es meine Kohle. Ich habe nur ein Kissen in der Zelle, das ist schmuddelgrau und sechs Jahre alt.«

»Aha.« Jessica nickte. »Fast so alt wie Ihr jüngstes Opfer.«

Fishwick grinste. »Oho! Eine Klugscheißerin! Auf solche Tanten stehe ich!«

»Wenn Sie keine Informationen über Daylys Verschwinden haben, werde ich jetzt gehen.« Jessica stand auf und strich sich die Bluse glatt.

»Wenn ich damals länger drüber nachgedacht hätte, wäre mir sicher eingefallen, dass ich das Geld besser verstecken muss und nicht so, dass es jeder finden kann«, beharrte Fishwick. »Aber ich stand unter Zeitdruck.«

»Jaja«, sagte Jessica gelangweilt.

»Mit einer fiktiven zweiten Tranche wäre mir sicher was Besseres eingefallen. Ich hätte dafür gesorgt, dass ich die Kontrolle darüber habe, wer es findet.«

Jessica beugte sich vor. »Wissen Sie, was ich denke? Ich glaube, Sie wollen, dass ich Ihnen auf den Leim gehe. Offenbar soll ich glauben, dass es noch mehr Geld gibt. Oder Sie wollen mir weismachen, dass Trellis einen Partner hatte, der da draußen noch sein Unwesen treibt, und ich noch nicht mit ihm fertig bin. Lassen Sie mich raten. Er redet nicht direkt mit mir, sondern nur durch Sie. Sie wollen mir einen Grund geben, damit ich Sie regelmäßig besuche. Irgendwann überreden Sie mich dazu, ein paar Jahre lang bei den Besuchen meine Titten für Sie ans Glas zu drücken, bis wir schließlich in den Käfig dürfen und Sie endlich grapschen können.«

Fishwick lachte. Hart und unvermittelt. So herzlich, dass er einen Hustenanfall bekam. »Großartige Idee!«

»Ein guter Plan«, sagte sie. »Ich nehme an, Sie haben nichts Besseres zu tun mit Ihrer Zeit, als Pläne zu schmieden. Aber genau wie Ihre Karriere als Dieb sind auch Ihre Pläne zum Scheitern verurteilt. Ich bin ziemlich angewidert von Ihnen, aber so geht es mir mit den meisten Kerlen in Ihrer Position. Wenn es noch Geld geben sollte und Sie versucht haben, es Dayly zukommen zu lassen, muss ich Ihnen an dieser Stelle mitteilen, dass auch dieser Plan gescheitert ist. Tatsächlich haben Sie ihr damit vielleicht sogar den Tod gebracht.«

Fishwick saß da und schwieg, seine Machofassade leicht angeschlagen. Jessica winkte ihm zum Abschied zu und schlenderte davon, auf den Wärter am Ende des Besucherraumes zu.

BLAIR

Die Abendluft trug verschiedene Gerüche den Canyon hinauf, mexikanische Gerichte, in Imbisswagen verkauft, frische Farbe aus den Ateliers, Abgase aus Downtown. Auf dem Ventura Boulevard waren rote und gelbe Lichter aufgereiht wie Perlen einer Kette, und die silbernen Berggipfel ragten scharf und gezackt in den orangefarben glühenden Himmel.

Ich saß auf der Motorhaube meines Wagens am Aussichtspunkt am Mulholland Drive, fummelte mit meinem Handy herum und versuchte, meiner Sucht zu widerstehen, indem ich meine Konzentration auf den Reisebus voller Touristen richtete, die Fotos von der Universal City schossen. Hogwarts, das Schlossinternat aus den Harry-Potter-Filmen, war mit roten Lichtern geschmückt, und gelegentlich stiegen kleine Rauchwolken aus seinen Kaminen. Wahrscheinlich hatte Voldemort Geburtstag oder so was. Ich fragte mich, ob Sasha meinem Sohn die Bücher vorgelesen, wie viele Stunden sie damit auf seiner Bettkante gesessen hatte, während er, damals, als er noch jünger war, gegen den Schlaf ankämpfte. Ob sie dabei ihre Stimme verstellt hatte? Ich hätte es jedenfalls getan. Als der Reisebus abrauschte, schloss ich die Augen und wählte blind.

»Wache 22«, meldete sich eine männliche Stimme. »Sie sprechen mit Burke.«

»Ah, hallo! Ich heißt Blair. Ich rufe an, um mit jemandem zu sprechen.«

»Mit wem wollen Sie sprechen?«

»Egal.«

»Ma'am, haben Sie Selbstmordgedanken?«

»Ich ... nein! Verzeihung, was für eine Wache ist das bei Ihnen?«

»Wache 22, Feuerwehr von Los Angeles. Montebello.«

»O weh! Ich will die Leitung nicht blockieren! Ich leg sofort auf.«

»Sie blockieren hier nichts, ich bin im Gemeinschaftsraum des Wohnheims. Aber ich verstehe trotzdem nicht, was Sie wollen.«

»Also ... ich ...«

»Yeah! Stell sie auf Lautsprecher, Burkey!«

Ich grinste. »Wie viele Leute sind Sie denn?«

»Ich, Betts, Carlisle, Jonesy und Fitz«, sagte Burke. »Und wir wollen hier Poker spielen, wenn Sie also nichts ...«

»Ich quatsch mit ihr!« Eine neue Stimme, ein Klackern, offenbar wurde Burke der Hörer aus der Hand gerissen. »Hier spricht Johnny Carlisle. Ich bin eins fünfundneunzig groß, blond, hab große Hände und ein attraktives, markantes Kinn. Bartstoppeln. Ich stemme hundertzwanzig Kilo. Denken Sie an Daniel Craig, nur größer und kein beschissener Engländer. Nein, denken Sie an Vin Diesel, aber mit Haaren. Wie heißt du, Mädel?«

»Wenn du eins fünfundneunzig bist, ist mein Schwanz ein Baseballschläger«, rief jemand.

»Eins fünfundneunzig? Hahahaha!«, grölte ein anderer.

»Ich heiße Blair«, sagte ich.

»Blair, Süße, das ist ein feiner Name. Gefällt mir. Die meisten Leute rufen hier an, weil wir ihr Feuer löschen sollen«, sagte Carlisle, »aber bei dir habe ich das Gefühl, dass du willst, dass dir jemand so richtig einheizt. Das hör ich an deiner Stimme.«

Die anderen johlten.

»Geschmeidig, Carlisle.«

»Wo bist du denn gerade, Schätzchen?«

»Können wir hier weiterspielen, bitte! Meine Güte! Ich habe eine Super-Hand!«

Ein Scheinwerfer tauchte mich in grelles Licht. Ich beendete den Anruf und warf das Handy auf den Beifahrersitz des Gangstamobils. Als der riesige Escalade an der Straße hielt, wurde mir erst klar, wie einsam ich mich nach meinem Besuch bei Sasha und Jamie gefühlt hatte. Am Rand der Gesellschaft zu leben bedeutet, einsam zu sein. Es bedeutet Unsicherheit, Ärger, Unberechenbarkeit, Menschen, die sich trennen und wieder vereinen, Menschen, die nach Wyoming ziehen. Als ich vom Cahuenga Boulevard abgebogen war, wusste ich, dass ich etwas Gefährliches tun würde. Die Intervalle zwischen meinen waghalsigen Eskapaden wurden immer kürzer. Alejandro stieg aus dem Wagen, zupfte die Manschetten seines schwarzen Hemds zurecht und blickte auf seltsam verlegene Art zu Boden. Hier stand keiner, der einfach so was mit ehemaligen Knastschwestern anfing, die jetzt an der Tankstelle arbeiteten. Vor mir baute sich ein Mann auf, der sich in der Bewunderung von Models und Nachwuchsschauspielerinnen in teuren Nachtclubs sonnte. Ich war überrascht, dass er überhaupt ans Handy gegangen war, und noch überraschter, als er sich bereiterklärt hatte, sich hier mit mir zu treffen.

»Hätte nicht gedacht, dass ich noch mal von dir höre«, sagte er, als spräche er meine Gedanken laut aus.

Ich zuckte die Achseln. »Du hast mir deine Nummer gegeben.«

»Bin eben ein unverbesserlicher Optimist.« Er stieß mich gegen das Gangstamobil und küsste mich leidenschaftlich, umfasste meinen Hintern mit beiden Händen und zog mich an sich. Bei jedem Wagen, der um die Kurve kam, erwartete ich ein Blaulichtgewitter und das Aufheulen einer Polizeisirene. Wieder tanzte ich am Abgrund, forderte das Leben heraus, mich zu entführen, weg vom Schmerz und der Angst um Jamie, Sneaks Trauer, den endlosen Jahren eines Alltags voller Unwägbarkeiten und Gefahren, die mir noch bevorstanden. Ich umklammerte Alejandros Schultern, blickte auf Los Angeles hinunter, dachte an meine Zellenpritsche und wusste, dass ich jederzeit wieder dort landen könnte.

JESSICA

Jessica hatte einen schnellen, halbherzigen Rundgang durch die Villa an der Bluestone Lane hinter sich, als sie beim Abschließen der Hintertür den Kopf des Nachbarjungen über dem Gartentor hochploppen sah. Wie ein grinsender, blonder Kasperl. Sie hatte den Schlüssel noch nicht abgezogen. Auf dem Rückflug von San Francisco hatte ein Säugling zwei Reihen weiter in seiner Tragetasche geschrien, gestrampelt und um sich geschlagen, während sie vergeblich versucht hatte, der Unterhaltung mit John Fishwick irgendeinen Sinn zu entlocken. Sie war nicht sicher, ob sie noch die Nerven hatte, sich mit einem weiteren Kind zu beschäftigen, doch bevor sie sich abwenden und verschwinden konnte, war der Junge bereits übers Tor geklettert und auf dem Rasen gelandet.

»Ich habe einen langen Tag hinter mir«, sagte sie. »Ich fahr jetzt nach Hause und setze mich mit einem kühlen Bier unter die Dusche.«

»Warum gehst du nicht einfach schwimmen?«, fragte der Junge munter. Er war bereits auf dem Weg zum Pool und hatte sich das Hemd vom Leib gerissen. Jessica seufzte und trottete ihm hinterher.

Am Grund des Pools, die Beine verschränkt und die Backen aufgeblasen, saßen sie sich gegenüber und zählten stumm. Nach dreißig Sekunden prustete der Junge vor Lachen los und schoss unter einer Explosion aus stahlblauen Luftblasen an die Oberfläche.

»Nicht fair!«, rief er, als Jessica oben war. »Du hast mich zum Lachen gebracht. Das ist geschummelt!«

»Ich hab dich nur mit einem ernsten Gesicht angesehen. Was ist daran geschummelt?«

»Deine Haare sind überall rumgewuselt, wie bei einer Meerjungfrau«, kicherte der Junge. »Wie Mendosa.«

»Medusa, meinst du«, sagte sie, packte ihn und schob ihn nach hinten, damit er auf der Oberfläche trieb.

»Genau.«

Sie trieben Seite an Seite durchs Wasser. Jessica dachte nach. Ungefähr in diesem Augenblick stieg Beansie bei Wallert ein. Vor Nervosität und Aufregung drehte sich ihr der Magen um.

»Warum war dein Tag so lang?«, fragte der Junge. Sie konnte ihn kaum verstehen, weil ihre Ohren immer wieder untertauchten.

»Ich war in San Francisco.«

»Wieso?«

»Um einen Typen im Gefängnis zu besuchen.«

»Boah! Wieso?«

»Weil ich dachte, er hätte Informationen, die mir weiterhelfen würden. Hatte er aber nicht.«

»Wieso nicht?«

»Hör mal«, sagte Jessica. »Ich kann nicht darüber sprechen. Der Präsident hat mich damit beauftragt, und es wäre riskant, wenn ich dich einweihen würde. Sowohl für mich als auch für dich.

»Echt?« Der Junge stellte sich hin. Jessica tat es ihm gleich. Beide standen voreinander mitten im Pool.

»Ja, echt. Das Weiße Haus hat mich heute Morgen angerufen. Also, sie haben es versucht, aber ich hab noch geschlafen und bin nicht rangegangen, also haben sie stattdessen ein paar Kerle in Anzügen zu meiner Wohnung geschickt. Sie haben mir den Einsatzbefehl und alle Einzelheiten überreicht, ich sollte sie im Helikopter auf den Weg nach San Francisco lesen. Aus dem Gefängnis bin ich gerade noch lebend rausgekommen. Der Bursche, den ich besucht habe, der ist ziemlich gefährlich. Der hat einen ganzen Zellentrakt für sich. Wird rund um die Uhr bewacht. Alles ist mit Lasertechnologie abgesichert.«

»Boah! Geil!«, sagte der Junge.

»Er muss einen speziellen Graphithelm tragen«, fuhr Jessica fort, »damit er die Gedanken seines Gegenübers nicht lesen kann.«

Jessica und der Junge sahen einander an. Lange.

»Mann! Du bist so eine blöde Kuh!«, rief der Junge schließlich und spritzte sie nass.

Sie lachte so herzlich, wie schon lange nicht mehr. Es machte einfach zu viel Spaß mit dem Kleinen. Jessica tauchte ihn unter, dann watete sie an den Beckenrand, wo ihr Handy lag, das Display leuchtete, der Benachrichtigungston war bereits zum zweiten Mal erklungen.

Ich bin's, Kristi. Lassen Sie uns reden.

»Ich muss los, Kleiner!« Jessica kletterte aus dem Pool. »Der Präsident verlangt nach mir. Er hat mir sein geheimes Bat-Signal geschickt.«

Der Junge kletterte ebenfalls aus dem Wasser, schüttelte sich wie ein Hund und trottete auf sein Haus zu.

Bin gleich da, tippte sie.

Vom Sepulveda Boulevard aus war die *Grunions Bar* nicht leicht zu finden. Sie lag zwischen zwei Autohäusern versteckt in einem beigen Gebäude am Manhattan Beach, das aussah, als würden sich darin nur Büros oder Arztpraxen befinden. Jessica fuhr zwei Mal um den Block, dann parkte sie hinter der Bar und marschierte über den Kiesweg zum Seiteneingang. Drinnen befand sich ein riesiger Schankraum mit einer großen hufeisenförmigen Bar in der Mitte, strategisch aufgehängten Bildschirmen, die von jedem Winkel aus zu sehen waren, und einem mit Sportandenken geschmückten Teil mit Nischen wie in einem Diner. Als sie eintrat, blickten die im Halbdunkel an der Bar sitzenden Frauen und Männer sie neugierig an. Jede Platte in der Decke war offenbar bei einer Spendensammlung an Sponsoren aus der Gegend versteigert und von ihnen dekoriert worden, einige hochwertig und kunstvoll, andere nicht so sehr. Der zottelige Ire hinter der Bar fragte, was sie trinken wolle, Jessica bestellte einen Bourbon. Vor dem großen Fenster zur Straße saß Kristi Zea auf einem Barhocker am Tisch und tippte gelangweilt auf ihrem Handy herum. Wie Blair Harbour war auch diese Frau in den zehn Jahre seit ihrer letzten Begegnung stark gealtert. Damals, als Jessica sie nach dem Mord an ihrem Freund vernommen hatte, war Kristi Zea ein verprügeltes Häufchen Elend gewesen, übersät von blauen Flecken und Blutergüssen, doch im Verlauf der Verhandlungen war hinter dem schwer verletzten Opfer eine dürre Person mit sommersprossiger, heller Haut, blonder Punkfrisur und unzähligen Ohrenpiercings hervorgetreten. Die Frau, die jetzt vor Jessica saß, hatte tiefe Mundfalten, die ihr einen verbitterten Ausdruck verliehen, anstelle der Piercings waren nun faltige Löcher getreten, die aussahen, als hätte jemand ihre Ohrläppchen bestickt. Ihr viel zu weiter Blazer wallte um sie herum, als sie nach ihrem Bierglas griff.

»Na, sieh an.« Kristi nickte. »Sie haben sich überhaupt nicht verändert!«

»Ich bade im Blut meiner Feinde.« Jessica legte ihr Handy neben das Glas auf den Tisch. »Wieso haben Sie Ihre Meinung geändert?«

Kristi zuckte die Achseln. »Es stimmt schon, was Sie gesagt haben. Die schlaflosen Nächte. Die Schuldgefühle.«

Die beiden Frauen schwiegen eine Weile. An der Bar grölten ein paar Stammkunden gegen ein Dodgers-Spiel an.

»Ich will Immunität«, sagte Zea.

»Ja, dachte ich mir, dass Sie das sagen würden. Sie sehen sich zu viele Krimis im Fernsehen an. Die Ermittlungen sind offiziell nicht wieder aufgenommen worden. Wäre das der Fall, würde man vermutlich einen Kollegen damit betrauen, nicht mich. Der Kollege könnte Ihnen wegen Ihres Meineids vielleicht Immunität zusichern, aber auch nur, wenn Sie Ihre Falschaussage vor Gericht zugeben würden, also offiziell bestätigen, dass das, was sie bezüglich der Ereignisse in der Nacht des Mordes an Ihrem Freund ausgesagt haben, nicht der Wahrheit entsprach.«

»Wieso zum Teufel bin ich dann hier, wenn die Ermittlungen nicht wieder aufgenommen wurden?«

»Weil ich Sie darum gebeten habe.«

»Und wozu?

»Weil mich der Fall nicht kaltlässt. Ich kenne die andere Frau, Harbour. Ich kenne ihren Sohn.«

Kristi Zea nickte. »Das Kind. Es geht Ihnen vor allem um das Kind. Mir auch. Seit zehn Jahren geht es mir nicht aus dem Kopf, dass der arme Wurm im Gefängnis auf die Welt gekommen ist. In der *LA Times* stand so ein Artikel da drüber. Die geben dir eine Stunde mit dem Neugeborenen, dann nehmen sie's dir weg.«

Der Barmann kam und wischte den Tisch ab. Zea packte ihn am Arm. »Machste mir noch ein Bier?«

»Bitte bestellen Sie an der Bar, Ma'am.«

»Ach, komm schon ...«

Der junge Mann schlenderte davon. Jessica trat an den Tresen, ließ Zea aber nicht aus dem Blick, falls sie mit Fluchtgedanken spielte. Mit Bier und Bourbon kehrte sie zurück.

»Die Frau war schwanger.« Zea exte den Bourbon, ohne mit der Wimper zu zucken. »So eine Scheiße. Wer macht so was? Wer rennt mitten in der Nacht in ...«

»Kristi ...«

»... in was rein, was sie nicht mal ...«

Jessica riskierte es, Zeas Hand zu nehmen. »Was ist passiert? Erzählen Sie's mir einfach. Vergessen Sie, wer Schuld hatte. Es ist Zeit, die Wahrheit zu sagen.«

»Wenn ich keine Immunität krieg, will ich Bares.« Kristi Zea zwinkerte auffällig träge. Jessica fragte sich, wie lange sie wohl schon hier gesessen hatte. »Zehntausend für mein Geständnis, zwanzigtausend für eine Aussage vor Gericht.«

Jessica glitt vom Barhocker und zückte ihre Geldbörse, zog einen Zwanzigdollarschein hervor. Sie hob ihr leeres Glas, schob den Schein darunter und machte Anstalten zu gehen.

»Na gut!« Zea grapschte nach Jessicas Arm. Dabei stieß sie gegen den Tisch und brachte die Gläser bedenklich ins Wanken. »Okay, okay, okay.«

Jessica setzte sich wieder. Kristi trank ihr Bier halbleer, dann rieb sie sich unsanft über die Wangen, als wollte sie Flecken entfernen. Nach einer Weile sah sie vom Tisch auf. Erst da merkte Jessica, dass die Frau die ganze Zeit ihren Blick gemieden hatte. Kristi Zea holte tief Luft.

»Wir hatten Koks im Wert von achthunderttausend Flocken im Haus«, sagte sie.

BLAIR

Ich hatte meine Schicht an der Tankstelle angetreten, aber in meinem Hirn tanzten die Gedanken Tango. Alejandros Atem an meinem Ohr, seine Hände in meiner Jeans. Daylys panischer Blick, während sie mit der Waffe vor meinem Gesicht herumfuchtelte. Das markerschütternde Knirschen des Wagens, als er gegen die Ampel krachte. Geistesabwesend bediente ich die Kunden, gab mich ganz meinem Kopfkino hin, alles, nur nicht an Henry und Sasha denken, die Zerstörung der Familie meines Sohnes, mein Sturz ins eiskalte Wildwasser. Stattdessen grübelte ich über die seltsamen Geschehnisse am Messiehaus in San Chinto nach, meine Begegnung mit Ramirez, dem Klempner. Was hatte Officer Lemon in diesem Haus zu suchen, als Ramirez draußen mit mir sprach? Wieso hatte er uns eigentlich nicht gehört? War es sein Haus? Das eines Verwandten oder eines Freundes? Mir selbst waren während meiner Zeit als Kinderärztin keine Messies untergekommen, aber ich kannte Horrorgeschichten von Kollegen, die mir von Kindern mit Rattenbissen, Mangelernährung und Liegegeschwüren berichteten, die monatelang auf besudelten Matratzen geschlafen hatten. Lemon wirkte wie ein normaler, anständiger Cop. Er sah gepflegt aus und roch gut, als er sich nach dem Unfall über mich gebeugt hatte.

Um zweiundzwanzig Uhr war ich so aufgekratzt und gelangweilt, dass ich die Flaschen im Kühlschrank zählte, um mich zu beruhigen. Zig Fragen, kaum Antworten. Ich ließ Lemons Nachrichten an Dayly Revue passieren.

Wie viel Zeit haben wir noch?

Eine Woche, vielleicht weniger.

Wo bist du?

Wo bist du?

Wo bist du?

Zwei langhaarige, dauerkichernde Teenager nutzten meine Ablenkung, um sich einen neongelben Slushie aus der Maschine zu lassen und ein Haar darin zu versenken. Dann taten sie ganz angewidert und drohten mir lauthals, das Ganze zu fotografieren und auf Instagram zu posten. Ich gab ihnen den Slushie umsonst, genau wie ich es vor drei Monaten bereits getan hatte, und ein paar Monate zuvor ebenfalls. Sie waren offenbar zu stoned, um zu raffen, dass sie die Masche schon ein paarmal bei mir versucht hatten, oder sie zogen das Ganze auch bei anderen ab und hatten den Überblick verloren.

Um dreiundzwanzig Uhr pingte mein Handy. Es war Ada.

Du bist nicht zu Hause. Arbeitest du etwa immer noch in diesem Scheißhaus?

Ich schrieb zurück. *Ja, bin in der Tanke. Alles okay?*

Ich komme.

Mir war klar, dass es völlig sinnlos wäre, Ada um eine Erklärung zu bitten. Ich schnaufte genervt, und schrieb Sneak eine Nachricht.

Kannst du sofort zur Tanke kommen? Ada ist auf dem Weg, und ich will nicht mit ihr allein sein.

Sneak tippte eine gefühlte Ewigkeit.

Warum?, hatte sie schließlich geschrieben.

WARUM? Ich schüttelte den Kopf. *Makkaroni. Darum,* schrieb ich zurück.

Sneak, Ada und ich teilten uns einen Schlafsaal mit dreißig anderen Frauen, als sich der Happy-Valley-Makkaronivorfall ereignete. Eine Insassin namens Nelly Raddlett, frisch eingeliefert, hatte einer Gruppe junger Frauen beim Fernsehen lauthals vorgeschwärmt, wie köstlich ihr die an jenem Abend servierten Makkaroni geschmeckt hätten. Ada glotzte gerade *Die Sopranos.* Raddlett sagte allerdings nicht *Makkarohni*, sondern *Makkaronni*. Damit ging sie Ada dermaßen auf den Keks, dass sie irgendwann aufsprang, sich vor Raddlett aufbaute und ihr drohte, sie mit dem Gürtel eines der Wärter zu verprügeln, wenn sie nicht gleich die Schnauze halte.

Ich verfolgte die Szene von meiner Koje aus, gespannt, ob Raddlett blöd oder mutig genug wäre, das Wort noch einmal falsch auszusprechen, und ob Ada tatsächlich so viel Macht hatte, sich von einem Wärter ungehindert den Gürtel klauen und vor seinen Augen eine Insassin verprügeln zu können.

Beides geschah.

Zweiunddreißig Frauen und zwei Wärter sahen untätig zu, als Ada Maverick Nelly Raddlett zwei geschlagene Minuten lang mit einem doppelt gelegten Ledergürtel verprügelte, weil sie eine Nudelsorte falsch ausgesprochen hatte.

Ich meinte: Warum kommt Ada zu dir?, schrieb Sneak.

Beweg sofort deinen Arsch!, tippte ich.

JESSICA

Der Lärm war komplett in den Hintergrund getreten. Jessica klammerte sich an ihren Drink und fühlte sich, als würde sie langsam zur höchsten Stelle der Achterbahn hochklackern. Die Talfahrt stand kurz bevor. Und nichts konnte sie aufhalten.

»Adrian und sein Bruder Brosh gehörten zu dieser ... Organisation.« Zea streckte die Handflächen aus. »Wahrscheinlich Gangster, keine Ahnung. Im Haus gingen andere Armenier aus und ein, sie hingen ständig an ihren Handys. Weiß nicht, ob das so ablief wie in den Filmen, mit den Treffen und den Strukturen und so. Ich glaube, die waren gerade dabei, einen Teil vom Markt zu erobern, und haben sich auf ihre familiären Connections verlassen, um an Jobs zu kommen. Eines Abends kam Adrian total aufgekratzt nach Hause. Er meinte, seine Cousins hätten ihm einen affengeilen Job vermittelt. Dann stellte er eine Reisetasche voller Koks aufs Bett. Die war so schwer, dass die Matratze an der Stelle durchhing.«

»Wann war das?«, fragte Jessica.

»Eine Woche vor dem Mord. Adrian meinte, wir würden das Koks verkaufen, an Händler verteilen, und einen Haufen Asche damit machen, danach wäre er bei seinen Cousins im Geschäft. Ich war so stolz, dass er mir das alles anvertraut hat.«

»Ja, total romantisch.« Jessica tauschte Blicke mit dem Barmann, der vorher den Tisch abgewischt hatte. Die Bar leerte sich zusehends. Offenbar hatte er beschlossen, es mit der Bestellung an der Bar nicht mehr so genau zu nehmen, und servierte Jessica noch einen Bourbon.

»Ich dachte, mit ›wir‹ meinte Adrian uns beide«, sagte Zea. »Also hab ich beschlossen, schon mal anzufangen, ihm zu helfen. Adrian hat mir nicht erlaubt zu arbeiten. Ich hab den ganzen Tag in der Bude gehockt. Hatte keine Freundinnen. Aber ich kannte diese Jungs, die so einen Stoff wahnsinnig schnell zu Geld machen konnten, also habe ich ihnen einen von den Bricks aus der Tasche gegeben, als Adrian nicht da war. Sie sollten mir am Nachmittag die Kohle bringen. Ich wollte Adrian damit überraschen. Damit der kapiert, wie gut ich mithelfen konnte. Es war Silvester! Wer kriegt an Silvester keine Drogen los?«

»Ihre Jungs, nehme ich an?« Jessicas Achterbahn hatte den höchsten Punkt erreicht.

»Als ich Adrian die Sache erzählt hab, ist er total ausgetickt. Hat so laut rumgebrüllt, dass ich die Musik angemacht hab, damit die Nachbarn nichts mitkriegen, und danach hat er auf mich eingeprügelt. Davor hat er mir ab und zu mal eine runtergehauen, aber so was hatte ich bei ihm noch nicht erlebt. Er hatte schon Käufer für die Drogen, jetzt fehlte ein ganzer Brick und meine Jungs waren abgetaucht. Ich flüchtete in die Waschküche, aber er ist hinterher, und da hat uns Harbour wahrscheinlich im Fenster gesehen.«

»Hat sie sich gleich die Waffe genommen?«

»Nein, sie ...« Zea betrachtete den Tisch, die Erinnerung brachte sie zum Lachen. »Sie hat erst versucht, mit uns zu reden. Aber ich konnte nichts hören, weil er mir ins Gesicht geboxt hat. Er hat nicht mal gemerkt, dass sie da war. Wenn er rotsieht, kriegt er nichts anderes mehr mit. Nichts und niemand kann ihn dann aufhalten.«

Sie saßen einander gegenüber, Drinks in der Hand. Eine erzählte, die andere stellte sich die Szenen vor. Jessica sah Blair Harbour das Haus in Brentwood betreten. Blair Harbour, wie sie im Foyer des Hauses stehen bleibt und miterlebt, wie Kristi Zeas zarter Körper unter Adrian Orlovs Schlägen geschüttelt wird. Blut auf dem Boden. Der dumpfe Aufprall von Fäusten auf Fleisch. Diese Szene war meilenweit von Harbours Alltag entfernt, der von ästhetischen Räumen in Designerhäusern, blitzsauberen Behandlungszimmern und teuren Restaurantbesuchen mit Freundinnen geprägt war. In Harbours Welt gab es keine Prügeleien. Wenn ihre Freundinnen die Hand erhoben, dann um zu streicheln, zu trösten und zu ermutigen. Blut trat nie überraschend aus und wurde sofort abgetupft. Jessica stellte sich vor, wie Blair Harbour geschrien und gefleht haben mochte, aber vergebens, und so stürzte sie sich schließlich ins Gemetzel, bekam die harten Schläge des wuterfüllten

Mannes zu spüren, der ihr in seiner vermeintlichen Unbesiegbarkeit sicher absurd vorgekommen war.

Jessica sah auch Orlov vor sich, der beim Geräusch des sich spannenden Hahns herumschnellte, zornig, panisch, hektische Bewegungen, er und Harbour, zwei Schritte in einem Tanz, der vorüber war, bevor die Musik begann. Er prescht vor, sie bläst ihn weg.

»Ich glaub, sie hat die Waffe nur als Warnung auf ihn gerichtet«, sagte Zea. »Er ist auf sie los, stand fast vor ihr ... und peng! Sie hat ihn erschossen. Einfach so. Es war klar, dass er tot war, bevor er auf dem Boden aufkam. Es war Notwehr, völlig berechtigt. Er wollte mich umbringen. Daran hab ich nie gezweifelt.«

Jessica klammerte sich mit beiden Händen an die Tischplatte. Sie wusste, was als Nächstes passiert war, doch sie wollte es von Zea persönlich hören. Musste es hören. Entscheidungen, die sie nie mehr ändern konnte. Nie mehr ungeschehen machen.

»Sie haben den Notruf gewählt«, sagte Jessica.

»Nicht sofort. Das habe ich Harbour zwar gesagt, aber ich hab es nicht gemacht. Sie soll draußen warten, hab ich gesagt. Adrian brauchte keine Hilfe mehr. Sie soll den Krankenwagen herlotsen, weil man unsere Hausnummer vor lauter Palmen nicht gut erkennen konnte. Ich wusste, dass die Polizei mein Handy untersuchen würde, also hab ich mir eines von Adrians Wegwerfteilen genommen und seinen Bruder angerufen. Die verdammte Reisetasche mit dem Koks stand noch immer oben, mitten im Schlafzimmer, und ich hatte keine Zeit, sie zu verstecken. Ich glaube, ich hätte sie nicht mal tragen können.«

»Hat er Ihnen gesagt, dass Sie lügen sollen?«

»Ja«, gab Zea zu. »Ich sollte den Cops erzählen, dass Harbour ihn aus irgendeinem erfundenen Grund erschossen hat. Damit sie sich auf sie konzentrieren, ihr Haus, ihr Leben. Wir wollten nicht, dass sie bei uns rumschnüffeln und nach Gründen für Adrians Gewaltausbruch suchen. Ich sollte das große Leiden vorspielen, total zusammenbrechen, damit sie sich schnell verziehen. Die ganzen verrückten Geschichten hab ich mir ausgedacht.«

»Welche verrückten Geschichten?«

»Na, was Harbour angeblich gemacht haben soll. Das angebissene Käsesandwich. Und das mit dem Gift im Orangensaft. Ich hatte nämlich einen Onkel mit Schizophrenie, der hat immer gedacht, dass ihn jemand verfolgt und dass Leute ihn vergiften wollten. Dass Jesus mit ihm spricht. Dann ist er in einem *Walmart* durchgedreht, und die Bullen haben ihn abgeknallt. Niemand hat die Sache genauer untersucht. Der Typ war verrückt, damit war alles klar.«

»Also waren Sie nie in Harbours Haus? Sie haben sich nie an ihrem Essen zu schaffen gemacht?«

»Nein. Ich mein, ja, wir haben ihr Auto zerkratzt, aber das war ein Unfall, und sie hat ganz nett reagiert. Sie wusste, dass es keine Absicht war. Und wegen dem Lärm hat sie sich schon beschwert, aber sie war nicht verrückt. Nicht so, wie ich es bei der Polizei ausgesagt hab. Ich bin dem Polizisten durchs Haus hinterher und hab Sachen gesagt wie: ›O ja, hier ist sie rein und hat sich ein Sandwich geschmiert. Hat gemeint, die Uhr würde zu ihr sprechen und hätte ihr gesagt, sie müsste das Haus niederbrennen. Sie hat hier an der Spüle gestanden und ins Leere gestarrt.‹ Das meiste stammte von meinem Onkel. Ich hab gedacht, wenn es klingt als wäre Harbour total irre, dann kommt sie vielleicht nicht ins Gefängnis. Sie wissen schon, Freispruch wegen Unzurechnungsfähigkeit.«

»Genial«, bemerkte Jessica trocken.

»Der Plan hat aber funktioniert. Die Polizei ist nur im

Erdgeschoss geblieben. Sie haben den Tatort fotografiert, Adrian abtransportiert, mich mit einem Glas Wasser in eine Ecke gesetzt, von wo aus ich das Geschehen verfolgen konnte, und mich zum Tathergang befragt. Oben waren sie nur kurz, haben sich vergewissert, dass sich da niemand versteckt. Als Brosh aufkreuzte, haben sie ihn ungefragt hochgelassen, er hat behauptet, er wollte meinen Laptop holen, um alle Leute in meiner E-Mail-Kontaktliste zu informieren. Er hat sich die Tasche mit dem Koks geschnappt und ist unbemerkt zur Hintertür raus. Später, als die Spurensicherung kam, war der Stoff schon verschwunden.«

Jessica hatte ein klares Bild von Brosh Orlov, ebenfalls breit und stämmig, sie sah ihn aus dem Haus kommen und mit der Tasche in der Hand die Straße entlangschlendern, als wäre er auf dem Weg zum Fitnessstudio. Sie wusste noch haargenau, wo sie sich damals, vor zehn Jahren, aufgehalten hatte: Sie hatte Harbour auf den Stufen vor ihrer Haustür verhört, während die Kollegen das Haus durchsucht hatten. Dann befahl sie Harbour, sich umzudrehen, damit sie ihr Handschellen anlegen konnte. Die Frau hatte ihr widerstandslos gehorcht, sie war völlig traumatisiert gewesen und hatte die Welt nicht mehr verstanden.

Jessica nahm ihr Handy vom Tisch, schob es in die Hosentasche und leerte ihren Bourbon.

»Wo wollen Sie hin? Wir sind noch nicht fertig!«

»Mir reicht's«, erwiderte Jessica. »Fürs Erste. Ich werde Harbour darüber in Kenntnis setzen, dass ihre Tage als kaltblütige Killerin vorüber sind.«

»Was? Jetzt gleich?« Kristi Zea war ebenfalls aufgesprungen. »Aber Sie haben doch gesagt, dass der Fall abgeschlossen ist. Wieso soll man den wieder aufrollen? Das regt sie doch nur unnötig auf.«

»Unnötig aufregen? Ha!« Jessica legte mehr Geld auf den

Tisch. »Ich bin sicher, dass sie sich vor Freude nicht mehr einkriegen wird. Es geht ums Sorgerecht für ihren Sohn! Der Fall liegt noch bei den Akten, ja, aber diese Aussage wird dazu führen, dass man ihn neu beurteilt. Darauf können Sie sich verlassen!«

»Halt mal. Stopp!« Zea packte Jessica an den Schultern. »Denken Sie doch mal an mich! Brosh und seine Leute, die haben sich die ganzen Jahre darauf verlassen, dass ich die Schnauze halte. Wenn jetzt rauskommt, dass ich gesungen habe, werde die mich killen. Das hab ich doch nur Ihnen anvertraut. Sie haben so getan, als wäre das hier ein vertrauliches Gespräch.«

»War's aber nicht«, sagte Jessica und wandte sich ab. Die verbliebenen Gäste beäugten sie neugierig.

»Dann streite ich alles ab!«, rief Zea. Sie zitterte am ganzen Leib, um ihren Mund zuckte es vor Wut. »Wenn Sie mich vor Gericht stellen, sag ich dasselbe wie vorher. Dass sie ihn abgeknallt hat. Dass sie verrückt ist. Dass sie mich vermöbelt hat und dass ... dass ... sie uns wochenlang bedroht hat ...«

Jessica winkte über ihre Schulter hinweg, bevor sie die Bar verließ. Auf dem Schotterparkplatz zückte sie ihr Handy und tippte auf die Aufnahme-App. Die Zeitanzeige stoppte, das Interview mit Kristi Zea war beendet. Sie mailte sich die Datei und öffnete ihren Wagen. Als sie auf den Fahrersitz glitt, kam eine E-Mail von Diggy.

Er leeeebt!, stand in der Betreffzeile. *Interessante Fundstücke von Lawlors Laptop.*

Ada fuhr in einem Mercedes S-Klasse vor, mattschwarz mit goldenen Felgen. Die Teenager, die sich den Gratis-Slushie erschlichen hatten, standen auf der Straße gegenüber und planten wohl gerade ihr nächstes Gaunerstück, als Adas Staatskarosse vorfuhr und sie vor Ehrfurcht erstarren ließ. Überrascht sah ich Fred und Mike aus dem Fond schlüpfen. Und noch erstaunter war ich, als Sneak vom Beifahrersitz kletterte.

»Die dumme Nuss stand doch glatt mit ausgestrecktem Daumen an der Virgil!« Ada zeigte über die Schulter hinweg auf Sneak, die mit dem Rest der Truppe hereinmarschierte. »Hätte Fred vor Freude da hinten fast einen runtergeholt, als wir sie mitgenommen haben.«

»Ich hab überlebt«, murmelte sie mir zu, als sie schleunigst an meine Seite flüchtete. »Man halte fest: Ich bin in Ada Mavericks Auto gestiegen und lebend wieder rausgekommen. Verkaufst du Lotterielose?«

»Ich bin hier, um mit dir darüber zu sprechen«, sagte Ada zu mir. Sie streckte die Hand aus, und Mike gab ihr ein großes, gefaltetes Stück Papier. Dann wischte sie mit dem Arm über den Tresen, sodass die Schuber mit Schokoriegeln auf dem Boden landeten. Ohne zu fragen, grapschte Fred sich ein Snickers vom Ständer unter dem Fenster, riss die Verpackung auf und schob es sich in den Mund. Ada drückte das Papier an allen vier Ecken auf den Tresen. Sneak und ich beugten uns vor. Es handelte sich um eine topografische Karte der Ortschaft San Chinto. Ich brauchte ein wenig, um die geschwungenen blauen Höhenlinien von den mit dünnen schwarzen Linien gekennzeichneten Umrissen von Straßen und größeren Gebäuden und den rot eingezeichneten technischen Sachverhalten, vermutlich Strom- oder Gasleitungen, zu trennen.

»Woher hast du die?«, fragte ich Ada mit einem flüchtigen Blick auf den Parkplatz.

Ada strich die Karte glatt. »Die haben meine beiden Jungs in Officer Marcus Lemons Wohnung gefunden.«

Ich starrte sie ungläubig an. »Wie bitte? Wo?«

»Die beiden sind für mich bei Lemon eingestiegen. Du hast doch gemeint, er wäre interessant für uns. Hast recht gehabt.«

»Ach du liebe ...« Ich musterte Sneak. »Lemon wurde das Handy geklaut und am selben Tag bricht jemand bei ihm ein. Der riecht doch Lunte!«

»Vergiss es«, sagte Ada. »Sie haben die Bude komplett verwüstet und drei andere im Haus dazu. Bis der rafft, dass seine Karte fehlt, dauert es noch ein Weilchen. Meine Jungs machen Nägel mit Köpfen. Aber erzähl du mir lieber, was es damit auf sich hat.« Sie zeigte auf die Karte. »Es gibt noch mehr.«

Auf ihr Fingerschnippen hin zog Mike weitere Papiere aus den Jackentaschen. Manche davon waren ausgedruckte Screenshots von verschiedenen Websites. Einer stammte vom Los Angeles Open Data Portal, ein anderer von der Stadtverwaltung San Chinto und Umgebung. Auch auf einer weiteren Seite des Data Portals ging es um San Chinto, sie war mit kräftigeren schwarzen Linien durchzogen, kräftiger als die auf der Karte, und durch kleine rote Kreise verbunden. Die Legende schlüsselte die Datenschichtung auf. Abwasserleitungsrechte. Kanalisationsverlauf. Leitungsnetze.

Die Türglocke schrillte, und herein spazierte Jessica Sanchez mit einem Laptop unterm Arm.

»Yeah, Idiotentreffen!«, bemerkte Sneak, bevor sie ihren Schokoriegel aufriss.

Jessica zeigte auf mich. »Ich muss mir dir sprechen, Harbour«, sagte sie. »Es ist wichtig.« Sie griff sich eine Flasche

Wasser vom Ständer neben dem Tresen, schraubte den Verschluss auf und trank. Ihr Gesicht und ihr Hals waren mit hektischen Flecken übersät und sie wirkte aufgewühlt.

»Zieh eine Nummer und warte, Bitch!«, zischte Ada. »Ich war zuerst hier.«

»Was soll das alles?« Jessica betrachtete die Karte. Vorsichtig stellte sie den Laptop ab, offensichtlich dachte sie nach, und die Konzentration verlangsamte ihre Bewegungen. »Woher ... Wo kommen die ...?«

»Marcus Lemon hatte sie in der Wohnung. Wir wissen nicht, warum«, erklärte Sneak.

»Aber ich«, rief Jessica. Ada ging hinter den Tresen, damit Jessica besser sehen konnte. Die klappte den Laptop auf und rief ihr E-Mail-Konto auf. Ein lautes Knistern ertönte, Fred hatte eine Chipstüte aufgerissen.

»Könntet ihr bitte aufhören, euch hier durchzufressen?«, rief ich. »Ich muss das alles bezahlen!«

»Hier, seht her.« Jessica zeigte auf ein Dokument auf dem Bildschirm. Eine Liste. Darüber stand »Zuletzt besuchte Websites«. Die Adresse des *Los Angeles Data Portal* fiel mir sofort ins Auge.

»Wir konnten ein paar Fragmente von Daylys verbranntem Laptop auslesen. Wie es aussieht, haben sie und Lemon gleichzeitig das unterirdische Kanalisationsnetz von San Chinto recherchiert und Informationen ausgetauscht.«

»Verbrannt?«, fragte Sneak. »Sie haben ihren verbrannten Laptop gefunden? Wo?«

»Ähm ... tja.« Jessica sah mich hilfesuchend an. »Hatte ich das noch nicht erwähnt ...?«

»Das ist doch scheißegal jetzt!« Ada schlug auf den Tresen. »Was war sonst noch auf dem Laptop? Wissen wir, wieso sie sich für die Kanalisation interessiert hat?«

»Nein, aber das hier haben wir auch noch gefunden.« Jessica zeigte auf die Liste. Wieder beugten wir uns alle vor. »Die stammt aus einem Dokument, das unter dem Namen ›Ls Erkundung‹ auf dem Laptop abgespeichert war. ›L‹ steht für ›Lemon‹, also nehme ich an, dass Officer Lemon ein paar Häuser in San Chinto ausgekundschaftet hat. Sie las laut vor:

Redduck 11: Zwei Männer. Nein.
Redduck 13: Vierköpfige Familie. Nein.
Redduck 15: Alleinstehende Frau. Möglich. Abchecken?
Redduck 17: Messiehaus. Alter Mann, Sieht gut aus. Abchecken?

Ada schob die kleineren Karten zur Seite und verfolgte auf dem größten Plan mit dem Finger die Redduck Avenue. Ich bekam Gänsehaut.

»Wir waren heute da draußen«, sagte Sneak. »Vor der Nummer 17. Da steht tatsächlich ein Messiehaus, genau wie hier beschrieben. Also wohnen in Nummer 11 zwei Männer, in Nummer 13 eine vierköpfige Familie, in Nummer 15 eine alleinstehende Frau. Heute haben wir Officer Lemon ins Messiehaus gehen sehen, und es war auch noch ein Klempner da. Diese Häuser stehen alle am Abwasserkanal ...«, sie schüttelte den Kopf, »... ich kapier's nicht.«

»Aber ich«, sagte Jessica. »Aufgemerkt!«

Sie klickte auf ein Video. Der Link war in einer E-Mail, der Absender CDCR, *California Department of Corrections*. Schwarz-weiße Bilder flackerten über den Bildschirm. Zwei Personen, die in einem käfigähnlichen Metallkonstrukt saßen. Aus der Vogelperspektive gefilmt. Eine junge Frau saß so dicht vor einem Mann, dass sich ihre Knie fast berührten. Ich erkannte sie sofort.

»Dayly«, sagte ich.

»John!«, keuchte Sneak entsetzt, den Finger auf den Bildschirm gerichtet.

»Wer?« Ada schlug erneut auf den Tresen.

»John Fishwick.« Sneak tippte auf das Bild. »Das ... mit dem Typen hatte ich mal was.«

»Na und? Er ist einer von ... keine Ahnung. Warum ist der so besonders?«, fragte Ada.

»Wann wurde das gefilmt?«, fragte Sneak.

»Das ist im Gefängnis von San Quentin entstanden. Todeszelle. Diese Dinger sind Käfige für Kontaktbesuche. Das hier wurde vor genau drei Wochen gefilmt. Ich habe Fishwick einen Besuch abgestattet, aber mir war klar, dass man dem Mann nicht trauen kann, deshalb hab ich mir von den Wärtern die Aufzeichnungen geben lassen.« Sie klickte wieder aufs Video. Die Personen bewegten sich, sprachen miteinander. Fishwick plauderte über den Fluss neben seinem Elternhaus in Utah. Jessica stoppte den Film und berichtete uns von Fishwicks Banküberfällen, dem Massaker von Inglewood, der vergrabenen Beute, die von Bauarbeitern gefunden und der Regierung übergeben wurde. »Ich hab mir den Film genau angesehen. Er verrät ihr nichts, auch nicht in seinen Briefen an sie«, sagte Jessica. »Im Käfig unterhalten sie sich kurz darüber, dass er ihr Vater sein könnte, aber er ist nicht bereit, sich einem Vaterschaftstest zu unterziehen. Sie plaudern über seine Kindheit, ihren Job – und dann passiert das hier.«

Auf dem Bildschirm springt John Fishwick plötzlich von seinem Stuhl auf. Dayly wirkt völlig ahnungslos. Er packt sie und drängt sie gegen den Käfig, drückt ihr seinen Mund auf die Lippen, dabei hält er ihr den Kopf fest. Das Wachpersonal eilt herbei und zerrt Fishwick von dem Mädchen weg, das in der Ecke zusammengesackt ist, weint und sich das Gesicht reibt.

»Meine Güte!« Sneak schlug sich die Hand vor den Mund.

»Er greift sie an, dann küsst er sie«, sagte Jessica. »Zuerst dachte ich, das wäre alles gewesen, aber dann ...«

Ada grinste. »Jetzt weißt du, dass er ihr was untergeschoben hat.«

»Was, wie?«, fragte ich.

»Na, genau hinsehen«, sagte Jessica und ließ die Szene erneut laufen. »Da! Er hebt die Hand und drückt sie ihr auf den Mund, damit sein Päckchen nicht wieder rausfällt.«

»Welches Päckchen?«

»Er hatte was im Mund«, erklärte Ada. »Hab ich schon tausendmal gesehen. Ein Tauschkuss. So gibt man eine Pille weiter, eine geheime Botschaft, eine Büroklammer oder so was. Man nimmt das Gesicht des Empfängers in beide Hände, so, wie ihr es hier seht, damit niemand mitkriegt, was beim Kuss von Mund zu Mund wandert. Seht mal genau hin, was Dayly macht, nachdem sie zusammengesackt ist. Sie tut, als würde sie sich angewidert über den Mund wischen, doch in Wahrheit nimmt sie das untergeschobene Objekt heraus und steckt es in die Tasche.«

Dreimal sahen wir uns die Aufzeichnungen noch an. Da fiel mir etwas ein.

»In ihrer Wohnung hab ich was gesehen«, sagte ich. »Ein kleines Stück Klebeband auf Daylys Schreibtisch. Es war so komisch gefaltet, wie ein Röhrchen. Vielleicht war das die Hülle. Er hat was auf einen Zettel geschrieben, ihn zusammengerollt und mit Klebeband geschützt, damit die Schrift nicht verläuft. Kann das sein?«

Ada nickte. »Ja, das hätte er schon machen müssen. Bei so einem wichtigen Geheimnis konnte er nicht riskieren, etwas in den Briefen preiszugeben. Oder am Telefon. Nicht mal im Käfig. Einer der Wärter hätte was mitbekommen.«

»Also wusste sie, was auf sie zukommt?«, fragte Sneak. »Die Botschaft?«

»Garantiert«, meinte Ada. »Die Sache war ratzfatz durch. Geschmeidig.«

»Aber wie hat er sie darauf vorbereitet? Er wurde doch ständig überwacht.«

»No Problem«, sagte Ada. »Das erledigt ein Mitgefangener, der gibt die Botschaft an einen Besucher weiter, der ruft sie an und gibt sie ihr durch. Oder er zeigt ihr das Päckchen kurz vor der Übergabe. Lässt es zwischen den Zähnen hervorblitzen. Sie hat sicher kapiert, was er vorhatte.«

»Moment mal«, mischte sich Mike ein, der den Mund angewidert verzogen hatte. »Diese Schnalle knutscht freiwillig ihren Alten ab? Mit der Zunge?«

Alle Blicke waren auf Mike gerichtet. Ich war so geschockt, ihn überhaupt sprechen zu hören, dass seine Worte an mir vorbeirauschten. Adas Gorillas glänzten gemeinhin durch Maulfaulheit.

»Er hat sie geknutscht!«, sagte Sneak. »Sie hat nichts gemacht, sie wurde geküsst.«

Ada seufzte. »Seid ihr alle bescheuert? Konzentriert euch mal!«

»Ich fand es seltsam, dass er über seine eigene Tochter herfällt, deshalb hab ich ihn danach gefragt. Seine Antwort hat mich nicht überzeugt. Er meinte, die Geschichte von der vergrabenen Beute sei reiner Mumpitz. Das sei eine Finte gewesen, damit sie ihn besucht und er ... ihr wisst schon. Aber dann hat er gemeint, wenn es noch eine zweite Tranche gegeben hätte, würde er dafür sorgen, dass sie garantiert in die richtigen Hände fällt. Das klang, als hätte er genau darüber nachgedacht. Er wollte sich den Nutznießer selbst aussuchen.«

»Wie?«, fragte ich.

»Is doch furzegal, ihr Hirnzwerge!«, rief Ada. »Wir müssen die Teile zusammensetzen und rauskriegen, wo die

Kohle ist. Da finden wir auch Dayly, ob nun Nutznießer oder sonst welche Scheiße. Der Zettel, den er ihr reingeschoben hat, sagt ihr, wo die Scheinchen sind. Wahrscheinlich Koordinaten. Längengrad und Breitengrad. Und daraus entnehmen wir, wo sie ist.«

Wir studierten die Pläne. Adas Finger zeigte auf die Redduck Avenue Nummer 17. Ein kleines Kästchen stellte das Messiehaus dar, in dem Lemon verschwunden war.

»Und was soll das mit der Kanalisation?«, fragte ich. »Wenn das Geld da im Haus versteckt ist?«

»Vielleicht ist es unterm Haus«, meinte Sneak.

»Oder in der Nähe. Diese Häuser, Nummer 11 bis 17, stehen alle an der Abwasserleitung.« Ada verfolgte die Linie am Messiehaus bis zu einer blauen Linie mit roten Kreisen, die quer durch San Chinto verlief. »Dreißig, vierzig Meter entfernt. Das würde den Klempner erklären. Der kennt sich aus mit unterirdischen Leitungen. Kanalschächte und Tunnel. Ich glaube, sie benutzten das Haus, um unbemerkt in einen unterirdischen Schacht zu kommen, in die Kanalisation. Deswegen haben sie die anderen Häuser abgecheckt.«

»Wieso?«, fragte ich.

»Um rauszukriegen, wie sie ihr Ding machen können, ohne aufzufallen. Bei einer vierköpfigen Familie? Keine Chance. Genau wie bei dem Haus mit zwei Männern. Das Messiehaus mit einem alten Tattergreis hingegen? Bingo!«

»Und wohin bringt sie der Abwassertunnel?«, fragte Sneak. »Wenn sie reinsteigen?«

»Also, entweder direkt in die Stadt«, sagte ich, den Finger auf der Karte. »Oder, wenn du in die andere Richtung gehst, direkt unter Lemons Dienststelle, die Polizei von San Chinto.«

»Wer vergräbt seine Beute unter der Polizei?«, fragte Sneak.

»Keine Bewegung!«, ertönte eine neue Stimme. Al Tasik stand in der Tür. Als er einen Schritt vortrat, schrillte die Türglocke, leider zu spät. Er hielt seine Waffe an der Hüfte, sie zeigte auf Sneak.

»Du«, sagte er zu ihr. »Mitkommen!«

JESSICA

Alle erstarrten. Adas Gorillas hatten die Hände in den Manteltaschen, bereit, das Feuer zu eröffnen, aber Ada schwieg. In dieser angespannten Stille dachte Jessica an das, was sie eigentlich hergeführt hatte. Jetzt, da sie über Dayly und Fishwick Bescheid wusste, müsste sie zur nächsten Aufgabe übergehen. Eine Pflicht, gegen die sie sich mit jeder Faser ihres Körpers sträubte. Sie betrachtete Blair und überlegte, ob sie es einfach sagen sollte, jetzt, hier, vor allen.

Es tut mir leid. Ich habe mich geirrt. Du bist keine Verbrecherin, Blair Harbour.

Doch sie tat es nicht. Stattdessen wandte sie sich ihrem Kollegen zu. »Tasik? Was geht hier ab, verdammte Scheiße?«, zischte sie.

»Emily Lawlor«, sagte Tasik und packte Sneak am Arm. »Ich verhafte Sie wegen Mordes an Ihrer Tochter Dayly Lawlor. Sie haben das Recht zu schweigen.«

»Tasik!« Jessica zog an seinem Ärmel.

»Treten Sie zurück, Sanchez!« Er stieß Sneak gegen den Tresen und legte ihr Handschellen an. »Oder ich verhafte die anderen Bräute hier gleich mit.«

»Sie … Sie haben keinen Grund, sie festzunehmen«, stammelte Blair. Ada faltete indessen die Karten zusammen und gab sie ihren Männern. »Das geht nicht … Sie können nicht einfach ... Officer Sanchez ... Jessica ... tun Sie was!«

Jessica folgte Tasik zum Streifenwagen. Sneak trabte verloren neben ihm her, den Blick zu Boden gerichtet.

»Was haben Sie gegen sie in der Hand, Tasik? Reden Sie mit mir!«

»Ein paar Informanten bei den Crips haben mir gesteckt, dass Dayly und ihre Mutter am Abend ihres Verschwindens einen Streit hatten.« Tasik stieß Sneak auf den Rücksitz. »Ich hab ein paar verdächtige Nachrichten. Treffen. Harbour und Maverick sind womöglich auch involviert. Keine Ahnung. Ich werd mir erst mal die hier vorknöpfen, dann wird die Sache sicher klarer.«

»Bullshit!«, rief Jessica. »Ich arbeite mit diesen Frauen zusammen, okay? Wir stehen kurz vor einem Durchbruch. Diese Verhaftung ist reine Zeitverschwendung. Das kapiert doch ein Blinder mit 'nem Krückstock!«

»Sie können sie gern zurückhaben, wenn ich mit ihr fertig bin«, sagte Tasik. »Die Braut weiß mehr, als sie zugibt. Echt, Sanchez, wir haben hier eine lebenslange Betrügerin vor uns. Vielleicht können Sie den Unterschied noch nicht erkennen, schließlich bin ich schon länger dabei.«

»Ach, fick dich doch!« Jessica schüttelte den Kopf. »Du kriegst diese Frau nicht in ein Verhörzimmer. Das verspreche ich dir. In einer Viertelstunde wirst du dich bei Whitton einfinden, um ihm jeden Schritt deiner Ermittlung zu erklären, während ich Sneak die Handschellen abnehme und sie freilasse.«

»Sneak?« Tasik schnaubte verächtlich. »Kein Problem, Sanchez. Sie können gern mitkommen und sich mit mir über diesen Scheißhaufen hier streiten. Steigen Sie ein.«

Jessica sprang in den Wagen.

Ada schnappte sich eine Coke und machte eine ausschweifende Handbewegung.

»Okay, der Affenzirkus ist vorbei. Fred, Hintertür.«

»Ich kann den Laden nicht einfach dichtmachen!«, rief ich, als sie meine Schlüssel vom Tresen nahm und damit nach mir warf. »Meine Schicht dauert noch drei Stunden.«

»Vergiss deine beschissene Schicht, Nachbarin.« Ada ging zur Tür. »Wir wissen, wo Dayly steckt. Holen wir sie raus.«

Auf dem Parkplatz öffnete ich die Beifahrertür, weil ich annahm, dass Ada mich vorn neben sich haben wollte, um mit mir das weitere Vorgehen zu besprechen, aber Mike drängelte sich vor mir rein und bedeutete mir mit einer Kopfbewegung, dass ich hinten einsteigen sollte.

»Du fährst mit Fred«, sagte er.

Ich saß stocksteif auf der Rückbank neben Fred, der seinerseits dahockte, als hätte er einen Stock im Hintern. Ken neben Barbie im Plastikjeep. Seine tätowierten Riesenpranken lagen flach, aber angespannt auf seinen Oberschenkeln. So, wie es aussah, war Mike auf dem Vordersitz ähnlich angespannt. Immer wieder blickte er in den Seitenspiegel. Langsam wurde mir schlecht. Mir schwante, dass Ada und ihre Gorillas mich auch gegen meinen Willen aus der Tankstelle bugsiert hätten. An jeder Ampel stellte ich mir vor, was passieren würde, wenn ich einen Fluchtversuch unternahm. Hatten sie die Tür verriegelt? Würde Fred mir die Pranke auf die Schulter legen, mich vielleicht umschlingen und zurück ins Auto zerren? Sneaks Worte klangen mir in den Ohren.

Ich bin in Ada Mavericks Auto gestiegen und lebend wieder rausgekommen.

Wir verließen die Stadt und fuhren auf einen langen, dunklen, endlosen Freeway. Ich kaute an meinen Nägeln, Ada zündete sich eine Zigarette an. Die glühende Spitze wippte auf dem Lenkrad. Beleuchtete Reklametafeln blitzten vor der Windschutzscheibe auf und verschwanden wieder. Sie fuhr schneller, alles sauste an uns vorbei. Die Straße nach San Chinto schien mir mittlerweile fast so vertraut, als wäre ich auf dem Heimweg. Ada schaltete das Radio ein, als wir am Schild für den Joshua Tree National Park vorbeirauschten. Es lief eine Diskussionssendung.

... nennt man wohl Schwarmpartys, George.

Schwarmpartys?

Ja, ähnlich wie Flashmobs, die Mitte 2000 angesagt waren. Bei Schwarmpartys taucht eine Partymeute an einem vorher bekanntgegebenen Ort auf, um dort zu feiern.

Ah, was wir hier sehen, ist also eine Schwarmparty, Erica, die in diesem Privathaus in Woodland Hills gerade in vollem Gang ist. Von der Nachrichtenredaktion haben wir erfahren, dass mehr als tausend Leute in Esperance Drive aufgetaucht sind, genauer gesagt, in einem bestimmten Haus, die Sache ist offenbar riesig. Die Anwohner berichten von lauter Musik, Motorrädern im Haus und auf der Straße, und vor dem Haus findet eine Art ... Drag Rally statt. Es heißt, im Haus wurden sämtliche Fenster eingeschlagen, und auf dem Rasen davor stehen lauter Einrichtungsgegenstände. Ein Teil der Garage wurde niedergebrannt. Bis jetzt gab es wohl noch keine Festnahmen. So eine Party hab ich noch nie erlebt, Erica, das kann ich dir sagen.

Na, hier geht es wohl nicht so sehr um die Party, George, sondern darum, wie viele Leute kommen. Je mehr, desto größer das Ansehen in den sozialen Medien. Der Schaden, das Chaos – das ist eine Art Wettbewerb. So was veranstaltet niemand im eigenen Haus, so viel steht fest.

Schwarze Bergketten erhoben sich schier endlos am Rand der kahlen Ebene. Die Stadt wich weiten Flächen. Ackerland. Die Temperatur im Wagen fiel mit jedem Kilometer, den wir uns von der Stadt entfernten. Vorhin, in der Tankstelle, hatte Ada gelächelt, ein seltener Anblick, und dabei sehr selbstzufrieden gewirkt.

Eine andere Stimme ertönte in mir, diesmal war es Jessica Sanchez.

Diese Frau hat einen Riecher fürs große Geld. Darum ist sie hier.

»Wir müssen reden«, sagte ich schließlich.

»Worüber?«

»Über unseren Plan.« Fred sah mich mit undurchdringlicher Miene an. »Dayly zu finden ist oberste Priorität. Sie retten.«

»Klar.«

»Wir haben keine Ahnung, in was wir hier reingeraten sind. Wenn Ramirez, der Klempner, Lemon und Dayly unter einer Decke stecken und das durchziehen wollten, was wir glauben, kann es gut sein, dass sie gar nicht dort ist. Als ich sie gesehen habe, war sie auf der Flucht. Sie hatte Angst. Irgendwas ist schiefgelaufen, und ...«

»Ich hab einen Plan, Nachbarin«, sagte Ada. »Zerbrich dir mal nicht das Köpfchen.«

Nervös knetete ich meine Finger. Freds Hand war vom Schoß in die Jackentasche gewandert. Mein Smartphone steckte im Rucksack, aber der lag zu meinen Füßen.

»Ich will nur Dayly finden«, sagte ich. »Und wenn da sonst noch was abgeht ... also ... ich möchte nicht, dass jemand verletzt wird. Oder dass wir ... in irgendwas reingeraten, das ... ähm ...«

Ich ließ den Satz in der Luft hängen. Fred nahm mich ins Visier. Adas stechender Blick im Rückspiegel. Mikes im Seitenspiegel. Ein Bild stieg in mir auf: ich, in einem Wagen voller Dobermänner. Ich biss die Zähne zusammen und konzentrierte mich auf die Straße.

JESSICA

Jessica saß schweigend auf dem Beifahrersitz und lauschte Tasiks Atem. Sie weigerte sich, ihn anzusehen, er sollte ja nicht denken, dass sie sich vor ihm fürchtete. Obwohl sie das natürlich tat. Die Spannung im Wagen erinnerte sie an die Nacht am Linscott Place, wo sich ihre gesamte Polizeiausbildung als nutzlos erwiesen hatte und jegliche Erwartung enttäuscht wurde, die sie seit der Polizeiakademie gehegt hatte. *Ihr Kollege ist stets an Ihrer Seite. Wenn Sie Hilfe anfordern, kommt sie sofort. Sie werden immer ungefähr wissen, was zu tun ist, höchst selten wird man Sie mit einer so außergewöhnlichen Situation konfrontieren, auf die Sie nicht aus dem Effeff darauf reagieren könnten.* Doch in jener Nacht hatte sie mit einem fleischfressenden Wesen gerungen, und ihr Kollege hatte sie im Stich gelassen. Durch dieses Erlebnis war ihre Welt völlig aus den Fugen geraten, ihr Vertrauen war zerstört. Jetzt lief derselbe Film noch einmal ab. Eigentlich hätten der Mann neben ihr und sie Seite an Seite stehen sollen, doch stattdessen galt ihre Sorge der Verhafteten, die sie besorgt im Seitenspiegel betrachtete. Die plumpe, vom Leben geohrfeigte Prostituierte und Drogensüchtige wirkte wie für die Rückbank eines Streifenwagens geboren. Aber auf ihrem Gesicht lag eine unnatürliche Ruhe. Es war fast, als wüsste sie genau, was als Nächstes passieren würde.

Tasik brauste über den Wilshire Boulevard, rauschte geradeaus weiter, vorbei an dem bis zum Platzen gefüllten *Jamba Juice*, und bog nicht nach links Richtung West Hollywood ab. Sneak reagierte nicht. Jessica war wie elektrisiert. Tasik sah sie an, und sie wusste Bescheid.

»Sie haben es getan, stimmt's?«, sagte Sneak, als wollte sie Jessicas Gedanken laut aussprechen.

Tasik betrachtete seine Gefangene im Rückspiegel. Sie waren auf dem Weg nach Norden, in die Berge. Schilder wiesen nach Glendale. Er schaltete das Radio ein.

... haben die Situation nicht unter Kontrolle, es stehen nicht genügend Leute zur Verfügung, um die weiterhin am Esperance Drive eintreffenden Menschenmassen aufzuhalten. Laut Polizeibericht stehen zwei Fahrzeuge in der Straße in Flammen. Der Hausbesitzer ist offenbar selbst Polizist bei der LAPD, hält sich aber momentan nicht dort auf. Polizeihubschrauber sind ...

Tasik drückte den Aus-Knopf.

»Okay«, sagte er. »Ich spiel mit. Was soll ich deiner Meinung nach getan haben?«

»Du hast sie umgebracht«, sagte Sneak. Jessica bemerkte, dass Sneak unruhig auf dem Rücksitz herumrutschte. Ihr war klar, dass sie versuchte, die gefesselten Hände unter ihrem Hintern und über die Rückseite der Oberschenkel bis zu den Knien zu strecken. Ihre Schulterknochen traten deutlich hervor. Das hatte Jessica schon zigmal gesehen, und Tasik blieb es sicher auch nicht verborgen.

»Ach, tatsächlich? Hab ich das?«

»Du stinkst zum Himmel nach miesem Cop. Mir sind ja schon viele Bullen über den Weg gelaufen. Manche sind feine Menschen. Andere sind Waschlappen mit Dienstmarke, die früher auf der Schule gemobbt wurden und sich jetzt rächen wollen. Und ab und zu kommt ein richtiger Schurke daher. So einer bist du.«

»Na, sei mal nicht zu streng mit mir«, erwiderte Tasik. »So ein bisschen Schurkenblut fließt doch auch in dir. Du bist eine Opportunistin. Lügst und betrügst, um irgendwie durchzukommen. Aber wenn's eng wird, zeigst du Zähne und Krallen. Das erkenne ich in dir. Und in deiner Tochter hab ich es auch gesehen.«

Jessicas Hand wanderte zu ihrer Waffe, aber sie ließ sie noch im Holster. Sie traute ihren Ohren nicht. Musste warten, mehr erfahren, die ganze Geschichte. Und sie brauchte einen deutlichen Beweis dafür, dass sie in Gefahr schwebten. Tasik war zu entspannt. Er lehnte sich zurück, ließ das Fenster heruntergleiten und den Ellbogen raushängen. Die Straße stieg steil an. Tasik kannte sich offenbar hier aus, er nahm lässig die Kurven, hier und da trafen seine Scheinwerfer auf Augen, die in der Böschung und auf den kahlen Bergwänden aufleuchteten. Er war jetzt total entspannt. Mister Kojote auf dem Weg zu seinem Bau auf dem steinigen Hügel, wo der giftige Kreosotbusch sein Geheimnis hütet – sein Reich, wo er in Sicherheit ist.

»Es war genau, wie ich es dir erzählt habe, Sanchez. Ich habe Dayly zufällig in einer Karre voller Crips erwischt und mitgenommen. Sie gehörte nicht auf die Straße, so wie du, Emily. Das hab ich sofort gesehen. Noch nicht so abgefuckt. High vom billigen Crack und völlig verängstigt. Von den Waffen im Kofferraum hatte sie keinen Schimmer. Ich zog sie aus der Gruppe und hielt ihr eine Standpauke. So richtig. Vielleicht hab ich ein bisschen übertrieben, um sie so richtig zu erschrecken. Hab ihr mit Gefängnis gedroht, ihr gesagt, da käme sie nicht drum rum. Weil es sich bei den gefundenen Waffen um echte Kaliber handelte, würde man sie automatisch wie eine Terroristin bestrafen, also dreißig Jahre Knast, Minimum. Sie hat sich die Augen ausgeheult. Völlig fertig war sie. Wie ein zitterndes Hundebaby.«

Sneak krallte sich ins Metallgitter, das den Fahrer und Beifahrer vor den Passagieren auf dem Rücksitz schützte. Die Handschellen gruben sich in ihre Handgelenke.

»Ich dachte, die Kleine bläst mir einen, aber mehr nicht«, sagte Tasik grinsend. »Doch dann labert sie plötzlich was von versteckter Beute und einem Mörder in der Todeszelle und ihrer Junkie-Mutter. Zuerst bin ich gar nicht mitgekommen, es klang total irre. Ich war schockiert. Sie meinte, es wären Millionen, die der Typ vergraben hat. Also hab ich dafür gesorgt, dass sie erst mal runterkommt und mir die Sache dann noch mal in Ruhe erzählt. Irgendwo lägen Millionen vergraben, und sie wusste, wo. Wenn ich die Anzeige fallenlasse, zeigt sie mir das Versteck, meinte sie. Ich hab's ihr natürlich nicht geglaubt, lass sie aber trotzdem laufen, mal sehen, wie das weitergeht. Ich hatte ja nichts zu verlieren. Wenn ich hinterher ohne Geld zurückkomme, ist mir das auch egal, meinen Schwanz lutscht sie trotzdem, dachte ich mir.«

»Und?«, fragte Sneak. »War das Geld da, wo sie gesagt hat?«

»Na, das will ich doch hoffen.« Tasik lächelte. »Sie kann nicht danach suchen. Weißt du, warum? Weil dieser Typ Fishwick gemeint hat, er hätte die Kohle Ende der Siebzigerjahre vergraben. Damals war der Ort, den er genannt hat, eine leere Weide mit einem Zaun drum rum. Aber jetzt – haltet euch fest – steht da ein Polizeigebäude drauf. Unglaublich, oder? Sie kann also nur rausfinden, ob seine Angaben stimmen, wenn sie unter der Polizeiwache gräbt.«

»Also hat sie dich um Hilfe gebeten«, mischte Jessica sich ein.

»Nö.« Wieder grinste er. »Glücklicherweise hatte Dayly schon alles organisiert. Sie hat einen jungen Polizisten aus der Dienststelle eingeweiht, damit er darauf achtet, dass keiner von seinen Kollegen von den Grabungen Wind bekommt. Dann haben die beiden einen Klempner aufgetan, der bereits vorbestraft war, weil er unter Juweliergeschäften und Casinos gegraben hatte. Der wusste, wie man Tunnel aushebt und unauffällig unter Gebäude kommt. Das Mädel ist blutjung, und als ich mir den Cop vornehme, stelle ich fest, dass auch er fast noch ein Baby ist. Aber darum geht es ja gerade. Kapierst du, warum ich dir das erzähle, Sanchez? Diese Leute kommen schon als Verbrecher auf die Welt. Sie haben eine kriminelle Denkweise. Jagdinstinkte. Das steckt denen im Blut.« Er tippte sich an die Schläfe.

»Also wissen die anderen beiden Typen nichts von dir?«, fragte Sneak.

»Nein. Den Scheiß hatte sie selbst verzapft. Ich wollte nur was von ihrem Anteil. Dayly meinte, ich bräuchte nur auf den Zahltag warten, und der kommt, wenn die beiden Jungs durchbrechen und die Kohle freischaufeln. Könnte heute Abend passieren, wenn alles wie geplant läuft.«

»Und was ist schiefgelaufen? Klingt mir, als wäre eigentlich schon alles über die Bühne«, hakte Sneak nach.

»Deine gierige Scheißtochter ist schiefgelaufen«, brauste Tasik plötzlich auf.

BLAIR

Alles war blau. Der weiße Mond tauchte Ramirez' Transporter in eisblaues Licht. Die dunkelblauen Berge ragten vor uns in den blauschwarzen Himmel. Ada schaltete den Motor aus. Sie stand an der Redduck Avenue, direkt hinter dem Lieferwagen, der in der Auffahrt zum Haus Nummer 17 geparkt war. Ada Maverick machte nichts diskret, selbst wenn sie unbemerkt bleiben wollte. Niemals würde sie sich durch Gärten schleichen, über Zäune klettern oder unter Fenstern lauschen. Fred schraubte den Schalldämpfer auf seine Waffe. Das knirschende Geräusch von Metall auf Metall jagte mir einen Schauer über den Rücken.

Ada und Mike stiegen aus. Ich griff nach meinem Rucksack.

»Liegen lassen!«, schnauzte Fred und schob mich zur Tür. Die Luft war eisig, irgendwie dünn. Der Gedanke zu fliehen war mir noch gar nicht richtig gekommen, als Freds Pranke auf meiner Schulter landete. Zu spät! Dort blieb sie liegen, bis wir vor der Haustür standen. Ada und Mike waren ebenfalls bewaffnet, sie hielten die Pistolen dicht vor der Brust, den Lauf nach oben gerichtet. Ich trat mit Fred zur Seite, während Ada langsam den Knauf drehte. Die Tür löste sich mit einem feuchten Knistern vom Rahmen. Ada und Mike gingen voraus, Fred schob mich vor sich her.

»Hören Sie«, sagte ich, halb zu ihm umgewandt, »ich will hier nicht mitmachen.«

»Na, Schätzchen, der Zug ist schon lange abgefahren.«

»Lassen Sie mich einfach gehen.«

»Halt die Fresse!«

Ein enger Flur. In der Dunkelheit kamen meine Arme immer wieder mit seltsamen Dingen in Berührung – Papier? Zeitungen? Ganze Packen, zu Stapeln aufeinandergeschichtet, bis zur Decke. Im hinteren Zimmer brannte Licht und warf einen schwachen Schein auf das Chaos, lauter Gerümpel, ein wildes Durcheinander, wie ein Dschungel. Ein Dickicht aus Farbeimern, Fahrradteilen, Gummischläuchen, Stofftieren. Hüfthoch gestapelte Kunststoffboxen voller Tupperdosen, Silberbesteck, Bilderrahmen, Kleidung, Konservenbüchsen. An den Wänden lehnten zusammengerollte Teppichreste und Läufer, Besen und Wischerstiele ragten wie Bäume in die Luft, die Borsten und Moppquasten waren ihre Wipfel. Ganz oben, unter der Decke hingen Leitern, Drachen und Uhren aller Art, manche tickten noch, andere standen still. Der Gestank von Gammelfleisch und saurer Milch drang aus der Küche, in dem sich ebenfalls kniehoch der Müll stapelte. Ich entdeckte drei Kühlschränke, der Küchentisch war umgestürzt. Eine Fliege oder Motte taumelte trunken gegen meine Wange, als ich den zweiten Flur betrat, offenbar hatte das Insekt sich an den verdorbenen Speiseresten vollgefressen oder war vom vergeblichen Fluchtversuch durch die vernagelten Fenster erschöpft.

Das erleuchtete Zimmer versank in einem Meer von Büchern, Klamotten, hunderten von Schuhen, verdreht und ausgetrocknet, die mich an Bilder von Konzentrationslagern erinnerten. Auf einem besudelten Bett in der Ecke lag ein uralter Greis, der unter seinem Deckenberg fast verschwand. Ich drängte mich an Ada und Mike vorbei, um ihm zu Hilfe zu eilen.

»O Gott!«, entfuhr es mir, als mir sein Gestank entgegenschlug. Ich strich ihm eine feuchte Strähne aus der Stirn. »Du liebe Güte, Sir! Sprechen Sie mit mir! Hallo! Herrje! Lieber Gott!«

Ich zog ihm das Klebeband vom Mund. Seine Augen waren aufgerissen und feucht.

»Helfen Sie mir!«, krächzte er. Er hatte keine Zähne mehr. »Hil…fe!«

»Es wird alles gut. Wir helfen Ihnen. Ich werde Sie jetzt …«

»Kleb ihm die Fressluke wieder zu!«, befahl Ada. Sie packte mich am Arm und zog mich zu sich herum. »Er bleibt schön, wo er ist.«

»Ich kann den Mann doch nicht einfach liegen lassen. Schau dir doch die Augen an, seine Haut. Er braucht dringend Flüssigkeit, kann jeden Moment einen Herzinfarkt kriegen.«

»Kleb ihm die Fresse zu, hab ich gesagt.« Adas bohrender Blick duldete keine Widerrede. In ihren Augen spiegelte sich das trübe Licht der Nachttischlampe am Bett des alten Mannes, zwei ferne, goldene Flammen. »Der liegt hier auch noch, wenn wir zurückkommen. Wenn du ihm hilfst, macht er Theater und wir fliegen auf.«

»Da ... da ... sind zwei ...«, stammelte er, »... zwei Männer.« Der Deckenberg hob und senkte sich mit jedem seiner gequälten Atemzüge. »Und ... und ... eine ... Frau. Sie ... sind gekommen und ... und ... ich war ... gefangen und ... weiß nicht ... wie lange ...«

»Die Frau«, sagte ich, »jung? Blonde Locken?«

Der Mann nickte.

»Wo ist sie? Lebt sie noch?«

»Sie ... ist nicht mehr ... gekommen.«

Fred tauchte im Türrahmen auf und murmelte: »Tunnel ist in der Küche. Hab keinen gesehen.«

Als ich mich umwandte, sah ich, wie Mike die Waffe auf das Gesicht des Alten richtete. Ohne nachzudenken, schlug ich danach, es war, als versetzte mir meine Furcht einen Stromschlag. Der große Kerl packte mich am Schopf und rammte mir den Lauf in die Kehle.

»Dummes Manöver, Bitch«, bemerkte Ada und trat nah an mich heran. Ihre Miene war ausdruckslos wie eine Wachsmaske, nur ihr Blick wanderte neugierig über mein Gesicht. »Einem Mann sollte man nie in die Waffe fassen.«

»Er wollte ...«

Ada nickte. »Ja. Er wollte den Alten abknallen. Kapierst du's endlich, Blair? Wir sind nicht wegen Dayly hier. Wir sind nicht gekommen, um stinkende alte Zombies aus ihren Gammelbetten zu retten, Wir. Wollen. Die. Kohle.«

Mikes Waffe drückte mir die Luftröhre zu. Ich konnte nicht schlucken. Trotzdem hielt ich Adas Blick stand. »Jessica hat mich gewarnt«, stieß ich hervor.

»Hättste mal auf sie gehört.« Ada tippte mir mit ihrem Lauf an die Nase. »Du bist zu vertrauensselig. Klug, ja. Kompetent, logisch. Aber viel zu naiv. Ein Gutmensch, wie er im Buche steht.«

»Lass mich einfach mit dem alten Mann allein. Mach dein Ding. Ich bleib hier und gebe keinen Mucks von mir.«

»Du bist genauso blöd wie Dayly, die ständig irgendwelche versifften Tiere retten wollte.« Ada stieß eine nackte Barbiepuppe von einem vollgestopften Regal. Sie landete auf einem locker gestapelten Müllberg und löste eine Lawine aus. Zeitschriften, Pappbecher, Holzspielzeug krachten zu Boden. »Dieser Mann ist eine Drecksau.«

»Bitte lass mich gehen.«

»Keine Ahnung, ob wir dich da unten noch brauchen oder nicht«, sagte Ada und bedeutete mir mit einem Nicken, ihr in die Küche zu folgen. »Also kommst du erst mal mit. Und weil du so ein netter Mensch bist, lass ich den Tattergreis leben. Siehst du? Ich kann auch gute Taten vollbringen. Mike?«

Mike zog die Waffe weg und stieß mich zur Seite. Er schnappte sich die Rolle Klebeband vom staubigen Teppich, packte den Mann am fettigen, weißen Schopf und wickelte das Band zweimal rund um seinen Kopf, als wäre er ein leckgeschlagenes Rohr. Dann ließ er ihn wieder fallen und wischte sich die Hände an der Hose ab.

Ada stieß mich vor sich her in die Küche. Hinter einem Berg von Gerümpel versteckt klaffte ein Loch im Linoleumboden, das in die undurchdringliche, pechschwarze Dunkelheit führte. Fred kletterte rückwärts vor mir hinein, ich hörte seine Schuhe auf den Leitersprossen aufkommen.

»Runter da!«, sagte Ada und stieß mir die Waffe zwischen die Rippen.

JESSICA

»Ich hab's schon von Weitem kommen sehen«, erklärte Tasik. Sie fuhren langsam über den Höhenpass, er hielt offenbar nach irgendwas Ausschau. »Als versierter Lügner weiß man, dass man bei seiner Geschichte bleiben muss. Dayly hat immer wieder was anderes erzählt. Plötzlich hatte sie angeblich keine Ahnung mehr, wie viel Geld unter der Polizeiwache versteckt war. Zehn Millionen oder fünfzehn? Dann hieß es plötzlich, es wären vielleicht auch nur zwei. Sie ist nicht mehr ans Telefon gegangen. Hat mich nicht mit dem alten Bankräuber sprechen lassen, Fishwick. Ich wollte mit Lemon und Ramirez reden, als Partner bei der Sache einsteigen, aber sie erzählt mir, sie würden ausrasten, wenn sie von mir wüssten. Ich hab ja nur ihr Wort, und dann kapiere ich langsam, dass sie lügt. Sie behauptet, sie wäre allein, obwohl ich vor ihrer Wohnung parke und genau sehe, dass Lemon bei ihr ist, der Bulle. Die Braut ist völlig unzuverlässig. Da wird mir klar, dass sie uns alle verarscht.«

»Wie?«, fragte Sneak.

Tasik nickte. »Das Geld. Sie hat Lemon und Ramirez benutzt, um die Kohle aus dem Loch zu holen. Ich sollte wie ein Idiot in der Nähe auf meinen Anteil warten und sie vor dem Knast bewahren. Die beiden Typen glauben, sie teilt die Beute mit ihnen, doch in Wahrheit wollte sie alles für sich. Das hatte ich im Urin. Ich würde es doch genauso machen.«

Tasik hatte offensichtlich die richtige Stelle gefunden. Er

bog in eine Feuerschneise ein. Jessica umklammerte ihre Waffe fester. Sie wusste, dass sie das Ruder rumreißen musste. Tasik entwaffnen, ihm Handschellen anlegen. Aber sie wollte wissen, was mit Dayly geschehen war, und so blieb sie untätig sitzen. Wenn sie jetzt eingriff, würde er vielleicht für immer verstummen. Dieser Typ hörte sich gern reden, wollte ihnen erzählen, wie schlau er war. Aber seine Plauderlaune konnte blitzschnell vorbei sein. Gern hätte sie geglaubt, dass er sich ergeben wollte. Dass er sie nicht in diese abgelegene Gegend gebracht hatte, um sie beide umzubringen. Es wollte ihr einfach nicht in den Kopf, dass ein Polizist sich so benehmen könnte. Völlig undenkbar. Denn das wäre der letzte Strohhalm. Wenn das zuträfe, wäre es aus mit ihrem Glauben an die große Familie, dann wäre sie kein Mitglied und müsste sich eingestehen, dass sie keine Ahnung hatte, wer die anderen waren. Nicht die geringste.

Die Scheinwerfer fielen auf eine weiße Schranke. Tasik schob sie sachte mit dem Stoßdämpfer auf.

»Gieriges kleines Mädchen«, murmelte er.

Vor ihnen öffnete sich eine breite Piste, Staub wirbelte auf, Wüsteninsekten flitzten und flatterten wie goldene Glitzerteilchen durchs Licht der Scheinwerfer. Jessica fragte sich, ob Dayly noch lebte, als Tasik sie hier rausgebracht hatte. Ob sie still in der Dunkelheit saß, wie jetzt ihre Mutter, und ahnte, dass dies ihre letzte Reise war und am Ziel ihr Ende wartete.

»Ich hab sie in ihrer Wohnung zur Rede gestellt«, sagte Tasik jetzt auf einmal. »Hatte die Schnauze voll. Sie hat behauptet, sie wären auf ein Hindernis gestoßen, der Tunnelbau kommt nicht weiter, weil ihnen ein riesengroßer Felsblock im Weg liegt. Den müssten sie wegsprengen. Sie würde mir schon Bescheid sagen, wenn es weitergeht, aber sie hätte keine Ahnung, wie lange das dauert. Die wollte mich doch verarschen! Sich Zeit erkaufen, damit sie abhauen kann. Aber ich wusste, wo die Typen waren, konnte ihre Handys orten und würde mitkriegen, wenn sie den Jackpot geknackt hatten. Dayly brauchte ich nicht mehr. Allerdings hat sie mich in ihrer Wohnung kurzfristig schachmatt gesetzt und ist abgehauen. Aber ich bin Experte für solche Mädchen! Am besten wiegt man sie in Sicherheit. Die sollen sich erst mal wieder einkriegen. Ich schnapp mir also ihren Laptop und das Handy und folge ihr unauffällig. Sie überfällt eine Tankstelle, klaut ein Auto und fährt Richtung Westen, wahrscheinlich zu Lemon und Ramirez. Da hab ich sie mir gekrallt. Hab sie in die Berge gejagt und sie dann von der Straße abgedrängt.«

Jessica behielt Tasik fest im Blick, als er den Motor ausschaltete. Irgendwo jaulte ein Kojote. Es klang verstörend, als hätte das Tier Todesangst.

»Du hast sie umgebracht«, sagte Jessica. Jede Faser ihres Körpers war zum Zerreißen gespannt. »Du hast ihren Wagen mitsamt Laptop und Handy abgefackelt und sie dann hier abgelegt.« Sie sah aus dem Fenster. Nichts als Dunkelheit.

Tasik schwieg. Sein Blick war hart, provozierend. Jessica dachte an Cowboys, die in staubigen Straßen blitzschnell ihre Waffen zogen, während im Wind die Steppenhexen über den Boden rollten, ein absurdes Bild aus einem Spaghettiwestern, das ihr überreiztes Hirn ihr da präsentierte. Doch die Botschaft war klar. Sie zog ihre Waffe und bemerkte erleichtert, dass Tasik nicht nachzog.

»Keine Bewegung!«, rief sie.

Ihre Position war ungünstig, die Waffe zu dicht vor ihrer Brust, die Ellbogen zu nah am Körper. Auf Tasiks Lippen lag ein süffisantes Grinsen. Weder ihre Ausbildung noch ihre Erfahrung hatten sie auf eine Situation wie diese vorbereitet: einen Mann in einem beengten Raum zu entwaffnen. Aber sie war auch noch nie blöd genug gewesen, sich in eine derart aussichtslose Lage zu manövrieren.

»Hände auf den Lenker!«, sagte sie. Es blieben ihr zwei Möglichkeiten. Entweder sie befahl Tasik, ihr seine Waffe zu übergeben, oder sie beugte sich vor und nahm sie sich. Beides war suboptimal. Sie saß in der Falle. Die Zeit arbeitete gegen sie. Er heckte sicher schon einen Plan aus. Sie musste reagieren, sofort. Also nahm sie eine Hand von ihrer Waffe und streckte sie aus.

Löste den Verschluss an seinem Holster, schnappte sich die Waffe, lehnte sich zurück. Erleichtert. Und genau darauf hatte er gewartet. Auf diesen Bruchteil einer Sekunde der Unachtsamkeit. Seine Faust schnellte vor, ungesehen, und erwischte sie mit so brutaler Wucht von unten am Kinn, dass ihr Kopf gegen die Scheibe krachte.

Finsternis. Sekundenlang nichts. Dann ein Schmatzen, alle Laute auf einmal. Sie hörte, aber ihre Muskeln gehorchten ihr nicht. Ihr Körper war wie ein Sack seitlich umgekippt. Tasik nahm ihr die Waffe ab, sie wehrte sich nicht.

»Aussteigen!«, befahl er Sneak.

»Du bringst mich nicht um«, sagte sie. »Und du bringst auch keine Polizistin um, sie ist schließlich deine Kollegin. Vier Zeugen haben gesehen, dass wir an der Tankstelle in deinen Wagen gestiegen sind, Tasik! Die Sicherheitskameras haben alles aufgenommen.«

»Klar, ich hab dich ja auch festgenommen. Und Sanchez ist deswegen bei mir eingestiegen. Ich spiel dieses Spiel schon eine Weile, Emily. Das weißt du auch. Es reicht, wenn ich aussage, dass du dich von den Handschellen befreit hast, denn das hast du, wie ich gesehen habe, und auf deinen Einsatz gewartet. In Korea Town hast du einen Anfall vorgetäuscht. Sanchez ist drauf reingefallen, und du hast sie angegriffen. Ihr die Waffe abgenommen und sie umgenietet. Dann hast du mich gezwungen, ihre Leiche in den Kofferraum zu legen und in die Berge zu fahren. Da hast du gestanden, dass du auch Dayly umgebracht hast. Als Nächstes würdest du mich umlegen und uns beide an derselben Stelle ablegen.«

Jessica bemühte sich, ruhig zu atmen und sich nicht zu bewegen. Bevor sie irgendwas versuchte, musste sie sicher sein, dass ihr Körper ihr wieder gehorchte, musste lautlos zuschlagen. Solange er dachte, sie wäre ohnmächtig, hatte er zumindest keinen unmittelbaren Grund, sie umzubringen.

»Da unten liegt sie?«, hörte sie Sneak fragen. »Du hast sie da runtergeworfen?«

Schweigen. Antwort genug.

»Ich werde ihnen erzählen, dass du dich mit Händen und Füßen gewehrt hast, aber ich dich am Ende zur Strecke bringen konnte.«

Etwas Feuchtes rann über Jessicas Kinn und weiter über ihren schlaffen Arm. Sie blinzelte vorsichtig. Es war Blut. Kurz fragte sie sich, ob Tasik noch eine Waffe im Handschuhfach hatte. Nur Zentimeter entfernt. Die meisten Kollegen hatten dort eine Zweitwaffe.

»Du weißt schon, dass Ada und Blair das mit dem Geld rausgekriegt haben?«, fragte Sneak. Ihre Stimme klang zaghafter, offenbar hatte sie wenig Hoffnung zu überleben. »Das ist dir klar, oder? Dass wir Fragen gestellt haben? Du hast die Karten in der Tankstelle gesehen. Ada und Blair sind schon auf dem Weg nach San Chinto. Wenn du dich nicht beeilst, sind sie vor dir da. Dann ist die Kohle weg. Lass mich gehen. Ich will nur zu meinem Kind. Schnapp dir das Geld und hau ab!«

»Ach, ich hab Zeit«, erwiderte Tasik. »Jede Nachricht, die Ramirez schreibt, kann ich mitverfolgen. Er meint, es dauert noch drei Stunden, bis er durch ist. Am besten wäre es für mich, wenn die beiden Teams aufeinandertreffen und sich gegenseitig abknallen. Dann brauch ich nur noch reinspazieren und mir das Geld nehmen. Lemon und Ramirez haben keine Ahnung, dass Harbour, Maverick und ihre Muskelmänner bei ihnen auftauchen. Und mich erwarten sie schon gar nicht.«

»Und was, wenn Ramirez sich irrt? Was, wenn er früher an das Geld kommt? Dann tauchst du auf, und sie sind schon über alle Berge.«

»Na und? Ich weiß doch genau, wohin sie als Nächstes wollen. Lemon und Ramirez haben auf einem Flugplatz in der Nähe einen Flieger gechartert, um damit nach Mexiko zu türmen. Maverick wird in ihrem Club sitzen. Die haut nicht ab. Nicht, solange hier die Geschäfte laufen. Und Harbour hockt auf ihrer Bude. Sie hat einen Sohn. Die bleibt schön, wo sie ist. Ihrer Wohnung hab ich schon einen Besuch abgestattet, und ich weiß, dass sie zahm ist wie ein Kätzchen, wenn man sie angreift. Das ist sowieso egal, denn diesmal mache ich kurzen Prozess.«

»Du!«, sagte Sneak. »Du hast bei ihr eingebrochen!«

»Ich wollte ihr Angst einjagen. Euch beiden. Hat aber nicht funktioniert. Wenn du dich heute genauso handzahm benehmen könntest wie sie, wäre ich dir dankbar. Aber es muss schon glaubwürdig aussehen, also muss ich ein bisschen mit dir spielen, bevor ich dich fertigmache.«

Er stieg aus und öffnete ihre Tür. Jessica hörte Sneaks Schrei, als Tasik sie packte.

»Genug gequatscht«, sagte er. »Los geht's!«

Stocksteif kletterte ich ins Loch. Rund um den Rand lag Gerümpel, mittendrin entdeckte ich eine Grillgabel mit Holzgriff. Ich tat, als wäre ich von einer Sprosse abgerutscht, suchte am Rand Halt und schnappte mir die Gabel und noch ein paar andere Gegenstände.

»Pass doch auf!«

»Tut mir leid«, sagte ich. Am Fuße der Leiter stand Fred, eine Taschenlampe in der Hand, die trüb den Boden erleuchtete. Ich beugte mich vor, als wollte ich mir das Fußgelenk reiben, doch in Wahrheit schob ich mir die Gabel mit dem Griff in den Schuh und ließ den Rest unter meiner Jeans verschwinden. Mike und Ada kamen hinter mir die Leiter herunter und blieben schweigend in der Dunkelheit stehen. Hier unten war die Luft stickig, es stank nach Fäkalien und abgestandenem Wasser. Es war so still, dass ich die anderen atmen hörte. Regelmäßig, ruhig. Diese Leute waren solche Situationen gewohnt. Sie saßen auch seelenruhig mit Sturmhauben vor Banken und warteten auf ihre Komplizen. Lauerten in Gebüschen vor Drogenverstecken. Diebe. Jäger. Ein stiller Beschluss wurde gefasst, dann packte mich einer von ihnen und stieß mich durch den finsteren Tunnel, der nur von ein paar nackten Holzlatten vorm Einstürzen gesichert war. Ada war neben mir, Fred ging vorweg und Mike lief hinter uns. Am Ende des Tunnels klaffte ein halbrundes Loch im Beton. Nachdem ich hindurchgeklettert war, stieß man mich nach rechts, wo der Tunnel weiterging. Ich konnte nicht erkennen, was am Ende lag, doch mein Bauchgefühl sagte mir, dass wir durch einen Zugangsschacht liefen. Schläuche und Kerben in den Wänden und Decken bestätigten meinen Verdacht.

»Los, weiter!«, flüsterte Ada und stieß mir ihre Waffe in die Rippen.

In der Finsternis kamen wir nur quälend langsam voran. Fred nahm nur gelegentlich die Hand von der Taschenlampe, um ein paar Meter des Kanals vor uns zu beleuchten. Das Schweigen machte mich verrückt.

»Ihr habt alle gelogen«, plapperte ich drauflos.

»Was quatschst du da?«, fragte Ada.

»Du! Ich dachte, du wolltest uns helfen, ein vermisstes Mädchen zu finden. Um deine Schuld zu bezahlen.«

»Na, du bist ja auch hohl wie 'ne Einwegflasche. Was kann ich dafür?«

»Und Dayly? Du hast den Mann da oben gesehen. Den Alten. Dem hat man übel mitgespielt. Wie lange liegt der da schon? Wochen? Dayly hat dabei mitgemacht. Ich dachte, sie wäre anders. Aber Dayly und Lemon und Ramirez haben ihn gefesselt, damit sie in Ruhe graben konnten.«

»Dayly ist eine kaltschnäuzige Ratte, genau wie ihre Mutter. Na und? Wieso überrascht dich das? Keine Ahnung, warum du immer an das Gute im Menschen glaubst. Du hast länger im Knast gesessen als ich, da hättest du doch längst kapieren müssen, dass sich am Ende jeder selbst der Nächste ist.«

Plötzlich blieb Fred stehen. Ada stieß mich gegen die Wand. Erst herrschte Stille, doch dann ertönte von weiter hinten im Tunnel eine Stimme.

»Dayly?«, rief ein Mann. Es klang nach Officer Lemon.

Fred ging auf ein Knie, ließ die Taschenlampe neben sich fallen und ballerte drauflos.

JESSICA

Der bleiche Mond hing tief über den Bergen. Jessica hatte sich aufgerichtet und ihn durch die Windschutzscheibe gesehen, während sie im Handschuhfach nach Tasiks Privatwaffe suchte. Vergeblich. Außer der Bedienungsanleitung fürs Auto und ein paar Papieren war das Fach leer. Mit blutverschmierten Fingern tastete sie im Wageninneren nach ihrer eigenen Waffe, den Blick auf Tasik gerichtet, der sich draußen um Sneak kümmerte, seine große Faust hieb und hieb auf sie ein. Eine Waffe steckte in seinem Hosenbund. Die andere war verschwunden. Jessica wollte es nicht riskieren, die Tür zu öffnen. Stattdessen krabbelte sie auf den Fahrersitz und glitt aus dem Wagen, doch durch das plötzliche Aufrichten wurde ihr schwindelig, und sie stieß sich den Fuß an einem Felsen. Tasik fuhr herum.

Er ließ Sneak liegen und ging auf Jessica los, katapultierte sie gegen die Wagenseite. Jessica ging zu Boden, sah nur noch seine Stiefel, die rechts und links von ihr standen. Seine Fäuste gingen auf sie nieder. Sie wand sich, schlug wild nach oben, trat um sich, erwischte ihn am Knie. Er knickte seitlich ein. Da kam Sneak von hinten, rammte ihm ihre Fäuste in die Schläfen, prügelte ihn zu Boden, während er blindlings auf sie einschlug.

Jessica rappelte sich auf, hielt sich am Wagen fest und nahm all ihre Kraft zusammen, um Sneak zu Hilfe zu kommen. Die Waffe war Tasik zwar aus dem Bund gerutscht, aber in der Dunkelheit verschwunden. Es wäre ohnehin unmöglich, im Handgemenge auf ihn zu schießen. Sneak und Tasik waren zu einem Knäuel verbunden, Sneak nach Jahren im Gefängnis die eindeutig bessere Nahkämpferin, die dem Mann die Finger ins Gesicht krallte, ihm mit den Nägeln die Augen auskratzte. Jessica stieg in den Wagen, ließ den Motor an und legte den Gang ein. Dann wartete sie, das Steuer fest umklammert, bis das Unausweichliche geschah. Tasik hatte Sneak fertiggemacht. Hatte sie mit voller Wucht an der Schläfe erwischt und ausgeknockt. Sie rollte sich mit letzter Kraft zur Seite und krallte die Finger in den Schmutz. Jessica gab Vollgas.

Ein feuchtes Knacken. So sollte sie es später beschreiben. Als wäre ein Sack mit Knochen und Wasser aus großer Höhe auf Beton geprallt. Der Wagen hielt, doch wo Tasik gestanden hatte, wallte jetzt nur noch eine Staubwolke. Der Mann lag ein paar Meter davor am Boden, offenbar vom Aufprall ein Stück weiterkatapultiert. Dabei hatte sie ihn gar nicht mit voller Wucht erwischt. Aber ihre Aktion hatte Erfolg gehabt. Jessica stieg aus und half Sneak auf die Beine. Ohne Jessica eines Blickes zu würdigen, torkelte Sneak direkt auf Tasik zu. Jessica folgte ihr.

»Tasik!« knurrte sie. »Du bist verhaftet.«

Sie beugte sich über das Häufchen Elend, Detective Al Tasik, der sich im Staub wand, beide wurden von den Autoscheinwerfern beleuchtet. Jessica drehte den Mann auf die Seite, damit er wieder zu sich kam. Seine Rippen waren garantiert gebrochen, er verlor immer wieder das Bewusstsein, aber er würde es überleben. Sie war so erleichtert, als sie ihm die Handschellen anlegte, dass sie Sneaks Fehlen erst bemerkte, als sie die Autotür zuknallte. Sneak hupte. Sie saß auf dem Fahrersitz. Wahrscheinlich will sie den Wagen herfahren, damit wir Tasik leichter einladen können, dachte Jessica. Doch Sneak legte den Gang ein, fuhr ein paar Meter zurück und hupte erneut. Jessica verstand nicht, was hier geschah.

Sie blinzelte ins grelle Scheinwerferlicht. »Sneak?«, rief sie.

Sneak jagte den Motor hoch. Hupte.

Entsetzt hob Jessica die Hände. »Sneak, nein! Tu's nicht! Nein!«

Sie konnte gerade noch zur Seite hechten, als Sneak angebraust kam, und dann ertönte wieder dieses feuchte Knacken. Jessica hielt sich den Kopf und sah hilflos zu, wie Sneak den Rückwärtsgang einlegte und den Mann erneut überfuhr. Vor und zurück. Irgendwann gelang es ihr, sich aufzurappeln. Sie zwang sich, die zerfahrene Masse im Schmutz nicht anzusehen, und stolperte auf den wartenden Wagen zu.

Sneak ließ langsam die Scheibe herunter, beobachtete Jessica aus dem Augenwinkel. Dann warf sie Jessicas Handy heraus, und das Fenster schloss sich wieder.

»Sneak!«, rief Jessica. »Wag es ja nicht! Lass mich hier nicht ...«

Der Wagen wendete ruckartig, dann sah sie die roten Rücklichter in der Dunkelheit verschwinden.

Erst nach einer ganzen Weile riskierte Jessica einen Blick auf Tasik. Er lag unnatürlich verdreht da, verschiedene Körperflüssigkeiten versickerten im Schmutz. Als sie aufs Handy sah, stellte sie fest, dass sie keinen Empfang hatte.

»Typisch. Mein verkacktes Scheißleben!«, sagte sie.

BLAIR

Ada drängelte sich mit gezückter Waffe an mir vorbei und ballerte drauflos. Die meisten ihrer und Freds Kugeln schlugen in die Tunnelwand ein, wo sie Funken schlugen. Als ich mich umwandte, packte mich Mike am Arm. Ich wollte mir die Grillgabel aus dem Schuh ziehen, verlor jedoch das Gleichgewicht und musste mich von dem Koloss mitten ins Feuergefecht zerren lassen.

»Los, Bitch! Vamonos!«

Dann klang es auf einmal, als flüsterte mir jemand im Vorbeifahren ins Ohr. Es dauerte ein Weilchen, bis ich kapiert hatte, dass es eine Kugel gewesen war, die da haarscharf an meinem Kopf vorbeigesaust war. Lemon schoss zurück. Der Tunnel machte eine leichte Biegung, deswegen hatte Lemon unser trübes Licht nicht schon von Weitem gesehen. Auf einmal herrschte Stille.

Wir warteten, zu einem Häufchen zusammengekauert. Mir schrillten die Ohren. Fred nahm die Hand kurz von der Taschenlampe und leuchtete den Tunnel aus. Er war leer. Lemon war allein gewesen und hatte offenbar zurück zur Leiter gewollt, auf der wir heruntergeklettert waren. Dann entdeckte ich ihn, er lag ein paar Meter vor uns auf der Seite. Ich rannte los, ging auf die Knie und legte ihm die Hand auf die Brust. Obwohl ich nicht gut sehen konnte, war mir klar, dass das, was da nass an ihm herablief, Blut war. Es floss so schnell und heiß, dass seine Wunde sicher tödlich war. Meine Hände waren sofort klatschnass, meine Hose auch. Lemon hustete Blut. Ich erinnerte mich an den netten jungen Kerl, der sich nach meinem vorgetäuschten Unfall so fürsorglich um mich gekümmert hatte, und verzieh ihm seine Grausamkeit gegen den alten Mann.

»Es wird alles gut«, log ich dem Sterbenden vor. »Alles gut.«

»Dayly?«, fragte Lemon. Er blinzelte in unsere Gesichter. »Ist sie ...?«

»Sie ist nicht bei uns«, sagte ich. »Wir dachten, wir würden sie hier finden.« Mir war klar, dass er nicht mehr lange hatte. Sein Atem ging bereits flacher. »Wissen Sie, wo sie ist? Ist sie in Sicherheit?«

Er starb in meinen Armen. Das Geräusch, was dann folgte, erkannte ich selbst in der Dunkelheit. Es war ein Getöse, das zu einem kreischenden Knirschen wurde. Ein Presslufthammer. Ein paar Meter weiter bildete sich ein glühender Lichtpunkt. Er war durch ein weiteres Loch zu erkennen. Jemand hatte es in die Wand des Abwassertunnels geschlagen. Fred blieb am Rand des Loches stehen, steckte die Taschenlampe ein und beugte sich vorsichtig vor, um herauszufinden, was sich dahinter verbarg.

Das Knirschen war mittlerweile zu einem ohrenbetäubenden Krachen angeschwollen. Fred hielt einen Finger in die Luft. *Ein Mann.*

Er winkte uns vorwärts. *Los*!

Mike packte mich erneut am Arm. Ich folge Ada und Fred in den zweiten Tunnel. Vor uns stand Ramirez, die Beine breit, und machte sich an einem Felsbrocken von der Größe eines Basketballs zu schaffen. Er hatte uns den Rücken zugekehrt und trug Ohrenschützer. Als wir uns näherten, setzte Ramirez den Presslufthammer ab und beugte sich zum zerbrochenen Felsbrocken vor. Das Echo von seinem schweren Gerät war noch nicht verstummt, als Fred und Ada ihre Waffen hoben.

»Achtung!«, rief ich. Ramirez schnellte in letzter Sekunde herum, die Kugel berührte ihn nur leicht an der Jeans und grub sich in die Wand. Blitzschnell hatte er seine Waffe gezückt und feuerte auf uns. Es gab keine Deckung. Mike und ich taumelten ineinander und krachten gegen die Wand. Er stieß mich weg, schoss über meinen Kopf. Ich rollte mich auf die Seite, schnappte mir die Grillgabel und rammte sie Mike in die Brust.

Bingo! Die Gabel durchstieß Stoff und versank in seinem rechten Brustmuskel, einen Zentimeter tief. Ich dachte, das müsste reichen, bei dem Schock würde der Mann die Waffe sicher fallen lassen. Ich rappelte mich auf, wandte mich um, geriet ins Straucheln, fasste aber wieder Fuß und rannte zurück in die Richtung, aus der wir gekommen waren.

Doch es dauerte nicht lange, als vor mir die ersten Kugeln in die Wand einschlugen. Sie schossen nicht mehr auf Ramirez. Jetzt war ich das Ziel.

Ich blieb stocksteif stehen, die Grillgabel noch in der Hand, und drehte mich zu ihnen um.

Ramirez wand sich am Boden, beide Hände in den Bauch gekrallt. Fred zerrte den Verletzten zur Seite und ließ ihn liegen wie einen Müllsack. Ada richtete den Lauf ihrer Waffe auf mich und gab mir zu verstehen, dass ich zu ihr rüberkommen solle. Keuchend und erschöpft trollte ich mich zurück zu meinen Feinden. Ich brachte es nicht über mich, Mike anzusehen. Aber der rieb sich nur über die beiden in seinem blutfeuchten Hemd klaffenden Löcher, als wären es blaue Flecken.

Ada nahm sich eine Schaufel vom Haufen auf dem Boden und warf sie mir vor die Füße.

»Graben!«, befahl sie mir.

JESSICA

Ihre Knie schmerzten. Dieser Beruf war ein echter Killer für den Meniskus. Und für die Hüfte. Und für die Schultern. Die schwere Ausrüstung, die man mit sich rumschleppte. Gürtel, schusssichere Weste. Sie hatte sich bestimmt das Knie aufgeschlagen, als sie gerade noch weggerollt war, um Sneak auf ihrer Rachefahrt auszuweichen. Sie war voller Blut, an den Armen, Schienbeinen, Händen, und ihre Klamotten waren dreckig. Ihr war klar, dass sie eine gute Erklärung abgeben musste, wenn sie auf der Straße jemanden zum Anhalten bringen wollte. Besser, sie lief so lange, bis sie Empfang hatte.

Also trottete sie vorwärts. Und schon nach der nächsten Wegbiegung hatte sie auf einmal einen freien Blick über die ganze Schlucht, Los Angeles glitzerte weit unter ihr, ein Meer von goldenen Lichtern.

Sie war viel höher als erwartet. Die Straße unter ihr wand sich durch die Schluchten, keine Menschenseele unterwegs. Mit einem Seufzer marschierte sie weiter.

BLAIR

Die Erde war hart. Blasses, sprödes Felsgestein, nur manchmal ein bisschen weicher Sand, der an den Seiten herunterrieselte und sich zu unseren Füßen aufhäufte. Ich schuftete Schulter an Schulter mit Fred. Mike schaufelte nur die Haufen beiseite, mehr konnte er mit seiner Grillgabelverletzung nicht leisten. Fred und ich hatten auch die auseinandergebrochenen Felstrümmer beiseitegehievt, dabei hatten sich unsere Hände berührt – absurd, diese erzwungene Nähe zu meinem ärgsten Feind.

Immer wieder sah ich zu Ada hinüber, die Ramirez mit ihrer Waffe in Schach hielt. Der Mann lag keuchend und schweißgebadet an der Tunnelwand und hielt sich den Bauch.

»Direkt hier?«, fragte Ada ihn. Sie zeigte auf die Stelle, wo Fred und ich gruben. »Nur ein paar Meter? Wehe, du erzählst mir hier Scheiße, Mann!«

»Nicht ... mehr ... weit«, stieß Ramirez hervor. Er sah mich an, erkannte mich offenbar von unserer Begegnung vor dem Haus. Wie gern hätte ich ihm gesagt, dass ich ihn nicht in diese Misere gebracht hatte. Sie haben mich in der Hand, und ich hab Dayly nichts getan!, hätte ich am liebsten gerufen. Aber es blieb keine Zeit dafür.

»Lass ihn gehen«, sagte ich zu Ada. Sie nahm mich ins Visier. »Wenn er bald medizinische Hilfe bekommt, wird er überleben.«

Ohne den Blick von mir abzuwenden, hob Ada die Waffe und schoss Ramirez in den Kopf. Ich wandte mich rasch ab und grub wie eine Besessene, konzentrierte mich ganz auf das Schaufeln, Heben, Wegschleudern der Erde. Eine Stunde verging. Vielleicht mehr. Die letzten Augenblicke meines Lebens. Diesmal konnte ich niemanden anrufen, um mich abzulenken. Alejandro war weit weg. Ich würde hier sterben, tief unter der Erde, unter der Polizeiwache von San Chinto. Sasha müsste Jamie das alles irgendwie verkaufen. Dabei war es ihr ja schon schwergefallen, ihm die Sache mit Adrian Orlov zu erklären. Wie sollten die beiden nur damit klarkommen? Da kam mir ein seltsamer Gedanke. Ich konnte nur hoffen, dass Jessica Sanchez meinem Sohn versicherte, dass ich nichts mit den Morden an den Menschen zu tun hatte, deren Leichen man zusammen mit meiner entdecken würde. Jessica Sanchez, die Frau, die mich Jahre zuvor verhaftet hatte. Sie wusste, dass ich nur meiner Freundin helfen wollte. Dayly finden und retten wollte. Jamie würde nie erfahren, dass ich auch versucht hatte, Lemon zu retten, genau wie Ramirez, und den alten Mann in seinem verlotterten Haus, der sicher nicht überleben würde. Blieb mir nur zu hoffen, dass mein Sohn mich als guten Menschen in Erinnerung behielt. Beinah hätte ich losgeprustet. Stunden zuvor, am Mulholland Drive mit Alejandro, hatte ich davon geträumt, mein Leben hinter mir zu lassen, und jetzt würde ich alles geben, um mein altes Leben zurückzubekommen.

Plötzlich stieß ich auf etwas Hartes, vermutlich Felsgestein, doch Fred reagierte wie angestochen, schnappte sich meine Schaufel und stieß mich zur Seite. Dann setzte er an derselben Stelle an, Sand rieselte herab, und ein hohles Geräusch ertönte.

Ada und Mike zerrten mich weg und hielten mich fest, während Fred weitergrub. Um die Koffer herum war die Erde lockerer, vor vierzig Jahren von John Fishwick selbst aufgegraben. Mike zerrte drei Koffer heraus, die allesamt in Plastik eingeschlagen waren, ähnlich wie Jamies Schulbücher. Der oberste Koffer war von einer mittlerweile verdreckten Folie mit einem verblassten Tukan-Muster geschützt. Der zweite Koffer trug ein Muster aus gelben Tigern. Das Muster auf dem dritten, untersten Koffer war nicht mehr zu erkennen.

Niemand sagte etwas. Mike trat vor, zog ein Messer von seinem Gürtel und ließ es aufschnappen. Geschickt schlitzte er die Tukanfolie auf und öffnete den Koffer.

Hunderter, fein säuberlich mit Gummibändern zu Bündeln zusammengefasst. So prallvoll gepackt, dass einem die Bündel schon entgegenkamen, wenn man den Deckel nur leicht öffnete.

Wir standen da und starrten auf das Geld.

»Und, was meinst du?«, fragte Ada.

Mike neigte den Kopf. Er zählte die ersten Bündel, drückte auf den Stapel und rechnete.

»Mindestens sieben«, sagte er. »Drei Koffer voll. Einundzwanzig Millionen würde ich sagen. Wahrscheinlich mehr.«

Ada grinste mich an. Und grinste weiter, als sie mir ins Bein schoss.

Wie eiskalte Glut durchfuhr mich der Schmerz, zu plötzlich und schockierend, um mir einen Ton zu entlocken. Ich schlug zu Boden, packte mein Bein und spürte das Blut hervorschießen, es suppte warm über meine Jeans. Mir wurde speiübel. Verzweifelt wartete ich auf die Dunkelheit, doch sie kam nicht, es war wohl nur ein Streifschuss. Als ich aufblickte, sah ich, dass Ada sich von mir abgewandt hatte. Ihre Aufmerksamkeit galt dem Tunnel, wo Sneak stand, blutig und verdreckt. Sie hielt Ada eine Glock vor die Nase, die Waffe aller Polizisten.

Zunächst war Ada völlig verdattert gewesen, doch sie berappelte sich schnell wieder. Wie eine Schlange, die sich zum zweiten Angriff zurückzieht.

Sneak entsicherte die Waffe.

»Sie lebt, ganz ruhig!«, sagte Ada. »Wenn ich sie töten wollte, hätte ich ihr nicht ins Bein geschossen.«

»Raus!«, befahl Sneak. »Alle! Raus!«

Mike und Fred und Ada schnappten sich je einen Koffer und schleppten sie hinaus. Jetzt erkannte ich, dass der letzte Koffer mit Krähen geschmückt war, ihre Flügel ausgebreitet, die Schnäbel aufgesperrt.

Die Truppe war erst ein paar Sekunden verschwunden, ihre Schritte hallten noch durch den Tunnel, da reichte mir Sneak die Hand, um mir aufzuhelfen. Sie war über und über mit Blut besudelt. Plötzlich musste ich an den Mann in meiner Wohnung denken, das Gefühl seiner Hände auf meinem Körper. Dieselben großen, rauen Hände, die mich auf der Wache in West Hollywood gepackt und gegen die Wand gestoßen hatten. Diese Hände hatten meine Freundin so zugerichtet. Natürlich! Warum hatte ich die Verbindung nicht eher hergestellt?

»Tasik«, sagte ich. Mehr kam nicht.

Sneak nickte. »Ja.«

»Jessica?«

»Ja«, sagte Sneak. »Aber Dayly hat es nicht geschafft.«

Sie half mir durch den Tunnel.

»Tut mir leid.« Ich drückte meiner Freundin den Arm.

Vor uns lag Dunkelheit. Sneak stützte mich schweigend, wir kamen nur langsam voran.

Ada und ihre Lakaien schienen die Koffer nur unter Mühen die Leiter hochgehievt zu haben, denn als wir endlich auf die Straße traten, waren sie erst dabei, sie in den Kofferraum des Mercedes zu verfrachten. Im Schein der Straßenlampe erkannte ich, dass Fred bereits zwei Koffer eingeladen hatte, den mit dem Tukan-Muster und den mit den Krähen. Da der Kofferraum voll war, hob Mike den Tigerkoffer auf den Rücksitz, und beide Männer stiegen dazu. Als Ada die Fahrertür öffnete, warf sie uns einen letzten Blick zu. Kurz dachte ich tatsächlich, sie würde uns zum Abschied winken, doch das tat sie natürlich nicht. Wie blöd von mir. Sie war keine Freundin. Ist sie nie gewesen.

Einundzwanzig Millionen Dollar. Ich dachte an John Fishwick in seiner Zelle, den Kuss, die heimliche Botschaft. Alles umsonst. Dayly war tot, Fishwicks Geld in den Händen einer der bösesten Frauen, die mir je begegnet waren. Ada stieg ein und startete den Motor. Als sie anfuhr, fragte ich mich, was Fishwick von ihr halten würde und was sie mit dem Geld vorhatte.

Seine unbeabsichtigte Begünstigte.

»Nur Vögel«, flüsterte ich.

»Was?«

»Seine beabsichtigte Begünstigte. Nur Vögel! NUR VÖGEL!«

Adas Wagen explodierte mit einem heißen, weißen Blitz, gefolgt von einem gelben und roten Feuerball. Der Wagen blieb stehen, die Fensterscheiben flogen krachend aus den Rahmen, alle Türen ploppten auf, das Dach blähte sich auf, löste sich von den Säulen und rollte sich auf wie der Deckel einer Sardinenbüchse.

Ich preschte vor, Sneak hinterdrein. Unsere Verletzungen

waren vergessen, Adrenalin hatte das Ruder übernommen. Im hinteren Teil des Wagens bot sich ein grausiger Anblick, eine blutige Masse, Fred und Mikes Leichen, in ihren Sitzen zusammengesackt, von Flammen umzingelt. Als ich den Fahrersitz erreichte, glitt Ada mir entgegen. Ich packte sie unter den Achseln und zog sie weg vom brennenden Wrack.

Alle Glieder waren noch dran. Ich hatte sie stumm durchgezählt, wie ich es immer getan hatte, wenn ein Kind nach einem Autounfall oder Hausbrand bei mir auf dem Tisch gelandet war. Zwei Arme, zwei Beine. Zehn Finger, zehn Zehen. Ada gab ein tiefes Röcheln von sich und begann zu husten. Ich zog sie weiter auf den feuchten Rasen vor dem Haus und schlug nach den Flammen, die an ihrer Kleidung hochzüngelten.

Nur Vögel. Auf diese Weise hatte John Fishwick bestimmt, wer sein Geld bekam. Er hatte Dayly und nur Dayly mitgeteilt, dass sie nur die Koffer mitnehmen sollte, auf denen Vögel zu sehen waren. Von Tigern sollte sie tunlichst die Finger lassen. Ich nehme an, dass ein Zündsatz im Tigerkoffer gesteckt hatte, vielleicht auch zwei. Ich hielt Ada, die um jeden Atemzug rang, ihre Lunge war voller Rauch und mit Rußpartikeln verstopft. Mit großer Mühe wandte sie den Kopf herum, um mich anzusehen.

»Wollte ... dich nicht ... töten«, stieß sie hervor. »Bin ... zu nett.«

»Halt die Fresse, Ada.«

Das Geräusch eines aufspringenden Kofferraums ließ mich herumfahren. Überall waren Leute aus ihren Häusern gekommen. Das Geräusch kam von der gegenüberliegenden Straßenseite, wo Sneak einen mitgenommenen, angekokelten, aber ansonsten noch intakten Koffer mit Tukan-Muster zu dem Krähenkoffer in Jessica Sanchez' Wagen hievte. Die kostbare Ladung aus dem explodierten Mercedes.

Ich konnte meine Freundin nicht aufhalten, dazu war ich zu erschöpft und verletzt. Außerdem lag Ada in meinem Schoß und verlor immer wieder das Bewusstsein. Wie Ada zuvor warf Sneak mir beim Zuknallen des Kofferraumdeckels einen letzten Blick zu und stieg dann in den Wagen. Doch sie winkte mir zum Abschied. Und bedankte sich stumm.

Ich sah ihr nach. In der Ferne ertönten die ersten Polizeisirenen.

JESSICA

Es war fünf Uhr morgens, als Jessica endlich die Tür zu ihrer Villa aufsperrte. Etwas hatte sie hierhergezogen, sie wollte nicht in ihre Wohnung, obwohl sie sich nach einer Dusche, ihrem Bett und ihrem kühlen Kissen sehnte. Vielleicht lag es daran, dass sie nach Tasiks brutalem Tod und ihrem langen Fußmarsch aus den Bergen endlich eine Entscheidung getroffen hatte. Sie war gelaufen, bis ihr die Füße wehtaten, die Schuhe ihr Blasen gerieben hatten. Erst als sie im schlafenden Örtchen Glendora angekommen war, hatte ihr Handy endlich Empfang gehabt. Sofort hatte sie auf ihrer Dienststelle angerufen und verlangt, dass man Whitton aus dem Bett holte, er solle sie umgehend zurückrufen. Er war nicht gekommen. Auch nicht, als die Einsatzkräfte sie zurück in die Berge fuhren, damit sie ihnen zeigte, wo Tasiks Leiche lag und wo ungefähr Daylys sterbliche Überreste verscharrt waren. Als Whitton sie jetzt endlich zurückrief, lief sie bereits über die Terrasse der Villa in Brentwood auf den Pool zu, der in einem frühmorgendlichen, bläulichen Dunstschleier lag.

»Wo sind Sie?«, fragte er.

»Bin gerade wieder zurück. Sie haben mich weggeschickt. Wollten nicht, dass ich ihnen den Tatort kontaminiere. Ich bin in Brentwood.«

»Dann bewegen Sie den Arsch aber mal ganz schnell hierher!«, sagte Whitton. »Ich will ganz genau wissen, was da in den verdammten Bergen passiert ist.«

»Nein«, sagte sie, während sie sich Socken und Schuhe abstreifte. »Noch nicht. Ich inspiziere erst mal das Haus hier, dann fahre ich in meine Wohnung und lege mich aufs Ohr. Irgendwann heute Nachmittag komme ich rein, und dann bringe ich einen Packen eidesstattlicher Erklärungen mit, für die internen Untersuchungsheinis. Eine zum Schusswechsel am Linscott Place. Eine zu meiner Festnahme im Haus von Goren Donnovich. Eine zu meiner Entscheidung bezüglich der Villa in Brentwood und eine zu den Ereignissen in der vergangenen Nacht.«

»Aha. Na, wenn Sie schon dabei sind, können Sie auch gleich eine Erklärung dazu abgeben, was zum Teufel Sie in Wallerts Haus angerichtet haben. Da sind immer noch drei Mannschaften in Gummistiefeln am Aufräumen. Wissen Sie eigentlich, wie es aussieht, wenn man tausende ungeladene Gäste auf ein Haus loslässt? Ich hab gehört, dass in der Bude nichts mehr heil ist. Die Garage ist bis auf die Grundmauern niedergebrannt.«

»Keine Ahnung, wovon Sie da reden«, sagte Jessica, rollte ihre verdreckte Jeans hoch und tauchte die Füße ins kühle Wasser. »Wir sprechen uns später.«

Mit diesen Worten legte sie auf und klickte auf ihre Nachrichten-App. Die Schwarmparty in Wallerts Haus kam als Erstes. Dazu gab es ein kurzes Video, es zeigte, wie Polizei in Kampfausrüstung die Party stürmte, während die Feuerwehr versuchte, den Garagenbrand unter Kontrolle zu bekommen. Jugendliche stoben nach allen Seiten auseinander, duckten sich unter dem wallenden Tränengas hindurch. Jessica scrollte hinunter zu den Bildern vom Inneren des Hauses, mit Graffiti besprühte Wände, zerkleinerte Möbel, ein fast künstlerisches Foto von einem pinkfarbenen Cocktailglas in Form einer nackten Frau, das auf dem Trümmerhaufen am Küchenboden lag. Der junge Beansie, den sie im Jahr zuvor wegen der Organisation einer ähnlichen Party auf einem Golfplatz festgenommen hatte, war hier zur absoluten Hochform aufgelaufen. Im Artikel stand etwas von fünftausend ungeladenen Gästen.

Als sie Bourbon und Schweißgestank roch, dachte Jessica zuerst, der Gedanke an Wallert hätte seinen Geist heraufbeschworen, doch dann spürte sie seine Hand in ihrem Nacken. Er zerrte sie so brutal auf die Beine, dass Jessica fast ins Wasser gestürzt wäre.

»Du hast dir den Falschen ausgesucht«, knurrte er.

Seine Fäuste trafen sie wie ein Hammer, landeten zielsicher auf Schläfe und Wangenknochen. Ihr wurde schwarz vor Augen, sie hoffte inständig, dass sie nicht das Bewusstsein verlor. Plötzlich berührte ihr Mund die Holzbalken am Pool, sie schmeckten nach Chlor. Er hockte auf ihr, ließ Boxhiebe auf sie herabregnen. Irgendwann gelang es ihr, sich unter seinem Gewicht umzudrehen und ihm die Waffe wegzuschlagen, die ihm aus der Hosentasche hing. Sie polterte laut auf die Planken. Jessica hörte sich schreien, unkontrolliert. Doch das war egal. Sie musste sich wehren, nur darauf kam es an. Also krümmte sie sich zusammen, packte ihn an den Schultern, rollte mit ihm über den Boden, schlug auf ihn ein. Seine dunkle Wut verlieh ihm eine übernatürliche Kraft. Innerhalb von Sekunden hatte er sie wieder unter Kontrolle. Seine Riesenpranken umschlossen ihre Kehle.

In diesem schrecklich stillen Geisteszustand zwischen

Atmen und Ohnmacht entdeckte sie Jamie, der einige Meter hinter Wallert stand. Sie wusste, dass der Junge schrie und flehte, doch sie hörte nichts. Ihr Gesicht und ihr Nacken waren nass vor Blut, ihre Beine zuckten wild. Jamie zielte mit der Waffe auf Wallerts Kopf. In der Miene des Jungen erkannte Jessica seine Mutter. Blair Harbour, die über Kristi Zea und Adrian Orlov stand, schreiend, flehend.

Große Trauer erfüllte sie. Nicht um ihr eigenes Leben, das war ohnehin gelaufen, sondern um diesen Jungen. Er wusste, dass ihm keine Wahl blieb. Sie oder Wallert. Er musste sich entscheiden.

Jessica sah die Verzweiflung in seinem Gesicht, als er die Waffe umdrehte und Wallert mit dem Griff auf den Kopf schlug.

Volltreffer! Der Aufprall schockte Wallert, und er löste die Finger von Jessicas Kehle. Blitzschnell rollte sie sich weg, schnappte sich die fallende Waffe und verpasste ihm einen weiteren Schlag gegen die Schläfe.

Der Mann sackte über ihr zusammen. Jessica hustete, keuchte, stützte sich mit beiden Händen vom Boden ab, während ihr Hirn die plötzliche Sauerstoffzufuhr verarbeitete. Jamie stand fassungslos da, die Hände hingen ihm schlaff am Körper herab, und er schluchzte bitterlich. Da fiel Jessica auf, wie jung er aussah. Wie der nackte Terror ihm die Kraft, die Macht und das Mitgefühl aus dem Gesicht wischte, die sie vorher dort gesehen hatte. Sie rollte sich zu Wallerts leblosem Körper, zerrte seine Arme nach hinten und legte ihm Handschellen an.

Dann rief sie den Jungen zu sich und hielt ihn fest, während er an ihrer Brust weinte.

»Gut gemacht, Kleiner!«, sagte sie und schlug ihm sanft auf den Rücken. »Guter Einsatz!«

BLAIR

Sie war schon eine Weile in der Tankstelle gewesen, aber ich hatte sie nicht bemerkt. Auf leisen Sohlen war sie hereingeschlichen. Geduldig wie ein Adler. Mein aktueller Kunde blockierte sie komplett, er war sicher zwei Meter groß, ein sanfter Riese, der Benzin und Sandwich mit Münzen bezahlte, die er zu Türmchen neben meinem Kreuzworträtselheft auf dem Tresen aufschichtete.

Auszeichnung: *Belohnung.*

Während der Mann sein Geld abzählte, kümmerte ich mich um die Pfirsiche im Korb neben der Kasse und blickte immer wieder auf die Wanduhr, um zu sehen, wie lange meine Schicht noch dauerte. Heute war Sonntag. Besuchstag! Ich hatte extra die Frühschicht übernommen, damit ich mit ihm an der Pier zu Mittag essen konnte, doch angesichts dieses Trödlers schwand meine Hoffnung auf einen pünktlichen Feierabend.

Erst als der Riese sich abwandte, entdeckte ich Jessica Sanchez, sie stand mitten im Laden und las eine Zeitschrift aus dem Ständer. Sie war immer noch grün und blau von dem Überfall vor einer Woche, als mein Sohn sie in ihrem Haus in Brentwood vor der Attacke eines durchgedrehten Kollegen gerettet hatte.

Ich hatte die Nachrichten in meiner Wohnung verfolgt. Eigentlich hätte ich mich dort sicher fühlen sollen, doch jede zuschlagende Autotür, jeder Anruf hatte mich in helle Aufregung versetzt. Ich war überzeugt, die Polizei wusste von meiner Anwesenheit am Tatort in San Chinto, obwohl ich so schnell wie möglich abgehauen war und darauf geachtet hatte, keine Spuren zu hinterlassen. Nach Sneaks Flucht vom Tatort hatte ich Ada allein auf dem Rasen zurückgelassen, denn sie schien außer Lebensgefahr, und mich um den

Alten im Haus gekümmert. Ich hatte ihm die Fesseln abgenommen, ihm Wasser gegeben und ihn nach draußen getragen, damit die Sanitäter ihn schneller fanden. Dann hatte ich die Biege gemacht. Wie ein Häftling, der sich im Morgengrauen davonstiehlt. Ich war gehinkt, so schnell mich meine Füße trugen, und erst als ich zwei Stadtviertel hinter mir gelassen hatte, fühlte ich mich sicher genug, um ein Taxi anzuhalten. Tagelang hatte ich mich in meiner Wohnung verschanzt, meine Wunde gepflegt, hinter Gardinen hervorgespäht und darauf gewartet, dass man mich verhaften würde, weil mich ein Zeuge erkannt hatte oder meine Fingerabdrücke am Tatort gefunden wurden.

Aber es geschah nichts. Und jetzt war sie gekommen.

Als sie sah, dass ich frei war, legte sie die Zeitschrift zurück und trat an den Tresen. Ich spähte rasch aus dem Fenster, erwartete bereits die Streifenwagen, hörte sie schon mit quietschenden Bremsen vor der Tankstelle zum Stehen kommen. Doch es blieb still.

»Na, so ein Zufall«, sagte ich, um Zeit zu gewinnen. »Was ... was machen Sie denn hier?«

»Kleiner Besuch unter Freundinnen«, sagte Sanchez und beugte sich über den Tresen. »Wollte fragen, ob du schon was von Sneak gehört hast.«

»Nein«, erwiderte ich ehrlich. »Hab ich nicht. Wahrscheinlich ist sie schon in Jamaika. In Happy Valley hatten wir vorübergehend einen Jamaikaner als Koch, und Sneak stand total auf das Essen. Ich habe gehört, dass man Tasiks Wagen am Flughafen gefunden hat, daher ...« Ich zuckte die Achseln.

»Sie kommt sicher zu Daylys Beerdigung«, sagte Jessica. »Die verpasst sie bestimmt nicht.«

»Hm, weiß nicht.« Man hatte Daylys Leiche am Fuße einer Böschung neben einer Feuerschneise in den Bergen um

Glendora gefunden, dieselbe Schneise, in der auch Al Tasik gestorben war, als er Sneak und Jessica umbringen wollte. Die Nachrichtenagenturen von Los Angeles spekulierten immer noch über die Verbindung zwischen dem Polizisten und den anderen Leichen, der in den Bergen, denen im Tunnel und in Ada Mavericks Wagen. Ich nahm an, man hatte Jessica damit beauftragt, die Sache für die Polizei aufzuklären.

»Eins sag ich Ihnen aber. Falls ich Sneak sehen sollte, egal, ob sie zur Beerdigung ihrer Tochter zurückkehrt oder weil Junkies und Diebe Gewohnheitstiere sind – ich werde es Ihnen nicht sagen. Tut mir leid.«

»Muss dir nicht leidtun. Ich bin nicht hinter Sneak her.«

»Wieso nicht? Sie haben mir doch am Telefon gesagt, dass Sneak Tasik vor Ihren Augen überfahren hat. Ein paarmal sogar.«

»Das habe ich gesagt, ja. Aber da war das alles erst vierundzwanzig Stunden her. Ich stand noch unter Schock. War schwer traumatisiert.« Jessica zuckte hilflos die Achseln. »Ich weiß nur, dass Sneak und ich in Notwehr gehandelt haben. Vielleicht hat Sneak den Wagen eingesetzt, um Tasik außer Gefecht zu setzen, und hat ihn aus Versehen ein paarmal überrollt. Es war schließlich nicht ihr Wagen, sie kannte sich damit nicht aus. Ich saß nicht neben ihr, kann also nichts über ihre Motive sagen.«

»Aha.« Ich konnte mir ein Grinsen nicht verkneifen. »Und was ist mit dem Raub von John Fishwicks Beute?«

»Was will ich ihr denn vorwerfen?«, fragte Jessica. »Es gibt keine Beweise für die Beute im Tunnel. Ich weiß ja nicht mal, ob es Sneak war. Alle Zeugen sprechen von einer grün und blau geschlagenen Blondine, die am Tatort in San Chinto zwei Koffer in ihren Wagen geladen hat. Der Koffer in Adas Wagen enthielt Papierschnipsel und einen Zündsatz.

Wo auch immer Sneak gerade ist, es kann doch sein, dass sie einfach komplett pleite ist.«

»Ich glaube, es waren ungefähr vierzehn Millionen«, rutschte es mir heraus.

Jessica lachte. »Na, hoffentlich gibt sie es nicht nur für Drogen aus.«

»Was ist mit Ada?«, fragte ich. »Suchen Sie nach ihr?«

»Es wäre gut, wenn diese Frau wieder hinter Gittern landet, das sage ich ganz ehrlich. Sie ist gefährlich. Aber soweit ich gehört habe, ist eine Strafverfolgung so gut wie aussichtslos. Sie ist schon wieder auf Kaution frei und hat die besten Anwälte, die es gibt. Angeblich haben ihre Gorillas an allem Schuld.«

»Clever«, sagte ich.

»Die Cleverste«, stimmte Jessica zu.

Sie musterte mich eingehend, es sah aus, als wollte sie mehr sagen, mir vielleicht versichern, dass sie auch mich nicht verfolgen würde. Aber das war ohnehin klar, denn es waren noch immer keine Streifenwagen aufgetaucht. Und sie hatte keine Handschellen dabei. Ich widmete mich wieder meinem Kreuzworträtsel.

»Wie geht es Ihrem Gesicht?«, fragte ich schließlich.

»Gut.« Sie betastete vorsichtig die Fäden in ihrer Wange. »Sehr gut, wenn man's genau nimmt. Wenn man dem Tod schon ins Gesicht gestarrt hat und am Ende doch nur mit einer zerschlagenen Visage und blauen Flecken an der Kehle davonkommt, kann man sich glücklich schätzen. Ehrlich gesagt, bin ich heute hergekommen, weil ich deinem Sohn eine Belohnung für seinen heldenhaften Einsatz geben wollte. Was hältst du davon? Er hat mir das Leben gerettet. Er verdient es.

»Ach, nun.« Ich grinste und zuckte die Achseln. »Klar, daran hab ich nichts auszusetzen. Woran hatten Sie gedacht? Er mag Nintendo-Spiele ...«

»Zunächst möchte ich, dass du mich duzt, Blair. Und ich würde Jamie gern seine Mutter zurückgeben«, sagte Jessica.

Mein Herz tat weh, es war, als hätte mir jemand eine spitze Scherbe hineingerammt. Entsetzen machte sich breit. Doch dann erzählte Jessica mir die Geschichte von Kristi Zea, vom Gebüsch vor dem Waschküchenfenster, der forensischen Analyse der Bissspuren am Käsesandwich, von Adrians Bruder und dem Kokain im Schlafzimmer in der Mordnacht. Ich hörte schweigend zu, meine Hände an den Tresen geklammert, das Atmen fiel mir schwer. Als Jessica fertig war, wischte sie sich diskret eine Träne von der Wange.

»Es war meine Schuld, was dir passiert ist. Ich möchte meine Schuld wiedergutmachen.«

Dann gab sie mir Gelegenheit, was zu sagen, doch ich brachte kein Wort heraus. Also sprach sie weiter.

»Ich werde das Erbe, das Haus an der Bluestone Lane, antreten. Damit endet mein Dienst beim LAPD, für immer. Aber ich glaube, dass eine Rückkehr in den aktiven Dienst ohnehin schwierig wäre.« Sie lachte, doch es klang traurig. »Ich war ein böses Mädchen. Ein ganz böses Mädchen. Und unsere Beziehung, also die zwischen mir und der Polizei, war schon lange nicht mehr gut.«

»Okay«, sagte ich. Mehr wollte nicht kommen.

»Ich will, dass du in dem Haus wohnst. Sofern du dir einen Dollar im Monat Miete leisten kannst, denn mehr will ich nicht. Dann wohnst du direkt neben Jamie.«

»Jessica«, sagte ich. Mir zitterten die Hände. Tränen rannen mir herab, ich wischte mir ungelenk über die Wangen. »Warum ... wieso ... wozu ...?«

»Ich werde alles tun, damit man dich von diesem Verbrechen freispricht, das Urteil gegen dich aufhebt.« Jessica blickte zu Boden. »Es wird ein langer Prozess. Es wird eine offizielle Untersuchung geben. Ein Anwalt wird dich im Zivilprozess pro bono vertreten. Ich sage aus, und ein Kollege, der mir geholfen hat, auch. Ein guter Mann. Wissenschaftler. Ich glaube, unsere Chancen stehen gut. Mehr als gut. Und wenn sie das Urteil aufgehoben haben, bekommst du sicher auch das Sorgerecht für Jamie zurück.«

»Das wird dich ruinieren. Deinen Ruf zerstören«, sagte ich.

Jessica grinste. »Mein Ruf? Ach, Süße, der ist schon lange tot. Auf seinem Grab wachsen Blumen.«

Ich kam hinter dem Tresen hervor und schloss Jessica fest in die Arme. Das kam ganz spontan, geschah aus Aufregung und Schock, aber es entwickelte sich schnell zu etwas viel Stärkerem. Ich fühlte den Schmerz, der mich durchfuhr, als sie mir mein Kind wegnahmen, spürte jede kalte, harte Nacht hinter Gefängnismauern, sah Sasha, sie saß mir auf der anderen Seite der Scheibe gegenüber. Ich, zusammengekrümmt auf meiner Pritsche, vor mir die Fotos von meinem Kind. Ich hielt Jessica fest umklammert, während sich Zorn und Dankbarkeit eine Schlacht lieferten. Ohne meine Verzweiflung zu kennen, ohne zu wissen, was in mir vorging, lachte sie verlegen, es war ihr peinlich, dieser Frau, die so viel Schmerz in sich trug und hinter ihrer hohen Mauer nicht umarmt werden wollte. Als ich sie endlich losließ, trat sie einen Schritt zurück und strich sich die Bluse glatt. Sie hatte gesagt, was sie sagen wollte, nun wusste sie nicht weiter. Auf dem Weg zur Tür drehte sie sich noch mal um. Wir sahen einander an, blickten über einen tiefen Graben, beide am Rand, am Ende und am Neubeginn.

»Was zum Teufel machst du denn jetzt? Wenn du kein Bulle mehr bist?«, fragte ich.

»Ich werde mich selbstständig machen. Ein Freund hat mir das vorgeschlagen. Klein anfangen. Ein Beruf, bei dem ich mir die Fälle aussuchen kann. Und meine Interessen verfolgen.« Sie tippte nachdenklich auf den Burrito-Kühlschrank. »Wenn du magst, ruf ich dich an. Ich kann sicher mal Hilfe gebrauchen.«

»Du weißt ja, wo du mich findest«, sagte ich. Sie grinste, ich grinste zurück. Welches Gefühl in meinem Herzen, dieser Mördergrube, gewinnen würde, wusste ich noch nicht, die Wut auf diese Frau oder der Respekt vor ihrer Aufrichtigkeit. Doch ich war mit ihr verbunden. Sie hatte mich verdammt, sie hatte mich gerettet. Sie war der Schlüssel, mit ihrer Hilfe würde ich meinen Sohn zurückbekommen, doch sie hatte ihn mir auch genommen. Jessica war meine alte Feindin, meine neue Freundin. Bei dem Gedanken wurde mir ein bisschen warm ums Herz. Vielleicht würde mein Herz ihr vergeben. Mein dämliches, weiches Herz, würde Ada jetzt sagen.

Die Türglocke schrillte, als Jessica in den Sonnenschein davonspazierte.

DANKSAGUNG

Allen, die mir beim Schreiben dieses Buches geholfen haben, bin ich zu Dank verpflichtet, darunter meinem Mann Tim, meinen Eltern Ocean und Richard, meinen Schwiegereltern Lyn und Dock, meinen Freunden und meiner Familie. Wie immer unterstützten mich Gaby Naher und Bev Cousins während meiner typischen Midbook Crisis. Kristin Sevick und Lisa Gallagher gaben mir wertvolle Rückmeldungen zu früheren Fassungen. Die unersetzliche Kathryn Knight war meine Hauptlektorin. Auf der ganzen Welt werde ich durch wunderbare Verlage und Lektoren vertreten, und ohne die Ausbildung an den bereits mehrfach genannten Universitäten wäre ich nicht dort, wo ich heute bin.

Dr. Liz Morton von der Tierklinik Drummoyne war so freundlich, mir einige ungewöhnliche Fragen zum Thema Nagerpflege zu beantworten, und meine Fans Alex Maguire und Marcel Thompson unterstützten mich bei der Recherche. Die Schilderungen eines in diesem Buch behandelten Verbrechens wurden von einer Episode des True Crime Podcasts *Sword and Scale* von Mike Boudet inspiriert. Mike hat mir außerdem ein paar Tipps zum Thema Eiscremebehälter gegeben.

Ein gegenwärtig in San Quentin einsitzender Serienmörder, dessen Namen ich hier nicht verraten werde, hat mir ein wenig Hintergrundmaterial über den Alltag im Todestrakt und die Gedankenwelt eines Mörders geliefert.

Dieses Buch gehört zu den schwierigsten, die ich je geschrieben habe. Die Erstfassung entstand, als ich mit meiner zuckersüßen, schlauen und witzigen Tochter Violet schwanger war. Während der darauffolgenden Fassungen habe ich sie nach der Geburt im Arm gehalten, gestillt oder einfach über ihren Schlaf gewacht. Violet, während deines kurzen Lebens hast du mir schon viel über Mut, Durchhaltevermögen, Geduld und Liebe beigebracht, und dafür danke ich dir von ganzem Herzen.